GENTE ANSIOSA

GENTE ANSIOSA

FREDRIK BACKMAN

HarperCollins *Español*

Título original: *Folk med ångest*

Publicado en sueco por Bokförlaget Forum en Suecia (2019)

PRIMERA EDICIÓN DE HARPERCOLLINS ESPAÑOL

Copyright de la traducción de HarperCollins Publishers

Traducción: Carmen Montes Cano

Este libro ha sido debidamente catalogado en la Biblioteca del Congreso de los Estados Unidos.

ISBN 978-0-06-298058-8

21 22 23 24 25   LSC   10 9 8 7 6 5 4 3 2 1

Este libro va dedicado a las voces que habitan mi cabeza,
los amigos más peculiares.

Y a mi mujer, que vive con nosotros.

1

Un robo a un banco con toma de rehenes. Un disparo de arma de fuego. Una escalera llena de policías a punto de asaltar un apartamento. Llegar a esto fue sorprendentemente fácil. Sólo hizo falta una mala idea. Una idea mala de verdad.

Esta historia trata de muchas cosas, pero sobre todo trata de idiotas. Por lo tanto, debe señalarse desde el principio que siempre es muy fácil declarar idiotas a los demás, pero sólo si uno olvida lo rematadamente difícil que resulta ser persona. En particular si hay otras personas con las que uno trata de ser buena persona.

Porque es increíble lo mucho con lo que se supone que uno debe lidiar hoy en día. Hay que tener un trabajo y un sitio donde vivir y una familia, y hay que pagar impuestos y llevar ropa interior limpia y recordar la contraseña del dichoso wifi. Algunos de nosotros nunca logramos controlar el caos, así que nuestras vidas discurren sin más; la tierra da vueltas por el espacio a dos millones de kilómetros por hora y nosotros vamos dando tumbos por su superficie como calcetines desemparejados. Nuestro corazón es como una barra de jabón que constantemente se nos escapa de las manos. En cuanto nos relajamos un segundo, sale disparado y nos enamoramos y sufrimos un desengaño, así, sin más. No tenemos ningún control. De manera que aprendemos a fingir, todo el tiempo, en el trabajo y en nuestro matrimonio y con los hijos y con todo lo demás. Fingimos que somos normales, que tenemos una formación general, que comprendemos lo que significa «nivel de amortización» y «tasa de inflación». Que sabemos cómo va lo del sexo. Aunque la verdad es que sabemos tanto de sexo como de cables USB, y con ellos necesitamos siempre cuatro intentos cada vez (por aquí no es, por aquí tampoco, por aquí tampoco, ¡ahora sí!). Fingimos que somos buenos padres cuando lo único que hacemos es darles a los niños comida y ropa, y alguna regañada cuando se meten en la boca un chicle que han encontrado en el suelo. Una vez tuvimos un acuario lleno de peces tropicales, y se murieron todos. La verdad es que no sabemos mucho más de los niños que de los peces de acuario, así que esa responsabilidad nos llena de terror cada mañana. No tenemos ningún plan, simplemente tratamos de superar el día, porque mañana llegará otro.

A veces nos duele, nos duele mucho, por la sencilla razón de que no sentimos como propia nuestra propia piel. A veces nos entra el pánico, porque hay que pagar facturas y tenemos que ser adultos y no sabemos cómo, porque es horrorosamente fácil fracasar en lo de ser adulto.

Porque todo el mundo quiere a alguien, y todo aquel que quiere a alguien ha pasado alguna noche desesperada tratando de averiguar cómo podrá permitirse seguir siendo un ser humano. A veces eso nos impulsa a hacer cosas que, pasado un tiempo, parecen incomprensibles, pero que en ese preciso momento nos parecía la única salida.

Una sola mala idea. Una idea mala de verdad. No hace falta más.

Por ejemplo, una mañana, un sujeto de unos treinta y nueve años, residente de una ciudad no especialmente grande ni digna de especial atención, salió de casa con una pistola en la mano, lo que, visto ahora, pasado el tiempo, puede parecer una muy mala idea. Porque esta historia va de rehenes, aunque no tenía que ser así. O bueno, sí tenía que ser así, tenía que ser una historia, pero no una historia de rehenes. Tenía que ser un robo a un banco. Pero todo se torció, porque a veces eso es lo que pasa con los robos a los bancos. De modo que el sujeto de treinta y nueve años huyó, pero no tenía ningún plan de fuga, y con los planes de fuga pasa exactamente lo mismo que la madre del sujeto le decía a éste siempre que, de joven, se olvidaba en la cocina los cubitos de hielo y las rodajas de limón y tenía que volver: «El que no tiene cabeza ha de tener pies». (Conviene mencionar que, cuando murió, la madre del sujeto tenía en su cuerpo tal cantidad de *gin-tonic* que no la incineraron por temor al riesgo de explosión, pero eso no impide que fuera capaz de dar buenos consejos). Así que después del robo al banco que finalmente no fue un robo al banco, llegó la policía, como es natural, y el sujeto echó a correr todo lo que daban las piernas, cruzó la calle y la primera puerta que encontró. Puede que resulte un tanto cruel llamarlo «idiota» sólo por eso, pero… bueno. Cosa de listos no fue, desde luego. Resultó que la puerta conducía a una escalera, sin más salidas, así que no le quedó otro remedio que subir.

Conviene señalar que este sujeto tenía la condición física propia de cualquier treintañero normal y corriente. No uno de esos urbanitas de treinta y nueve años que tratan su crisis de los cuarenta comprándose pantalones de ciclista y gorros de natación supercaros porque tienen en el alma un agujero negro que devora fotos de Instagram, sino más bien era el tipo de treintañero cuyo índice de consumo diario de queso e hidratos de carbono desde un punto de vista médico se considera más bien un grito de socorro que una dieta. El sujeto alcanzó, pues, la última planta con todas las glándulas habidas y por haber abiertas de par en par y con un ritmo respiratorio que sólo asociamos al tipo de clubes en los que, para dejarte entrar, te exigen una contraseña secreta a través de un ventanuco en la puerta. Las posibilidades de evitar a la policía eran, pues, a aquellas alturas, inexistentes, por así decir.

Pero, casualmente, el sujeto se dio la vuelta en ese preciso instante y descubrió que la puerta de uno de los apartamentos estaba abierta. Resultó que vendían el apartamento, por lo que estaba lleno de posibles compradores en plena visita. Y allí se coló, jadeando y sudoroso, con pistola en mano: así fue como la cosa derivó en una historia con rehenes de por medio.

Y a partir de ese momento, la cosa fue como fue: la policía rodeó el edificio, aparecieron los periodistas, y la historia salió en televisión. La cosa duró varias horas, hasta que el sujeto se rindió. No tenía elección. De modo que las ocho personas que había retenido como rehenes, siete posibles compradores y una agente inmobiliaria, quedaron libres. Unos minutos después, la policía entró en tromba en el apartamento. Pero lo encontraron vacío.

Nadie sabía dónde se había metido el sujeto.

Y eso es cuanto tienes que saber de antemano. Ahora ya puede empezar la historia.

2

Hace diez años había un hombre en un puente. Esta historia no trata de ese hombre, así que no tienes que pensar en él. Pero claro, ahora ya no puedes dejar de pensar en ese hombre, es como decir «no pienses en galletas», y ya estás pensando en galletas. ¡No pienses en galletas!

Lo único que tienes que saber es que hace diez años había un hombre en un puente. Subido a la barandilla, a muchos metros por encima del agua, al final de su vida. Ahora, deja de pensar en ello. Piensa en algo mucho más agradable.

Piensa en galletas.

———

Es víspera de Nochevieja en una gran ciudad no especialmente grande. En una sala de interrogatorios de la comisaría hay un policía y una agente inmobiliaria. El policía aparenta poco más de veinte años, pero seguramente es mayor; la agente inmobiliaria aparenta algo más de cuarenta, pero seguramente es más joven. El policía lleva un uniforme que le queda un poco pequeño; la agente inmobiliaria lleva una chaqueta que le queda algo grande. La agente tiene cara de querer encontrarse en otro lugar; después de los últimos quince minutos de conversación, el policía también parece desear que la agente se encontrara en otro lugar. Cuando la agente sonríe nerviosa y abre la boca para decir algo, el policía respira, respira varias veces y así consigue que no resulte del todo fácil distinguir si está suspirando o sonándose la nariz.

—Limítese a responder a la pregunta —le ruega.

La agente inmobiliaria asiente enseguida y le dice:

—TODO BIEN EN CASA.

—¡Le dije que se limite a responder a la pregunta! —repite el policía con esa expresión habitual en los hombres adultos a los que una vez, en la infancia, la vida decepcionó, y nunca han logrado recuperarse después.

—¡Pero si me ha preguntado cómo se llama mi agencia inmobiliaria! —insiste la agente, y tamborilea con los dedos sobre la mesa de un modo que hace que el policía sienta deseos de lanzarle objetos con puntas afiladas.

—No, no le he preguntado eso, sino si el *sujeto* la retuvo como *rehén* junto con…

—Se llama TODO BIEN EN CASA, ¿comprende? Porque cuando compra un apartamento, quiere que lo tenga todo, ¿no? Así que cuando atiendo el teléfono digo: «Hola, estás hablando con la Agencia Inmobiliaria TODO BIEN EN CASA, ¿todo bien en casa?».

Naturalmente, la agente inmobiliaria acaba de vivir un suceso traumático: la han amenazado con una pistola y la han tomado como rehén. Cualquiera se pone a hablar sin ton ni son después de algo así. El policía trata de tener paciencia. Se aprieta las cejas con los pulgares, como si esperase que fueran dos botones que, si los presionas al mismo tiempo durante diez segundos, restablecen la realidad según los ajustes de fábrica.

—Bueno, pero me haría falta hacerle unas preguntas sobre el apartamento y el sujeto —se lamenta el policía.

También para él ha sido un mal día. La comisaría es pequeña, tienen pocos recursos, pero la gente que hay es competente. Ha intentado explicárselo por teléfono al jefe de un jefe de otro jefe después del episodio de los rehenes, pero, lógicamente, ha sido inútil. Y van a enviar a un grupo especial de investigación que vendrá de Estocolmo para hacerse cargo de todo el trabajo. El jefe no subrayó «grupo especial de investigación» cuando se lo dijo, sino «Estocolmo», como si fuera una fuerza superior por el simple hecho de venir de la capital. Es más bien un diagnóstico, piensa el policía. Sus pulgares siguen en las cejas, ésta es su última oportunidad de demostrar a los jefes que puede encargase de aquello él solo, pero ¿cómo lo conseguirá, si sólo cuenta con testigos como esa mujer?

—¡Sip! —responde alegremente la agente inmobiliaria.

El policía echa un vistazo a sus notas.

—¿No es raro organizar una visita en un día como hoy, la víspera de Nochevieja?

La agente inmobiliaria niega con la cabeza y sonríe.

—¡Ningún día es malo para la Agencia Inmobiliaria TODO BIEN EN CASA!

El policía respira hondo, varias veces.

—De acuerdo. Sigamos. Cuando vio al sujeto, ¿cuál fue su primera reacc…?

—¿No ha dicho que primero haría preguntas sobre el apartamento? Ha dicho «el apartamento y el sujeto», así que pensé que el apartamento iría prim…

—¡De acuerdo! —responde a disgusto el policía.

—¡De acuerdo! —repite encantada la agente.

—Pues a propósito del… apartamento, ¿conoce bien su distribución?

—¡Por supuesto, soy la agente inmobiliaria! —dice la agente, aunque logra contenerse y no añade el nombre de la agencia, puesto que el policía ya tiene cara de lamentar que sea tan fácil rastrear la munición de su arma reglamentaria.

—¿Podría describirlo?

A la agente se le ilumina la cara.

—¡Es un sueño! Estamos hablando de una oportunidad única de adquirir una vivienda exclusiva en una zona tranquila, pero cerca del animado centro de la gran ciudad. ¡Distribución abierta! ¡Muchísima luz!

El policía la interrumpe.

—Me refería a si tiene armarios, espacios de almacenamiento ocultos, cosas así…

—¿No le gustan las distribuciones abiertas? ¿Le gusta que haya paredes? ¡Las paredes son estupendas! —responde la agente muy animada, aunque con un tono que da a entender que, según su experiencia, la gente a la que le gustan las paredes es el mismo tipo de gente a la que le gustan otro tipo de barreras.

—Por ejemplo, ¿hay algún armario empotrado que no...?

—¿He mencionado ya la gran cantidad de luz que tiene?

—Sí.

—Hay estudios científicos que demuestran que la luz del día nos hace felices. ¿Lo sabía?

El policía no parece tener ninguna gana de que le hagan pensar en esto. Hay gente que prefiere decidir por sí misma cómo de feliz quiere ser.

—¿Podemos atenernos al asunto que nos ocupa?

—¡Sip!

—¿Hay en el apartamento algún espacio que no figure en los planos?

—¡Y la zona es de lo más apropiada para niños!

—¿Y eso qué tiene que ver?

—Sólo quería señalarlo. La localización, ya sabe. ¡De lo más adecuada para niños! O bueno..., exceptuando lo del secuestro de hoy, claro. Pero aparte de eso: ¡una zona perfecta para niños! Y a los niños, como sabe, ¡les encantan los coches de policía!

La agente agita alegremente el brazo en el aire imitando el sonido de una sirena.

—Me parece que ésa es la melodía del camión que vende helados —observa el policía.

—Ya, pero usted me entiende —insiste la agente.

—Le ruego que se limite a responder la pregunta.

—Lo siento. ¿Cuál era la pregunta?

—¿Cuántos metros tiene el apartamento?

La agente sonríe desconcertada.

—¿No me va a preguntar nada del sujeto? Pensaba que íbamos a hablar del robo.

El policía se muerde la lengua de tal modo que parece que está intentando respirar por las uñas de los pies.

—Claro. De acuerdo. Hábleme del sujeto. ¿Cuál fue su primera reacción cuand…?

La agente lo interrumpe ansiosa:

—¿El sujeto? ¡Sí! Pues, entró corriendo en el apartamento en plena visita, ¡y nos apuntó a todos con la pistola! ¿Sabe por qué?

—No.

—¡Por la distribución abierta! De lo contrario, no habría podido apuntarnos con la pistola ¡a todos *al mismo tiempo*!

El policía se frota las cejas.

—De acuerdo, vamos a intentar lo siguiente: ¿hay algún buen escondite en el apartamento?

La agente parpadea con tal lentitud que parece que acabe de aprender a parpadear.

—¿Escondite?

El policía echa la cabeza hacia atrás, mira fijamente al techo.

Su madre siempre le ha dicho que los policías son niños que nunca renovaron sus sueños de la infancia. A todos los niños les preguntan «¿qué quieres ser de mayor?», y casi todos responden alguna vez «¡policía!», pero la mayoría de ellos crecen y cambian de idea, normalmente para mejor. Por un instante, él desearía haber sido uno de ellos; de haberlo hecho, sus días serían seguramente menos complicados, y sus relaciones familiares también. Hay que decir que su madre siempre estuvo orgullosa de él, desde luego, nunca se mostró descontenta con su elección profesional. Ella era sacerdote, un trabajo que también es algo más que una mera forma de ganarse la vida, así que ella lo comprendía. Era su padre el que nunca quiso que llevara uniforme. Al joven policía quizá le pese aún la decepción que eso supuso, porque parece extenuado cuando vuelve a mirar a la agente inmobiliaria.

—Sí. Eso es lo que estoy intentando explicarle: creemos que el sujeto aún sigue en el apartamento.

4

Lo cierto es que cuando el sujeto se rindió, todos los rehenes, es decir la agente inmobiliaria y los posibles compradores, quedaron libres al mismo tiempo. Un policía vigilaba el rellano de delante del apartamento cuando salieron, cerraron la puerta y bajaron las escaleras hasta la calle, se metieron en los coches policiales que aguardaban allí fuera y se los llevaron de allí. El policía que hacía guardia ante la puerta esperó hasta que sus colegas subieron escaleras arriba. Un mediador llamó por teléfono al sujeto. Poco después, los policías entraron en tromba en el apartamento, y descubrieron que estaba vacío. La puerta del balcón estaba cerrada con llave, todas las ventanas estaban cerradas y no había ninguna otra salida.

Y no había que ser de Estocolmo para comprender que, o bien alguno de los rehenes lo había ayudado a huir, o bien no había huido y seguía allí dentro.

———

De acuerdo. Había un hombre en un puente. Piensa en eso ahora.

El hombre había escrito una carta y la había echado al buzón, había dejado a los niños en el colegio, se había subido a la barandilla del puente y allí estaba mirando abajo. Diez años después, tras un atraco fallido a un banco, un sujeto tomó ocho rehenes mientras visitaban un apartamento en venta. Desde lo alto de la barandilla de ese puente, se puede ver el balcón de ese apartamento.

Nada de esto tiene, por supuesto, nada que ver contigo. Aunque un poco sí. Porque tú eres una persona normal, ¿verdad? ¿Qué habrías hecho si hubieras visto a alguien subido a la barandilla del puente? No hay palabras correctas o incorrectas en un momento así, ¿a que no? Simplemente, habrías hecho cualquier cosa para conseguir que ese hombre no saltara. Ni siquiera lo conoces, pero es un instinto ancestral, somos incapaces de dejar que nadie se quite la vida, ni siquiera un desconocido.

De modo que habrías intentado hablar con él, ganarte su confianza, convencerlo de que no saltara. Porque seguramente tú también has tenido ataques de ansiedad, y días en los que has sentido tanto dolor en lugares que no se aprecian en las radiografías y en los que no has tenido palabras suficientes para explicárselo ni a las personas que te quieren. En tu fuero interno, en los recuerdos que tal vez nos neguemos a nosotros mismos, muchos sabemos que la diferencia entre nosotros y el hombre del puente es menor de lo que querríamos. La mayoría de los adultos han tenido unos cuantos momentos muy oscuros y, por supuesto, ni siquiera las personas moderadamente felices lo son tanto todo el tiempo. Así que habrías intentado salvarlo. Porque dejar de vivir es algo que uno puede hacer por error, pero saltar es algo que hay que elegir. Uno tiene que subirse a un sitio muy alto y dar un paso al frente.

Tú eres una buena persona. No te habrías quedado mirando.

El joven policía se roza la frente con las yemas de los dedos. Tiene un chichón tan grande como el puño de un bebé.

—¿Cómo se lo ha hecho? —le pregunta la agente inmobiliaria, aunque se le nota que lo que de verdad le gustaría es volver a preguntarle si todo bien en casa.

—Me dieron con algo en la cabeza —gruñe el policía, mira los documentos y pregunta—: ¿El sujeto parecía acostumbrado a usar armas de fuego?

La agente inmobiliaria sonríe sorprendida.

—¿Se refiere... a la pistola?

—Sí. ¿Se lo veía nervioso o parecía haber manejado armas de fuego anteriormente?

Con esa pregunta, el policía quiere averiguar si la agente inmobiliaria cree que el sujeto podría ser militar, por ejemplo. Pero la agente responde alegremente:

—Ah, no, o sea, ¡la pistola no era de verdad!

El policía la mira con los ojos entornados, como si no fuera capaz de decidir si la mujer está bromeando o si es una ingenua.

—¿Por qué lo dice?

—¡Se notaba perfectamente que era de juguete! Yo creía que todo el mundo se había dado cuenta.

El policía se queda un buen rato observando a la agente inmobiliaria. Comprende que no está bromeando. En su mirada se atisba una chispa de simpatía.

—Es decir que... ¿en ningún momento tuvo miedo?

La agente inmobiliaria niega con la cabeza.

—No, no, no. Supe enseguida que no estábamos en peligro, sabe. ¡Asaltante no habría podido hacerle daño a nadie!

—¿Asaltante?

—Bueno, ¡no se presentó y teníamos que ponerle algún nombre!

El policía observa sus notas. Se da cuenta de que la agente inmobiliaria no ha comprendido nada.

—¿Le ofrezco algo de beber? —pregunta, compasivo.

—No, gracias, ya me lo había preguntado —responde la agente como si nada.

El policía decide ir a buscarle un vaso de agua de todos modos.

7

Lo cierto es que ninguna de las personas a las que retuvieron como rehenes sabe lo que sucedió en el tiempo que transcurrió desde que las soltaron hasta que la policía irrumpió en el apartamento. Los rehenes ya se habían metido en los coches que había aparcados en la calle y que los llevaron a la comisaría cuando los policías se reunieron en el rellano de la escalera. Luego, el mediador especial (que el jefe de los jefes había enviado desde Estocolmo, puesto que los estocolmenses parecen dar por sentado que ellos son los únicos capaces de hablar por teléfono) llamó al sujeto con la esperanza de que éste saliera desarmado por iniciativa propia. Pero el sujeto no respondió. En cambio, se oyó un disparo. Cuando los policías derribaron la puerta del apartamento, ya era demasiado tarde. Al entrar en el salón, se vieron en medio de un charco de sangre.

En la sala de descanso de la comisaría, el joven policía se encuentra con un agente de más edad. El joven se sirve agua, el mayor bebe café. Tienen una relación complicada, como suele ocurrir entre policías de distintas generaciones. Al final de la carrera, uno busca el sentido de su trabajo; al principio, busca un objetivo.

—¡Buenas! —exclama el mayor.

—Hola —responde el joven algo cortante.

—Te ofrecería un café, pero supongo que sigues sin tomar café, ¿no? —sonríe el policía mayor, como si no beber café fuera una especie de minusvalía.

—No —responde el joven, como si rechazara un filete de carne humana.

El mayor y el joven no tienen mucho en común por lo que a la comida y la bebida se refiere, o por lo que se refiere a cualquier cosa, en realidad, lo cual causa conflictos recurrentes cuando van en el mismo coche policial a la hora del almuerzo. El plato favorito del policía mayor son las salchichas que venden en las gasolineras con puré de patatas de sobre, y cuando el camarero que recoge los platos en el restaurante local trata de retirar el suyo en el bufé de los viernes, él lo sujeta aterrorizado con las dos manos y exclama:

—¡¿Que si he terminado?! ¡Esto es un bufé! ¡Sabrás que he terminado cuando me veas en posición fetal debajo de la mesa!

El plato favorito del policía joven es, según el mayor, «esa comida inventada, algas y plantas marinas y pescado crudo, ¡se cree que es un cangrejo ermitaño, carajo!». A uno le gusta el café, al otro el té. El uno mira el reloj mientras están trabajando para saber si falta mucho para el almuerzo, el otro mira el reloj durante el almuerzo para saber si falta mucho para volver al trabajo. El mayor piensa que, para un policía, lo más importante es hacer lo correcto, y el joven piensa que lo más importante es hacer lo que hay que hacer correctamente.

—¿Seguro? Te puedo ofrecer incluso un Frappuccino, o como quiera que se llame. Hasta he comprado leche de esa de soja, ¡aunque no quiero saber qué demonios habrán ordeñado para conseguirla! —se ríe a carcajadas el policía mayor, aunque sin dejar de mirar de reojo al joven con cierta preocupación.

—Mmm… —responde el joven sin prestar atención.

—¿Va bien el interrogatorio de la dichosa agente inmobiliaria? —pregunta el mayor con tono de estar bromeando, para no desvelar que pregunta por consideración.

—¡Estupendo! —asegura el joven, al que cada vez le cuesta más ocultar su irritación, y trata de escabullirse hacia la puerta.

—¿Y estás bien? —pregunta el mayor.

—Sí, sí, ¡claro que estoy bien! —exclama el joven.

—Me refiero a después de lo ocurrido, si necesitas hablar…

—Estoy bien —insiste el joven.

—¿Seguro?

—¡Seguro!

—¿Y qué tal llevas…? —pregunta el mayor, señalando el chichón que el joven tiene en la frente.

—Bien, estupendamente. Tengo que irme.

—Sí, sí, claro. Entonces, ¿necesitas ayuda para interrogar a la agente? —pregunta el mayor. Sonríe para no seguir mirando fijamente los zapatos del policía joven.

—Me las puedo arreglar solo.

—Te ayudo encantado.

—¡No, gracias!

—¿Seguro? —le grita el mayor, pero sólo recibe un silencio afianzado por respuesta.

Cuando el joven se ha marchado, el mayor se queda solo tomándose el café en la sala de descanso. Los hombres mayores rara vez saben qué decir a los jóvenes para que éstos sepan que se preocupan por ellos. Es muy difícil encontrar las palabras adecuadas cuando lo único que queremos decir en realidad es: «Veo que estás sufriendo».

En el suelo, en el lugar donde hace un momento se encontraba el joven, hay ahora unas manchitas rojas. Aún tiene sangre en los zapatos, y no se ha dado cuenta todavía. El policía mayor humedece un paño y limpia el suelo cuidadosamente. Le tiemblan los dedos. Puede que el policía joven no esté mintiendo, puede que esté bien de verdad. Pero el mayor todavía no se ha recuperado.

9

El joven policía vuelve a la sala de interrogatorios y pone en la mesa el vaso de agua. La agente inmobiliaria lo mira y piensa que parece uno de esos tipos a los que les han amputado el sentido del humor. Aunque eso no tiene nada de malo.

—Gracias —dice poco convencida, mirando el vaso que ella no pidió.

—Debo hacerle unas preguntas más —dice excusándose el joven policía, y saca un papel arrugado. Parece un dibujo infantil.

La agente inmobiliaria asiente, pero no ha alcanzado a abrir la boca cuando la puerta se abre despacio y da paso al policía mayor. La agente inmobiliaria se percata de que tiene los brazos demasiado largos respecto a su tronco; si volcara el café, sólo se quemaría de las rodillas para abajo.

—¡Buenas… buenas…! Sólo quería ver si necesitas ayuda… —dice el policía mayor.

El policía joven mira al techo con resignación.

—¡No, gracias! Como te acabo de decir, lo tengo todo controlado.

—Ya, ya. Bueno, sólo quería ayudar —continúa el mayor.

—No, no, por el amor de … ¡no! ¡Esto es *terriblemente* poco profesional! ¡No puedes irrumpir sin más en medio de un interrogatorio! —protesta el joven.

—Vaya, perdón, sólo quería preguntarte en qué punto estás

—susurra el mayor abochornado, incapaz de ocultar su preocupación.

—¡Pues precisamente estaba a punto de preguntar sobre el dibujo! —mascula el joven, como si lo hubieran pillado oliendo a tabaco y él se empeñara en decir que le había sujetado el cigarrillo a un amigo.

—¿A quién le ibas a preguntar? —quiere saber el policía mayor.

—¡A la agente inmobiliaria! —exclama el joven, señalándola.

Por desgracia, esto inspira a la mujer, que salta de la silla con la mano en alto.

—¡Yo soy la agente inmobiliaria! ¡De la Agencia Inmobiliaria TODO BIEN EN CASA!

—¡Ay, por Dios, otra vez no...! —dice suspirando el policía joven, mientras la agente inmobiliaria toma impulso y gorjea alegremente:

—¿Todo bien en casa?

El policía mayor mira extrañado al policía joven.

—Así lleva desde que empezamos —explica el joven, presionándose las cejas con los pulgares.

El policía mayor mira a la agente con los ojos entornados, ha adquirido la costumbre de mirar así cuando conoce a gente imposible de entender, y toda una vida haciendo ese gesto de forma casi constante le ha otorgado a la piel de debajo de sus ojos la densidad del helado suave. La agente, que obviamente tiene la impresión de que nadie la ha oído la primera vez, da una explicación que nadie le ha pedido:

—¿Lo capta? Agencia Inmobiliaria TODO BIEN EN CASA, ¿todo bien en casa? ¿Lo capta? Porque todo el mundo quiere saber qué...

El policía mayor lo capta, incluso sonríe con aprobación, pero el joven señala a la agente con el dedo índice, moviéndolo de arriba abajo entre ella y la silla:

—¡Siéntese! —le dice con el tono que reservamos para niños, perros y agentes inmobiliarios.

La agente deja de sonreír. Se sienta torpemente. Mira primero a uno de los policías, luego al otro.

—Perdón. Es la primera vez que me interroga la policía. No irán a hacerme... ya saben, eso del poli bueno y el poli malo, como en las películas, ¿verdad? ¿No harán eso de que uno de ustedes sale a buscar café mientras el otro me aporrea con una guía telefónica y me grita: «¡¿Dónde está el cadáver?!»?

La agente suelta una risita nerviosa. El policía mayor sonríe un poco, pero el joven no sonríe nada de nada, así que la agente continúa, algo más nerviosa:

—Perdón, estaba bromeando. Si la guía telefónica ya ni siquiera existe, ¿qué iban a hacer? ¿Golpearme con un iPhone?

Empieza a mover los brazos para ilustrar una paliza con un iPhone y grita con lo que los policías suponen debe de ser la imitación que la agente inmobiliaria hace de la forma de hablar de los policías:

—¡Oh, no, mierda, le he dado «Me gusta» sin querer al Instagram de mi ex! ¡Borrar, borrar!

Al policía joven no parece hacerle ninguna gracia, lo cual parece preocupar a la agente. El policía mayor se inclina mientras tanto sobre las notas del policía joven, y pregunta como si la agente no estuviera en la sala:

—¿Y qué ha dicho del dibujo?

—No he tenido ocasión de preguntarle, ¡porque justo has entrado y me has interrumpido! —exclama el policía joven.

—¿Qué dibujo? —pregunta la agente.

—Como estaba a punto de decir cuando me interrumpieron... Encontramos este dibujo en el hueco de la escalera, y creemos que se le pudo caer al sujeto. Querríamos que usted... —comienza el joven, pero el mayor lo interrumpe.

—¿Y le has hablado de la pistola?

—¡Deja de meterte en mis asuntos! —le advierte el joven.

Con lo que el mayor se encoge de hombros y murmura:

—Bueno, está bien, pues perdón por existir.

—¡La pistola no era de verdad! ¡Era de juguete! —interviene rauda la agente.

El policía mayor la mira sorprendido, luego mira al joven, antes de susurrar de un modo que sólo los hombres de cierta edad consideran un susurro:

—¿Así que... no se lo has contado?

—¿Si no me ha contado el qué? —pregunta la agente.

El policía joven suelta un suspiro y dobla el dibujo con sumo cuidado, como si en realidad estuviera doblándole la cara a su colega de más edad. Luego se vuelve hacia la agente inmobiliaria.

—Bueno, justo iba a ello... Verá, cuando el sujeto los soltó a usted y a los demás rehenes, y los trajimos a la comisaría...

El policía mayor interrumpe solícito:

—¡Se pegó un tiro!

El policía joven cruza las manos para evitar que estrangulen al policía mayor. Dice algo, pero la agente no lo oye: sus canales auditivos ya están llenos de un monótono runrún que crece hasta convertirse en un rugido, la conmoción toma el control de su sistema nervioso. Mucho después, la mujer será capaz de jurar que la lluvia golpeaba la ventana mientras estuvo allí, pese a que la sala de interrogatorios no tiene ventanas. Se queda mirando a los policías boquiabierta.

—Entonces... la pistola... era... —logra articular.

—Era de verdad —confirma el policía mayor.

—Yo... —comienza a decir la agente, pero tiene la boca demasiado seca para hablar.

—¡Toma! ¡Bebe un poco de agua! —le dice el policía mayor, ofreciéndole el vaso como si lo hubiera servido él.

—Gracias... yo... pero, si la pistola era de verdad... todos podríamos estar... ¡muertos! —susurra la mujer, y toma un poco de agua, presa de un miedo retroactivo. El policía mayor asiente con autoridad, le quita al joven sus notas y empieza a hacer sus propias anotaciones con el bolígrafo.

—Quizá deberíamos empezar desde el principio, ¿no? —afirma más que pregunta el mayor, con ánimo de ayudar. El joven, por su parte, se toma una breve pausa para salir al pasillo y darse de cabezazos contra la pared.

Cuando se oye el portazo, el policía mayor da un respingo. Es difícil comunicarse con palabras cuando uno es mayor y lo único que quiere decirle a alguien más joven es: «Te veo sufrir y eso me hace sufrir a mí». Los zapatos del policía joven han dejado en el suelo, debajo de la silla, unas marcas rojizas de sangre reseca. El policía mayor las mira consternado. Precisamente por eso no quería que su hijo fuera policía.

El primero que vio al hombre en el puente hace diez años fue un chico adolescente cuyo padre quería que cambiara sus sueños y se buscara otros nuevos. El chico tal vez habría podido esperar a que llegara ayuda, pero ¿tú habrías esperado? ¿Te habrías quedado esperando si tu madre fuera sacerdote y tu padre policía, y te hubieras criado en la creencia de que hay que ayudar a la gente cuando se puede, y que no hay que abandonar a nadie, salvo que no haya más remedio?

Así que fue corriendo hasta el puente y llamó a los gritos al hombre, y el hombre se detuvo. El chico no sabía qué hacer, así que empezó a... hablar sin más. Trataba de ganarse la confianza del hombre. De conseguir que diera dos pasos hacia atrás en lugar de uno hacia delante. El viento resonaba suavemente en sus chaquetones, se respiraba la lluvia en el aire y en la piel se presentía el invierno; el chico trataba de encontrar palabras para expresar lo mucho por lo que vale la pena vivir aunque en ese momento no se lo pareciera.

El hombre de la barandilla tenía dos hijos, según le contó al chico. Quizá porque el muchacho le recordaba a ellos. El chico le suplicó, con el pánico resonando en cada sílaba: «¡No salte, por favor!».

El hombre lo miró con calma, casi compasivo, y respondió:

—¿Sabes qué es lo peor de ser padre? Que siempre te juzgan por tus peores momentos. Puedes hacer bien un millón de cosas, y cometer un solo fallo; a partir de ahí serás para siempre aquel padre que estaba mirando el celular en el parque cuando al niño lo golpeó un columpio en la cabeza. No les quitamos la vista de encima durante varios días seguidos, pero leemos un solo mensaje de texto y todos nuestros mejores momentos no valen nada. Nadie va al psicólogo para hablar de todas las veces que, de niños, no se golpearon la cabeza con un columpio. Los padres se definen por sus fracasos.

El chico no entendía muy bien qué significaba aquello. Le temblaban las manos mientras miraba por encima de la barandilla y veía la muerte en aquella caída al vacío. El hombre le sonrió y dio medio paso atrás. En ese momento, le pareció lo más grande del mundo.

Luego, el hombre le contó que había tenido un trabajo bastante bueno, que fundó una empresa bastante próspera, compró un apartamento muy bonito. Que invirtió sus ahorros en acciones de una compañía inmobiliaria, para que sus hijos pudieran tener trabajos aún mejores y apartamentos aún más bonitos, y pudieran vivir con la libertad de no tener que preocuparse, de no tener que dormirse de agotamiento por las noches con la calculadora en la mano. Porque ése es el trabajo de los padres: ser un hombro en el que apoyarse. Ese hombro en el que los hijos puedan ir sentados de pequeños y desde el que puedan ver el mundo, ese hombro sobre el que levantarse de mayores para poder alcanzar las nubes, en el que apoyarse a veces, cuando vacilan y dudan. Ellos confían en nosotros, es una responsabilidad abrumadora, porque aún no han entendido que, en realidad, no sabemos qué estamos haciendo. Así que el hombre hizo lo que hacemos todos: fingió que sí lo sabía. Cuando sus hijos le preguntaron por qué la caca es marrón, y qué ocurre después de la muerte y por qué los osos polares no comen pingüinos. Con el tiempo se hicieron mayores. A veces el hombre lo olvidaba un instante y trataba de ir con ellos de la mano. ¡Dios, qué vergüenza pasaban! Y él también. Resulta difícil explicarle a un niño de doce años que «cuando tú eras pequeño y yo andaba rápido, tú corrías para alcanzarme y me dabas la mano, y aquellos eran los mejores momentos de mi vida. Las yemas de tus dedos en la palma de mi mano. Antes de que supieras en cuántas cosas había fracasado».

El hombre fingía, en todo. Todos los expertos en economía le prometieron que las acciones en la compañía inmobiliaria eran una inversión segura, porque todos saben que los inmuebles nunca se devalúan. Y eso fue justo lo que pasó después.

Se produjo una crisis financiera en el mundo y quebró un banco de Nueva York y, lejos de allí, en una ciudad de otro país, vivía un hombre que lo perdió todo. Vio el puente desde la ventana de la cocina después de hablar con su abogado. Era por la mañana temprano, aún no hacía el frío que le correspondía a aquella época del año, pero la lluvia flotaba en el aire. El hombre llevó a sus hijos al colegio como si nada hubiera pasado. Fingió. Y les susurró al oído que los quería, y se le rompió el corazón al ellos poner los ojos en blanco. Luego se dirigió al río. Detuvo el coche donde estaba prohibido aparcar, lo dejó con las llaves puestas y se encaminó al puente y se subió a la barandilla.

Todo aquello se lo contó el hombre al chico y, lógicamente, el chico supo que todo iba a acabar bien. Porque cuando un hombre que se ha subido a la barandilla de un puente se toma el tiempo necesario para contarle a un desconocido lo mucho que quiere a sus hijos, está claro que, en realidad, no tiene intención de saltar.

Y entonces, saltó.

11

Diez años después, el joven policía se encuentra en el pasillo, delante de la sala de interrogatorios. Su padre sigue dentro con la agente inmobiliaria y, por supuesto, su madre tenía razón: no deberían haber trabajado juntos, su padre y él, acabarían discutiendo. Él no le hizo caso, claro, nunca le hace caso. La madre había observado a su hijo en ocasiones, cuando estaba cansada o cuando se había tomado un par de copas de vino, las suficientes como para olvidar contener sus emociones, y decía: «Hay días en que siento que, en realidad, nunca volviste del todo de aquel puente, cariño. Que sigues tratando de salvar a aquel hombre, aunque es tan imposible hoy como lo era entonces». Puede que su madre tenga razón, pero él no tiene fuerzas para averiguarlo. Aun hoy, diez años después, sigue teniendo las mismas pesadillas. Después de la Escuela Superior de Policía, de los exámenes, de una guardia tras otra, trabajando hasta tarde, el trabajo en la comisaría que tanto le celebró todo el mundo, menos su padre, más noches en vela, tanto trabajo que aprendió a detestar los días libres, los paseos matutinos dando bandazos para llegar a casa, las montañas de facturas acumuladas en el vestíbulo, la cama vacía, los somníferos, el alcohol. Aquellas noches en que todo se volvía demasiado insoportable salía a correr, un kilómetro tras otro en la oscuridad y el frío y el silencio, con los pies golpeando el asfalto cada vez más rápido, pero nunca como cuando uno trata de llegar a algún sitio o ganar algo. Hay hombres que corren como cazadores, él corría como si fuera la presa. Extenuado y agotado, se tambaleaba a casa, luego arrancaba para el trabajo, y empezaba otra vez. A veces bastaban unos vasos de *whisky* para conciliar el sueño; las mañanas buenas, una ducha helada era suficiente para despertarse. Entre tanto, hacía cualquier cosa por aliviar la hipersensibilidad de la piel. Ahogar el llanto que sentía en las costillas, mucho antes de que llegara a la garganta y a los conductos lacrimales. Pero todo el tiempo… aún las mismas pesadillas. La cazadora aleteando al viento, el sordo crujir de los zapatos del hombre cuando se deslizó desde la barandilla, el grito del muchacho mientras miraba al agua, un grito que ni le sonó ni sintió como suyo. Apenas lo oyó de todos modos, la conmoción fue demasiado honda y ensordecedora, aún lo es.

Hoy, él había sido el primer policía que cruzó la puerta después de que soltaran a los rehenes y el disparo se oyera desde el interior del apartamento. Fue él quien se precipitó al interior de la sala, pisó la alfombra ensangrentada, abrió de golpe la puerta del balcón y se quedó allí fuera mirando desesperado hacia abajo por la barandilla, pues por ilógico que les resultara a los demás, su primer instinto y gran temor fue: «¡Saltó!». Pero allá abajo no había nada más que periodistas y vecinos curiosos que miraban hacia arriba con los ojos entornados tras sus celulares. El sujeto había desaparecido sin dejar rastro y el policía se encontraba solo en el balcón. Desde allí podía ver hasta el puente. Ahora estaba en el pasillo de la comisaría y ni siquiera era capaz de limpiarse la sangre de los zapatos.

El aire pasa por la garganta del policía mayor haciendo el mismo ruido que hace un mueble muy pesado cuando lo arrastran por un suelo desnivelado de madera. Respira por la nariz, de modo que retumba en la cavidad bucal. Después de alcanzar cierta edad y cierto peso, notó que empezaba a sonar así, como si los suspiros de los mayores fueran más pesados. Un tanto avergonzado, le sonríe a la agente.

—Mi colega... es mi hijo.

—¡Ah! —asiente la mujer, como si fuera a decir que ella también tiene hijos, o quizá que no tiene hijos, pero que ha leído acerca de ellos en un manual de formación para agentes inmobiliarios. Sus favoritos son los que tienen juguetes en colores neutros, porque van con todo.

—Mi mujer decía que no era buena idea que trabajáramos juntos —confiesa el policía.

—Comprendo —miente la agente.

—Decía que soy sobreprotector. Que soy como los pingüinos, que empollan una piedra porque se niegan a aceptar que el huevo ya se ha ido. Decía que no puedes proteger a los hijos de la vida, porque la vida nos atrapa a todos al final.

La agente se está planteando si fingir que lo entiende, pero se decide por ser sincera.

—¿Y qué quería decir con eso?

El policía se sonroja.

—Yo nunca quise... En fin... qué tontería sentarme aquí a hablar contigo de este tema, pero es que yo nunca quise que mi hijo fuera policía. Es demasiado sensible. Es demasiado... bueno. ¿Comprendes? Hace diez años se acercó corriendo a un puente y trató de hacer entrar en razón a un hombre que quería saltar. Hizo todo lo que pudo, ¡todo lo que pudo! Pero el hombre saltó de todos modos. ¿Te imaginas las consecuencias que algo así puede tener para cualquiera? Mi hijo... siempre quiere salvar a todo el mundo. Yo pensaba que, después de aquello, tal vez no quisiera ser policía, pero ocurrió lo contrario. De pronto, nada le interesaba más. Porque quería salvar a la gente. Incluso a los malos.

El pecho de la agente inmobiliaria sube y baja de forma casi imperceptible.

—¿Te refieres al sujeto?

El policía mayor asiente.

—Sí. En el apartamento había sangre por todas partes cuando llegamos. Mi hijo dice que el sujeto morirá si no lo encontramos a tiempo.

La agente inmobiliaria comprende lo mucho que significa esto para él tras percibir el dolor en su mirada. El hombre raspa la mesa con las uñas y añade con forzado formalismo:

—Te recuerdo que todo lo que digas en este interrogatorio quedará grabado.

—Entendido —asegura la agente.

—Es importante que lo tengas presente. Todo lo que se diga aquí quedará registrado en un expediente y pueden leerlo todos los demás policías —insiste.

—Todos pueden leerlo. Lo entiendo perfectamente.

El policía mayor ahora desdobla lentamente el papel que el joven policía había dejado en la mesa. Es un dibujo hecho por un niño que, o tiene mucho talento o carece por completo de él, dependiendo enteramente de la edad que tenga. Parece representar tres animales.

—¿Reconoces esto? Como te comenté, lo encontramos en el hueco de la escalera.

—Lo siento —dice la agente inmobiliaria, y parece sentirlo de veras.

El policía se obliga a sonreír.

—Mis colegas dicen que parecen un mono, una rana y un caballo. Pero yo veo más bien una jirafa que un caballo. ¡Si no tiene cola! Y las jirafas no tienen cola, ¿verdad? Estoy seguro de que es una jirafa.

Entonces la agente respira hondo y dice lo que las mujeres suelen decirles a los hombres a los que nunca se les ocurre que su falta de conocimientos debería impedirles mostrarse totalmente seguros en sus conclusiones.

—Seguramente tienes razón.

La verdad es que no fue el hombre del puente el que hizo que el muchacho quisiera ser policía, sino la muchacha que subió a la misma barandilla una semana después. La que no saltó.

La taza de café es lanzada con furia. Sobrevuela las dos mesas de escritorio, pero, por los más insondables misterios de la fuerza centrífuga, conserva casi todo su contenido líquido hasta que se esparce con violencia contra la pared, que queda acto seguido teñida de color capuchino.

Los dos policías se miran; el uno, avergonzado; el otro, asustado. El policía mayor se llama Jim. El policía joven, su hijo, se llama Jack. Esta comisaría es demasiado pequeña para que estos dos hombres puedan evitarse, así que, como de costumbre, acabaron cada uno a un lado de sus escritorios, medio ocultos detrás de sus pantallas de computadora, puesto que, en estos días, el trabajo policial consiste en tan sólo un diez por ciento de auténtico trabajo policial, y el resto en dejar por escrito exactamente lo que se ha hecho durante el transcurso de dicho trabajo policial.

Jim pertenece a una generación que consideraba las computadoras como algo mágico; Jack pertenece a una generación que las da por supuesto. Cuando Jim era pequeño, castigaban a los niños mandándolos a su cuarto, ahora los castigan obligándolos a salir de ellos. A una generación la reñían porque eran incapaces de estarse quietos, y a la siguiente la riñen porque no se mueven nunca. Así que cuando Jim escribe un informe, pulsa cada tecla hasta el fondo con resolución, comprueba enseguida la pantalla para asegurarse de que no lo ha engañado y, sólo después, pulsa la siguiente tecla. Porque Jim no es el tipo de persona que se deja engañar. Jack, en cambio, teclea lógicamente como lo hacen los jóvenes que nunca han vivido en un mundo sin internet, puede hacerlo con los ojos vendados, roza las teclas tan levemente que ni siquiera un laboratorio forense sería capaz de demostrar que alguien las ha tocado.

Los dos hombres, por supuesto, se sacan mutuamente de quicio por los detalles más nimios. Cuando el hijo busca algo en internet, dice que va a «googlearlo»; el padre, en cambio, dice: «Voy a consultarlo en Google». Cuando no están de acuerdo en algo, el padre dice: «Pero tiene que ser cierto, ¡si lo he leído en Google!», y el hijo exclama: «Papá, las cosas no se leen en Google, se buscan...».

Digamos que no es el hecho de que el padre no entienda la tecnología lo que saca de quicio al hijo, sino el que su padre casi, casi la entienda. Por ejemplo, Jim todavía no sabe cómo tomar una captura de pantalla, así que, cuando quiere una imagen de lo que tiene en la pantalla de la computadora, le toma una foto con el celular. Cuando quiere sacarle una foto a algo que tiene en el celular, usa la fotocopiadora. La última gran discusión que tuvieron Jim y Jack fue cuando al jefe de algún jefe se le ocurrió que la policía de la ciudad debía tener «más presencia en las redes» (porque se ve que en Estocolmo los policías están omnipresentes y accesibles todo el tiempo), y les pidió que se tomaran fotos durante un día normal de trabajo. Así que Jim fotografió a Jack en el coche policial. Mientras Jack conducía. Con el *flash*.

Ahora están los dos sentados uno frente al otro en la comisaría, tecleando cada uno a su ritmo. Jim es meticuloso, Jack es eficaz. Jim cuenta toda una historia en cada informe; Jack se limita a los hechos. Jim borra y redacta y reflexiona y empieza otra vez desde el principio; Jack teclea sin cesar como si todo lo que ocurre en el mundo pudiera describirse de una sola manera. De joven, Jim soñaba con ser escritor. Lo cierto es que siguió soñándolo adentrada la niñez de Jack. Luego empezó a soñar que Jack se convertiría en escritor. Es algo que los hijos no pueden comprender y que supone una vergüenza para los padres: que en realidad no queremos que nuestros hijos persigan sus sueños, ni que sigan nuestros pasos. Lo que queremos es seguir los suyos mientras ellos persiguen nuestros sueños.

Los dos tienen en sus escritorios fotos de la misma mujer. La madre de uno, la mujer del otro. En el escritorio de Jim se ve, además, la foto de una joven, siete años mayor que Jack, aunque rara vez hablan de ella, y ella sólo llama cuando necesita dinero. Cada año, al principio del invierno, Jim dice esperanzado: «Puede que tu hermana venga a casa esta Navidad», y Jack responde: «Claro, papá, ya veremos». El hijo nunca llama ingenuo a su padre. Es un acto de amor. El padre se sienta cada Navidad con los hombros cargados de piedras invisibles y dice: «No es culpa suya, Jack, tu hermana está...», y Jack siempre responde: «...enferma. Ya lo sé, papá. Mi hermana está enferma. ¿Quieres otra cerveza?».

Son tantas las cosas que se interponen ahora entre el policía mayor y el policía joven, por muy cerca que vivan. Porque, al final, Jack dejó de ir detrás de su hermana; ésa era la diferencia principal entre el hermano y el padre.

Cuando su hija era adolescente, Jim pensaba que los niños eran como las cometas, así que sujetó la cuerda con todas sus fuerzas, pero al final el viento se la llevó de todos modos. Ella se soltó y se fue volando a las alturas. No es posible precisar cuándo y dónde comienza una adicción, por eso todos mienten cuando dicen «lo tengo controlado». Las drogas son una especie de crepúsculo que nos brinda la idea ilusoria de que somos nosotros quienes decidimos cuándo apagar las luces, pero no contamos con ese poder: la negrura nos lleva cuando quiere.

Hace unos años, Jim se enteró de que Jack había reunido todos sus ahorros, con los que planeaba comprarse un apartamento, para ingresar a su hermana en una clínica de rehabilitación muy exclusiva. Jack llevó a su hermana en coche. Ella suspendió el tratamiento dos semanas después, demasiado tarde para que a Jack pudieran devolverle el dinero. Pasó seis meses sin dar señales de vida, hasta que un día llamó de pronto en plena noche como si nada hubiera pasado, y le preguntó a Jack si podía prestarle «unos miles». Para un billete de avión de vuelta a casa, dijo. Jack le envió el dinero, pero ella no volvió. Su padre sigue corriendo por ahí para no perder de vista la cometa que va por los aires, ésa es la diferencia entre el padre y el hermano. Esta Navidad, uno dirá: «Tu hermana está...», y el otro responderá con un susurro: «Ya lo sé, papá», e irá a traerle otra cerveza.

Naturalmente, encuentran formas de discutir por la cerveza también. Jack es uno de esos jóvenes que sienten curiosidad por la cerveza que sabe a pomelo y a galleta de canela y a porquerías de todo tipo. A Jim le gusta que la cerveza sepa a cerveza. A veces llama a todas esas variantes complejas «cerveza de Estocolmo», pero no demasiado a menudo, claro, porque entonces su hijo se enfada tanto que deja de comprarle cervezas y a Jim no le queda otra que comprarlas por sí mismo durante varias semanas. A veces piensa que es imposible saber si los hijos resultan totalmente distintos entre sí a pesar de crecer juntos, o si es precisamente a causa de ello. Echa un vistazo por encima de la pantalla de la computadora y observa los dedos de su hijo sobre el teclado. La pequeña comisaría de su ciudad, que tampoco es tan grande, es un lugar bastante tranquilo. Allí no ocurre gran cosa, no están acostumbrados a episodios con rehenes, ni a ningún otro tipo de episodios dramáticos, realmente.

Así que Jim sabe que ésta es la gran oportunidad de Jack para demostrar a los jefes lo que vale, la clase de policía que es antes de que
lleguen los expertos de Estocolmo.

La frustración de Jack se refleja en el ceño fruncido y el des-
asosiego lo arrasa por dentro. Lleva al borde de un ataque de ira
desde que fue el primero en entrar al apartamento. Se estuvo
conteniendo un buen rato, pero después del último interrogatorio fue a la cocina de la comisaría y estalló:

—¡Alguno de estos testigos *sabe* lo que ha pasado! ¡Alguien
lo sabe y nos está mintiendo en la cara! ¿Acaso no comprenden
que el sujeto podría estar escondido en algún lugar ahora mismo,
muriendo y desangrándose? ¿Cómo son capaces de mentirle a la
policía mientras alguien *se muere*?

Jim no dijo una sola palabra al volver a la computadora tras su
estallido. Pero no fue Jack quien lanzó la taza de café contra la
pared. Porque aunque el joven estaba furioso por no poder sal-
varle la vida al sujeto, y detestaba el hecho de que los malditos
estocolmenses estuvieran a punto de arrebatarle la investigación,
nada de eso podía compararse a la rabia que su padre sentía al no
poder ayudarlo.

Se quedan en silencio un buen rato. Primero se miran enojados
y luego bajan la vista cada uno a su teclado. Al final, Jim logra
articular:

—Perdón. Ya lo limpiaré. Es que… Comprendo que esto te
saque de quicio. Sólo quiero que sepas que a mí… también me
saca de quicio.

Tanto él como Jack han revisado cada centímetro de los planos
del apartamento. Allí dentro no hay escondites, ningún lugar en
el que refugiarse. Jack mira a su padre, luego los restos de la taza
de café que hay detrás de él, y reconoce en voz baja:

—Alguien tiene que haberle ayudado. Aquí hay algo que se nos escapa.

Jim se centra en los apuntes de los interrogatorios de testigos.

—Sólo podemos hacerlo lo mejor que sabemos, hijo.

Resulta más fácil hablar del trabajo cuando no damos con las palabras para hablar de todas las demás cosas de la vida, pero, lógicamente, esas palabras tratan de ambas cosas a la vez. Jack lleva pensando en el puente desde que comenzó la historia de los rehenes, porque, durante sus noches buenas, aún sueña que el hombre no saltó, que él logró salvarlo. Jim piensa en el mismo puente todo el tiempo porque, cuando tiene una mala noche, sueña que fue Jack quien saltó.

—O miente uno de los testigos, o mienten todos. Pero alguien sabe dónde está escondido el sujeto —repite Jack mecánicamente como para sus adentros.

Jim mira de reojo a su hijo, que tamborilea los dedos sobre la mesa, igual que hacía su madre después de una larga noche de trabajo en el hospital o en la prisión. Ya ha pasado demasiado tiempo para que el padre le pregunte a su hijo cómo se encuentra, demasiado tiempo para que el hijo pueda explicárselo. La distancia entre ellos es ya demasiado grande.

Pero cuando Jim se levanta trabajosamente de la silla, con toda la sinfonía de jadeos propia de un hombre de mediana edad, para limpiar la pared y retirar los fragmentos de la taza que ha roto, Jack se levanta a toda prisa y se dirige a la cocina. Vuelve con dos tazas nueva. No porque él tome café, sino porque sabe que para su padre a veces es importante no tener que tomar café solo.

—No debería haberme entrometido en tu interrogatorio, hijo —dice Jim en voz baja.

—No pasa nada, papá —responde Jack.

Ninguno de los dos cree en lo que dice. Normalmente mentimos a aquellos a los que queremos. Vuelven a inclinarse sobre los teclados, pasan a limpio las declaraciones de todos los testigos, las leen una vez más en busca de alguna pista.

Los dos tienen razón. Los testigos no han dicho la verdad. Desde luego, no toda. Y no todos.

14

Fecha: 30 de diciembre
Nombre del testigo: London

Jack: Estaría más cómoda si se sentara en la silla en lugar de en el suelo.

London: Pero ¿tienes cataratas o qué? ¿No ves que el cable del cargador de celular no llega hasta la silla?

Jack: Y mover la silla es impensable, claro.

London: ¿Qué?

Jack: No, nada.

London: Tienen una cobertura pésima. O sea, una raya, por favor...

Jack: Me gustaría que apagara el teléfono ya para empezar con mis preguntas.

London: Pero, a ver, ¿qué te lo impide? Tú pregunta y ya. Por cierto, ¿eres policía de verdad? Pareces demasiado joven para ser policía.

Jack: Se llama London, ¿es correcto?

London: «Es correcto». ¿Hablas así de verdad? Suenas como si estuvieras intentando seducir a alguien a quien le excitan los contables.

Jack: Le agradecería que intentara tomarse esto en serio. ¿Se llama L-o-n-d-o-n?

London: ¡Que sí!

Jack: Qué nombre poco común. O, bueno, quizá no poco común, pero sí interesante. ¿De dónde viene?

London: De Inglaterra.

Jack: Ya, eso lo entendí. Me refería más bien si se llama así por algo en particular.

London: Mis padres me llamaron así. ¿Te fumaste algo o qué?

Jack: ¿Sabe qué? Vamos a dejarlo, ¡seguimos y ya está!

London: ¿De verdad te vas a molestar por eso?

Jack: No estoy molesto.

London: No, claro, si no pareces molesto para nada.

Jack: Centrémonos en las preguntas. Usted trabaja en el banco, ¿correcto? ¿Estaba en la caja cuando entró el sujeto?

London: Sí. «Es correcto».

Jack: No tiene por qué hacer eso con los dedos.

London: Es un signo de citación. Estás apuntando lo que digo, ¿no? Porque quiero que uses el signo de citación cuando haga el signo de citación con los dedos, para que los que lean esos apuntes comprendan que estoy siendo irónica. Si no, ¡pensarán que soy tonta!

Jack: No es una citación, es cita, y se llaman comillas.

London: ¿Hola? ¿Estamos en clase de ortografía?

Jack: Sólo le he dicho cómo se llaman.

London: ¡Sólo le he dicho cómo se llaman!

Jack: Le voy a tener que pedir que se tome esto más en serio. ¿Podría hablarme del robo?

London: Pues es que ni siquiera fue un robo. O sea, es un banco sin efectivo.

Jack: Por favor, cuénteme qué fue lo que pasó.

London: ¿Has apuntado que me llamo London? ¿O sólo «testigo»? Quiero que pongas mi nombre, por si esto luego sale en internet y me hago famosa.

Jack: No saldrá en internet.

London: Todo acaba saliendo en internet.

Jack: Pues, pondré tu nombre.

London: Cool.

Jack: ¿Cómo?

London: «*Cool*». ¿No sabes lo que significa «*cool*»? Es como decir «okay», o «bien».

Jack: Sí, sé lo que significa, es que no la había oído.

London: Es que no la había oídoooo...

Jack: ¿Cuántos años tiene?

London: ¿Cuántos años tienes tú?

Jack: Pregunto porque parece demasiado joven para ser empleada de banco.

London: Tengo veinte. Y sólo soy sustituta, porque nadie quería trabajar la víspera de Nochevieja. Voy a estudiar para ser coctelera.

Jack: No sabía que hubiera que estudiar para servir copas.

London: Es más difícil que ser policía, la verdad.

Jack: Seguro que sí. Y ahora, ¿podría contarme lo del robo, por favor?

London: ¡Dios! ¿Se puede ser más insoportable? Bueno, pues te contaré sobre el «robo»...

Era uno de esos días que ni siquiera tenía tiempo atmosférico. Durante algunas semanas de invierno en el centro de Escandinavia, el cielo ni se molesta en impresionarnos, nos recibe del color de un papel de periódico ahogado en un charco, y el amanecer deja tras de sí una niebla que parece que alguien estuviera quemando fantasmas. Es decir, era un mal día para enseñar un apartamento, puesto que nadie quiere vivir en ningún sitio cuando hace un tiempo así y, además, era la víspera de Nochevieja, ¿y qué clase de loca organiza una visita a un apartamento un día así? Era incluso un mal día para atracar un banco, cosa que, en defensa del clima que hacía, era más bien culpa del sujeto.

Pero si somos quisquillosos, ni siquiera fue estrictamente un robo a un banco. Aunque eso no significa que el sujeto en cuestión no tuviera la intención de robar un banco, porque ésa era sin duda su intención, sólo que fracasó a la hora de localizar un banco que tuviera dinero en efectivo. Lo que, después de todo, puede considerarse uno de los prerrequisitos principales para un robo a un banco.

Pero esto no era necesariamente culpa del sujeto. Era culpa de la sociedad. No porque la sociedad tenga la culpa de las injusticias sociales que abocaron al sujeto al camino de la delincuencia (algo que seguramente sí es responsabilidad de la sociedad, pero eso es irrelevante en este momento), sino porque, en los últimos años, la sociedad se ha convertido en un lugar en el que ya nada se llama como es. Hubo un tiempo en que un banco era un ban-co, pero ahora existen, al parecer, bancos «sin efectivo», es decir, bancos sin dinero, ¡y hasta aquí hemos llegado! Así que no es de extrañar que la gente ande desconcertada y la sociedad se vaya al infierno cuando está llena de café sin cafeína, pan sin gluten y cer-veza sin alcohol.

De modo que el sujeto que no logró convertirse en asaltante de bancos entró en aquel banco que lo era a duras penas y anunció sus intenciones más o menos claramente con la ayuda de la pistola. Pero en la caja había una veinteañera, London, enfrascada en ese tipo de red social que desarticula la competencia social hasta el punto de que, cuando vio al sujeto, exclamó instintivamente:

—¿Eres una broma o qué?

(Precisamente el hecho de que no preguntara «¿Estás bromean-do?» sino directamente «¿Eres una broma?» desvela bastante, de hecho, acerca de la falta de respeto que nuestra joven generación muestra hacia los asaltantes mayores). El sujeto la miró con cara de padre decepcionado, sacudió la pistola y empujó hasta ella una nota en la que se leía:

—¡Esto es un atraco! ¡Dame 6.500!

London arrugó la cara entera y replicó:

—¿6.500 coronas? ¿Se te han olvidado los dos últimos ceros? Además, este es un banco sin efectivo, ¿vas a robar un banco sin efectivo? ¿Eres idiota o qué?

El sujeto carraspeó algo confundido, murmuró unas palabras inaudibles. London abrió los brazos y preguntó:

—¿Y eso es una pistola de verdad? O sea, ¿de verdad que es una pistola de verdad? Porque yo una vez vi una serie de televi-sión donde a un tipo no podían condenarlo en un juicio por robo con arma de fuego porque no usó una de verdad.

A aquellas alturas de la conversación, el sujeto empezaba a

sentirse muy mayor, sobre todo porque su interlocutora veinteañera daba la impresión de rondar los catorce años. Claro que no
los tenía, pero el sujeto tenía treinta y nueve, y por lo tanto había
alcanzado una edad en la que de pronto es muy poca la diferencia
entre catorce y veinte. Y eso hace que nos sintamos mayores.

—¿Hola? ¿Vas a responder o no? —gritó London impaciente,
y sí, claro, mirando atrás puede resultar algo incoherente gritarle
eso a un sujeto enmascarado y armado con una pistola, pero quien
conocía a London sabía que no actuaba así porque fuera idiota.
Era, sencillamente, una persona miserable. Ella no tenía amigos
de verdad, ni siquiera en las redes sociales, y dedicaba la mayor
parte del tiempo a lamentarse de que, un día más, no se les hubiera arruinado la vida a los famosos que ella detestaba. Justo antes
de que llegara el sujeto había estado actualizando su navegador
para enterarse de si una pareja de famosos se iba a divorciar o no.
Esperaba que fuera el caso, pues a veces es más fácil convivir con
la propia ansiedad cuando uno sabe que los demás tampoco son
felices.

Pero el sujeto no dijo nada; la verdad es que se sintió bastante
idiota y empezó a arrepentirse de todo aquello. Robar un banco
fue a todas luces una idea sorprendentemente mala desde el principio. Lo cierto es que estaba a punto de explicárselo a London en
ese momento, iba a disculparse y a salir de allí, y quizá así todo
de lo que ocurrió después jamás habría ocurrido, pero no tuvo la
oportunidad de hacerlo, puesto que London le comunicó en vez:

—Sabes qué, ¡voy a llamar a la policía!

Y entonces el sujeto entró en pánico y salió corriendo de allí.

16

INTERROGATORIO DE TESTIGOS (CONTINUACIÓN)

Jack: ¿Podría contarme algo más específico sobre el sujeto?

London: ¿Como qué?

Jack: ¿Recuerda cómo era físicamente?

London: ¡Dios! ¡Qué pregunta más superficial! Y qué concepción más enfermiza del binarismo sexual.

Jack: Perdone. ¿Podría contarme algo más de «esa persona»?

London: No hace falta que hagas el signo de citación para eso.

Jack: Me temo que sí. ¿Podría contarme algo sobre el aspecto físico del sujeto? Como, por ejemplo, ¿era alto o bajo?

London: Mira, yo no juzgo a las personas por su estatura. Es excluyente. Por ejemplo, yo soy bajita y eso puede acomplejar a las personas altas.

Jack: ¿Perdone?

London: La gente alta también tiene sentimientos, ¿sabes?

Jack: De acuerdo. Bueno. Pues me disculpo nuevamente. A ver si reformulo la pregunta: ¿diría que el sujeto estaba acomplejado?

London: ¿Por qué te frotas las cejas así? Me da cosa.

Jack: Lo siento. ¿Cuál fue su primera impresión del sujeto?

London: Okey. Mi primera «impresión» fue que el sujeto parecía imbécil.

Jack: ¿Entiendo que es perfectamente aceptable tener una concepción binaria de la inteligencia?

London: ¿Qué?

Jack: No, nada. ¿En qué basa la suposición de que era idiota?

London: A ver, me dio una nota en la que ponía: «Dame 6.500 coronas». ¿Quién demonios roba un banco por 6.500 coronas? La gente roba bancos por diez millones o algo así. Si sólo quieres 6.500 coronas, es por algo específico, ¿no?

Jack: Debo reconocer que no lo había visto así.

London: Deberías pensar más. ¿No lo has pensado?

Jack: Haré lo que pueda. ¿Podría mirar este papel y decirme si lo reconoce?

London: ¿Esto? Parece que lo haya dibujado un niño. ¿Qué se supone que es eso?

Jack: Yo creo que son un mono, una rana y un caballo.

London: Eso no es un caballo, ¡es un alce!

Jack: ¿Ah, sí? Mis colegas han visto o un caballo o una jirafa.

London: Espera. Me llegó una notificación en el celular.

Jack: No, London, concéntrese, ¿usted cree de verdad que es un alce? Eh, escúcheme, ¡suelte el teléfono y responda a la pregunta!

London: ¡¡Sí!!

Jack: ¿Cómo?

London: ¡Por fin! ¡¡Por fin!!

Jack: No la entiendo.

London: ¡Que sí se van a divorciar!

17

¿Quieres que te diga la verdad? La verdad es que el sujeto era adulto. No hay nada más revelador que eso acerca de la personalidad de un sujeto. Porque lo más terrible de hacerse adulto es verse obligado a tomar conciencia de que nadie en el mundo se preocupa de nosotros, tenemos que resolverlo todo por nuestra cuenta, averiguar cómo funciona el mundo. Trabajar y pagar facturas, usar hilo dental y llegar puntuales a las reuniones, esperar en fila y rellenar formularios, conectar cables y montar muebles, cambiar las ruedas del coche y cargar el teléfono y apagar la cafetera y no olvidarnos de apuntar a los niños a clases de natación. Abrimos los ojos por la mañana y la vida está deseosa de verternos un nuevo alud de «¡Recuerda!» y «¡No te olvides!». No tenemos tiempo de pensar ni respirar, nos despertamos y empezamos a abrirnos camino a través de la montaña de tareas, porque mañana nos caerá una nueva. A veces miramos a nuestro alrededor, en nuestro lugar de trabajo o en la reunión de padres o afuera en la calle, y comprendemos aterrados que los demás parecen saber perfectamente lo que hacen. Nosotros somos los únicos que fingimos saber que lo hacemos. Los demás pueden permitírselo todo y lo tienen todo controlado y pueden con todo. Los niños de los demás saben nadar.

Pero nosotros no estábamos preparados para ser adultos. Alguien debería habernos detenido.

¿Quieres que te diga la verdad? La verdad es que justo cuando el sujeto salía a la calle, se cruzó con un policía. Luego se sabría que la policía aún no había empezado a perseguirlo, puesto que la alarma no se había transmitido por radio, puesto que, antes de transmitirla, la veinteañera London y el personal de la central de emergencias se tomaron todo el tiempo del mundo para ofenderse mutuamente. (London llamó y denunció un robo, entonces la central de emergencias preguntó: «¿Dónde?», entonces London les dio la dirección del banco, entonces la central de emergencias preguntó: «¿Pero no es un banco sin efectivo? ¿Qué van a robar allí?», entonces London dijo: «Exactamente», entonces la central de emergencias preguntó: «¿Exactamente qué?», entonces London soltó: «¿Cómo que "exactamente qué"?», entonces la central de emergencias replicó: «¡Fuiste tú la que lo has empezado!», entonces London respondió vociferando: «¡No, fuiste tú la que has...!», y ahí se fue a pique la conversación). Luego comprobarían que el policía que vio al sujeto ni siquiera era un policía, sino un guardia de aparcamiento; si el sujeto no hubiera ido tan estresado y distraído, lo habría visto y habría echado a correr en otra dirección. Entonces esta historia habría resultado bastante más corta.

Pero el caso es que el sujeto huyó por la primera puerta que encontró abierta, que condujo al rellano de una escalera, y en el rellano de una escalera no hay muchas más opciones que la de subir. En la última planta había un apartamento con la puerta abierta de par en par, y allí dentro se abalanzó el sujeto, jadeante y sudoroso, con el pasamontañas torcido de modo que sólo veía por un ojo. Y sólo entonces se dio cuenta de que había un montón de zapatos en la entrada, y que el apartamento estaba lleno de gente descalza. Una mujer que había allí dentro vio la pistola y empezó a gritar: «¡Dios mío, nos asaltan!», y al mismo tiempo el sujeto creyó oír que alguien corría escaleras arriba, y dio por hecho que era un policía (no lo era, era un cartero), así que, a falta de otras opciones, el sujeto cerró la puerta y apuntó con la pistola en distintas direcciones un poco al azar, gritando inicialmente: «¡¡No, no!! ¡¡Esto no es un robo!! Es sólo que...», pero enseguida se corrigió y dijo jadeante: «¡¡O bueno, sí, quizás es un robo!! ¡Pero ustedes no son las víctimas! ¡Quizá esto es ahora más bien una toma de rehenes! ¡Lo siento mucho! Hoy estoy teniendo un día un poco complicado».

Y en eso no le faltaba razón. No es por defender a los asaltantes, claro, pero ellos también pueden tener un mal día en el trabajo.

Con el corazón en la mano, ¿quién de nosotros no ha querido sacar una pistola después de hablar con un veinteañero?

Un par de minutos después, la calle donde se encontraba el edificio se llenó de periodistas y de cámaras, y después de ellos llegó la policía. El que la mayoría de los periodistas llegara antes que la mayoría de los policías no ha de interpretarse necesariamente como indicador de la competencia de cada uno de los gremios, sino quizá más bien en este caso como señal de que los policías tenían cosas más importantes que hacer, en tanto que los periodistas tenían más tiempo de leer las redes sociales, y la joven antipática del banco que no era un banco se expresó al parecer mejor por Twitter que por teléfono. Anunció en las redes sociales que había visto a través de los grandes ventanales del banco cómo el sujeto se refugiaba en el edificio de enfrente; los policías, en cambio, no recibieron la alarma hasta que el cartero, que lo había visto en el rellano, llamó a su mujer, que, casualmente, trabajaba en la cafetería que hay frente a la comisaría. Ella cruzó la calle a toda prisa y sólo entonces sonaron la alarma de que una persona que parecía un hombre, provista de un objeto que parecía una pistola, con un pasamontañas en la cabeza, había entrado a toda prisa en un apartamento en el que tenía lugar una visita organizada, y se había encerrado allí dentro con la agente inmobiliaria y todos los interesados en comprar el apartamento. Así fue que el sujeto fracasó en su intento de robar un banco, pero logró desencadenar un episodio de rehenes. La vida no siempre resulta como uno pensaba.

Justo cuando el sujeto cerró la puerta del apartamento, se le deslizó un papel del bolsillo de la cazadora que cayó aleteando al suelo del rellano. Era un dibujo infantil de un mono, una rana y un alce.

No un caballo y, desde luego, tampoco una jirafa: un alce. Un detalle importante.

Porque aunque los veinteañeros pueden equivocarse en muchas cosas (y los que ya no tenemos veinte años podemos convenir en que la mayoría de los veinteañeros se equivocan tan a menudo que tendrían sólo el veinticinco por ciento de probabilidades de responder bien a una pregunta de «sí» o «no»), esta veinteañera sí acertó en una cosa: los asaltantes de banco normales exigen cantidades exorbitantes de dinero y cifras redondas. A cualquiera puede ocurrírsele robar un banco al grito de: «¡Dame diez millones o disparo!». Pero si alguien entra en el banco armado y nervioso y pide concretamente seis mil quinientas coronas, es posible que sea por una razón.

O dos.

———

18

El hombre del puente de hace diez años y el sujeto que tomó varios rehenes en una visita a un apartamento en venta no están relacionados. Nunca se han visto. En realidad, lo único que tienen en común es el riesgo moral. Ésta, por supuesto, es una expresión bancaria. Alguien tuvo que inventarla para describir cómo funcionan los mercados financieros, porque es tan obvio para nosotros que los bancos son inmorales que no bastaba con llamarlos «inmorales». Necesitábamos algo que describiera el hecho de que es tan inverosímil que un banco observe un comportamiento moralmente aceptable que el simple hecho de que lo intente debe considerarse un riesgo. El hombre del puente le confió su dinero a un banco para que éste hiciera con él «inversiones seguras», porque en aquella época todas las inversiones eran seguras. Luego el hombre utilizó las inversiones seguras como garantía para pedir un préstamo, y luego pidió otros préstamos para pagar los antiguos.

—Es lo que hace todo el mundo —dijo el banco, y el hombre pensó: «Seguro que ellos saben lo que hacen». Pero de pronto llegó un día en el que nada estaba asegurado. Se llamaba crisis de los mercados financieros, una quiebra bancaria, aunque las únicas que se quiebran son las personas. Los bancos siguen en pie, los mercados financieros no tienen un corazón que pueda romperse, pero para aquel hombre supuso que los ahorros de toda una vida se convirtieran en una montaña de deudas, y nadie supo explicarle cómo había ocurrido. Cuando el hombre insistió en que el banco le había prometido que aquello «no implicaba el menor riesgo», el banco se encogió de hombros y dijo: «No hay nada que no implique cierto riesgo, debería haberlo sabido cuando decidió invertir, no debería habernos confiado su dinero».

Así que el hombre se dirigió a otro banco para pedir prestado el dinero necesario para pagar las deudas que había contraído al haber perdido el primer banco todos sus ahorros. Le explicó al segundo banco que, de lo contrario, perdería su empresa, y luego su hogar, y les contó que tenía dos hijos. El segundo banco asintió comprensivo, pero allí trabajaba una mujer que le dijo:

—Usted ha sido víctima de lo que llamamos riesgo moral.

Como el hombre no comprendió lo que significaba aquello, la mujer le explicó fríamente que riesgo moral es el que se produce «cuando una de las partes de un acuerdo no sufre las consecuencias negativas de su propia conducta». Como el hombre seguía sin comprender, la mujer suspiró y dijo:

—Es como cuando dos idiotas se sientan en una rama a punto de quebrarse y el que está más cerca del tronco es el que lleva la sierra.

Como el hombre seguía parpadeando sin entender nada, la mujer, con un gesto de impaciencia, le dijo:

—Usted es el idiota que está más alejado del tronco. El banco cortará la rama para salvarse a sí mismo. Porque el banco no perdió su propio dinero, sino el suyo, porque usted es el idiota que dejó que ellos manejaran la sierra. —Luego reunió tranquilamente todos los documentos del hombre, se los devolvió y le comunicó que no pensaba concederle el préstamo.

—Pero ¡no es culpa mía que hayan perdido todo mi dinero! —exclamó el hombre.

La mujer lo miró con frialdad y aseguró:

—Claro que sí. Porque no debería habérselo confiado.

Diez años después, un sujeto interrumpe una visita de un apartamento en venta. Nunca ha tenido tanto dinero como para tener ocasión de oír a una mujer en un banco hablar de riesgo moral, pero sí tenía una madre que decía a menudo: «Dios se ríe de aquellos que hacen planes», y a veces se trata de lo mismo. El sujeto tenía siete años cuando su madre dijo aquellas palabras por primera vez, y quizá sea un poco pronto para decirle algo así a una persona, porque, en principio, significa que «la vida puede ir de muchas formas, pero seguramente irá mal». Incluso un crío de siete años puede entenderlo. Y también entiende que, aunque su madre diga que no le gusta hacer planes, y aunque nunca planee emborracharse, parece terminar borracha con demasiada frecuencia como para que sea casualidad. El crío de siete años se prometió que nunca empezaría a beber alcohol y que nunca llegaría a ser adulto, y logró cumplir la mitad de la promesa. Uno llega a la edad adulta lo quiera o no, por desgracia.

¿Y el riesgo moral? El crío aprendió lo que era poco antes de la Nochebuena de ese año. Cuando su madre se tambaleó, cayó de rodillas al suelo de la cocina y lo abrazó, salpicándole el pelo de cenizas del cigarrillo. Su madre hipaba entre sollozos:

—No te enfades conmigo, por favor, no me grites, no ha sido culpa mía. —El crío no entendía exactamente qué significaba aquello, pero empezó a comprender que, fuera lo que fuera, tal vez guardara relación con el hecho de que se hubiera pasado el mes pasado vendiendo revistas navideñas todos los días después del colegio. El dinero que había ganado se lo había dado a su madre para que comprara comida para la Navidad. Miró a su madre a los ojos, que brillaban por el alcohol y las lágrimas, la embriaguez y el desprecio a sí misma. La mujer lloró en su regazo. Y le susurró:

—No deberías haberme dado el dinero. —Fue lo más parecido a una disculpa que aquella mujer le dijo.

El sujeto piensa en ello a menudo, aún hoy. No en lo horrible que fue, sino en lo raro que resulta el hecho de que uno no pueda odiar a su madre, pese a todo. De que aún siga sin parecerle que ella fuera la culpable.

Los desalojaron del apartamento en febrero. El sujeto se prometió que nunca tendría hijos, y cuando, pese a todo, los tuvo, se prometió que al menos no sería un progenitor caótico. Que no se convertiría en uno de esos padres incapaces de ser adultos, uno de los que no pueden pagar las facturas y no tienen donde vivir con sus hijos.

Y Dios se echó a reír.

El hombre del puente escribió una carta a la mujer del banco que le había hablado del riesgo moral. Escribió exactamente lo que quería que ella supiera. Y luego saltó. La mujer del banco lleva diez años con aquella carta en el bolso. Luego, conoció al sujeto.

——————

19

Jim y Jack fueron los primeros policías en llegar a la escena del crimen afuera del edificio. No tanto por lo competentes que eran, sino por el tamaño de la ciudad: sencillamente, allí no había tantos policías, y mucho menos en la víspera de Nochevieja.

Los periodistas ya estaban allí, claro. O quizá eran sólo vecinos y curiosos, hoy puede resultar difícil distinguirlos ya que todo el mundo graba, fotografía y documenta sus vidas enteras como si cada uno tuviera un canal de televisión propio. Todos miraron esperanzados a Jim y a Jack, como si los agentes debieran saber exactamente qué había que hacer ahora. No lo sabían. Sencillamente, en aquella ciudad nunca había rehenes, ni tampoco robaban bancos, sobre todo ahora que ya no tenían efectivo.

—¿Qué crees que debemos hacer? —preguntó Jack.

—¿Yo? Ah, yo qué sé, eres tú el que suele saber las cosas —respondió Jim con total sinceridad.

Jack lo miró resignado.

—No tengo ninguna experiencia con rehenes.

—Ni yo, hijo. Pero tú hiciste aquel curso, ¿no? El de la escucha…

—Escucha activa —murmuró Jack, y había hecho aquel curso, sí, pero le costaba imaginar cómo podría sacarle partido ahora.

—Bueno, pues allí aprendiste a hablar con los secuestradores, ¿no? —preguntó Jim.

—Claro, pero para poder escuchar tiene que haber alguien que hable. ¿Cómo vamos a comunicarnos con el secuestrador? —dijo Jack, porque no habían recibido ningún mensaje ni habían reclamado ningún dinero. Nada. Además, Jack pensaba que si el curso de escucha activa hubiera sido tan bueno como aseguraba el tutor, él habría conseguido una novia ya a estas alturas.

—Pues eso no lo sé, realmente no lo sé —reconoció Jim.

Jack dejó escapar un suspiro.

—Papá, llevas toda la vida de policía, *alguna* experiencia tendrás de una situación así, ¿no?

Entonces Jim trató, lógicamente, de que pareciera que sí tenía experiencia, porque los padres quieren poder enseñar cosas a los hijos, porque en el momento en el que ya no podemos enseñarles dejan de ser nuestra responsabilidad y nosotros pasamos a ser la suya. Así que el padre carraspeó un poco y volvió a sacar su teléfono. Se quedó así un buen rato, con la esperanza de que nadie lo cuestionara. Pero, lógicamente, Jack preguntó qué estaba haciendo.

—Papá... —dijo Jack mirando por encima del hombro de Jim.

—¿Sí...? —dijo Jim.

—¿En serio que estás buscando en Google «¿Qué hacer en un caso con rehenes?»?

—Tal vez.

Jack soltó un lamento, se inclinó hacia delante y apoyó las palmas de las manos en las rodillas. Masculló para sus adentros, porque sabía lo que sus jefes y los jefes de los jefes dirían cuando lo llamaran en el futuro muy cercano. Las palabras más repugnantes que Jack conocía: «¿Por qué no llamamos a los de Estocolmo y les pedimos ayuda?». Claro, pensaba Jack, porque imagínate que un día resolviéramos algo nosotros mismos en esta ciudad, ¿verdad?

Levantó la vista hacia el balcón del apartamento en el que se escondía el sujeto. Maldijo en voz baja. Sólo necesitaba un punto de partida, alguna forma de iniciar el contacto.

—¿Papá? —dijo al final con un suspiro.

—¿Sí, hijo? —dijo Jim.

—¿Qué dice Google?

Jim leyó en voz alta que había que empezar por averiguar quién es el secuestrador. Y lo que quiere.

20

___

Bien. Un sujeto roba un banco. Piénsalo un momento.

Lógicamente, eso no tiene nada que ver contigo. Tan poco como un hombre que salta de un puente. Porque tú eres una persona normal y decente, así que nunca habrías robado un banco. Sencillamente, hay ciertas cosas que la gente normal comprende que no se pueden hacer bajo ninguna circunstancia. No se puede mentir, no se puede robar, no se puede matar, no se puede tirar piedras a los pájaros. En eso estamos de acuerdo.

O bueno, salvo a los cisnes, quizá, porque lo cierto es que los cisnes pueden ser unos malditos pasivos agresivos. Pero, salvo a los cisnes, no se puede apedrear a los pájaros. Y no se puede mentir. O bueno... a veces tienes que, claro, como cuando tus hijos te preguntan: «¿Por qué huele a chocolate? ¡¿Estás comiendo chocolate!?». Pero definitivamente no se puede robar ni matar, en eso podemos estar de acuerdo.

O bueno, no se puede matar personas. Y por lo general ni siquiera se puede matar cisnes, ni siquiera cuando se portan como unos malditos, pero sí vale matar animales si tienen cuernos y se encuentran en el bosque. O si son beicon. Pero nunca puedes matar personas.

O bueno, a menos que se trate de Hitler. A Hitler sí podemos matarlo, si tenemos una máquina del tiempo y la oportunidad de hacerlo. Porque tiene que ser aceptable matar a una persona para salvar a varios millones de otras personas y evitar una guerra mundial, eso lo entiende cualquiera. Pero ¿a cuántas personas hay que salvar para poder matar a una? ¿A un millón? ¿A ciento cincuenta? ¿A dos? ¿A una sola? ¿A ninguna? Lógicamente, no sabes qué responder a esta pregunta, porque nadie lo sabe.

Tomemos un ejemplo mucho más sencillo: ¿robar sí se puede? No, no se puede robar. En esto estamos de acuerdo. Salvo que le robes a alguien el corazón, porque eso es romántico. O que les robes la armónica a los chicos que tocan la armónica en las fiestas, porque eso es valor cívico. O si robas algo pequeño porque de verdad no tienes más remedio. Eso probablemente está bien. Pero, entonces, ¿se puede robar algo un poco más grande? Y, de ser así, ¿quién decide el tamaño? Y si de verdad necesitamos robar, ¿hasta qué punto es necesario que lo necesitemos para poder robar algo así de grande? Por ejemplo, si uno siente que de verdad tiene que hacerlo y sabe que nadie resultará herido, ¿puede robar un banco entonces?

No, seguramente ni aun así se puede. En eso supongo que tienes razón. Porque tú nunca robarías un banco, así que tú no tienes nada en común con este sujeto.

Salvo el miedo, quizá. Porque puede que tú hayas estado asustado de verdad alguna vez en la vida, y el sujeto también. Quizá porque tenía hijos pequeños y por ende mucha práctica en aquello de tener miedo. Quizá tú también tengas hijos, en cuyo caso sabrás que uno está siempre asustado por no saberlo todo y no poder con todo y no conseguirlo todo. Lo cierto es que acabamos acostumbrándonos a la sensación de fracaso a tal punto que cada vez que no decepcionamos a nuestros hijos nos sorprendemos secretamente. Es posible que algunos niños se den cuenta de ello. Así que de vez en cuando tienen detalles nimios, pequeñísimos con nosotros en los momentos más peculiares, para llenarnos los pulmones de aire. Lo suficiente como para salvarnos de morir ahogados.

Así que el sujeto salió de casa una mañana con el dibujo de la rana, el mono y el alce metido en su bolsillo sin saberlo. La niña que había hecho el dibujo se lo metió allí. La niña tiene una hermana mayor, deberían discutir como dicen que siempre hacen las hermanas, pero casi nunca lo hacen. La pequeña puede jugar en la habitación de la mayor sin que ésta le grite. La mayor puede tener las cosas que le gustan sin preocuparse de que la pequeña se las rompa a propósito. Cuando las niñas eran muy pequeñas, sus padres solían decirse en voz baja: «No nos las merecemos». Y tenían razón.

Ahora, después del divorcio, las semanas en que las niñas viven en casa de uno de sus progenitores, van en el coche escuchando las noticias de la mañana. Su otro progenitor sale hoy en las noticias, pero eso ellas no lo saben todavía; aún no saben que uno de ellos se llama ahora «Asaltante».

Las semanas en que las niñas viven en casa de Asaltante van en autobús. A ellas les encanta, se pasan todo el camino inventando historias sobre los desconocidos que van sentados en los asientos de la parte delantera: ése de ahí quizá sea bombero, se imagina Asaltante; aquélla puede que sea extraterrestre, dice la menor de las niñas. Luego le toca el turno a la hermana mayor, y entonces dice altísimo: «Ése de ahí puede que sea un asesino buscado por la policía que lleva una cabeza humana en la mochila, ¿quién sabe?». Entonces las mujeres sentadas alrededor se ponen tan nerviosas que las hijas ríen hasta casi asfixiarse y Asaltante tiene que adoptar un rostro serio y fingir que la situación no es graciosa en absoluto.

Casi siempre van tarde camino de la parada, y cuando cruzan el puente corriendo y el autobús se para al otro lado, las niñas van chillando entre risas: «¡Que viene el alce! ¡Que viene el alce!». Porque el progenitor asaltante tiene las piernas demasiado largas, desproporcionadas, y la gente así corre de una forma muy graciosa. Eso no lo sabía nadie antes de que existieran las niñas, porque los niños perciben las proporciones físicas de un modo distinto al de los adultos, quizá porque siempre nos ven desde abajo, y ése es nuestro peor ángulo. Por eso son tan buenos acosadores, esos monstruitos tan listos. Tienen acceso a lo más frágil de nuestro ser. Aun así, nos perdonan continuamente por casi cualquier cosa que hagamos.

Porque eso es lo más extraordinario de tener progenie, seas o no Asaltante: que te van a querer a pesar de todo. Hasta una edad sorprendentemente avanzada en la vida, la gente parece incapaz de considerar que sus padres no son superlistos, graciosísimos e inmortales. Quizá se trate de una función biológica, que hasta cierta edad un hijo te quiere de forma incondicional y totalmente irreflexiva por una sola razón: porque le perteneces. Es una buena jugada por parte de la biología, hay que reconocerlo.

Este progenitor nunca llama a sus hijas por sus verdaderos nombres. Es algo de lo que no nos damos realmente cuenta hasta que no pertenecemos a otra persona: que precisamente nosotros, que les pusimos el nombre a los hijos, somos los más reacios a utilizarlos. A quienes queremos les damos apodos cariñosos, porque el amor exige que tengamos para ellos una palabra que sea sólo nuestra. Así que el progenitor asaltante siempre llama a sus hijas por el nombre que le inspiraron cuando daban patadas en el vientre materno hace seis y ocho años respectivamente. La una parecía estar siempre saltando allí dentro, la otra parecía trepar. Una rana.

Un mono. Y un alce que hace cualquier cosa por ellas. Aunque sea algo absurdo por completo. Quizá tengan eso en común, pese a todo. De seguro tienes a alguien en tu vida por quien harías algo completamente absurdo.

Pero aun así no se te ocurriría robar un banco. Por supuesto que no.

Pero habrás estado enamorado, ¿verdad? Eso le ha pasado a casi todo el mundo. Por amor se pueden cometer bastantes tonterías. Por ejemplo, casarse. Tener hijos y jugar a las casitas y disfrutar de un matrimonio feliz. O por lo menos, eso crees. Bueno, quizá no feliz, pero sí razonable. Un matrimonio razonable. Porque, ¿cuán feliz puedes estar todo el tiempo, en realidad? ¿Cómo es posible tener tiempo para todo eso? Por lo general uno sólo intenta llegar al final de cada día. Puede que tú también hayas tenido días así. Pero resulta que, después de haber superado un buen número de ellos, una mañana miras atrás y descubres que estás solo, la persona con la que estabas casado se ha retirado en algún punto del camino. Puede que descubras una mentira. Eso fue lo que le pasó al sujeto. La confesión de una infidelidad. Y aunque nadie te haya sido infiel, seguro que comprendes que eso es algo capaz de hacer que uno pierda el equilibrio.

Sobre todo si no fue una aventura puntual, sino una que se había prolongado mucho tiempo. O sea, no sólo te han traicionado, sino que además te han engañado. La infidelidad ocasional puede cometerse sin pensar en uno, pero una aventura conlleva planificación. Seguramente es eso lo que más duele, las millones de pistas que nunca advertiste. Y tal vez te habría destrozado más aún que ni siquiera hubiera una buena explicación. Por ejemplo, quizá lo habrías comprendido si se hubiera tratado de soledad o de nostalgia, si hubiera sido algo así como «siempre estás en el trabajo y nunca podemos estar juntos». Pero si la explicación es «bueno, con total sinceridad, la persona con la que te he sido infiel es tu superior», entonces puede resultar más difícil levantarse. Porque, en ese caso, la razón por la que has estado trabajado tantas horas extra es la misma por la que ahora tu matrimonio se ha terminado. Cuando llegas al trabajo el lunes por la mañana, tras la ruptura, tu superior te dice:

—Bueno, eh, esto va a ser muy incómodo para todos los implicados, así que... lo más fácil será que no trabajes más aquí.

El viernes estabas casado y empleado, el lunes te has quedado sin casa y sin empleo. ¿Y qué puedes hacer entonces? ¿Contratar a un abogado? ¿Denunciar a alguien?

No.

Porque al sujeto le dijeron:

—No montes ninguna escena. No causes un drama. ¡Por el bien de las niñas!

Así que el sujeto no hizo nada de eso, no quería ser ese tipo de progenitor, se fue del apartamento, dejó el trabajo, cerró los ojos y apretó los dientes. Por el bien de las niñas. Tal vez tú habrías hecho lo mismo. Una vez dijo la rana que había oído a un adulto decir en el autobús que «el amor duele», y el mono respondió que quizá por eso los corazones terminan puntiagudos cuando intentas dibujarlos. ¿Cómo se les explica un divorcio después de eso? ¿Cómo se les explica la infidelidad? ¿Cómo evitar convertirlas en pequeñas cínicas? El enamoramiento es mágico, romántico, arrollador..., pero el enamoramiento y el amor son dos cosas distintas. ¿Verdad? ¿No tienen que serlo? ¡Por el amor a Dios!, nadie es capaz de estar enamorado todo el tiempo, año tras año. Cuando uno está enamorado, no puede pensar en otra cosa, se olvida de los amigos, del trabajo, del almuerzo. Si estuviéramos enamorados todo el tiempo, nos moriríamos de hambre. El amor es estar enamorado... de vez en cuando. Tomárselo con cierta calma. El problema es que todo es relativo, la felicidad se basa en esperanzas, y ahora tenemos internet. Donde todo un mundo nos pregunta continuamente: «Pero ¿tu vida es así de perfecta como la mía? ¿Eh? ¿Y ahora? ¿Es así de perfecta? Porque, de lo contrario, ¡cámbiala!».

La realidad es que si las personas de verdad fueran tan felices como parecen serlo en internet, no estarían en internet a todas horas, porque nadie que tenga un día tan bueno dedica la mitad del día a hacerse fotos. Todos pueden cultivar el mito de sí mismos, siempre y cuando tengan abono suficiente, así que, si la hierba parece más verde al otro lado de la valla, seguramente se deba a que está llena de mierda. Pero eso no importa, porque a estas alturas hemos aprendido a exigir que todos los días sean especiales. *Todos los días.*

De repente, vivimos uno al lado del otro, no con el otro. Uno de los dos puede pasarse muchísimo tiempo creyendo que el matrimonio va bien. O, al menos, que no va peor que el de otros. Que va, al menos, razonablemente bien. Pero entonces resulta que uno de nosotros quería más, no bastaba con llegar al final del día. Uno de los dos trabajaba y volvía a casa, trabajaba y volvía a casa, trabajaba y volvía a casa, tratando de complacer a todo el mundo en ambos entornos. Y luego resultó que la persona con la que uno estaba casado y la persona para la que trabajaba se complacían mutuamente durante todo este tiempo.

«Amarnos hasta que la muerte nos separe», en eso quedamos ¿no? ¿No fue ésa la promesa que nos hicimos? ¿O me falla la memoria? O, por lo menos, «hasta que uno de los dos se aburra». ¿Quizá quedamos en eso?

+> -<+

Ahora, el mono, la rana, el progenitor no asaltante y el superior viven en el apartamento, mientras que el progenitor asaltante no vive en ninguna parte. Porque el apartamento estaba sólo a nombre de uno de ellos, y el progenitor asaltante no quería discutir. No quería montar una escena. Pero no resulta del todo fácil encontrar una vivienda en esta parte de la ciudad, o en cualquier otra parte de la ciudad, en realidad, sin trabajo ni ahorros. Uno no se inscribe en la lista de espera de las viviendas públicas cuando está casado y tiene hijos y una vida, porque entonces a uno no se le ocurre que puede perderlo todo en una tarde. Lo peor que le hace un divorcio a una persona no es que le haga sentir que ha perdido el tiempo que le dedicó a la relación, sino que le roba todos los planes que tenía para el futuro.

Comprar una vivienda era impensable, claro, le comunicó el banco, porque ¿quién iba a prestarle dinero a alguien que no tenía dinero? El dinero se le presta sólo a quienes en realidad no necesitan que se lo presten. ¿Dónde vivir?, cabe preguntarse entonces. «Tendrá que alquilar algo», le dijo el banco. Pero para alquilar un apartamento sin trabajo en esta ciudad es obligatorio dejar un depósito de cuatro meses de alquiler. Un depósito que te devuelven cuando te mudas, cuando ya no te sirve de nada.

Luego llegó una carta de un abogado. En ella decía que el progenitor no asaltante del mono y la rana había decidido solicitar la custodia de las niñas, «puesto que el otro progenitor carece de vivienda y de ingresos, lo que hace la situación insostenible. Hay que pensar en las niñas». Como si un progenitor sin vivienda ni ingresos pudiera pensar en otra cosa.

El progenitor no asaltante envió también un correo electrónico en el que decía: «Tienes que venir a recoger tus cosas». Lo que, naturalmente, significa que has de recoger las cosas que tu co-progenitor y tu superior, después de haberse quedado con todo lo que valía la pena, han decidido que son basura. Esas cosas están empacadas en el trastero del sótano, así que, ¿qué haces? Pues, seguramente, vas allí de noche, para no encontrarte a los vecinos y morirte de vergüenza, y entonces puede que al mismo tiempo te des cuenta de que, de todos modos, no tienes adónde ir con las cosas. Ni siquiera tienes dónde dormir, y ya empieza a hacer frío fuera, así que te quedas en el sótano.

En otro trastero, que algún vecino ha olvidado cerrar con llave, hay una caja llena de mantas. Las coges prestadas para no pasar frío. Bajo las mantas hay, por alguna razón, una pistola de juguete, así que duermes con ella en la mano, porque piensas que, si esa noche irrumpiera una persona perturbada, podrías asustarlo con ella. Luego te echas a llorar, porque comprendes que la persona perturbada eres tú.

A la mañana siguiente dejas las mantas en su sitio, pero te llevas la pistola de juguete, porque no sabes dónde vas a dormir esta noche, y puede que te sea útil. Esta situación se prolonga una semana. Puede que no sepas cómo se siente exactamente, pero también puede que hayas vivido uno de esos instantes en la vida en que te miras al espejo y piensas: «Ésta no era la idea». Y eso puede aterrorizar a cualquiera. Así que, una mañana, haces algo desesperado. Bueno, *tú* no, naturalmente, tú lo habrías hecho de forma totalmente distinta, seguro. Te habrías informado sobre las leyes y tus derechos y habrías contratado a un abogado y habrías ido a juicio. O quizá no, porque a lo mejor no querías iniciar una pelea delante de tus hijas, quizá no querías ser uno de esos progenitores caóticos, quizá habías pensado que, de alguna forma, en cuanto se me presente una oportunidad, encontraré la forma de solucionar esto sin que ellas sufran.

Así que cuando surge un apartamentito cerca del apartamento donde viven el mono y la rana, al lado mismo del puente, un alquiler de alguien que se lo alquila a otro que se lo alquila a otro, por seis mil quinientas coronas al mes, piensas: «Si puedo arreglármelas un mes, quizá consiga trabajo, entonces no podrán quitarme a las niñas, siempre que tenga un lugar donde vivir». Así que vacías la cuenta bancaria, vendes todo lo que posees y reúnes lo suficiente para un mes y te pasas treinta noches seguidas en vela preguntándote cómo vas a poder pagar el siguiente. Y luego resulta que no puedes.

Entonces hay que acudir a las autoridades, eso es lo que hay que hacer. Pero tal vez te encuentras delante de la puerta y piensas en tu madre, y en cómo era el aire allí dentro cuando te sentabas en un banco de madera con el número de turno entre las yemas de los dedos, y recuerdas cuánto es capaz de mentir un niño por uno de sus progenitores. No eres capaz de obligar al corazón a cruzar el umbral. La idea más absurda que alberga la gente que lo tiene todo acerca de la gente que no tiene nada es que lo que los impide pedir ayuda es el orgullo. Y rara vez lo es.

A los adictos se les da bien mentir, pero nunca tan bien como a sus hijos. Son los hijos quienes inventan excusas, nunca demasiado espectaculares o inverosímiles, siempre lo bastante corrientes para que nadie vaya a comprobarlas. En el caso de los hijos de un adicto, no es que los deberes se los haya comido el perro, es que se han olvidado la mochila en casa. La madre no faltó a la reunión de padres porque la hubieran secuestrado unos ninjas, sino porque tuvo que quedarse unas horas extra en el trabajo. El crío no recuerda qué trabajo es, es uno temporero. Su madre hace lo que puede por mantenernos ahora que papá ya no está, ¿sabe? Uno aprende a contar la historia de modo que no dé lugar a preguntas de seguimiento. Aprende que las señoras de las instituciones pueden separarte de tu madre si se enteran de que incendió sin querer el otro apartamento donde vivían cuando se quedó dormida con un cigarrillo encendido en la mano, o si se enteran de que robó un jamón de Navidad en el supermercado. Así que, cuando llega el guardia de seguridad, uno miente, coge el jamón de las manos de su madre y confiesa: «Lo he robado yo». Nadie llama a la policía por un niño, y menos en Navidad. Así puede uno irse a casa con su madre, hambriento, pero al menos no solo.

Si eso te hubiera pasado y luego te hubieras convertido en adulto y hubieras tenido hijos, no habrías querido exponerlos a nada parecido. No habrían tenido que convertirse, bajo ninguna circunstancia, en unos mentirosos tan buenos como tú, ésa es la promesa que te has hecho. De modo que no acudes a las autoridades, porque tienes miedo de que te arrebaten a las niñas. Aceptas el divorcio y no peleas por el trabajo ni por el apartamento, porque no quieres que las niñas tengan unos padres que estén en pie de guerra. Tratas de resolverlo todo solo, y al final tienes suerte: contra todo pronóstico, encuentras trabajo; no te dará para vivir, pero quizá para sobrevivir, un tiempo. Es lo único que necesitas, una oportunidad. Pero dicen que la primera paga es «de reserva», lo que significa que no te pagarán el salario del primer mes hasta que hayas trabajado dos meses, como si no fuera precisamente ese primer mes el que menos puedes permitirte no cobrar.

Vas al banco y ruegas que te den un préstamo para poder trabajar sin cobrar, pero no puede ser, te dicen, porque no tienes un contrato fijo. Te pueden despedir en cualquier momento. Y entonces, ¿cómo iban a recuperar el dinero, si no tienes? ¿Ah? Tratas de explicarles que, si hubieras tenido dinero, no necesitarías un préstamo, pero el banco no comprende esa lógica.

¿Qué haces entonces? Sigues luchando. Esperas que eso sea suficiente. Luego recibes otra carta de amenaza del abogado. No sabes qué hacer, adónde dirigirte, lo único que quieres es evitar una pelea. Corres hasta el autobús por la mañana, confías en que las niñas no se dan cuenta de cómo estás, pero sí que lo notan. Se les nota en la cara que querrían dedicarse a vender revistas navideñas y darte todo el dinero que reúnen. Cuando las dejas en el colegio, te metes en un callejón, te sientas en el bordillo de la acera y te echas a llorar, porque no puedes dejar de pensar: «No deberían quererme».

A lo largo de toda tu vida te has propuesto arreglártelas a solas. No ser una persona dramática. No tener que mendigar ayuda. Pero llega la Nochebuena, la sufres en solitaria desesperación, porque las niñas estarán contigo en Año Nuevo. La víspera de Nochevieja te guardas en el bolsillo la última carta del abogado que quiere quitarte a las niñas, junto con la carta del casero, que dice que, si no pagas el alquiler hoy mismo, te echa. Y entonces, en ese momento, no se precisa casi nada para desequilibrarte. Una sola idea mala de verdad. No hace falta más. Miras la pistola de juguete, que parece de verdad. Haces unos agujeros en un gorro de lana negro y te cubres la cara con él, entras en el banco que no te quería prestar dinero porque no tenías dinero, piensas que vas a pedir solamente seis mil quinientas coronas para el alquiler y, en cuanto hayas cobrado, irás a devolverles el dinero. «¿Y cómo?», te preguntas, quizá, amante del orden como eres, pero... bueno... ¿quizá no has llegado tan lejos en la planificación? Piensas que quizá puedas volver, con el mismo pasamontañas y la misma pistola, y obligarlos a aceptar el dinero,

¿no? Porque tú sólo necesitas un mes. Tú sólo necesitas una única oportunidad para arreglarlo todo.

Pero luego resulta que la dichosa pistola de juguete, la que parecía casi de verdad, parecía de verdad porque de hecho *lo era*. Por las escaleras aletea un dibujo de un alce y una rana y un mono, y en un apartamento de la última planta del edificio hay una alfombra empapada de sangre.

La vida no tenía que ser así.

21

No era una bomba.

Era una caja de luces navideñas que uno de los vecinos había dejado en el balcón. En realidad, había pensado dejarlas puestas en Año Nuevo, pero terminó discutiendo con su mujer porque a ella le parecía que era «un número exagerado de bombillas, ¿no? ¿Y por qué no podemos poner luces blancas como todo el mundo? ¿Tenemos que colgar luces intermitentes, de colores distintos, para que parezca que hemos abierto un burdel?». Entonces, él respondió refunfuñando: «¿En qué clase de burdeles has estado tú que tengan luces intermitentes?», y entonces ella enarcó las cejas y de repente quiso saber: «¿En qué clase de burdeles has estado *tú*, ya que, al parecer, sabes exactamente cómo son…?», y la discusión terminó con él saliendo al balcón y retirando las dichosas luces. Pero no tenía ganas de cargar con la caja hasta el sótano, así que la dejó en el rellano, delante de la puerta del apartamento. Luego él y su mujer se fueron a casa de los padres de ella para celebrar la Nochevieja y discutir sobre burdeles. La caja seguía delante de la puerta, en la planta de debajo del apartamento donde luego se produjo el episodio con los rehenes. Cuando el cartero, al principio de esta historia, subió tan tranquilo las escaleras y vio de pronto al sujeto armado a punto de entrar en el apartamento en venta, se apresuró a bajar otra vez, por supuesto, y tropezó con la caja de modo que los cables quedaron al descubierto.

No parecía una bomba, realmente no, parecía una caja volcada con luces navideñas. De un burdel. Sin embargo, habrá que decir, en defensa de Jim, que se parecía a algo que bien podría ser una bomba, si uno ha oído hablar de bombas pero nunca ha visto una. Ni un burdel. Es como cuando te dan mucho miedo las serpientes y te sientas en el inodoro y sientes una brisa en el trasero y piensas en el acto: «¡UNA SERPIENTE!». Naturalmente, eso no es ni lógico ni razonable, pero si las fobias fueran lógicas y razonables no se llamarían fobias. Jim tenía mucho más miedo de las bombas que de las luces navideñas, y en tiempos como ésos es posible que el cerebro y los ojos no se pongan de acuerdo. Ésa es la cuestión.

De modo que los dos policías se habían apostado en la calle. Jim buscó consejos en Google y Jack llamó al propietario del apartamento en el que se encontraban los rehenes para tratar de averiguar cuántas personas podía haber allí dentro. Resultó que el propietario era una mujer con varios hijos pequeños que vivía en otra ciudad, y les dijo que había heredado el apartamento y hacía mucho tiempo que no lo visitaba. Ella no sabía mucho de la visita. «La agente inmobiliaria se ha encargado de todo», aseguró. Acto seguido, Jack llamó a la comisaría y pudo hablar con la mujer de la cafetería, que estaba casada con el cartero que fue el primero en dar la alarma sobre el sujeto. Por desgracia, Jack no sacó mucha más información, salvo que el sujeto iba «enmascarado y era ¡bajito! No muy bajito, sino bajito normal. Quizá más normal que bajito. ¿Pero qué quiere decir "normal"?».

Jack trató de ingeniar un plan basándose en tan exigua información, pero no le dio mucho tiempo, puesto que el jefe llamó y, al Jack no disponer enseguida de un plan que presentar, el jefe llamó al jefe del jefe y al jefe del jefe de los jefes, y claro, todos los jefes convinieron, como era previsible, en que seguramente lo mejor sería llamar a Estocolmo enseguida. Todos menos Jack, claro, que quería resolver algo él solo por una vez en la vida. Así que propuso que los jefes permitieran que él y Jim subieran al rellano y al apartamento, para comprobar si podían establecer contacto con el sujeto. Los jefes se mostraron escépticos, pero consintieron, sencillamente porque Jack era el tipo de policía en el que otros policías tendían a confiar. Pero Jim estaba a su lado y oyó a uno de los jefes gritar por teléfono que debían tener «muchísimo cuidado, carajo, por si hubiera algún explosivo o alguna mierda así en las escaleras, que a ver si no es un caso de robo con rehenes, ¡sino un atentado! ¿Han visto a alguien con un paquete raro? ¿O con barba?». A Jack aquello no lo preocupaba en absoluto, porque era joven. Pero Jim estaba muy inquieto, porque era padre.

El ascensor estaba fuera de servicio, así que Jack y él subieron por las escaleras, y mientras avanzaban fueron llamando a todas las puertas para comprobar si quedaba algún vecino en el edificio. Pero no había nadie, porque, en víspera de Nochevieja, quienes tenían que trabajar estaban trabajando, y quienes no, tenían cosas mejores que hacer, y quienes no, habían oído las sirenas y habían visto a los policías y a los periodistas en la calle desde los balcones y habían salido para ver qué pasaba. (Por lo demás, varios de ellos temían sobre todo que una serpiente anduviera suelta por el edificio, porque hacía poco que había corrido el rumor de que habían encontrado una serpiente en un inodoro de un bloque de apartamentos en la ciudad de al lado; o sea, que éste era el nivel de probabilidades de que en el barrio transcurriera un episodio de rehenes).

Cuando Jack y Jim llegaron a la planta de la caja y los cables, Jim saltó de miedo de tal forma que le dio un tirón en la espalda (aquí cabe mencionar que Jim había sufrido recientemente un tirón en el mismo punto de la espalda cuando estornudó sin estar preparado para ello, pero bueno). Tiró fuerte de Jack y dijo entre dientes:

—¡Una bomba!

Jack puso los ojos en blanco como sólo un hijo sabe hacerlo, y respondió:

—Eso no es una bomba.

—¿Cómo lo sabes? —preguntó Jack.

—Las bombas no son así —dijo Jack.

—Quizá sea eso lo que quiere que creas quien ha fabricado esta bomba.

—Papá, cálmate, por favor, que eso no es...

Si hubiera sido cualquier otro colega, Jim lo habría dejado seguir escaleras arriba. Quizá por eso hay quien asegura que no es buena idea que padres e hijos trabajen juntos. Porque lo que dijo Jim a continuación fue:

—No, voy a llamar a los de Estocolmo.

Jack nunca llegó a perdonárselo.

Los jefes y los jefes de los jefes y quien quiera que estuviera por encima de ellos en la jerarquía y que anduviera dando órdenes enseguida ordenó que los dos policías volvieran a la calle y aguardaran refuerzos. Lógicamente, no fue del todo fácil encontrar refuerzos, ni siquiera en las capitales grandes, porque ¿quién demonios roba un banco la víspera de Nochevieja? «¿Y quién demonios toma de rehenes a posibles compradores durante una visita a un apartamento?». «¿Y quién demonios organiza una visita a un apartamento la víspera de Nocheviej...?» preguntó uno de los jefes, y así estuvieron un buen rato hablando por radio. Luego llamó un mediador especial, un estocolmense, al teléfono de Jack, y le comunicó que él se estaría haciendo cargo de toda la operación. Ahora iba en coche, y estaba a unas horas de allí, pero Jack tenía que tener muy claro que sólo se esperaba que él «controlara la situación» hasta que llegara el mediador. El mediador hablaba con un acento que definitivamente no era de Estocolmo, pero eso no tenía importancia, porque si preguntaban a Jim y a Jack qué significaba ser «estocolmense», dirían que se trataba más bien de un estilo de vida que de un origen geográfico. «No todos los idiotas son estocolmenses, pero todos los estocolmenses son idiotas», solían decir las personas en la comisaría. Lo cual era, sin duda, absolutamente injusto. Porque uno puede dejar de ser idiota, pero nunca puede dejar de ser estocolmense.

En todo caso, después de hablar con el mediador, Jack estaba más enfadado que la última vez que habló con el servicio de atención al cliente de su proveedor de internet. Jim, por su parte, se sentía muy culpable de que ahora su hijo se viera privado de la oportunidad de demostrar que él habría podido atrapar al sujeto. Todas las decisiones que tomarían el resto del día se verían gobernadas por esos sentimientos.

—Perdón, hijo, no era mi intención... —comenzó Jim apesadumbrado, inseguro de cómo terminar la frase sin tener que reconocer que, si Jack hubiera sido el hijo de cualquier otro, también habría coincidido en que aquello no era una bomba. Pero uno no se arriesga si el hijo es de uno.

—Papá, ¡ahora no! —respondió Jack irritado, porque estaba hablando por teléfono con el jefe del jefe nuevamente.

—¿Qué quieres que haga? —preguntó Jim, porque necesitaba que lo necesitaran.

—Puedes empezar por localizar a los vecinos que viven en los apartamentos contiguos a los que nunca llegamos por culpa tuya y de tu «bomba», para cerciorarnos de que el resto del edificio está vacío —replicó Jack.

Jim asintió destrozado. Buscó los números de teléfono en Google. Primero, el del propietario del apartamento de la planta en la que Jim había visto la bomba. Respondió un hombre, y dijo que él y su mujer estaban de viaje. Cuando su mujer gritó: «¿Quién es?», el hombre respondió irritado: «¡Es el burdel!». Jim no sabía exactamente qué significaba aquello, así que se limitó a preguntar si había alguien en su apartamento. El hombre respondió que no, Jim no quiso preocuparlo hablándole de la bomba, y el hombre no podía saber en aquel momento que, si hubiera simplemente dicho: «Por cierto, dentro de la caja del rellano hay luces navideñas», toda aquella historia habría cambiado en el acto, así que el hombre se limitó a preguntar:

—¿Necesita algo más?

Y Jim dijo:

—No, no, eso es todo —y dio las gracias y colgó.

Luego llamó a los propietarios del apartamento de la última planta, es decir, la misma del apartamento donde transcurría la historia con los rehenes. Los propietarios resultaron ser una pareja joven de poco más de veinte años; estaban en pleno proceso de separación y se habían mudado de allí los dos.

—Entonces, ¿el apartamento está vacío? —preguntó Jim aliviado.

Y así era, pero en dos conversaciones por separado, Jim tuvo que oír a ambos jóvenes dar por hecho que él llamaba para saber por qué se habían dejado. Resultó que el uno no podía soportar que la otra tuviera unos zapatos tan feos, y que a la otra le molestaba que el uno babease cuando se cepillaba los dientes, y que, en realidad, los dos querían una pareja que no fuera tan bajita. El uno contó que la relación, sencillamente, no había funcionado porque a la otra le gustaba el cilantro, así que Jim dijo:

—Ajá, ¿y a ti no?

Y la respuesta fue:

—¡Sí! Pero no tanto como a ella.

La otra contó que empezaron a odiarse en serio, según entendió Jim, después de una discusión al ser incapaces de encontrar un exprimidor de naranjas de un color que los reflejara como individuos pero también como pareja. Entonces comprendieron que no podían seguir viviendo juntos ni un minuto más, y ahora se odiaban. Jim pensó que los jóvenes de hoy en día tienen demasiadas opciones, que ése es el verdadero problema; si su mujer lo hubiera conocido cuando existían tantas aplicaciones de citas, nunca habría llegado a ser su mujer. Si te presentan tantas opciones, se te hace imposible elegir, pensó Jim. ¿Cómo es que alguien iba a ser capaz de convivir con el estrés de que, mientras está en el baño, su pareja pueda estar deslizando a la derecha o a la izquierda en busca de su alma gemela? Una generación entera padecería infección de orina porque se tendrían que aguantar las ganas de ir al baño hasta que a su pareja se le agotara la batería del celular. Pero Jim no dijo nada al respecto, por supuesto, sino que preguntó para asegurarse:

—Entonces, el apartamento... ¿está vacío?

Tanto el uno como la otra le confirmaron que así era. Dentro sólo quedaba un exprimidor de un color equivocado. El apartamento iba a ponerse a la venta después de Nochevieja, a través de una agencia inmobiliaria cuyo nombre no recordaba el chico, sólo sabía que su nombre era:

—De lo más ridículo, un chiste tontísimo.

La chica confirmó que así era:

—El agente inmobiliario que le puso el nombre a esa agencia tiene peor sentido del humor que los peluqueros. ¿Sabe que aquí hay una peluquería que se llama «La guillotina»? ¿Qué le parece? O sea, ¡por favor!

Entonces Jim colgó. Pensó que era una pena que aquellos dos se hubieran separado, porque de verdad que se merecían el uno al otro.

Se acercó a Jack y trató de contárselo todo, pero Jack se limitó a decir:

—Papá, ¡ahora no! ¿Has localizado a los vecinos?

Jim asintió.

—¿Había alguien en casa? —preguntó Jack.

Jim meneó la cabeza.

—Sólo quería decirte que... —comenzó, pero Jack negó con la cabeza y volvió a la conversación con el jefe.

—Papá, ¡ahora no!

Así que Jim no añadió nada más.

¿Y luego qué? Pues, luego todo empezó a irse a pique poco a poco. Los rehenes estuvieron retenidos varias horas, pero al mediador lo pilló el tráfico y terminó atascado en la peor colisión en serie del año en plena autopista («de seguro son los estocolmenses que han salido sin llevar ruedas de invierno», constató Jim confiado), así que el hombre nunca llegó a su destino. Jim y Jack se vieron solos a la hora de resolver la situación, cosa que no resultó fácil, por cierto, puesto que pasó un buen rato antes de que consiguieran comunicarse siquiera con el sujeto (lo cual terminó con el gran chichón que le salió a Jack en la cabeza, que es una larga historia ya de por sí). Pero al final y pese a todo lograron introducir en el apartamento un teléfono (que es una historia más larga todavía), pero cuando el sujeto soltó a todos los rehenes y el mediador llamó al teléfono, se oyó el disparo allí dentro.

Varias horas después, Jack y Jim estaban aún en la comisaría, interrogando a todos los testigos. Aquello no sirvió de nada, por supuesto, porque como mínimo uno de esos testigos no decía la verdad.

22

La verdad es que el sujeto hizo lo que pudo para no apuntar la pistola a ninguno de los presentes en el apartamento, para evitar asustarlos. Pero la primera persona a la que el sujeto dirigió el arma *por error* se llama Zara. Tiene cincuenta y tantos años, y va elegantemente vestida, como suelen ir las personas que han logrado la independencia económica a costa de la dependencia económica de los demás.

Lo extraño fue que, cuando el sujeto entró ruidosamente en el apartamento, tropezó y se tambaleó de modo que Zara se quedó mirando directamente al cañón del arma, ella ni siquiera se asustó. En cambio, otra mujer que también estaba allí gritó aterrada:

—¡Dios mío, nos asaltan!

Lo cual resultó extraño, porque ni siquiera el propio sujeto tenía pensado robar *allí* en concreto. Y claro, a nadie le gusta que lo traten prejuiciosamente, y sólo porque uno lleva una pistola no tiene por qué ser un sujeto, y aunque lo sea, puede ser un asaltante de bancos al que no le interesa necesariamente robar a individuos. De modo que cuando la mujer le gritó a su marido: «¡Roger, saca el dinero!», el sujeto casi se sintió ofendido. Y, francamente, con causa. Luego, un hombre de mediana edad con camisa de cuadros que estaba junto a la ventana y que, obviamente, era Roger, dijo con acritud: «¡No llevamos efectivo!».

El sujeto iba a protestar, pero casualmente se vio reflejado en la cristalera del balcón. Vio su propia cara enmascarada, el arma que llevaba en la mano, las personas que había allí dentro. Una de ellas era una señora muy mayor. Otra, una mujer embarazada. Una tercera parecía estar a punto de echarse a llorar. Todos tenían la vista clavada en la pistola, y la mirada perdida, llena de terror; aunque no había ninguna mirada tan perdida como la de los ojos que miraban por las aberturas del pasamontañas. Entonces, el sujeto tomó de pronto conciencia de la abrumadora realidad: «Los prisioneros no son ellos. Soy yo».

La única que no parecía asustada en absoluto era Zara. Y entonces se oyó en la calle la primera sirena de la policía.

23

INTERROGATORIO DE TESTIGOS

Fecha: 30 de diciembre
Nombre del testigo: Zara

Jim: Hola, ¡soy Jim!

Zara: Sí, sí, dale. Date prisa.

Jim: Bueno, quisiera anotar tu versión de los hechos. Cuéntamelo con tus propias palabras.

Zara: ¿Con qué palabras iba a contarlos si no?

Jim: Ya, ya, claro. Es una expresión, supongo. En fin, quiero advertirte de que todo lo que digas quedará grabado. Si lo deseas, tienes derecho a hablar en presencia de un abogado.

Zara: ¿Para qué iba a querer un abogado?

Jim: Sólo quería informarte. Mis jefes dicen que sus jefes dicen que es importante seguir el protocolo. Vendrán unos investigadores especiales de Estocolmo y se encargarán de este caso. Mi hijo está muy enfadado por eso. Él también es policía, ¿sabes? Así que quería informarte de lo del abogado.

Zara: A ver, yo me pago el abogado cuando soy *yo* quien amenaza a la gente con una pistola, no cuando me amenazan a mí.

Jim: Entiendo. No era mi intención ser impertinente, para nada. Sé que has tenido un día horrible, un día horrible de verdad. Sólo tienes que responder a mis preguntas con la mayor sinceridad posible. ¿Gustas un café?

Zara: ¿Así le llaman a eso? He visto lo que salía de la máquina de ahí fuera, y no me lo bebería aunque usted y yo fuéramos las últimas personas sobre la faz de la tierra y me prometiera que es veneno.

Jim: No sé si me estás insultando más a mí o al café.

Zara: Me ha pedido que respondiera con sinceridad a todas las preguntas.

Jim: Sí, supongo que tienes razón. Entonces, ¿podría empezar preguntando qué hacías en el apartamento?

Zara: Qué pregunta más absurda. ¿Era usted el que estaba en el rellano cuando nos dejaron salir?

Jim: Sí, era yo.

Zara: Así que fue el primero que entró en el apartamento después de que saliéramos, ¿no? ¿Y aun así perdió al sujeto?

Jim: Bueno, en realidad no fui el primero en entrar. Esperé a Jack, mi colega. Lo habrá visto ahí fuera. Él fue el primero en entrar.

Zara: Todos los policías se parecen, ¿lo sabía?

Jim: Es que Jack es mi hijo. Quizá sea por eso.

Zara: ¿Jim y Jack?

Jim: Sí, como el Jim Beam y el Jack Daniels.

Zara: ¿Y eso le hace gracia?

Jim: No, no. A mi mujer tampoco le parecía gracioso.

Zara: Ah, ¿así que está casado? Bien por usted.

Jim: Sí, sí, o bueno, no, pero, en fin, eso no es del todo relevante ahora mismo. ¿Podrías explicarme brevemente qué hacías en la visita del apartamento?

Zara: Era la visita de un apartamento. ¿Le resulta muy compleja esta frase?

Jim: O sea, que estabas allí para ver si te interesaba comprar el apartamento.

Zara: Oye, eres igual de brillante que una bombilla fundida.

Jim: ¿Eso es un sí?

Zara: Significa lo que significa.

Jim: O sea, lo que quiero saber es si pretendías comprar el apartamento.

Zara: Pero ¿usted qué es, agente inmobiliario o policía?

Jim: Es que podría parecer que eres demasiado adinerada como para interesarte en un apartamento como ése.

Zara: Ah, ¿sí?

Jim: Sí, o bueno, quiero decir que mis colegas y yo podríamos pensarlo. O, por lo menos, que algún colega podría pensarlo. Mi hijo, por ejemplo. Según los testimonios. Me refiero a que pareces una persona adinerada. A primera vista no parece que éste sea el tipo de apartamento que compraría alguien como tú.

Zara: Mire, el problema que tienen ustedes en la clase media es que creen que se puede ser demasiado rico como para comprar ciertas cosas. Y no es así. Sólo se puede ser demasiado pobre.

Jim: Bueno, sigamos. Por cierto, ¿he escrito bien tu apellido?

Zara: No.

Jim: Ah, ¿no?

Zara: Pero existe una explicación perfectamente lógica para que crea que se escribe así.

Jim: Ah, ¿sí?

Zara: Sí, que es imbécil.

Jim: Lo siento, ¿podrías deletrearlo?

Zara: I-m-b-é-c-i-l.

Jim: Me refería al apellido…

Zara: Estaríamos aquí toda la noche, y algunos sí tenemos trabajos importantes que hacer, así que déjeme resumirle el asunto: Asaltante, armado con una pistola, nos retuvo como rehenes durante medio día a mí y a un grupo de desgraciados de menos recursos económicos que yo; usted y sus colegas rodearon el edificio y la noticia salió en televisión, pero al final se las arreglaron para perderle la pista al sujeto. Podría haber dado prioridad a salir en busca del susodicho, pero está aquí, sudando la gota gorda porque nunca en la vida había visto un apellido con más de tres consonantes seguidas. Sus jefes no habrían podido hacer desaparecer más rápido mis impuestos ni prendiéndoles fuego.

Jim: Entiendo que estés enfadada.

Zara: Qué listo es.

Jim: Me refiero a que estás en shock. Nadie espera que lo amenacen con una pistola cuando va a ver un apartamento en venta, ¿no crees? Es verdad que los periódicos hablan continuamente de lo duro que se ha puesto el mercado inmobiliario, pero tomar rehenes es un poquito exagerado. Quiero decir, un día los periódicos dicen que es «el mejor momento para el comprador» y al otro que es «el mejor momento para el vendedor», pero al final resulta que siempre es el mejor momento para los malditos bancos. ¿Verdad que sí?

Zara: ¿Está intentando ser gracioso?

Jim: No, no, sólo quería charlar un poco. Quiero decir, en la sociedad de hoy en día se hubiesen invertido muchos menos recursos policiales en el sujeto si hubiera logrado robar el banco en lugar de tomarlos a ustedes como rehenes. Ya sabes, todo el mundo odia a los bancos. Como dice la gente: «A veces es más difícil saber quiénes son los mayores ladrones, si los que roban bancos o sus directores».

Zara: ¿La gente dice eso?

Jim: Sí. Me parece que sí. ¿No? Es que ayer leí en el periódico cuánto ganan los directores de los bancos. Viven en casas de cincuenta millones tan grandes que parecen palacios mientras la gente normal apenas se las arregla para pagar sus hipotecas.

Zara: ¿Puedo hacerle una pregunta?

Jim: Por supuesto.

Zara: ¿Por qué es que la gente como usted siempre piensa que las personas exitosas merecen ser castigadas por su éxito?

Jim: ¿Cómo?

Zara: ¿Les dan clases de teoría de conspiración en la Escuela Superior de Policía para hacerlos creer que los policías ganan lo mismo que los directores de banco, o simplemente no son capaces de entender las matemáticas más elementales?

Jim: Ya, sí, claro. O, bueno, no.

Zara: ¿O es que se creen que el mundo les debe algo?

Jim: Acabo de caer en que no te he preguntado en qué trabajas.

Zara: Soy directora de banco.

———

24

Lo cierto es que Zara, que tendrá poco más de cincuenta años, aunque nadie se atreve a preguntar cuántos exactamente, nunca estuvo interesada en comprar el apartamento. No porque no pudiera permitírselo, claro; seguramente habría podido comprarlo con las monedillas que encontrara entre los cojines del sofá de su casa. (Zara consideraba las monedas cultivos de bacteria repulsivos que probablemente habrían tocado Dios sabe cuántos dedos proletarios, y habría preferido quemar los cojines del sofá que recuperar una sola, así que digamos que sin duda habría podido comprar el apartamento por el precio de su sofá). La cuestión es que se presentó a la visita del apartamento con la nariz alzada y con unos pendientes de diamantes del tamaño suficiente para tumbar a un niño mediano, de haber sido necesario. Pero ni siquiera así, y mirándola de cerca, podía ocultar la tristeza arrolladora que la invadía.

Para entenderla, es preciso saber que Zara ha estado viendo a una psicóloga últimamente. Y ello se debe a que Zara tiene el tipo de profesión que, si llevas en ella el tiempo suficiente, puedes verte obligado a buscar ayuda profesional para recibir instrucciones sobre qué hacer en la vida aparte de esa profesión. En su primer encuentro con la psicóloga no le fue muy bien. Y es que Zara empezó por levantar una fotografía que había en el escritorio y preguntar:

—¿Quién es?

La psicóloga respondió:

—Mi madre.

Zara preguntó:

—¿Se llevan bien?

La psicóloga respondió:

—Falleció hace poco.

Zara preguntó:

—¿Y cómo era su relación hasta entonces?

La psicóloga observó que una reacción más normal habría sido lamentar su pérdida, pero decidió mostrar una expresión neutral:

—No estamos aquí para hablar de mí.

A lo que Zara replicó:

—Si dejo mi coche en el mecánico, me interesa primero saber si el suyo está hecho un montón de chatarra inútil.

La psicóloga respiró hondo y dijo:

—Eso puedo entenderlo. Así que te cuento que mi madre y yo teníamos una relación estupenda. ¿Te quedas más tranquila?

Zara asintió escéptica y preguntó:

—¿Se ha quitado la vida alguno de tus pacientes?

La psicóloga se quedó sin aire en el pecho, pero respondió:

—No.

Zara se encogió de hombros y añadió:

—Que tú sepas.

Es una maldad decirle algo así a un psicólogo. Sin embargo, la psicóloga se repuso bastante rápido y dijo:

—Terminé la carrera hace poco. No he tenido tantos pacientes. ¿A qué vienen todas estas preguntas?

Zara observó el único cuadro que la psicóloga tenía en las

paredes, arrugó los labios con gesto pensativo y, con una sinceridad asombrosa, dijo:

—Quiero saber si podrás ayudarme.

Con una sonrisa experta y bolígrafo en mano, la psicóloga dijo:

—¿Con qué?

Zara respondió que tenía «problemas para conciliar el sueño».
Un médico le había recetado unos somníferos, pero ahora se negaba a extenderle más recetas a menos que hablara primero con
un psicólogo.

—Y aquí estoy —dijo Zara, y se dio unos toquecitos en el
reloj, como si fuera ella la que cobrara por horas y no al revés.

La psicóloga le preguntó:

—¿Crees que tus dificultades para dormir están relacionadas
con el trabajo? Cuando llamaste me dijiste que eres directora de
banco. Es un puesto que puede conllevar estrés y tensión.

Zara respondió:

—No lo creo.

La psicóloga suspiró y preguntó:

—¿Y qué esperas conseguir con nuestras sesiones?

Zara respondió enseguida con otra pregunta:

—¿Serán sesiones de psiquiatría o de psicología?

La psicóloga preguntó:

—Según tú, ¿cuál es la diferencia?

Zara respondió:

—Uno necesita la psicología cuando se cree un delfín. La
psiquiatría, cuando ha matado a todos los delfines.

La psicóloga parecía bastante incómoda. En la siguiente consulta, no llevaba su broche de delfín.

En la segunda sesión, Zara preguntó de forma un tanto inesperada:

—¿Cómo explicarías lo que es un ataque de ansiedad?

A la psicóloga se le iluminó la cara como a cualquier psicólogo cuando le hacen esa pregunta:

—¡Es difícil de definir! Pero según la mayoría de los expertos, un ataque de ansiedad es un estado en el que...

Zara la interrumpió:

—No, quiero saber cómo lo defines tú.

La psicóloga se retorció algo incómoda en el asiento. Barajó varias posibles respuestas. Finalmente se decidió:

—Yo diría que el ataque de ansiedad es un dolor psíquico que alcanza tal intensidad que se manifiesta físicamente. La ansiedad se vuelve tan brutal que el cerebro no... en fin, a falta de una palabra mejor, diría que el cerebro no tiene... el ancho de banda suficiente para procesar toda la información. El cortafuegos se desmorona, por así decirlo. La ansiedad nos sobrecoge.

—No eres muy buena en lo tuyo —respondió Zara secamente.

—¿En qué sentido?

—Yo ya sé más de ti que tú de mí.

—¿Ah, sí?

—Tus padres trabajaban en informática. Seguramente eran programadores.

—Pero... ¿cómo has...? Si yo no he... ¿Cómo lo has sabido?

—¿Ha sido difícil sobrellevar esa vergüenza? El hecho de que ellos trabajaran con algo que se puede aplicar a la realidad, mientras que tú trabajas con...

Zara guardó silencio un momento, como si buscara la forma adecuada de expresarlo. Así que la psicóloga remató la frase, algo ofendida:

—¿...los sentimientos? Trabajo con los sentimientos.

—Pensaba decir «superficialidades», pero sí, claro, digamos «sentimientos», si así te quedas más tranquila.

—Mi padre es programador. Y mi madre era analista de sistemas. ¿Cómo lo has sabido?

Zara soltó un hondo suspiro, como si estuviera intentando enseñar a leer a una tostadora.

—¿Acaso importa?

—¡Sí!

Zara volvió a resoplar ante la tostadora.

—Cuando te pedí que me explicaras qué es la ansiedad en tus palabras y no según la definición que te enseñaron, has utilizado las palabras «ancho de banda», «procesar» y «cortafuegos». Y las palabras que no encajan con la forma habitual de expresarse suelen proceder de sus padres. Siempre que se tenga con ellos una buena relación.

La psicóloga trató de recuperar el control de la conversación haciendo la siguiente pregunta:

—¿Es por eso que se te da bien tu trabajo en el banco? ¿Porque ves venir a las personas?

Zara estiró la espalda, como haría un gato aburrido.

—Reina, a ti no es tan difícil verte venir. Las personas como tú nunca son tan complejas como creen, sobre todo si han ido a la universidad. Tu generación no quiere estudiar una materia, sólo quiere estudiarse a sí misma.

La psicóloga se mostró un poquito ofendida. Posiblemente algo más de un poquito.

—Bueno, estamos aquí para hablar de ti, Zara. ¿Qué es lo que quieres?

—Somníferos, ya te lo he dicho. Preferiblemente, unos que sean compatibles con el vino tinto.

—Yo no puedo recetar somníferos. Eso sólo puede hacerlo tu médico.

—Y entonces, ¿qué hago aquí? —resopló Zara.

—Sólo tú puedes responder a eso —contestó la psicóloga.

En ese nivel comenzó su relación. A partir de ahí, sólo fue cuesta abajo. Sin embargo, digámoslo desde ya, a la psicóloga no le resultó difícil emitir un diagnóstico para su nueva paciente: Zara sufría de soledad; pero en lugar de decírselo (después de todo, ella no había contraído una deuda de préstamo estudiantil de cinco años para aprender a decir lo que pensaba), le dijo a Zara que, en su opinión, sufría de una «depresión por agotamiento».

Sin apartar la vista de las notificaciones del teléfono, Zara respondió:

—Ya, ya, ya lo sé, sufro agotamiento porque no puedo dormir, ¡así que consígueme las pastillas!

La psicóloga no quería conseguirle pastillas. Así que empezó a hacerle preguntas encaminadas a conseguir que Zara viera su ansiedad dentro de un contexto más amplio. Una de ellas fue:

—¿Te preocupa la supervivencia del planeta?

Zara respondió:

—Francamente, no.

La psicóloga le dedicó una cálida sonrisa.

—A ver, permíteme que lo formule así: ¿cuál es, en tu opinión, el mayor problema del mundo?

Zara asintió rauda y respondió como si fuera evidente:

—La gente pobre.

La psicóloga la corrigió con amabilidad:

—Querrás decir... la pobreza.

Zara se encogió de hombros.

—Sí. Si así te sientes mejor.

A la hora de despedirse, Zara no le estrechó la mano. De camino a la salida, corrió un poco una foto que había en la librería de la psicóloga y cambió de sitio tres libros. Los psicólogos no deben tener pacientes favoritos, pero si esta psicóloga hubiera tenido uno, definitivamente no habría sido Zara.

Lo cierto es que la psicóloga no llegó a comprender lo enferma que estaba Zara hasta la tercera sesión. Fue poco después de que dijera que «la democracia es un sistema condenado a muerte, puesto que todos los idiotas se creen cualquier cosa, siempre y cuando sea una buena historia». La psicóloga hizo cuanto pudo por fingir que no lo había oído, y empezó a hacerle preguntas sobre su infancia y su trabajo, y se interesaba continuamente por cómo se «sentía». ¿Cómo te sientes cuando ocurre eso? ¿Cómo te sientes cuando hablas de aquello? ¿Cómo te sientes cuando sientes cómo te sientes? ¿Te sientes sensible? Así que al final Zara empezó a sentir algo.

Llevaban un buen rato hablando de algo totalmente distinto cuando, de repente, Zara bajó la vista y, con una voz que ya no era la suya, susurró:

—Tengo cáncer.

Fue tal el silencio que se hizo en la consulta que podían oírse los latidos de las dos. La psicóloga dejó caer los dedos sobre el cuaderno, la respiración se le volvió más superficial y con cada suspiro sólo se le llenaba un tercio de los pulmones, por miedo a romper el silencio.

—Lo siento muchísimo, de veras —dijo la psicóloga al fin, con voz temblorosa y dignidad académica.

—Yo también lo siento. Y me siento deprimida, la verdad —dijo Zara secándose las lágrimas de los ojos.

—¿Dónde… dónde lo tienes? —preguntó la psicóloga.

—¿Acaso importa? —susurró Zara.

—No. Claro que no. Lo siento. Ha sido una torpeza por mi parte.

Zara estuvo mirando tanto rato por la ventana, sin fijar la vista en ninguna parte, en realidad, que parecía que la luz del exterior hubiera cambiado. Que hubiera pasado del amanecer al mediodía. Luego levantó la barbilla unos centímetros y dijo:

—No tienes que disculparte. Me lo he inventado.

—P... ¿perdona?

—Que no tengo cáncer. Era mentira. Pero es lo que yo digo: ¡la democracia no funciona!

Y entonces fue cuando la psicóloga comprendió hasta qué punto Zara estaba enferma.

—Bromear sobre algo así es indicio de... una falta de sensibilidad sorprendente —atinó a decir.

Zara enarcó las cejas.

—¿Así que habría sido mejor si hubiera tenido cáncer?

—¡No! ¿Qué? En absoluto, pero...

—Es mejor que bromee sobre el cáncer a que lo que tenga... ¿O no? ¿Habrías preferido que tuviera cáncer?

A la psicóloga se le enrojeció el cuello de indignación.

—Pues... ¡no! ¡Por supuesto que no deseo que tengas cáncer!

Zara cruzó las manos en el regazo muy seria y declaró:

—Pero así es cómo me «siento» ahora mismo.

Esa noche a la psicóloga le costó conciliar el sueño. Zara puede provocar ese efecto en la gente. La siguiente vez que fue a la consulta, la psicóloga ya no tenía en la mesa la fotografía de su madre, y durante ese encuentro Zara sopesó si contarle el verdadero motivo de sus problemas para conciliar el sueño. Llevaba en el bolso una carta que lo explicaba todo y, si se la hubiera enseñado, quizá todo lo que ocurrió después se habría desarrollado de un modo muy distinto. Sin embargo, se limitó a quedarse allí sentada un buen rato mirando fijamente el cuadro de la pared. Representaba a una mujer sola que contemplaba un mar infinito, que miraba más allá del horizonte. La psicóloga se humedeció los labios y preguntó con tono afectuoso:

—¿Qué piensas al mirar ese cuadro?

—Pienso que, si pudiera elegir un cuadro para colgar en una pared, no sería ése.

La psicóloga sonrió serena.

—Suelo preguntar a mis pacientes qué piensan de la mujer del cuadro. ¿Quién es? ¿Es feliz? ¿Tú qué opinas?

Zara sacudió los hombros con gesto despreocupado.

—Yo no sé qué es la felicidad para ella.

La psicóloga estuvo callada un rato, hasta que confesó por fin:

—Nunca me habían dado esa respuesta.

Zara resopló.

—Eso es porque preguntas como si sólo existiera una clase de felicidad. Pero la felicidad es como el dinero.

La psicóloga sonrió con la superioridad que sólo puede mostrar quien se considera una persona muy profunda.

—Eso suena superficial.

Zara refunfuñó igual que una adolescente que trata de explicar cualquier cosa a una persona no adolescente.

—No he dicho que el dinero dé la felicidad. He dicho que la felicidad es *como* el dinero. Tiene un valor inventado que se corresponde con algo que no podemos ni pesar ni medir.

A la psicóloga le tembló la voz, pero sólo momentáneamente.

—Ya… puede ser. Pero sí podemos pesar y medir el costo de la depresión. Y sabemos que el miedo a ser feliz es normal para quienes padecen de una depresión. Porque hasta la depresión puede convertirse en una cómoda burbuja, uno puede empezar a pensar, si no estoy triste, ni furioso, ¿entonces quién soy?

Zara arrugó la nariz.

—¿Y tú te crees eso?

—Sí.

—Es porque la gente como tú siempre mira a la gente que tiene más dinero y dice: «Sí, sí, serán ricos, pero ¿acaso son felices?». Como si ése fuera el sentido de la vida para cualquiera que no sea un perfecto idiota, pasarse los días contento todo el tiempo.

La psicóloga anotó algo y, sin apartar la vista del cuaderno, preguntó:

—¿Y qué sentido tiene todo entonces, en tu opinión?

La respuesta de Zara fue la de alguien que ha dedicado muchos años a reflexionar. Alguien que ha decidido que es más importante hacer un trabajo importante que vivir una vida feliz.

—Tener un propósito. Un sentido. Una dirección. Y... ¿quieres que te diga la verdad? La verdad es que la mayoría de las personas prefieren ser ricas a ser felices.

La psicóloga volvió a sonreír.

—Le dice la directora de banco a la psicóloga.

Zara volvió a resoplar.

—Recuérdame cuánto cobras por hora. Si me hace feliz, ¿puedo venir gratis?

La psicóloga se echó a reír sin querer, incurriendo así casi en una falta de profesionalidad. Se sorprendió tanto a sí misma que se sonrojó. Enseguida recobró la compostura y acertó a decir:

—No. Pero tal vez sí te diría que vinieras gratis si eso me hiciera feliz a mí.

Entonces, Zara también se echó a reír de pronto; no conscientemente, sino como si el sonido se le escapara de dentro. Hacía mucho desde la última vez.

Se quedaron un rato en silencio, algo cortadas, hasta que al final Zara señaló a la mujer del cuadro.

—¿Qué crees que está haciendo la mujer?

La psicóloga miró el cuadro, parpadeó despacio.

—Lo que hacemos todos. Buscar.

—¿El qué?

Los hombros de la psicóloga se movieron un centímetro hacia arriba y otro centímetro hacia abajo.

—Algo a lo que aferrarse. Algo por lo que luchar. Algo a lo que aspirar.

Zara apartó la vista del cuadro y, sin detenerse en la psicóloga, miró por la ventana.

—¿Y si lo que está pensando es quitarse la vida?

Aún mirando el cuadro, la psicóloga sonrió sin desvelar en absoluto los sentimientos que arrasaban su interior; para tener ese dominio se precisan muchos años de entrenamiento y unos padres muy queridos a los que uno no quiere preocupar por nada del mundo.

—¿Por qué crees que quiere hacer algo así?

—¿Acaso no se lo plantean alguna vez todas las personas inteligentes?

La psicóloga pensó primero en responder con alguna frase hecha que hubiera aprendido en la carrera, pero en el fondo comprendía que no serviría de nada. De modo que respondió con sinceridad:

—Sí. Quizá. ¿Y qué nos disuade, en tu opinión?

Zara se inclinó hacia la mesa y recolocó dos bolígrafos para que quedaran paralelos. Luego dijo:

—El miedo a las alturas.

No hay una sola persona en el planeta que en aquel momento hubiera podido decir con total seguridad si estaba bromeando o no. La psicóloga se pensó la siguiente pregunta durante un buen rato.

—Zara, permíteme que te pregunte... ¿tienes algún hobby?

—¿Un hobby? —repitió Zara, pero no de un modo del todo condescendiente.

La psicóloga lo aclaró:

—Sí. A lo mejor cooperas con alguna organización benéfica, por ejemplo.

Zara meneó la cabeza en silencio. La psicóloga pensó en un primer momento que el hecho de que no le hubiera soltado un insulto en el acto ya era un cumplido en sí mismo, pero la mirada de Zara la hizo dudar, como si la pregunta hubiera derribado y destrozado algo en su interior.

—¿Estás bien? ¿He dicho algo malo? —preguntó la psicóloga preocupada, pero Zara ya había mirado el reloj, se había levantado y se había dirigido a la puerta. La psicóloga, que no llevaba ejerciendo el tiempo suficiente para no echarse a temblar pensando que había perdido a aquella paciente, le dijo en ese momento algo extraordinariamente poco profesional:

—¡No hagas ninguna tontería!

Zara se detuvo en el umbral, atónita.

—¿Como qué?

La psicóloga no sabía qué decir, así que sonrió avergonzada y respondió:

—Por lo menos, no hagas ninguna tontería antes... de haber pagado la factura.

Zara se echó a reír de pronto. La psicóloga también. No era fácil precisar hasta qué punto aquello también era poco profesional.

+>-<+

Cuando Zara ya estaba en el ascensor, la psicóloga se sentó en su despacho y se puso a mirar a la mujer del cuadro rodeada de cielo. Zara era la primera persona que había dicho que la mujer tal vez estuviera pensando en quitarse la vida, nadie más lo había visto así.

La psicóloga siempre pensó que aquella mujer miraba al horizonte de un modo que sólo podía deberse a dos razones: nostalgia o miedo.

Por esa razón había pintado aquel cuadro, como un recordatorio. Era una de esas composiciones que les encantan a los psicólogos, porque puedes mirarlas todo el tiempo que quieras sin advertir lo más evidente. Que la mujer está en un puente.

25

(INTERROGATORIO DE TESTIGOS, CONTINUACIÓN)

Jim: Ahora me siento como un idiota.

Zara: Supongo que no es algo nuevo para usted.

Jim: Si hubiera sabido que eres directora de banco, no habría dicho eso. O sea, no debería haberlo dicho y punto. Ya ni sé qué decir.

Zara: Pues, en ese caso, me puedo ir, ¿no?

Jim: No, espera. Está claro que ha sido una situación embarazosa. Mi mujer siempre ha dicho que debería cerrar más el pico. Así que de ahora en adelante me limitaré al interrogatorio, ¿de acuerdo?

Zara: Intentémoslo.

Jim: ¿Podrías describir al sujeto? Cualquier cosa que recuerdes sobre él, que creas que pueda sernos útil en la investigación.

Zara: Parece que ya sabe lo más importante.

Jim: ¿El qué?

Zara: Ha dicho «el» sujeto, así que ya sabe que es un hombre. Y eso dice mucho.

Jim: Presiento que voy a arrepentirme de hacer esta pregunta, pero: ¿y eso por qué?

Zara: Ustedes no saben apuntar ni cuando mean. Así que es normal que todo se tuerza si les dan una pistola.

Jim: ¿Debo entender entonces que no recuerdas ningún detalle de su aspecto físico?

Zara: Cualquier psicólogo le dirá que la sensación de ser apuntada con una pistola es como estar a punto de ser atropellada por un camión: lo más probable es que no recuerdes la matrícula.

Jim: Debo admitir que es una muy buena comparación.

Zara: Qué alivio, porque sus opiniones son realmente importantes para mí. ¿Me puedo ir ya?

Jim: Lo siento, pero no. ¿Reconoces este dibujo?

Zara: ¿Es un dibujo? Es como si alguien hubiera volcado una prueba de orina sobre un papel.

Jim: Entiendo que eso es un «no» y que no lo habías visto nunca.

Zara: Qué listo es.

Jim: ¿En qué lugar del apartamento te encontrabas cuando entró el sujeto?

Zara: Junto a la puerta del balcón.

Jim: ¿Y durante el resto del secuestro?

Zara: ¿Y eso qué importa?

Jim: Importa mucho.

Zara: No veo por qué.

Jim: O sea... tú no eres sospechosa. O todavía no, por lo menos.

Zara: ¿Perdone?

Jim: Sí, bueno. Lo que quiero que entiendas es que mi colega está convencido de que alguno de los rehenes ayudó al sujeto a escapar. Y tu presencia allí es un tanto extraña, la verdad. En primer lugar, no tienes ninguna razón para querer comprar ese apartamento. En segundo lugar, no parece haberte asustado cuando el sujeto te apuntó con la pistola.

Zara: O sea que sospechan que yo ayudé a Asaltante a huir, ¿no?

Jim: No. No, para nada. No eres sospechosa, no. O bueno, todavía no. O sea, quiero decir, ¡no eres sospechosa! Pero mi colega piensa que todo eso es extraño.

Zara: ¿Ah, sí? Pues, ¿sabe lo que pienso de su colega?

Jim: Por favor, ¿puedes limitarte a contarme qué ocurrió en el apartamento, para que lo grabe? Ése es mi trabajo.

Zara: Claro.

Jim: Muy bien. ¿Cuántos presuntos compradores había en la vivienda?

Zara: ¿«Presuntos»?

Jim: Sí, quiero decir, ¿cuántos interesados había en comprar el apartamento?

Zara: Cinco.

Jim: ¿Cinco?

Zara: Dos parejas. Una señora.

Jim: Aparte de ti y de la agente inmobiliaria. O sea, siete rehenes en total, ¿no?

Zara: Cinco y dos son siete, sí. Es usted un genio.

Jim: Pero eran ocho rehenes, ¿no?

Zara: Es que no ha contado al conejo.

Jim: ¿Al conejo?

Zara: Lo que oye.

Jim: ¿Qué conejo?

Zara: ¿Quiere que le cuente lo que ocurrió, o no?

Jim: Lo siento.

Zara: ¿De verdad cree que alguno de los rehenes ayudó a huir al sujeto?

Jim: ¿Tú no?

Zara: No.

Jim: ¿Por qué?

Zara: Eran todos idiotas.

Jim: ¿Y el sujeto?

Zara: ¿Qué pasa con Asaltante?

Jim: ¿Crees que se disparó a propósito o por un error?

Zara: ¿De qué me está hablando?

Jim: Oímos un disparo procedente del apartamento, después de que los soltaran. Cuando entramos, había un charco de sangre en el suelo.

Zara: ¿Sangre? ¿Dónde?

Jim: En la alfombra y en el suelo del salón.

Zara: Ah. ¿Y en ningún otro lugar?

Jim: No.

Zara: Oh.

Jim: ¿Cómo?

Zara: ¿Perdone?

Jim: Me ha parecido que decías «oh», como si quisieras añadir algo más.

Zara: En absoluto.

Jim: Perdón. En todo caso, mi colega está seguro de que fue allí, en el salón, donde se disparó. Era lo que quería decir.

Zara: ¿Y siguen sin saber quién es el sujeto?

Jim: Sí.

Zara: Mire, si no me explica por qué demonios sospechan que estoy implicada, *deseará* que hubiera llamado a mi abogado.

Jim: ¡Si nadie sospecha de ti! ¡Lo único que mi colega quiere saber es por qué estabas en el apartamento si no era para comprarlo!

Zara: Mi psicóloga me dijo que necesitaba un hobby.

Jim: ¿Y ver apartamentos en venta es tu hobby?

Zara: La gente como usted es más interesante de lo que cree.

Jim: ¿La gente como yo?

Zara: Los de clase media. Es interesante ver cómo viven. Cómo lo soportan. Fui a ver varias propiedades en venta, y luego algunas más. Es como la heroína. ¿Ha probado la heroína? Te das asco, pero es difícil dejarla.

Jim: ¿Quieres decir que te has vuelto adicta a las visitas a apartamentos de personas que ganan mucho menos dinero que tú?

Zara: Sí. Es como cuando los niños encierran crías de pájaro en frascos de cristal. Siento la misma atracción por lo prohibido.

Jim: Quieres decir mariposas. Eso se hace con las mariposas.

Zara: Claro. Si eso lo consuela.

Jim: Entonces, fuiste a ver ese apartamento por hobby.

Zara: ¿Eso que tiene en el antebrazo es un tatuaje de verdad?

Jim: Sí.

Zara: ¿Se supone que es un ancla?

Jim: Sí.

Zara: ¿Perdió una apuesta o qué?

Jim: ¿Qué quieres decir?

Zara: ¿Alguien amenazó a su familia? ¿O se lo hizo voluntariamente?

Jim: Fue voluntario.

Zara: ¿Por qué odia el dinero la gente como usted?

Jim: No voy ni a responder. Lo único que quiero es que me digas, para que lo tengamos grabado, por qué el resto de los testigos aseguran que no te asustaste al ver la pistola del sujeto. ¿No creías que fuera de verdad?

Zara: Sabía perfectamente que la pistola era de verdad. Por eso no me asusté. Me sorprendí.

Jim: Es una reacción un tanto extraña ante una pistola.

Zara: Para usted, quizá. Pero yo llevaba ya bastante tiempo planteándome la posibilidad de suicidarme, así que cuando vi la pistola, me sorprendí.

Jim: Bueno, la verdad, no sé qué decir. Lo siento. ¿Habías pensado en suicidarte?

Zara: Sí. Así que me sorprendí, porque me di cuenta de que no quería morir. Y me chocó un poco.

Jim: ¿Por eso ibas al psicólogo, por las ideas suicidas?

Zara: No. Necesitaba ir al psicólogo porque me costaba conciliar el sueño. Me pasaba las noches en vela pensando en cómo podría suicidarme si tuviera suficientes somníferos.

Jim: Y el psicólogo te sugirió que te buscaras un hobby, ¿no?

Zara: Sí. Después de que le contara lo de mi cáncer.

Jim: Oh, vaya, cuánto lo siento. Qué tristeza.

Zara: Bueno, a ver...

26

La próxima vez que se vieron la psicóloga y Zara, ésta le contó que por fin había encontrado un hobby. Había empezado a ir a «ver apartamentos en venta para la clase media». Le dijo que era emocionante, porque muchos de los apartamentos daban la impresión de que las personas que vivían allí los limpiaban ellas mismas. La psicóloga le explicó que no se refería a eso exactamente cuando le sugirió que se «implicara en alguna obra benéfica», pero Zara objetó que en una de las visitas había «un hombre que pensaba reformar el apartamento él mismo», con sus propias *manos*, las mismas manos que usaba para *comer*.

—¡Así que no me vengas con que no hago todo lo posible por confraternizar con los desfavorecidos de la sociedad!

La psicóloga no sabía por dónde empezar a responder, pero Zara observó que enarcaba las cejas y le temblaba la barbilla, y dijo con desprecio:

—¿Te he ofendido? Por Dios, es totalmente imposible no ofenderlos en cuanto hablamos.

La psicóloga asintió con gesto paciente y se arrepintió nada más hacer la pregunta:

—¿Podrías poner un ejemplo de otras ocasiones en que la gente como yo se haya ofendido sin tú pretenderlo?

Zara se encogió de hombros y le contó la historia de una vez en que la habían llamado «prejuiciosa» cuando entrevistó a un joven en el banco, sólo porque al verlo entrar en la oficina, exclamó: «¡Vaya! Creía que venías a buscar trabajo en la sección de informática. A personas como tú se les suelen dar bien las computadoras, ¿no?».

Zara explicó profusamente a la psicóloga que eso era un cumplido. ¿Ahora también es prejuicioso decir cumplidos?

La psicóloga trataba de encontrar un modo de hablar del tema sin hablar de él, así que dijo:

—Zara, me da la impresión de que siempre acabas viéndote envuelta en discusiones. Una técnica que suelo recomendar para evitarlo es la de hacerte tres preguntas: 1. ¿Crees que el interlocutor actúa con la clara intención de perjudicarte personalmente? 2. ¿Dispones de toda la información sobre las circunstancias? 3. ¿Qué ganas tú si se crea una situación conflictiva?

Zara ladeó la cabeza hasta que le crujió el cuello. Comprendía todas las palabras, pero en este contexto le parecían sacadas de un sombrero de forma totalmente aleatoria.

—¿Por qué iba yo a necesitar ayuda para no verme envuelta en situaciones conflictivas? Las situaciones conflictivas son buenas. Sólo las personas débiles creen en la armonía, y, como premio, pueden ir por ahí pregonando incoherencias y sintiéndose moralmente superiores, mientras que los demás nos dedicamos a otras cuestiones.

—¿Cómo a qué? —preguntó la psicóloga.

—A ganar.

—¿Y eso es importante?

—Si no ganas, no puedes hacer nada, cariño. Nadie llega por casualidad a un salón de conferencias.

La psicóloga trataba de reconducir la conversación a su pregunta inicial, fuera la que fuera, porque ya no la recordaba.

—Y supongo que... los ganadores ganan también mucho

dinero, eso también es importante, ¿no? ¿Qué haces tú con el dinero?

—Compro la distancia que me separa de otras personas.

La psicóloga jamás había oído esa respuesta.

—¿Qué quieres decir?

—En los restaurantes caros las mesas están más distanciadas unas de otras. En los vuelos en primera clase no hay asiento del medio. Los hoteles de lujo tienen una entrada aparte para los huéspedes de la suite. Lo más caro de los lugares con más densidad de población del mundo es la distancia.

La psicóloga se retrepó en la silla. No era difícil identificar la personalidad de Zara con ejemplos de manual: evitaba el contacto visual; no quería que le estrecharan la mano; la empatía le era, por decirlo sutilmente, desconocida; parecía enemiga del desorden, y quizá por ello había decidido trabajar con números. Además, cada vez que entraba en la consulta arreglaba la foto de la librería, que la psicóloga siempre torcía a propósito antes de su llegada. A una persona como Zara es difícil preguntarle algo así directamente, así que la psicóloga dijo:

—¿Por qué te gusta tu trabajo?

—Porque soy analista, la mayoría de las personas que ocupan mi puesto son economistas —respondió Zara enseguida.

—¿Cuál es la diferencia?

—Los economistas se enfrentan a los problemas en cuanto llegan. Por eso no son capaces de predecir la quiebra de la bolsa.

—¿Quieres decir que los analistas sí son capaces de predecirla?

—Los analistas *cuentan con* que las quiebras se producirán. Los economistas sólo ganan dinero cuando a los clientes del banco les va bien; los analistas ganamos dinero siempre.

—¿Y eso te da cargo de conciencia? —preguntó la psicóloga,

más que nada, para ver si Zara pensaba que aquella frase representaba un sentimiento o un tipo de cereal.

—¿Es culpa del crupier que uno pierda todo su dinero en el casino? —preguntó Zara.

—No me parece una comparación adecuada.

—¿Y por qué no?

—Porque utilizas expresiones como «quiebra de la bolsa», pero quien quiebra no es ni la bolsa ni el banco, sino las personas.

—Existe una explicación muy lógica de que creas que eso es así.

—¿Ah, sí?

—Se debe a que crees que el mundo te debe algo. Y no es así.

—Sigues sin responder a mi pregunta. Quería saber por qué te gusta tu trabajo. Sólo me has dicho por qué se te da bien.

—Sólo a la gente débil le gusta su trabajo.

—Eso no me lo creo.

—Eso es porque te gusta tu trabajo.

—Lo dices como si fuera algo malo.

—¿Te has enfadado? La gente como tú se enfada todo el rato, ¿y sabes por qué?

—No.

—Porque están equivocados. Si dejaran de estar equivocados continuamente, no se sentirían ofendidos.

La psicóloga miró el reloj. Seguía pensando que el principal problema de Zara era la soledad, pero que quizá existe una diferencia entre soledad y falta de amigos. Sin embargo, en lugar de decirlo abiertamente, murmuró con resignación:

—Sabes… creo que este es un buen momento para dejarlo.

Zara asintió impasible y se puso de pie. Colocó la silla bien alineada con la mesa. Cuando sus labios pronunciaron las palabras ya estaba casi de espaldas, como si no hubiera sido su intención decir nada:

—¿Tú crees que hay gente mala?

La psicóloga procuró no manifestar su sorpresa. Logró responder:

—¿Me lo preguntas como psicóloga o desde un punto de vista meramente filosófico?

Una vez más, la directora de banco puso cara de estar hablando con una tostadora.

—¿Te hicieron tragarte un diccionario de pequeña, o te volviste así tú solita? Limítate a responder a la pregunta: ¿tú crees que hay gente mala?

La psicóloga se retorció tanto en la silla que casi se le volvieron del revés los pantalones.

—Pues, tendría que decir que... sí. Creo que hay gente mala.

—¿Tú crees que esa gente sabe que es mala?

¿Qué quieres decir?

La mirada de Zara se posó en el cuadro del puente.

—La experiencia me dice que hay muchas personas que son repugnantes. Personas frías y crueles. Pero nosotros mismos no queremos creer que somos malas personas.

La psicóloga reflexionó sobre la pregunta en silencio un buen rato antes de responder:

—Sí. Si he de ser sincera, creo que casi todos sentimos la necesidad de creer que contribuimos a conseguir que el mundo sea mejor. O al menos, que no lo empeoramos. Que estamos del lado de los buenos. Que, aunque... no sé... que incluso nuestras peores acciones sirven a un fin superior. Porque casi todos distinguimos entre el bien y el mal, y si rompemos con nuestro propio código moral, tenemos que inventarnos una excusa ante nosotros mismos. Creo que es lo que, en el ámbito de la criminología, llaman técnicas de neutralización. La neutralización puede producirse gracias a convicciones religiosas o políticas, o la creencia de que no podíamos hacer otra cosa, pero necesitamos algo que justifique nuestras malas acciones. Porque estoy convencida de que muy pocas personas serían capaces de vivir sabiendo que son... *intrínsecamente malas*.

Zara no dijo nada, se limitó a agarrar el bolso demasiado grande con demasiada fuerza y, por medio segundo, pareció que iba a confesar algo. Su mano ya estaba a mitad de camino de la carta. Incluso se permitió jugar fugazmente con la idea de contarle que había mentido sobre lo del hobby. No acababa de empezar a hacer aquellas visitas a apartamentos en venta; llevaba haciéndolas diez años. No era un hobby, era una obsesión.

Pero no pronunció ni una palabra. Cerró el bolso, la puerta se cerró tras ella y la consulta quedó en silencio. La psicóloga se quedó sentada ante su escritorio, desconcertada ante lo desconcertada que se sentía. Trató de plasmar por escrito unas cuantas notas con vistas a la próxima cita, pero se sorprendió con la computadora abierta, buscando anuncios de apartamentos en venta. Trataba de adivinar cuál iría a ver Zara la próxima vez. Lógicamente, era imposible, pero habría podido resultar fácil si Zara le hubiera revelado que todos los que visitaba tenían balcón, y que desde todos los balcones se veía el puente.

Mientras tanto, Zara estaba en el ascensor. A medio camino, pulsó el botón de parada de emergencia para poder llorar tranquilamente. La carta que llevaba en el bolso seguía sin abrir; Zara nunca se había atrevido a leerla, porque sabía que la psicóloga tenía razón. Zara era una de esas personas que, en el fondo de su ser, no podría reconciliarse con la idea de saber aquello de sí misma.

27

Esta es la historia de un robo a un banco, una visita a un apartamento en venta y una toma de rehenes. Aunque puede que se trate sobre todo de unos idiotas. Pero quizá puede que no sea sólo eso.

Diez años atrás, un hombre escribió una carta. Se la envió a una mujer que trabajaba en un banco. Luego dejó a los niños en el colegio, les susurró al oído que los quería, se fue solo de allí y aparcó el coche junto al río. Se subió a la barandilla de un puente y saltó. La semana siguiente, una joven adolescente se subió a la misma barandilla.

Lógicamente, a ti poco te importa quién era la chica. No era más que una persona entre varios miles de millones, y la mayoría de las personas ni siquiera son personas para nosotros. Sólo son gente. Sólo somos desconocidos que pasamos unos al lado de los otros, tu ansiedad roza apenas con la mía cuando las fibras de nuestros abrigos se enredan por un instante y se despegan enseguida entre el gentío mientras caminamos por cualquier acera. Nunca sabemos a ciencia cierta lo que le hacemos al otro, lo que hacemos con el otro, lo que hacemos por el otro. Pero la chica del puente se llamaba Nadia. Era la semana siguiente a aquella en que el hombre se mató saltando de la barandilla donde ella se encontraba ahora. La chica apenas sabía nada de él, pero iba al mismo colegio que sus hijos, y todo el mundo hablaba del suceso. Así fue que se le ocurrió la idea. Nadie puede realmente explicar, ni antes ni después, qué puede impulsar a una adolescente a querer dejar de vivir. Simplemente hay periodos en los que se hace tan duro existir... El hecho de no entenderse a uno mismo, de que no nos guste el cuerpo en el que existimos. Mirarnos a los ojos en el espejo y preguntarnos de quién son, con la misma eterna pregunta: «¿Qué es lo que me pasa? ¿Por qué me siento así?».

La chica no había vivido ningún trauma, no arrastraba ningún sufrimiento justificado. Simplemente estaba triste, todo el tiempo. Un ser maligno y pequeño que no se apreciaba en las radiografías se había alojado en su pecho, viajaba por su flujo sanguíneo y le llenaba la cabeza de voces susurrantes que le decían que era una inútil, que era débil y fea y que nunca dejaría de estar quebrada. Se nos pueden ocurrir las cosas más absurdas del mundo cuando se nos acaban las lágrimas, cuando no podemos silenciar esas voces que nadie más oye, cuando nunca hemos estado en una habitación en la que nos hayamos sentido normales. Al final nos sentimos agotados de andar siempre tensando la piel en torno al pecho, de no relajar nunca los hombros, de pasarnos la vida entera pegados a las paredes con los puños cerrados, siempre aterrados de que te vean, porque no se supone que lo hagan.

Lo único que sabía Nadia era que jamás había sentido que tuviera nada en común con ninguna otra persona. Siempre se había sentido sola con cada uno de sus sentimientos. En el aula, entre compañeros de su edad, daba la impresión de que todo era como siempre, pero por dentro se encontraba en medio de un bosque, gritando hasta que le estallaba el corazón. Los árboles crecieron. Un día, la luz del sol no fue lo bastante potente para atravesar el follaje y la oscuridad que reinaba en su interior se volvió impenetrable.

Así que se plantó en un puente y miró desde la barandilla hacia el agua. Sabía que, cuando llegara abajo, sería como darse contra el asfalto, que no se ahogaría, que moriría al instante. Eso la consolaba, porque desde que era muy pequeña tuvo miedo de morir ahogada. No de la muerte misma, sino de los segundos que la precedían. Del pánico y la impotencia. Algún adulto imprudente la informó de que los que se ahogan no parecen estar ahogándose. «Cuando uno se ahoga, no puede pedir ayuda ni agitar los brazos, simplemente se hunde. Tu familia puede estar en la playa saludándote con la mano sin darse cuenta de que te estás muriendo».

Nadia llevaba toda la vida sintiéndose así. Viviendo entre ellos. Mientras cenaba con sus padres, pensaba: «¿Es que no lo ven?». Pero ellos no lo veían. Y ella no decía nada. Un día simplemente no fue al colegio, ordenó el cuarto, hizo la cama y se fue de casa sin abrigo, porque no lo iba a necesitar. Pasó el día muerta de frío en la ciudad, deambulando como si quisiera que la ciudad la viera por última vez, que comprendiera lo que había provocado al no oírla gritar por dentro. No tenía ningún plan concreto, sólo una consecuencia. Cuando llegó el crepúsculo, se vio de pronto junto a la barandilla del puente. Era muy sencillo. Sólo tenía que levantar un pie, y luego el otro.

Un adolescente llamado Jack la vio. El chico era incapaz de explicar por qué volvía al puente noche tras noche; sus padres se lo prohibieron, pero él no les hacía caso. Salía sin hacer ruido y corría hasta allí, como esperando ver al hombre allí otra vez, para hacer retroceder el tiempo y hacerlo bien esta vez. En cambio, el día que vio a la chica en la barandilla no supo qué gritarle. Así que no le grito nada. Echó a correr y la agarró con tanta fuerza que la chica se golpeó la cabeza contra el asfalto y quedó inconsciente.

+>-<+

Se despertó en el hospital. Todo había ocurrido tan rápido que sólo había alcanzado a ver con el rabillo del ojo cómo el chico se acercaba corriendo. Cuando las enfermeras le preguntaron qué había pasado, ni ella misma sabía, pero le sangraba la parte posterior de la cabeza, así que dijo que se había subido a la barandilla para tomar una foto de la puesta de sol y que se cayó hacia atrás. Estaba tan acostumbrada a decir lo que los demás querían oír, para que no preocuparan, que lo hacía de forma instintiva. Pese a todo, las enfermeras se mostraron inquietas, desconfiadas, pero la chica era una mentirosa consumada. Llevaba practicando toda la vida. Así que al final le dijeron: «¡Subirse a la barandilla de esa manera es una locura! Fue una suerte que no cayeras hacia el otro lado». Ella asintió con los labios secos y los ojos anegados. Sí. Suerte.

Habría podido volver directamente del hospital al puente, pero no lo hizo. Era imposible explicar por qué, ni siquiera a sí misma, porque nunca podría saber con certeza qué habría hecho si el chico no la hubiera apartado del puente. ¿Habría dado un paso adelante o atrás? Así que de aquel día en adelante intentó comprender la diferencia entre ella y el hombre que saltó. Eso la llevó a elegir una profesión, una carrera, toda una vida. Se hizo psicóloga. Acudían a ella personas que sufrían tanto que sentían que estaban en lo alto de una barandilla, con un pie fuera, mientras ella, sentada ante ellas en un sillón, les decía con la mirada: «Yo he estado ahí, y conozco un camino mejor para bajar».

Claro que a veces aún pensaba en qué la había llevado a querer tirarse del puente, todo aquello que sentía que faltaba en la imagen que le devolvía el espejo. Su soledad a la hora de la cena. Pero encontró formas de resistir, túneles para salir de sí misma, formas de bajar. Algunas personas aceptan que nunca se verán libres de la ansiedad, simplemente aprenden a sobrellevarla. Y ella trataba de ser una de esas personas. Pensaba que por eso hay que ser amable con los demás, incluso con los idiotas, porque uno nunca sabe lo pesada que es su carga. Con el tiempo comprendió que, en lo más hondo de su ser, casi todo el mundo se hace las mismas preguntas: ¿Soy inteligente? ¿Hay alguien que se enorgullezca de mí? ¿Soy útil a la sociedad? ¿Soy bueno en mi trabajo? ¿Generoso y atento? ¿Aceptable en la cama? ¿Me querrá alguien como amigo? ¿Habré sido un buen padre o madre? ¿Seré una buena persona?

En el fondo, queremos ser buenos. Ser amables. El problema, claro está, es que no siempre somos capaces de ser amables con los idiotas, porque son idiotas. Para Nadia, como para todos nosotros, aquello se convirtió en un proyecto de vida.

Jamás volvió a ver al joven del puente. A veces de verdad cree que ella lo inventó. Que fue un ángel, quizá. Jack jamás volvió a ver a Nadia. Nunca regresó al puente. Pero después de aquello decidió ser policía, cuando comprendió que él podía cambiar las cosas.

Diez años después, Nadia volverá a instalarse en la ciudad, al terminar los estudios de Psicología. Y tendrá una paciente llamada Zara. Zara irá a ver un apartamento que está en venta y se verá envuelta en un atraco con rehenes. Jack y su padre Jim interrogarán a todos los testigos. El apartamento donde todo transcurrió tiene un balcón, y desde ese balcón puede verse hasta el puente. Por eso está Zara allí. Diez años atrás, encontró una carta en el felpudo de la entrada, escrita por un hombre que había saltado. Su nombre estaba pulcramente escrito al dorso del sobre; ella recordaba su reunión con él, y aunque los periódicos nunca publicaron el nombre de la persona que la policía había hallado en el agua, aquella ciudad era demasiado pequeña como para que ella no lo supiera.

→>-<←

Zara aún lleva la carta consigo en el bolso, todos los días. Sólo ha ido al puente una vez, una semana después de que el hombre se arrojara, y vio a una chica que subía a la misma barandilla y a un chico que la salvó. Zara no se inmutó, se quedó temblando escondida entre las sombras. Seguía allí cuando llegó la ambulancia y se llevó a la chica al hospital. El chico desapareció. Zara se acercó al puente y encontró la cartera de la chica, su documento de identidad, con su nombre. Nadia.

Zara lleva diez años siguiendo su vida y sus estudios y los inicios de su carrera en secreto, a distancia, porque no se ha atrevido a acercarse del todo. Lleva diez años mirando el puente, también a distancia, desde los balcones de los apartamentos en venta que va a ver. Por la misma razón. Porque teme que, si vuelve a ir, puede que salten más personas, y si va a ver a Nadia y ella le cuenta la verdad de lo que le ocurrió, quizá sea Zara la que salte. Porque Zara es lo bastante humana para querer saber cuál es la diferencia entre aquel hombre y Nadia, pese a ser consciente de que en el fondo no lo quiere saber. Es consciente de que ella es la culpable. De que ella es la mala persona. Quizá todos dicen que quieren saber si son o no el malo, pero en el fondo nadie quiere saberlo. Así que Zara sigue sin abrir aquella carta.

Es una historia complicada e inverosímil de principio a fin. Puede que se deba a que creemos que las historias tratan de lo que no tratan en absoluto. Por ejemplo, puede que esta historia no trate de un robo a un banco ni de un apartamento en venta ni de una toma de rehenes. Puede que ni siquiera sea una historia sobre idiotas.

Quizá esta historia trate de un puente.

28

¿Quieres que te diga la verdad? La verdad es que la dichosa agente inmobiliaria era una pésima agente inmobiliaria, y que la visita al apartamento fue un desastre desde el principio. Si los compradores potenciales no pudieran ponerse de acuerdo en nada, al menos lo harían en esto, porque nada une más a un grupo de desconocidos que quejarse juntos de un caso perdido.

El anuncio, o como quieras llamarle, era una catástrofe mal escrita con fotos tan borrosas que parecía que el fotógrafo hubiera pensado que la «visión panorámica» se conseguía arrojando la cámara por los aires al otro lado de la habitación. «Agencia Inmobiliaria TODO BIEN EN CASA. ¿Todo bien en casa?», se leía sobre la fecha, y, precisamente, ¿a quién se le ocurre organizar una visita a un apartamento en venta la víspera de Nochevieja? Había velas aromáticas en el baño y un frutero con limas en la mesa del sofá, un valeroso intento por parte de alguien que, al parecer, había oído hablar de esas visitas pero que nunca había asistido a ninguna. Pero el armario estaba lleno de ropa y en el suelo del dormitorio había unas zapatillas que parecían pertenecer a alguien que llevara medio siglo desplazándose sin levantar los pies del suelo. La estantería estaba atestada de libros, y ni siquiera estaba organizada por colores, y, aun así, había aún más pilas de libros en el alféizar de las ventanas y en la mesa de la cocina. En la puerta del refrigerador amarilleaban los dibujos de los nietos del propietario. Zara había visto suficientes apartamentos en venta a aquellas alturas como para poder detectar a un novato: no puede parecer que el apartamento en cuestión está habitado, sólo un asesino en serie querría mudarse allí; tiene que parecer que alguien *podría* vivir allí. La gente no quiere comprar un cuadro, quiere comprar un marco. Pueden soportar ver libros en un librero, pero no en la mesa de la cocina. Zara tal vez habría podido acercarse a la agente inmobiliaria para decírselo, si la agente inmobiliaria no hubiera sido una persona y Zara no odiara a las personas. Sobre todo, a las que hablaban.

Así que Zara se dio una vuelta por el apartamento, trató de mostrar interés, como había visto que hacía la gente que de verdad quería comprar una vivienda. Para ella supuso un reto enorme, puesto que sólo alguien drogado que coleccionara uñas podría interesarle vivir allí precisamente. Así que, cuando nadie la veía, Zara salió al balcón, se apoyó en la barandilla y se quedó mirando hacia el puente hasta que empezó a temblar descontroladamente. La misma reacción de siempre, una y otra vez, durante diez años. En el bolso llevaba aquella carta que seguía sin abrir. A aquellas alturas había aprendido a llorar casi en seco, por razones prácticas.

La puerta del balcón estaba entreabierta, oía voces, no sólo en su cabeza sino también en el apartamento. Dos parejas recorrían las habitaciones, tratando de no reparar en todos aquellos muebles tan feos y de imaginar en su lugar sus propios muebles feos. La pareja mayor llevaba muchos años casada; para la pareja más joven, en cambio, el matrimonio era casi una novedad. Esas cosas se detectan por cómo discuten las personas que se quieren: cuanto más tiempo llevan juntos, menos palabras hacen falta para iniciar una pelea.

Las dos personas mayores se llamaban Anna-Lena y Roger. Llevaban varios años jubilados, pero al parecer no les habían bastado para acostumbrarse a la jubilación. Siempre andaban estresados por algo sin tener ya nada a lo que acudir a toda prisa. Anna-Lena era una mujer apasionada en sus sentimientos, y Roger un hombre apasionado en sus opiniones. Si alguna vez nos hemos preguntado quién escribe todas esas reseñas excesivamente detalladas sobre herramientas o enseres del hogar (u obras de teatro o soportes para la cinta adhesiva o animalitos de vidrio) a los que se asignan «de una a cinco estrellas» en internet, son ellos, Anna-Lena y Roger. A veces, por supuesto, no habían probado personalmente las herramientas o los enseres en cuestión, pero ellos no eran del tipo de personas a las que eso impidiera escribir una valoración mordaz. Si uno se dedicara a probar y a leer cosas y a averiguar toda la verdad acerca de las cosas continuamente, jamás tendría tiempo de opinar sobre algo. Anna-Lena llevaba un suéter de un color que, normalmente, sólo se ve en los suelos de parqué; Roger vestía vaqueros y una camisa de cuadros que recibió una valoración demoledora de una estrella sobre cinco porque «¡había encogido varios centímetros!», no mucho después de que la báscula del baño de Roger se describiera en la página web como «¡¡mal calibrada!!». Anna-Lena corrió una cortina y dijo: «¿Cortinas verdes? ¿A quién se le ocurre poner unas cortinas verdes? La gente hace unas cosas rarísimas hoy en día. Claro, a lo mejor son daltónicos. O irlandeses». No le dijo aquello a nadie en particular, simplemente le había dado por pensar en voz alta, porque es algo que le resulta cómodo a una mujer que en los últimos años se ha acostumbrado a que nadie la escuche.

Roger pateaba los listones del parqué y murmuraba: «Éste está suelto», y no oyó una palabra de lo que decía Anna-Lena. Probablemente el listón estaba suelto porque Roger se había pasado diez minutos dándole con el pie, pero para un hombre como Roger una verdad es una verdad, independientemente de su causa. De vez en cuando, Anna-Lena le susurraba su opinión sobre los demás posibles compradores del apartamento. Por desgracia, se le daba tan mal susurrar como pensar en silencio, de modo que resultó ese tipo de susurro a gritos que es el equivalente de los pedos en un avión, que uno cree que si los suelta poco a poco no van a oler mal. Nunca logramos ser tan discretos como creemos.

—La mujer del balcón, Roger, ¿para qué querrá ella este apartamento? Se nota que es demasiado rica, así que ¿qué hace aquí? Y ha entrado sin quitarse los zapatos. ¡Todo el mundo sabe que hay que quitarse los zapatos antes de entrar a una vivienda! —Roger no respondió. Anna-Lena miró furiosa a Zara a través de la cristalera del balcón, como si fuera Zara la que hubiera dejado escapar un pedo. Luego Anna-Lena se acercó más aún a Roger y susurró—: Y las mujeres que hay en el pasillo... ¡No parece que puedan permitirse vivir aquí! ¿O sí?

Entonces Roger dejó de dar patadas a los listones, se volvió hacia su mujer y la miró a los ojos. Luego dijo tres palabritas que nunca le decía a ninguna otra mujer en el mundo. Dijo: «Por Dios, cariño».

Anna-Lena y Roger ya no discuten nunca. O puede que lo hagan continuamente. Cuando uno lleva conviviendo con otra persona el tiempo suficiente, hay muy poca diferencia entre dejar de discutir y dejar de preocuparse.

—Por Dios, cariño, acuérdate de decirles a todos con los que hables que el apartamento precisa reformas. Así nadie hará ninguna oferta —continúa Roger.

Anna-Lena lo miró desconcertada:

—Pero... ¿eso es bueno?

Roger soltó un suspiro.

—Por Dios, cariño. Es bueno para nosotros porque nosotros *sí* sabemos de reformas. Pero los demás... Se ve a la legua que ninguno sabe nada de renovaciones.

Anna-Lena asintió, arrugó la nariz y olisqueó el aire sin disimulo.

—¿Y verdad que huele un poco a humedad? ¿Será moho? —Porque Roger le había enseñado que eso era algo que siempre tenía que preguntarles a los agentes inmobiliarios, en voz alta, para que los demás posibles compradores lo oyeran y se inquietaran.

Roger cerró los ojos con frustración.

—Por Dios, cariño, eso tienes que preguntárselo a la agente inmobiliaria, no a mí.

Anna-Lena asintió ofendida y pensó en voz alta:

—Sólo estaba practicando.

Zara los oyó mientras miraba a lo lejos apoyada en la barandilla del balcón. El mismo burbujeo de pánico por todo el cuerpo, el mismo malestar y temblor en las yemas de los dedos cada vez que veía el puente. Quizá se engañaba pensando que un día sería más llevadero, o menos llevadero, hasta el punto de que llegara a ser tan insoportable que fuera y saltara ella misma. Miró a la calle desde el balcón, pero no estaba segura de que fuera lo bastante alto. Eso es lo único que tienen en común una persona que está resuelta a vivir y otra que está resuelta a morir: si hay que saltar hay que estar segurísimo de la altura. Pero Zara no sabía cuál de las dos era ella; el que a una no le guste la vida no significa necesariamente que desee la otra opción. Así que llevaba diez años visitando apartamentos en venta y mirando al puente desde los balcones y equilibrándose en medio de todo lo malo que llevaba dentro.

→>-<←

Entonces oyó otras voces procedentes del interior del apartamento: la otra pareja, la más joven. Se llamaban Julia y Ro. La una era rubia y la otra morena, y no paraban de parlotear ruidosamente, como hace la gente joven que cree que todo lo que siente revoloteando por sus hormonas es algo único. Julia era la que estaba embarazada, Ro era la que estaba irritada. La una parecía haber cosido ella misma la ropa que llevaba con capas robadas a magos asesinados, y la otra iba vestida como si vendiera droga a la salida de una bolera. Ro (ése era un apodo, por supuesto, pero se lo llevaban diciendo tanto tiempo que ella misma se presentaba así, lo cual era sólo una de las muchas razones por las que Zara la encontraba tan insoportable) recorría el apartamento blandiendo el celular sin dejar de repetir: «O sea, ¡aquí no hay *nada* de cobertura!», a lo que Julia replicaba: «¡Oh, pero qué *horror*! Imagínate, si nos mudamos aquí, ¡tendríamos que *hablarnos* tú y yo! ¡Deja de cambiar de tema todo el rato, que tenemos que tomar una decisión sobre los pájaros!».

Las dos jóvenes casi nunca estaban de acuerdo en nada, pero hay que decir en defensa de Ro que ella no siempre lo sabía. Y es que, muy a menudo, cuando preguntaba: «¿Estás enfadada?», Julia respondía: «¡¡No!!», y entonces Ro se encogía de hombros, despreocupada como la familia de un anuncio de productos de limpieza, lo cual lógicamente sólo hacía que Julia se enfadara aún más, porque era más que obvio que sí estaba enfadada. Precisamente en esta ocasión hasta Ro sabía que estaban discutiendo, porque discutían por los pájaros. Resultaba que Ro tenía pájaros cuando Julia y ella empezaron a salir, y no los tenía para comérselos, sino como mascotas. «¿Es que es pirata?», le preguntó a Julia su madre, la primera vez que lo mencionó, pero Julia soportaba a los pájaros porque estaba enamorada y porque pensaba que: «A ver, ¿cuánto puede durar un pájaro?».

Pues, muchísimo tiempo, la verdad. Al final, cuando Julia se dio cuenta y trató de manejar la situación de forma adulta, levantándose una noche sin hacer ruido para soltarlos por la ventana, una de aquellas bestias cayó directo a la calle y murió. ¡¡Un pájaro!! Julia tuvo que invitar a merendar a los niños de los vecinos al día siguiente mientras Ro estaba en el trabajo sólo para poder echarle la culpa a uno de ellos cuando volviera y encontrara la jaula abierta. ¿Y los demás pájaros? Seguían en la jaula. ¿Qué clase de burla a la evolución era ésa? ¿El que esas criaturas lograran mantenerse con vida?

—No pienso sacrificar a mis pájaros y no quiero volver a hablar del tema —dijo Ro ofendida, y paseó la mirada por el apartamento, con las manos hundidas en los bolsillos del vestido. Porque llevaba vestido, pero un vestido con bolsillos, porque le gustaba ir elegante, sí, pero también tener donde meter las manos.

—Está bien, está bien. Bueno, ¿y qué te parece el apartamento? Yo digo que nos quedemos con él —resopló Julia, porque el ascensor estaba estropeado y cada vez que Ro decía «estamos embarazadas» a la familia y amigos, como si aquello fuera un deporte de equipo, a Julia le entraban ganas de verterle cera ardiendo en los oídos mientras dormía. No porque no la quisiera, porque la quería tanto que a veces no lo soportaba, pero las últimas dos semanas habían visto más de veinte apartamentos, y Ro siempre les encontraba algún fallo. Era como si no quisiera mudarse. Al mismo tiempo, Julia se despertaba todas las noches en su actual apartamento para jugar al juego favorito de todas las embarazadas: «¿Será una patadita o serán gases?», y luego no podía volver a conciliar el sueño porque tanto Ro como los pájaros roncaban a pierna suelta, así que estaba más que dispuesta a mudarse a cualquier sitio que tuviera más de un dormitorio.

—No hay cobertura —repitió Ro desabrida.

—¿Y a quién le importa? ¡Nos lo quedamos! —insistió Julia.

—Pues, no estoy muy segura, eh. Tengo que echarle un vistazo al cuarto de los hobbies —dijo Ro.

—Es un *walk-in-closet* —dijo Julia.

—¡*O* el cuarto de los hobbies! ¡Voy a buscar la cinta métrica! —dijo Ro con entusiasmo, porque una de las peculiaridades más encantadoras y al mismo tiempo más molestas de su forma de ser era que, sin importar cuál fuera el motivo de la discusión, podía volver a estar del mejor humor en un segundo si pensaba en el queso.

—Sabes perfectamente que no vas a curar queso en mi vestidor —declaró Julia muy seria, puesto que su actual apartamento tenía en el sótano un trastero al que ella se refería siempre como «El museo de los hobbies abandonados». Cada tres meses, Ro se obsesionaba con algo: vestidos de los años cincuenta o la sopa de setas o juegos de café antiguos o el *crossfit* o los bonsáis o un podcast sobre la Segunda Guerra Mundial. Luego dedicaba tres meses a estudiar la materia en cuestión con dedicación inquebrantable en foros de internet poblados de personas que, obviamente, no deberían tener acceso a wifi en la celda acolchada en la que estaban encerradas, y después ella se cansaba de repente y enseguida encontraba una nueva obsesión. La única afición que había permanecido inalterada desde que se conocieron era la de coleccionar zapatos, y nada podía definir más claramente a una persona que el que poseyera doscientos pares de zapatos y, aun así, siempre llevara los menos apropiados cuando llovía o cuando nevaba.

—¡No, no lo sé! Todavía no he tomado las medidas, así que no

sé si habrá espacio para el queso. Mis plantas también necesit...
—comenzó Ro entonces, porque hacía poco que había decidido
empezar a cultivar plantas con luz artificial en el cuarto de los
hobbies, que era un vestidor. O un...

Mientras tanto, Anna-Lena jugueteaba con un cojín del sofá y
pensaba en tiburones. Últimamente pensaba en ellos con mucha
frecuencia, porque ella y Roger habían empezado a parecerse a
los tiburones. Era un dolor sordo que Anna-Lena llevaba dentro.
Siguió jugueteando con el cojín mientras se distraía pensando en
voz alta:
   —¿Será de Ikea? Sí, claro, es de Ikea seguro. Lo reconozco
perfectamente. También lo tienen en estampado floral. Con flores
es más bonito. Pero qué mal gusto tiene la gente hoy en día.
   A Anna-Lena podrían despertarla en plena noche y pedirle que
recitara el catálogo de Ikea. No habría razón para hacerlo, pero
lo importante aquí es que se podría si uno quisiera. Anna-Lena y
Roger han estado en todas las tiendas de Ikea del país. Roger tiene
muchos fallos y defectos, Anna-Lena sabe bien que eso es lo que
piensa la gente, pero en Ikea comprende que la quiere. Cuando
se llevan tantos años de convivencia, son las pequeñas cosas las
que de verdad importan. En una larga vida matrimonial no hacen
falta palabras para discutir, pero tampoco para decir «te quiero».
Unos días atrás estaban en Ikea y Roger propuso que almorzaran
en la cafetería y que pidieran un trozo de tarta de postre. Porque
comprendió que era un día importante para Anna-Lena, y que era
importante para ella que también fuera importante para él. Porque esa es su forma de quererla.
   Siguió entretenida con el cojín, que era más bonito en estampado floral, y miró discretamente, con esa forma de discreción que

tiene Anna-Lena, a las dos mujeres, la embarazada y su mujer. Roger también las estaba mirando. Tenía en la mano el folleto de la inmobiliaria con el plano del apartamento y soltó gruñendo:

—Por Dios, cariño, ¡mira aquí! ¿Por qué tienen que llamar «cuarto de los niños» a la habitación más pequeña? ¡Si puede ser un dormitorio cualquiera!

A Roger no le gustaba que fueran embarazadas a ver los apartamentos en venta, porque las parejas que esperaban un niño siempre ofrecían más. Tampoco le gustaban los cuartos de los niños. De ahí que Anna-Lena siempre le haga tantas preguntas como se le ocurren cuando pasan por la sección infantil de Ikea. Para distraerlo de una tristeza latente. Porque ésa es su forma de quererlo.

Ro vio a Roger y le sonrió todo lo que pudo, como si no estuvieran en guerra la una con el otro.

—¡Buenas! Soy Ro, ésa de allí es mi mujer, Julia. ¿Me prestas la cinta métrica? Se me ha olvidado traerla.

—¡De ninguna manera! —le soltó Roger sujetando la cinta métrica, la calculadora y el cuaderno de notas con los puños tan apretados que le temblaban las cejas.

—Oye, cálmate, si sólo quie… —intentó insistir Ro.

—¡Nada! ¡Cada uno que se traiga lo suyo! —la interrumpió Anna-Lena.

Ro la miró sorprendida. La sorpresa la ponía nerviosa. El nerviosismo le daba hambre. Por allí no había nada que comer, así que alargó la mano en busca de una de las limas que había en el frutero de la mesa de centro. Anna-Lena lo vio y exclamó:

—Pero ¿qué haces? ¡Eso no se puede comer! ¡Son limas de exposición!

Ro soltó la lima, se metió los puños en los bolsillos. Volvió con su mujer, dijo refunfuñando:

—No. Este apartamento no nos va, cariño. Está bien y todo, pero siento que hay energías negativas aquí dentro. O sea, aquí no vamos a poder ser nuestro mejor *nosotras*. ¿Recuerdas que te conté que había leído un artículo sobre «las energías del nosotros» aquel mes que pensé hacerme diseñadora de interiores? ¿Y cuando aprendí que tenemos que dormir mirando al este? Aunque luego olvidé si era la cabeza o eran los pies los que... bah, ¡da igual! Que no quiero este apartamento. ¿Nos podemos ir ya?

Zara estaba en el balcón. Ordenó sus sentimientos rotos para adoptar una expresión de desprecio y volvió dentro. En ese momento, la embarazada soltó un grito. Al principio sonó como la ira gutural de un animal al que le han pegado, pero enseguida empezaron a distinguirse también algunas palabras.

—¡No! ¡¡Ya no puedo más, Ro!! ¡Puedo aceptar los pájaros y puedo aceptar tu pésimo gusto musical y puedo aceptar otro montón de mierdas, pero no pienso irme de aquí hasta que hayamos comprado este apartamento, aunque tenga que dar a luz a nuestro hijo aquí mismo en la alfombra!!

En el apartamento se hizo un silencio absoluto. Todos se quedaron mirando a Julia. La única que no la miraba era Zara, porque estaba justo delante de la puerta del balcón, mirando al sujeto. El sujeto le devolvió la mirada paralizado de terror. Transcurrió un segundo, dos, en los que la única de los allí presentes que sabía lo que iba a pasar era Zara.

Después Anna-Lena también vio al sujeto del pasamontañas, y gritó con todas sus fuerzas: «¡Dios mío, nos asaltan!». Todos abrieron la boca al mismo tiempo, pero nadie pronunció una sola palabra. El miedo puede paralizar a la gente que ve una pistola, apagarlo todo salvo las señales imprescindibles del cerebro, silenciar cualquier rumor de fondo. Pasó otro segundo, dos, en los que no oyeron más que su propio pulso. Primero el corazón se para, luego se desboca. Primero sufrimos un *shock* porque no comprendemos lo que está pasando, luego sufrimos un *shock* porque comprendemos *exactamente* lo que está pasando. El instinto de supervivencia y la angustia ante la muerte luchan y dejan sitio a pensamientos extraordinariamente irracionales. No es infrecuente ver una pistola y pensar: «¿Apagué la cafetera esta mañana?», en lugar de: «¿Qué será de mis hijos?».

Pero el sujeto también guardaba silencio, tan asustado como los demás. Al final, el *shock* dejó paso poco a poco al desconcierto. Anna-Lena atinó a preguntar:

—Pero has venido a asaltarnos, ¿verdad?

El sujeto hizo ademán de protestar, pero no le dio tiempo, porque Anna-Lena empezó a tironear de Roger como si fuera una cortina verde, y gritó:

—¡Roger, saca el dinero!

Roger miró escéptico al sujeto mientras mantenía una lucha interna más que evidente, porque, por un lado, era muy tacaño, pero, por otro lado, no le entusiasmaba la idea de morir en un apartamento que necesitara tantas reformas. De modo que sacó la cartera del bolsillo trasero del pantalón, que es donde la llevan siempre los hombres como él, salvo cuando están en la playa, porque entonces la guardan en el zapato, pero no encontró en ella nada de valor. De modo que se volvió a la persona que tenía más cerca, que resultó ser Zara, que seguía delante de la puerta del balcón, y le preguntó:

—¿Llevas dinero en efectivo?

Zara parecía atónita; resultaba difícil decir si por la pistola o por la pregunta.

—¿Efectivo? Pero ¿tú te crees que soy narcotraficante?

Entretanto, el sujeto los miró vacilante, parpadeó para apartar el sudor de los ojos, se colocó bien los agujeros del pasamontañas y gritó:

—¡¡No, no!! ¡¡Esto no es un robo!! Es sólo que… —pero enseguida se corrigió y dijo jadeante—: ¡¡O bueno, sí, quizá es un robo!! ¡Pero ustedes no son las víctimas! ¡Quizá esto es ahora más bien una toma de rehenes! ¡Lo siento mucho! Hoy estoy teniendo un día un poco complicado.

Y así fue que empezó todo.

29

INTERROGATORIO DE TESTIGOS

Fecha: 30 de diciembre
Nombre del testigo: Anna-Lena

Jack: Hola, soy Jack.

Anna-Lena: No quiero hablar con más policías.

Jack: Lo entiendo perfectamente. Sólo quería hacerle unas preguntas muy breves.

Anna-Lena: Si Roger estuviera aquí te diría que todos ustedes son unos necios, ¡por dejar escapar a un sujeto que estaba encerrado en un apartamento!

Jack: Por eso debo hacerle estas preguntas, para poder atrapar al sujeto.

Anna-Lena: Yo lo que quiero es irme a casa.

Jack: Lo comprendo, créame, sólo tratamos de averiguar qué ha pasado en el apartamento. ¿Podría hablarme del momento en el que el sujeto entró con la pistola?

Anna-Lena: Esa mujer, Zara, entró sin quitarse los zapatos. Y la otra, Ro, estaba a punto de comerse una de las limas. ¡Y eso no se hace cuando se visita un apartamento en venta! ¡Existen reglas no escritas!

Jack: ¿Perdone…?

Anna-Lena: Que iba a comerse una lima. ¡Una de las limas de adorno! Y eso no se puede hacer porque la agente inmobiliaria la puso allí para decorar, no para que se la comiera nadie. La verdad es que me planteé ir a buscar a la agente inmobiliaria y contárselo todo para que echaran a Ro, porque una no puede comportarse así. Pero en ese mismo momento entró Asaltante con la pistola.

Jack: ¡Eso! ¿Y entonces qué pasó?

Anna-Lena: Deberías hablar con Roger. Tiene muy buena memoria.

Jack: Roger es su marido, ¿no? ¿Fueron juntos a ver el apartamento?

Anna-Lena: Sí. Según Roger, era una muy buena inversión. ¿Esta mesa es de Ikea? Sí, es de Ikea, ¿a que sí? La reconozco. También la tienen en color marfil. Ésa habría quedado mejor con el color de las paredes.

Jack: Debo confesar que no soy el diseñador de interiores de nuestras salas de interrogatorio.

Anna-Lena: Bueno, pero las salas de interrogatorio también podrían tener un aspecto agradable, ¿no? Al fin y al cabo, fueron a comprar a Ikea. La mesa color marfil estaba justo al lado de ésta en la sección de autoservicio. Aun así, se llevaron ésta. Pero claro, cada uno hace lo que quiere.

Jack: Se lo comentaré a mi jefe.

Anna-Lena: Como quieras.

Jack: ¿Qué quería decir Roger con que el apartamento es una «buena inversión»? ¿No pensaban vivir en él? ¿Qué sólo querían comprarlo para venderlo después?

Anna-Lena: ¿Por qué me lo preguntas?

Jack: Sólo trato de entender quiénes eran los que estaban en el apartamento, y por qué estaban allí, para poder descartar que ninguno de ustedes tuviera algún tipo de relación con el sujeto.

Anna-Lena: ¿Algún tipo de relación?

Jack: Creemos que alguien puede haberlo ayudado.

Anna-Lena: ¿Y creen que fuimos Roger y yo?

Jack: No, no. Son preguntas de protocolo, eso es todo.

Anna-Lena: ¿Así que piensas que fue ella, la tal Zara?

Jack: Yo no he dicho eso.

Anna-Lena: Pero acabas de decir que creen que alguien ayudó al sujeto. Y la Zara esa era muy sospechosa. Lo supe en cuanto la vi, saltaba a la vista que era demasiado rica para querer comprar ese apartamento. Y oí que la embarazada le decía a su mujer que se parecía a «Cruella de Vil». Creo que es un personaje de una película. En todo caso, parece sospechoso. Porque no creerán que fuera Estelle quien ayudó al sujeto, ¿no? Tiene casi noventa años, ¿o es que ahora van a acusar a una anciana de delinquir? ¿En eso consiste el trabajo policial ahora?

Jack: No estoy acusando a nadie.

Anna-Lena: Roger y yo nunca ayudamos a nadie cuando visitamos un apartamento en venta, eso te lo aseguro. Roger dice que nada más cruzar el umbral estamos en guerra y rodeados de enemigos. Por eso siempre quiere que les diga a todos que el apartamento necesita muchas reformas y que saldrá muy caro. Y que además huele un poco a humedad. Cosas así. Roger es muy buen negociador y siempre hemos hecho inversiones estupendas.

Jack: ¿O sea que ya lo habían hecho antes, eso de comprar un apartamento para revenderlo?

Anna-Lena: No tiene sentido invertir en algo si luego no lo vendes. Eso dice Roger. Así que compramos, Roger hace las reformas, yo me ocupo de las decoraciones, luego vendemos y compramos otro apartamento.

Jack: Es una ocupación poco habitual para dos jubilados.

Anna-Lena: A Roger y a mí nos gusta tener proyectos en común.

Jack: ¿Se encuentra bien?

Anna-Lena: Sí.

Jack: Parece que va a llorar.

Anna-Lena: ¡Es que he tenido un día difícil!

Jack: Lo siento, ha sido insensible de mi parte.

Anna-Lena: Sé que Roger no parece muy sensible, pero lo es. Quiere que tengamos un proyecto juntos porque teme que, de lo contrario, se nos acaben los temas de conversación. No cree que yo sea lo bastante interesante para pasar juntos nuestros días sin más, sin tener un proyecto común.

Jack: Estoy seguro de que eso no es verdad.

Anna-Lena: ¿Qué sabrás tú?

Jack: Supongo que nada, lo siento. Pero me gustaría terminar de preguntarle sobre el resto de los posibles compradores.

Anna-Lena: Roger es más sensible de lo que parece.

Jack: Muy bien. ¿Podría decirme algo de los demás compradores?

Anna-Lena: Que querían un hogar.

Jack: ¿Un hogar?

Anna-Lena: Roger dice que hay dos tipos de posibles compradores. Los que van tras una inversión y los que buscan un hogar. Éstos son unos necios que se dejan llevar por los sentimientos y pagan lo que sea porque creen que, si se mudan a un apartamento en particular, se solucionarán todos sus problemas.

Jack: ¿Perdone?

Anna-Lena: Roger y yo no dejamos que los sentimientos se interpongan en nuestras inversiones. Pero los demás sí. Como esas dos mujeres, la embarazada y la otra.

Jack: ¿Julia y Ro?

Anna-Lena: ¡Sí!

Jack: ¿Usted cree que «querían un hogar»?

Anna-Lena: Era evidente. Son de las que van a ver una vivienda y piensan que todo iría mucho mejor si pudieran vivir allí; que entonces se levantarían por las mañanas sin dificultades para respirar. Y se mirarían al espejo sin sentir ese peso invisible en el pecho. Discutirían menos. Quizá se rozarían las manos como si no pudieran evitarlo, como hacían al principio, de recién casadas. Eso es lo que creen.

Jack: Siento entrometerme, pero ¿está llorando otra vez?

Anna-Lena: ¡No te metas en lo que hago o dejo de hacer!

Jack: Bueno, bueno... Pero se ve que ha reflexionado mucho sobre los sentimientos de las personas que acuden a las visitas de apartamentos en venta, ¿no?

Anna-Lena: El que piensa es más bien Roger. Es muy inteligente, ¿sabes? Hay que conocer al enemigo, dice, y el enemigo siempre quiere acabar cuanto antes. Lo único que quiere es mudarse y terminar con aquello y no tener que mudarse nunca más. Y Roger no es así. Una vez vimos un documental de tiburones. A Roger le gustan mucho los documentales. Y resulta que hay una clase de tiburón que muere si deja de nadar. Tiene algo que ver con el suministro de oxígeno, y, si no se mueven continuamente, no pueden respirar. Y a nuestro matrimonio le ha terminado pasando lo mismo.

Jack: Perdone, pero me he perdido.

Anna-Lena: ¿Sabes qué es lo peor de estar jubilado?

Jack: No.

Anna-Lena: Que de pronto dispones de mucho tiempo para pensar. Necesitas tener proyectos, así que Roger y yo nos convertimos en tiburones. Si no nos movemos sin parar, nuestro matrimonio se queda sin oxígeno. Así que compramos, y reformamos y vendemos, compramos y reformamos y vendemos... Yo propuse que probáramos con el golf, pero a Roger no le gusta.

Jack: Perdone que la interrumpa, pero tengo la sensación de que estamos empezando a perder el hilo. Sólo le pido es que me hable de lo que ocurrió cuando los tomaron como rehenes, no de usted y de su marido.

Anna-Lena: Pero ése es precisamente el problema.

Jack: ¿Cuál?

Anna-Lena: Que no creo que quiera seguir siendo «mi marido».

Jack: ¿Qué la hace pensar eso?

Anna-Lena: ¿Sabes cuántas tiendas de Ikea hay en todo el país?

Jack: No.

Anna-Lena: Veinte. ¿Sabes en cuántas hemos estado Roger y yo?

Jack: No.

Anna-Lena: En todas. En todas y cada una de ellas. Estuvimos en la última hace muy poco, y yo creía que Roger no llevaba la cuenta, pero cuando fuimos a la cafetería para almorzar, de pronto me propuso que pidiéramos también un trozo de tarta. Siempre almorzamos allí, pero nunca comemos tarta. Entonces supe que él también llevaba la cuenta. Sé que Roger no parece muy romántico, pero a veces es el hombre más romántico del mundo.

Jack: Eso suena muy romántico.

Anna-Lena: Puede parecer duro por fuera, pero no odia a los niños.

Jack: ¿Cómo?

Anna-Lena: Todo el mundo cree que odia a los niños porque se enfada mucho cuando las inmobiliarias incluyen el «cuarto de los niños» en los planos. Pero se enfada sólo porque los niños aumentan el precio una barbaridad. Por eso tengo que distraerlo cuando estamos en Ikea y pasamos por la sección infantil.

Jack: Lo siento.

Anna-Lena: ¿Por?

Jack: Ah, bueno… Me ha parecido entender que no habían podido tener hijos. Y si es así, lo siento.

Anna-Lena: ¡Pero si tenemos dos!

Jack: Perdone. Le había entendido mal.

Anna-Lena: ¿Tú tienes hijos?

Jack: No.

Anna-Lena: Los nuestros tienen tu edad, pero ellos no quieren tener hijos propios. Él dice que prefiere apostar por su carrera. Y ella que el mundo está demasiado superpoblado para tener más niños.

Jack: Vaya.

Anna-Lena: ¿Te imaginas lo malos padres que habremos sido para que nuestros hijos no quieran serlos?

Jack: La verdad es que no me lo había planteado así.

Anna-Lena: Roger habría sido un abuelo estupendo. Pero ahora ni siquiera quiere ser mi marido.

Jack: Estoy seguro de que las cosas terminarán arreglándose entre ustedes, a pesar de lo que haya ocurrido.

Anna-Lena: Si ni siquiera sabes lo que ha pasado. No sabes lo que he hecho. Todo es culpa mía. Pero lo único que quería era terminar de una vez. Ha sido un apartamento tras otro durante años, y al final me cansé. Yo también quiero un hogar. Pero no tenía ningún derecho a hacerle eso a Roger. Nunca debí pagar por el dichoso conejo.

30

Tomar a la gente como rehenes cuando son idiotas es más difícil de lo que parece.

El sujeto dudaba, el pasamontañas le picaba, todos lo miraban fijamente. Trató de que se le ocurriera algo que decir, pero lo interrumpió Roger, que lo señaló con la mano y declaró:

—¡No tenemos efectivo!

Anna-Lena estaba detrás de él y repitió enseguida por encima de su hombro:

—No tenemos *dinero*, ¿lo entiendes, Asaltante? —Se frotó la yema del pulgar con la del dedo corazón para aclarárselo, porque Anna-Lena siempre parecía convencida de que ella era la única que entendía el idioma que hablaba Roger, como si él fuera un caballo y ella una intérprete hípica, así que siempre trataba de traducir a los demás lo que decía. Cuando iban a un restaurante y Roger pedía la cuenta, Anna-Lena se volvía enseguida al camarero y le repetía «la cuenta, por favor» con los labios al tiempo que fingía escribir algo en la palma de la mano. Roger se habría irritado muchísimo si se molestara alguna vez en prestarle atención a lo que hacía Anna-Lena.

—No quiero su dinero... Cállense, por favor... estoy tratando de oír si... —objetó el sujeto, tratando de descifrar el ruido procedente de la puerta de entrada para comprobar si la escalera estaba llena de policías.

—¿Y qué haces aquí entonces, si no quieres dinero? Si vas a tomarnos como rehenes, quizá debas ser algo más directo a la hora de transmitirnos tus exigencias, Asaltante —dijo resoplando Zara, que estaba junto a la puerta del balcón con cara de estar pensando que aquel sujeto no cumplía las expectativas.

—¿No pueden darme un minuto para pensar? —rogó.

Por desgracia, resultó que las personas que estaban en este apartamento en particular no estaban dispuestas a concederle al sujeto ni un minuto. Lógicamente, uno pensaría que si uno tiene una pistola, la gente estaría dispuesta a hacer lo que uno diga, pero algunas personas que nunca han visto una pistola antes sencillamente dan por hecho que es inverosímil que eso suceda, incluso cuando *está* sucediendo, y les cuesta tomarlo en serio.

Roger apenas había visto una pistola, ni en la televisión, porque prefiere los documentales sobre tiburones, de modo que levantó la mano nuevamente (aunque en esta ocasión cambió de mano para demostrar que iba en serio) y exigió una respuesta clara:

—¿Esto es un *robo* o no? ¿O se ha convertido en una especie de *toma de rehenes*? ¿Cuál de las dos?

Anna-Lena se inquietó al ver que cambiaba de mano, porque cuando Roger gesticulaba con las dos manos en el transcurso de apenas minutos, eso nunca traía nada bueno, así que susurró a gritos:

—¿No será mejor no provocar, Roger?

—Por Dios, cariño, tendremos derecho a que nos informen al menos, ¿no? —respondió Roger ofendido, se volvió al sujeto y repitió—: ¿Esto es un robo o no?

Anna-Lena se asomó por detrás de su hombro, formó una pistola con el índice y el pulgar, después la agitó al tiempo que, con los labios, dijo primero: «¿Pum pum?» y luego, un útil: «¿Robo?».

El sujeto respiró hondo varias veces con los ojos fuertemente cerrados, como hacemos cuando los niños se ponen a discutir en el asiento trasero del coche y nos estresamos y perdemos la paciencia y les gritamos un poco más alto de lo que en realidad pretendíamos y entonces se asustan tanto que se quedan mudos, y luego nos odiamos a nosotros mismos. Porque no queremos ser ese tipo de padres. El tono al que recurrimos entonces, cuando ya hemos pedido perdón y les hemos dicho que los queremos pero que es que necesitamos concentrarnos un momento en la carretera... pues, con ese tono les habló el sujeto a los presentes en el apartamento:

—¿Podrían... hacerme el favor de tumbarse en el suelo y callarse un momento? A ver si puedo... pensar un poco...

Nadie se tumbó. Roger se negó, y lo argumentó diciendo:

—¡No hasta que se nos informe como es debido, Asaltante!

Zara no quería porque:

—¿No ves cómo está este suelo? Por eso la clase media puede tener mascotas, ¡porque no hace ninguna diferencia!

Julia exigía que la dispensara de tumbarse, porque:

—Mira, si me siento incluso en un sillón me lleva luego veinte minutos levantarme, así que no pienso tumbarme en ningún sitio.

Era la primera vez que el sujeto reparaba en el hecho de que Julia estaba embarazada. Ro se puso de un salto delante de ella con las palmas en alto y con una sonrisa disuasoria:

—No hagas caso de lo que diga mi mujer, es que es muy impulsiva, ¡no dispares! Haremos exactamente lo que nos digas, Asaltante.

—¡Qué demonios, yo no soy impuls…! —empezó a protestar Julia.

—Asaltante tiene una pis-to-la —atajó Ro, que no se había asustado tanto desde la última vez que iba a hacerle una foto a sus zapatos y le dio sin querer al botón del selfi de la cámara del celular.

—Si ni siquiera parece de verdad —observó Julia.

—Ah, bueno, pues perfecto, vamos a probar suerte, entonces, puesto que sólo estamos arriesgando la vida de nuestro bebé —respondió Ro en tono burlón, y entonces el sujeto se dijo que hasta ahí podíamos llegar, y señaló a Julia.

—Yo… no había visto que estás embarazada. Puedes irte. No quiero que nadie salga herido, y mucho menos un bebé, pero tengo que pensar un poco…

Al oír aquello, a Roger se le ocurrió una idea tan brillante que sólo se le habría podido ocurrir a él.

—¡Sí! ¡Claro! ¡Salgan! —exclamó. Luego se acercó al sujeto y añadió muy serio—: Quiero decir que puedes dejarlos ir a todos. En realidad, sólo necesitas un rehén, ¿no? Facilitaría las cosas.

Roger se señalaba insistentemente el pecho con el pulgar para indicar quién debería ser el rehén, y añadió:

—Y la agente inmobiliaria. Yo me quedo con la agente inmobiliaria.

Julia lo miró suspicaz y dijo:

—Eso quisieras tú, ¿verdad? ¡Así podrías hacerle una oferta de compra del apartamento cuando no estemos!

—¡Tú no te metas en esto! —ordenó Roger.

—Ya puedes ir olvidándote de quedarte solo con la agente inmobiliaria —aseguró Julia.

Roger agitó ofendido toda la piel que le colgaba en la papada.

—De todos modos, este apartamento no es para ustedes. ¡Aquí hace falta alguien que sepa arreglar cosas!

Julia tenía un sentido algo más competitivo de lo normal como para aguantar aquello, así que, también a gritos, le respondió:

—¡¡Mi mujer sabe arreglar muchísimas cosas!!

—¿Qué? —dijo Ro, que no era consciente de que allí hubiera otra esposa que no fuera ella.

Anna-Lena pensó en voz alta:

—No grites. Piensa en el bebé.

Roger asintió insistente:

—¡Exacto! ¡Piensa en el bebé!

Anna-Lena parecía alegre, porque Roger la había oído, pero a Julia se le ensombreció la mirada.

—Yo no me voy a ninguna parte sin haber comprado antes este apartamento, viejo cabrón.

Ro empezó a tironearle del brazo y le susurró:

—¿Por qué tienes que discutir siempre con todo el mundo?

Porque, lógicamente, Ro había visto aquella mirada antes. El primer día que quedaron para salir, hacía ya varios años, Julia estaba fumando delante de un bar mientras Ro se encontraba en el interior pidiendo las bebidas. Dos minutos después se le acercó un guardia a Ro, señaló hacia afuera a través del vidrio y le preguntó:

—¿Estás con ella?

Ro asintió, y el guardia la echó enseguida del bar. La cuestión era que delante del bar había una zona para fumadores, y sólo se podía fumar allí, pero Julia se había colocado a dos metros del límite. Cuando el guardia le dijo que entrara en la zona marcada para fumadores, Julia empezó a saltar justo en la línea de demarcación y a preguntarle entre burlas:

—Dónde, ¿aquí? ¿Y aquí? ¿Aquí sí puedo fumar? ¿Y si el

cigarrillo está dentro de la línea y yo estoy fuera? ¿O así, con el cigarrillo fuera, pero echando el humo dentro de la línea?

Y es que, cuando Julia tenía un poco de alcohol en el sistema, le resultaba difícil respetar a cualquier autoridad, lo que quizá habría podido considerarse un defecto inapropiado para desvelar en la primera cita, pero cuando Ro le preguntó al guardia cómo sabía que Julia y ella iban juntas, él le respondió con un gruñido:

—Cuando le pedí que se fuera te señaló a través de la ventana y dijo: «¡Ésa es mi novia y no pienso irme sin ella!».

Era la primera vez que Ro era la novia de alguien. Y aquella noche pasó de estar perdidamente enamorada a quererla irremisiblemente.

Más adelante resultó que la personalidad de Julia cuando estaba borracha era exactamente igual que la personalidad de Julia cuando estaba embarazada, de modo que los últimos ocho meses habían sido bastante turbulentos, pero la vida está llena de sorpresas.

—Por favor, Julia... —dijo Ro tratando de convencerla.

Julia le respondió con un bufido:

—¡Si nos vamos ahora puede que cuando volvamos hayan vendido el apartamento! ¿Cuántos apartamentos hemos visto? ¿Veinte? En todos has encontrado fallos, ¡y no puedo más! Así que puedes estar segura de que me quedaré con éste, y que no venga nadie a decirme que no pue...

—¡¡Una pis-to-la!! —repitió Ro.

—¿Eres tú la que va a parir un monito de cinco kilos en cualquier momento, Ro? No, ¿verdad? ¡Pues cierra el pico!

—Es injusto que saques el tema del embarazo cada vez que discutimos, Julia, ya lo hemos hablado... —masculló Ro, y hundió las manos en los bolsillos del vestido, y entonces Julia comprendió que tal vez había ido demasiado lejos, porque Ro sólo había hundido las manos en los bolsillos hasta ese extremo cuando los niños de los vecinos mataron a uno de sus pájaros.

—¿Perdón…? No quiero molestar, pero… —dijo el sujeto, se aclaró un poco la garganta y levantó la pistola para que se viera mejor y todos recordaran lo que estaba ocurriendo allí.

Julia cruzó los brazos sobre la barriga y anunció por última vez:

—Yo no me muevo de aquí.

Ro soltó un suspiro tan hondo que se habría podido encontrar petróleo en sus profundidades, pero asintió resuelta:

—Y yo no me muevo de aquí sin ella.

Naturalmente, habría sido un momento conmovedor si Zara no lo hubiera estropeado resoplando y diciendo:

—Nadie te ha pedido *a ti* que te vayas. *Tú* no estás preñada.

Ro volvió a hundir las manos en los bolsillos hasta abrirles boquetes y dijo en voz baja:

—Ya, pero resulta que es un viaje conjunto.

Roger, cuya frustración había ido en aumento al comprobar que nadie parecía centrarse en lo verdaderamente importante, a saber, que a Roger no lo había informado nadie, señaló al sujeto con las dos manos:

—Pero tú qué es lo que quieres, ¿eh? ¿Es el apartamento?

Anna-Lena trazó con las manos un cuadrado en el aire, como un mimo que quisiera ilustrar «apartamento». El sujeto se lamentó mirándolos con resignación.

—¿Por qué iba yo a…? A ver… ¿Crees que estoy tratando de robarles el apartamento?

Roger parecía consciente de lo disparatado que resultaba, ahora que alguien lo decía en voz alta, pero puesto que él era el típico hombre que no se equivocaba ni siquiera cuando era obvio que se había equivocado, dijo:

—A ver, ¡pero si tiene posibilidades de reforma enormes!

Anna-Lena estaba detrás de él con un pequeño martillo ficticio con el que aporreaba el aire para ilustrar sus palabras.

El sujeto volvió a carraspear, con un incipiente dolor de cabeza, y dijo:

—¿No podrían simplemente... tumbarse en el suelo? ¿Sólo unos minutos? No iba a... A ver, yo quería robar un banco, pero no tenía intenciones de... ¡Ésta no era la idea!

Por diversas razones, se hizo tal silencio que lo único que se oía eran los sollozos del sujeto. Que alguien armado se eche a llorar nunca es una combinación agradable, así que ninguno de los allí reunidos estaba seguro de cómo debía comportarse. Ro le dio un codazo a Julia y le susurró: «Mira lo que has hecho», y Julia le susurró a su vez: «Pero si has sido *tú* la que...». Roger se volvió a Anna-Lena y le susurró: «¡Pero si de verdad tiene posibilidades de reforma enormes!», y Anna-Lena le respondió enseguida: «Sí, ¿verdad? ¡Claro que sí! ¡Tienes toda la razón! Pero... ¿verdad que huele un poco a humedad? ¿Será moho...?».

El sujeto seguía sollozando. Nadie quería mirarlo, porque, como ya hemos visto, un arrebato sentimental a mano armada no le resulta cómodo a nadie, así que fue Estelle quien finalmente se adelantó con paso tímido. Porque no había entendido nada o, al contrario, porque lo había entendido todo perfectamente. Por cierto, que puede parecer llamativo que hasta ahora no se haya mencionado a Estelle en esta historia, pero eso no depende de que sea fácil olvidarla, sino sólo de que es muy difícil acordarse de ella: Estelle tiene una personalidad transparente, por así decirlo. A sus ochenta y siete años, y con el cuerpo nudoso y encorvado como la silueta del jengibre, se acercó al sujeto y le preguntó:

—¿Te encuentras bien, cariño?

Al ver que el sujeto no se decidía a responder, continuó parloteando despreocupada:

—Me llamo Estelle, estoy aquí viendo el apartamento a petición de mi hija, ¿sabes? Mi marido, Knut, ha ido a aparcar el coche. Y es que no es tan fácil, claro, encontrar aparcamiento en esta zona, y no lo será mucho más dentro de unos minutos, cuando la calle se llene de patrullas. Perdona, de pronto parece que te he estresado. No quiero decir que sea culpa tuya que Knut no encuentre aparcamiento, claro que no. ¿Te encuentras bien? ¿Quieres un vaso de agua?

Uno no diría que Estelle estuviera asustada por la pistola, pero claro, parecía una persona tan buena que, si la asesinaban, seguramente se tomaría como un cumplido el que hubieran reparado en ella. El sujeto se secó los ojos y acertó a decir:

—Sí, gracias.

—¡Tenemos limas! —anunció Ro, señalando el frutero de la mesa de centro, que tendría como dos docenas, porque se ve que la lima es una fruta a la que se recurre mucho como detalle decorativo en la venta de apartamentos; tanto que es razonable sospechar que, si se prohibiera la profesión de agente inmobiliario, la superficie de la tierra quedaría cubierta de una capa tan gruesa de limas que sólo sobrevivirían los jóvenes provistos de navajitas y con un apetito desproporcionado por la cerveza mexicana.

Estelle fue a buscar un vaso de agua y el sujeto se retiró un poco el pasamontañas para poder beber.

—¿Estás mejor? —preguntó Estelle.

El sujeto asintió despacio y le devolvió el vaso.

—Siento mucho… todo este enredo.

—Ah, cariño, no te preocupes, no es nada —dijo Estelle—. Y te diré que, personalmente, opino que ha sido muy inteligente por tu parte no venir para robar el apartamento. No habría sido nada prudente, ¡porque la policía habría sabido enseguida dónde vives! Por cierto, ¿qué ibas a robar, el banco que hay en esta calle? ¿No lo han convertido en un banco sin efectivo?

—Sí, gracias. Ya me enteré —respondió el sujeto con tristeza.

—¡Qué listo eres! —fue la calificación de Zara.

El sujeto se volvió entonces hacia ella y perdió por completo los estribos. Le gritó como les grita uno a sus hijas cuando empiezan a pelear en el asiento de atrás del coche:

—Bueno, ya está bien. ¡Que no lo sabía! ¡¡Todos cometemos errores!!

Roger, cuyo impulso ante los gritos de alguien y con independencia de la situación era el de gritar más alto, le gritó:

—¡¡Lo único que quiero es información!!

Así que el sujeto gritó a su vez:

—¡¡Espera que piense un poco!!

A lo que Roger gritó:

—¡¡No se te da nada bien esto de asaltar, que lo sepas!!

A lo que el sujeto agitó el arma y gritó:

—¡¡Mejor para ti!!

Entonces Ro dio dos pasos raudos al frente y vociferó:

—¡¡Dejen de gritar ahora mismo!! ¡¡Que no es bueno para el bebé!!

Lo cual era, en efecto, perfectamente cierto, a los bebés les inquietan los gritos, Ro lo había leído en el mismo libro en el que decía que el embarazo es un viaje conjunto. Después de aquella declaración, se volvió hacia Julia como esperando una medalla. Julia la miró con resignación.

—¿En serio, Ro? ¿Asaltante nos apunta una pistola, y te preocupas porque algunos levanten la voz?

Mientras tanto, Estelle iba dándole palmaditas al sujeto en el brazo, y diciéndole:

—Es que van a tener un bebé, ¿comprendes?, aunque son de... bueno, ya sabes.

Le hizo un guiño al sujeto como si éste debiera comprender lo que quería decir. La operación no pareció exitosa. Así que Estelle se alisó la falda e hizo otro intento:

—Bueno, no veo por qué tenemos que discutir. Podríamos empezar por presentarnos, ¿no? Yo soy Estelle. Tú no nos has dicho cómo te llamas.

El sujeto ladeó la cabeza e hizo un breve gesto aclaratorio señalándose el pasamontañas.

—Pues... es que... no creo que ésa sea una muy buena pregunta.

Estelle asintió enseguida como excusándose y se volvió a los demás.

—Bueno, pues, podemos asumir que Asaltante quiera permanecer en el anonimato. Pero tú sí podrías decirnos cómo te llamas, ¿no? —dijo mirando a Roger.

—Roger —masculló Roger.

—¡Y yo soy Anna-Lena! —dijo Anna-Lena, que estaba acostumbrada a que no le preguntaran eso nunca.

—Yo soy Ro, y ésta es mi mujer, Juli... ¡ay! —dijo Ro, y se llevó la mano a la espinilla.

El sujeto los miró a todos. Asintió brevemente.

—Bien. Hola a todos.

—¡Así que ya nos hemos presentado! ¡Qué maravilla! —aseguró Estelle tan feliz que se puso a dar palmadas de alegría.

Y daba unas palmadas sorprendentemente fuertes para una persona tan pequeña. Lo cual no es lo más idóneo en una sala donde hay una persona que tiene una pistola en la mano, puesto que todos los que la rodeaban creyeron que la repentina palmada era un disparo y se arrojaron al suelo.

El sujeto miró atónito aquellos cuerpos tendidos en el suelo. Se rascó la cabeza. Se volvió a Estelle y le dijo:

—Gracias, muy amable.

Anna-Lena estaba tendida en la alfombra junto al sofá y se pasó casi medio minuto sin poder respirar, hasta que comprendió que era porque Roger, creyendo que se trataba de un disparo, se había arrojado encima de ella.

31

INTERROGATORIO DE TESTIGOS

Fecha: 30 de diciembre
Nombre del testigo: Estelle

Jim: Lamento de veras todo esto. Intentaremos dejarte ir a casa lo antes posible.

Estelle: ¡Oh, no te preocupes! Lo cierto es que esto ha sido muy emocionante. ¡Y esto no pasa cada día cuando tienes casi noventa años!

Jim: Sí, por supuesto. Bueno, en primer lugar, a mi colega y a mí nos gustaría que vieras este dibujo, lo encontramos en el rellano y creemos que representa un mono, una rana y un alce. ¿Lo reconoces?

Estelle: No, me temo que no. ¿En serio que es un alce?

Jim: No lo sé, la verdad. Pero, si he de ser sincero, no sé ni siquiera si es importante. ¿Podrías contarme brevemente por qué habías ido a ver el apartamento?

Estelle: Había ido con mi marido. Knut. De hecho, él no estaba ahí porque había ido a aparcar el coche. Íbamos a visitar el apartamento porque nos lo pidió nuestra hija.

Jim: ¿Notaste algo extraño en el resto de los compradores potenciales antes de que llegara el sujeto?

Estelle: Ah, no. Antes de que llegara Asaltante sólo había

tenido tiempo de hablar con las dos jóvenes tan simpáticas que...
ya sabes... son de Estocolmo.

Jim: ¿A quiénes te refieres?

Estelle: Bueno, ya sabes. «De Estocolmo».

Jim: Guiñas el ojo como si debiera comprender qué significa...

Estelle: Ro y Julia. Que van a tener un bebé. Aunque las dos
son... bueno, ya sabes, «de Estocolmo».

Jim: ¿Te refieres a que son lesbianas?

Estelle: Eso no tiene nada de malo.

Jim: Yo no he dicho nada, ¿o sí?

Estelle: Es perfectamente normal en los tiempos que corren.

Jim: Pues, claro que sí. No he dicho nada en contra.

Estelle: Me parece maravilloso, de veras, que el amor sea libre
hoy en día.

Jim: Quiero dejar del todo claro que comparto por completo
esa opinión.

Estelle: En mis tiempos, se habría considerado extraño que dos
personas se casaran y tuvieran hijos siendo... ya sabes.

Jim: ¿De Estocolmo?

Estelle: Sí. Pero a mí Estocolmo siempre me ha gustado. La
gente tiene que poder vivir su vida como quiera. Que no es que yo
haya estado nunca en Estocolmo, claro que no. Yo no soy, o sea,
yo nunca... yo estoy felizmente casada. Con Knut. Y me siento
satisfecha con lo de siempre, claro.

Jim: Yo ya no tengo ni idea de qué estamos hablando.

32

Cuando en la calle se oyó la primera sirena policial, el sujeto salió corriendo al balcón y se puso a mirar apoyado en la barandilla. Así fue como luego aparecieron en internet las primeras fotos del «asaltante enmascarado». Poco después llegaron aún más policías.

—Mierda, mierda, mierda, mierda —repitió el sujeto para sus adentros, y volvió corriendo al interior del apartamento, donde, a excepción de Julia, todos seguían tendidos en el suelo.

—Yo no puedo seguir tumbada, tengo que ir al baño. ¿O quieres que haga mis necesidades en el suelo? —preguntó Julia a la defensiva, pese a que el sujeto no había abierto la boca.

—Bueno, no es que vaya a cambiar gran cosa —dijo Zara asqueada, apartando la cara del parqué.

Ro, que parecía tener amplia experiencia en que le gritaran sin haber abierto la boca siquiera, se sentó en cuclillas y le dio al sujeto una palmadita de aliento en la pierna.

—No te tomes la bronca de Julia como algo personal. Es que está hipersensible por el bebé, que está de fiesta en su vientre, tú me entiendes.

—¡¡¡Rooo!!! ¡La esfera de lo personal! —vociferó Julia.

Y es que Julia y Ro tienen una esfera de lo personal, aunque sólo Julia conozca sus límites.

—Bueno, pero de hecho estaba hablando con Asaltante, y dijiste que no podía hablar con los demás compradores —dijo Ro tratando de defenderse.

—Pero en realidad no soy ningún Asal... —trató de intervenir el sujeto cuando Julia interrumpió.

—Da igual, Ro, ¡deja de ir por ahí haciendo amigos! Ya sé cómo acaba esto: te cuentan la historia de su vida y luego te da cargo de conciencia ofrecer más dinero que ellos.

—Eso pasó *una sola vez* —le respondió Ro a gritos.

—¡¡Tres!! —recalcó Julia también gritando, antes de abrir de golpe la puerta del baño.

Ro se levantó y miró al sujeto con una expresión de disculpa:

—Julia dice que soy de las que se niegan a comer palitos de pescado después de haber visto el *show* de los delfines en el zoo.

El sujeto asintió comprensivo:

—A mis hijas les pasa lo mismo.

Ro sonrió.

—Ah, ¿tienes hijas? ¿Y qué edades tienen ellas?

Al sujeto se le hizo un nudo en la garganta:

—Seis y ocho.

Zara se aclaró un poco la garganta y preguntó:

—¿Y van a heredar el negocio familiar?

El sujeto parpadeó un tanto ofendido y miró la pistola que tenía en la mano.

—Yo... yo nunca había hecho esto antes. No soy un... asaltante.

—Eso espero, porque se te da fatal —aseguró Zara.

—¿Por qué tienes que ser tan crítica? —le reprochó Ro.

—No soy crítica, me limito a dar algo de *feedback* —respondió Zara, dando también su *feedback* a Ro.

—Seguro que a ti tampoco se te habría dado nada bien ir por ahí robando a la gente —dijo Ro.

—Yo no robo a la gente, robo bancos —objetó el sujeto.

—Y, en una escala del uno al diez, ¿cómo de bien se te da? —preguntó Zara.

El sujeto la miró desalentado.

—Un dos, quizá.

—¿Acaso tienes por lo menos un plan para salir de aquí? —preguntó Zara.

—¡No seas tan exigente! ¡Tanta crítica no sirve de nada a nadie! —la criticó Ro.

Zara la observó pensativa.

—¿Ésa es tu personalidad? ¿Estás satisfecha con ella?

—¿Y lo preguntas *tú*, que... —comenzó Ro, pero entonces el sujeto trató de calmarlas:

—Por favor, ¿podrían...? Miren, no tengo ningún plan. Estoy tratando de pensar. Así no es como esperaba que salieran las cosas.

—¿Qué cosas? —preguntó Ro.

—La vida —se lamentó el sujeto.

Zara sacó el teléfono del bolsillo y declaró:

—Vamos a llamar a la policía, a ver si pone un poco de orden.

—¡No! ¡No lo hagas! —suplicó el sujeto.

Zara levantó la vista al cielo.

—¿De qué tienes miedo? ¿Crees que no saben que estás aquí? Deberías al menos llamarlos para pedirles el rescate.

—No se pueden hacer llamadas, aquí no hay cobertura —informó Ro.

—¿Estamos en el gueto o qué? —preguntó Zara, y agitó un poco el teléfono, como si eso fuera a servir de algo.

Ro se metió las manos en los bolsillos del vestido y consideró como para sus adentros:

—En realidad, puede que hasta sea bueno, porque he leído que los niños que se crían en ambientes libres de pantallas son más inteligentes. La tecnología frena el desarrollo del cerebro.

Zara asintió sarcástica.

—¿Ah, sí? Háblanos de todos los premios Nobel que se han criado en un pueblo *amish*.

—Pues, que sepas que he leído que hay estudios que apuntan a que las ondas de los celulares provocan cáncer —insistió Ro.

—Ya, claro. Pero imagínate que se trate de una emergencia. Imagínate que se mudan aquí y que el bebé se atraganta con un avellana y se ahoga y muere porque no pudieron llamar a una ambulancia —dijo Zara.

—Pero ¿qué dices? ¿De dónde iba a sacar el bebé las avellanas?

—Imagínate que alguien las cuela de noche por el buzón.

—¿De veras estás tan enferma?

—Pues no soy *yo* la que quiere que su bebé muera ahogado…

En ese momento las interrumpió Julia, que de pronto apareció otra vez a su lado.

—¿Por qué discuten ahora?

—¡Ha empezado ella! Yo trataba de ser algo amable, y esto *no* es lo mismo que cuando me niego a comer palitos de pescado —aulló Ro a la defensiva, señalando a Zara.

Julia soltó un lamento. Miró a Zara disculpándose.

—¿Ro les contó lo del zoo? Los delfines ni siquiera son peces.

—¿Y eso qué tiene que ver? ¿Y tú no ibas al baño? —la cortó Ro.

—Estaba ocupado —dijo Julia encogiéndose de hombros.

El sujeto se rascó el pasamontañas. Contó a todos los presentes en la sala. Balbució:

—Esp… Espera, ¿cómo que estaba ocupado?

—¡Pues, ocupado! —repitió Julia, como si eso sirviera de algo.

El sujeto fue y tironeó de la manivela de la puerta del baño. Estaba cerrada con pestillo.

Y así fue como aquello se convirtió en la historia de un conejo.

33

INTERROGATORIO DE TESTIGOS (CONTINUACIÓN)

Estelle: Me consta que Estocolmo es una ciudad de lo más agradable. Siempre y cuando a uno le gusten los estocolmenses. Y te diré además que no creo que Knut tenga prejuicios tampoco, porque una vez, cuando éramos más jóvenes, estuve ordenando su despacho y encontré en un cajón una revista entera que trataba de Estocolmo.

Jim: Qué bien.

Estelle: Pues, a mí entonces no me pareció tan bien. De hecho, tuvimos una buena pelea por eso.

Jim: Te entiendo. ¿Así que estuviste hablando con Ro y Julia antes de que apareciera el sujeto?

Estelle: Tienen pájaros. Y no paraban de discutir. Aunque de una forma adorable. Bueno, y Roger y Anna-Lena, la otra pareja, también discutían, claro, pero no eran igual de adorables.

Jim: ¿Por qué discutían Roger y Anna-Lena?

Estelle: Por el conejo.

Jim: ¿Qué conejo?

Estelle: ¡Uy! Es una larga historia, la verdad. Discutían por el precio del metro cuadrado, ¿sabes? Roger estaba preocupado, porque todos subían el precio. Dijo que eran los dichosos agentes inmobiliarios y los malditos bancos y los estocolmenses los que manipulaban el mercado de la vivienda.

Jim: Espera un momento, ¿decía que los homosexuales manipulaban el mercado inmobiliario?

Estelle: ¿Los homosexuales? ¿Por qué iban a hacer algo así? ¡En la vida he oído semejante barbaridad ! ¿Quién diría algo así?

Jim: Bueno, has dicho que eran los estocolmenses.

Estelle: Claro, pero me refería a los estocolmenses. No a los «estocolmenses».

Jim: Ah, ¿y hay alguna diferencia?

Estelle: Sí, claro, que unos son estocolmenses y los otros «estocolmenses».

Jim: Perdona, pero me he perdido. Déjame que lo anote todo en orden cronológico.

Estelle: Tú tranquilo, tómate tu tiempo que no tengo ninguna prisa.

Jim: Lo siento, pero creo que lo mejor será volver a la primera pregunta.

Estelle: ¿Cuál era?

Jim: ¿Notaste algo raro en los demás compradores?

Estelle: Zara parecía triste. Y a Anna-Lena no le gustaron las cortinas verdes. Y Ro estaba preocupara porque el vestidor no fuera lo bastante grande. Pero es un *walk-in-closet*, así lo llaman ahora. Yo me enteré cuando se lo oí decir a Julia.

Jim: No, espera, eso no puede ser. En el plano no hay ningún vestidor.

Estelle: A lo mejor ahí se ve más pequeño.

Jim: Pero los planos tienen que ir a escala, ¿no?

Estelle: ¿Ah, sí?

Jim: En el plano el vestidor no mide ni medio metro cuadrado. ¿Podrías decirme qué tamaño tiene ese *walk-in-closet*?

Estelle: Bueno, a mí lo de medir no se me da muy bien. Pero Ro dijo que lo quería convertir en un cuarto de hobbies. Es que cura queso para consumo propio, sabes. Y cultiva flores. O bueno, no sé qué tipo de planta. A Julia no le entusiasma. Una vez, Ro trató de fabricar su propio champán, y parece que buena parte cayó en el cajón de la ropa interior de Julia, que, según Ro, provocó «una discusión del demonio».

Jim: Perdona, ¿no podríamos centrarnos en el tamaño del vestidor?

Estelle: Julia siempre quiere que se diga *walk-in-closet*.

Jim: ¿Es lo bastante grande como para que alguien pueda esconderse dentro?

Estelle: ¿Alguien como quién?

Jim: Cualquiera.

Estelle: Supongo que sí. ¿Y eso importa?

Jim: No, no, puede que no. Pero mi colega ha insistido en que pregunte a todos los testigos por posibles escondites. ¿Quieres un café?

Estelle: Pues me encantaría, no diré que no.

34

El sujeto miró fijamente la puerta del baño. Luego miró a todos los rehenes. Preguntó:

—¿Creen que hay alguien ahí dentro?

Zara respondió con otra pregunta, de un modo que bien podría interpretarse como sarcástico:

—¿Tú qué crees?

El sujeto parpadeó tantas veces que parecía una respuesta en código morse.

—O sea, ¿que *tú sí* crees que ahí dentro hay alguien?

—No serían tus padres familia antes de casarse, ¿verdad? —preguntó Zara.

Entonces Ro se ofendió en nombre del sujeto al oír aquellas palabras, y atajó:

—¿Pero por qué tienes que ser tan bruja?

Entonces Julia le dio una patada en la espinilla y susurró:

—¡Deja de meterte en todo, Ro!

—¡Pero si eres tú la que siempre dice que tenemos que enseñarle a nuestro hijo a plantar cara a los acosadores! No pienso quedarme aquí mirando cómo le habla así a… —trató de protestar Ro.

—¿A quién? ¿A Asaltante? ¿Eso es acoso? Porque, claro, imagínate que Asaltante, que nos está apuntando con una pistola, se ofenda ¿verdad? —dijo Julia con un suspiro.

—Pero no soy… —comenzó el sujeto, pero Julia levantó un dedo a modo de advertencia.

—¿Sabes qué? Tú eres el que ha causado todo esto, así que limítate a cerrar el pico.

Zara, que observaba el polvo que le había caído en la ropa, asqueada como si acabara de levantarse de una montaña de excrementos, observó:

—Menos mal que su hijo tendrá por lo menos *una* madre que no es comunista.

Julia se volvió hacia ella:

—Ya puedes cerrar el pico tú también.

Y Zara se calló también. Nadie se sorprendió más que ella misma.

Mientras tanto, Roger se había levantado muy despacio y ayudó a Anna-Lena a ponerse de pie también. Ella lo miró a los ojos y él no supo bien adónde mirar; no estaban acostumbrados a tocarse sin antes haber apagado la luz. Anna-Lena se ruborizó, Roger se dio media vuelta y empezó a dar golpecitos con los nudillos en las paredes para dar la impresión de estar ocupado. Siempre que iban a ver un apartamento, Roger golpeaba las paredes con los nudillos. No estaba del todo segura de por qué, pero Roger decía que era para asegurarse de que «se podía taladrar». Para Roger era importante que se pudiera taladrar, al igual que era importante saber si era una pared maestra o no, porque si se derribaba una pared maestra, se venía abajo todo el techo. Al parecer, eso podía averiguarse dando golpecitos con los nudillos, al menos si los daba Roger, así que lo hacía en todos los apartamentos que iban a ver: golpeaba y golpeaba y golpeaba las paredes continuamente. Anna-Lena pensaba que, de vez en cuando, todo el mundo hace durante unos segundos algo que dice quiénes son de verdad, instantes en los que puedes concretar su esencia, y la de Roger era aquellos toquecitos. Porque a veces, después de los golpecitos, durante un instante tan breve que nadie en el mundo salvo Anna-Lena habría podido percibir, Roger se quedaba mirando la pared con añoranza. Como lo haría un niño. Como si esperase que, un día, alguien le respondiera con otros golpecitos desde el otro lado. Esos eran para Anna-Lena los segundos favoritos de Roger.

Toc-toc-toc. Toc. Toc. Toc.

En pleno golpeteo, Roger se detuvo de pronto porque oyó la discusión entre Ro, Julia y Zara sobre la puerta cerrada del baño. Un escalofrío le recorrió la médula cuando tomó conciencia de que allí dentro podía esconderse lo peor que podía imaginar: otro comprador. De modo que resolvió tomar enseguida el mando de la situación, se dirigió con paso firme hacia la puerta cerrada del baño y, no acababa de levantar el puño para tocar la puerta, cuando Anna-Lena gritó:

—¡¡No!!

Roger se volvió sorprendido y miró a su mujer. Ella temblaba de pies a cabeza, se ruborizó entera.

—Por favor... no abras la puerta —dijo en un susurro. Roger no la había visto nunca tan asustada y no comprendía cuál podría ser el motivo. Zara estaba a su lado y los observaba, ya al uno ya al otro. Luego, como era de suponer, se fue directo a la puerta del baño y llamó. Al cabo de unos instantes, alguien le respondió con unos toquecitos desde dentro.

Para entonces empezaron a rodar las lágrimas por las mejillas de Anna-Lena.

35

INTERROGATORIO DE TESTIGOS

Fecha: 30 de diciembre
Nombre del testigo: Roger

Jack: ¿Se encuentra bien?

Roger: ¿Qué clase de pregunta es ésa?

Jack: Parece que hubiera estado sangrando por la nariz.

Roger: Ah, sí, sí. A veces me pasa, el loco del médico dice que es «estrés». Pero olvídate de eso y hazme las preguntas que tengas que hacer.

Jack: Muy bien. Usted acudió a la visita del apartamento en venta con su mujer, Anna-Lena.

Roger: ¿Y eso cómo lo sabes?

Jack: Figura en mis apuntes.

Roger: ¿Y cómo es que tienes apuntes sobre mi mujer?

Jack: Interrogamos a todos los testigos.

Roger: Tú no eres quién para tener apuntes sobre mi mujer.

Jack: A ver, cálmese.

Roger: Estoy calmadísimo.

Jack: La experiencia me dice que eso es precisamente lo que dicen las personas que no están nada calmadas.

Roger: ¡No pienso responder a preguntas sobre mi mujer!

Jack: Bueno, bueno, bien. ¿Y a preguntas sobre el secuestrador?

Roger: ¿Cómo lo voy a saber antes de que me las hagas?

Jack: Para empezar, ¿dónde cree que se ha escondido?

Roger: ¿Quién?

Jack: ¿Usted quién cree?

Roger: ¿Asaltante?

Jack: No, Wally.

Roger: ¿Y ése quién es?

Jack: ¿No sabes quién es…? Es el título de un libro infantil de toda la vida, *¿Dónde está Wally?* Nada, olvídelo. Estaba siendo sarcástico.

Roger: No tengo ninguna razón para leer libros infantiles.

Jack: Lo siento. ¿Podría decirme dónde cree que se ha escondido el *sujeto*?

Roger: ¿Y cómo lo voy a saber?

Jack: Perdone que insista, pero tenemos razones para sospechar que el sujeto sigue en el apartamento. Y he pensado que podría sernos útil, porque su mujer dice que es muy escrupuloso a la hora de examinar cada apartamento que visita. Que comprueba las medidas de todos los planos.

Roger: Es que no se puede confiar en los agentes inmobiliarios. Algunos no son capaces de medir una regla con otra.

Jack: Sí, a eso me refiero. ¿Detectó algo en particular en este apartamento en concreto?

Roger: Sí. La agente inmobiliaria era una inepta.

Jack: ¿Por qué?

Roger: Faltaba un metro en los planos, entre dos paredes.

Jack: ¿En serio? ¿Entre qué paredes? ¿Me lo podría indicar en el plano?

Roger: Ahí. Se oye cuando das con los nudillos. Hay un hueco.

Jack: ¿Y por qué habría un hueco ahí?

Roger: Probablemente, porque ese apartamento y el de al lado formaban una sola vivienda antes, cuando la gente del centro tenía más dinero y los apartamentos eran más baratos. Ahora manipulan el mercado para engañar a la gente normal. Es culpa de los agentes inmobiliarios. Y de los bancos. Y de los estocolmenses. Ponen los precios por las nubes y todo eso. ¿Por qué carajo pones los ojos en blanco?

Jack: Perdone, no es asunto mío, pero ¿no llevan su mujer y usted varios años especulando con la compra y venta de apartamentos para ganar dinero? Así también se suben los precios, ¿no?

Roger: ¿¡O sea que ahora también está mal ganar dinero!?

Jack: Yo no he dicho eso.

Roger: Se me da bien negociar, y eso no es ningún delito, ¡que lo sepas!

Jack: No, no, claro que no.

Roger: O eso creía, que se me daba bien negociar...

Jack: Me he perdido.

Roger: Yo era ingeniero antes de jubilarme. ¿No tienes eso apuntado?

Jack: ¿Ah? No.

Roger: O sea que eso no es relevante, ¿verdad? Toda una vida en el mismo trabajo, pero ahora resulta que eso da igual y no figura en tus apuntes, ¿no? ¿Sabes lo que hicieron mis colegas los últimos años?

Jack: No.

Roger: Lo falsearon todo. Igual que ella.

Jack: ¿Su mujer?

Roger: No, Wally.

Jack: ¿Cómo?

Roger: ¿Y tú, qué te creías? ¿Que tu generación es la única que sabe de sarcasmos, mocoso?

Julia señaló la puerta del baño, extendió la mano hacia el sujeto y le dijo con tono exigente:

—Dame la pistola.

—Pero… ¡jamás y nunca! ¿Qué piensas hacer? —preguntó vacilante el sujeto guardándose la pistola debajo de la cazadora, como si el arma fuera un gatito y alguien acababa de preguntar si había visto un gatito por allí.

—Estoy embarazada y tengo que ir al baño. Dame la pistola ahora mismo para que pueda pegarle un tiro a la cerradura —insistió Julia.

—No —respondió el sujeto con un gemido.

Julia se encogió de hombros.

—Entonces tendrás que hacerlo tú. Dale, dispara a la cerradura.

—No quiero.

Julia entornó los ojos con una expresión terrible.

—¿Cómo que no quieres? Nos tomas aquí a todos como rehenes, la policía está abajo en la calle y tienes a un desconocido encerrado en el baño. Puede ser cualquiera. ¡Tienes que hacerte respetar! Si no, ¿cómo vas a convertirte en asaltante exitoso? ¡No puedes permitir que la gente te diga a todas horas lo que tienes que hacer!

—¡Pero si eres *tú* la que me está diciendo lo que tengo que hac...! —trató de defenderse el sujeto, pero Julia lo interrumpió riñéndolo:

—¡Te digo que vueles de un tiro la cerradura!

Lo cierto es que en ese momento dio la impresión de que el sujeto iba a obedecer, pero no le dio tiempo: se oyó un clic, la manivela de la puerta del baño bajó despacio y una voz suplicó desde el interior:

—No dispares. Por favor, no dispares.

Un hombre disfrazado de conejo salió del baño. O, bueno, para ser exactos, no llevaba un traje entero. En realidad, era sólo una cabeza de conejo, por lo demás, el hombre sólo llevaba calcetines y calzoncillos. Rondaba los cincuenta y, dicho amablemente, tenía un físico que no resistía la relación entre la cantidad de ropa que llevaba y la cantidad de carne que exhibía.

—¡No me hagas daño, por favor! ¡Sólo estoy haciendo mi trabajo! —se lamentó el hombre desde el interior de la cabeza de conejo con las manos en alto y con acento estocolmense. Y es que era realmente de Estocolmo, una persona nacida allí, no simplemente un «estocolmense» tal como Jim y Jack utilizaban la palabra, con el sentido de «idiota». (Lo cual no significa que el hombre no pudiera ser un idiota también, claro. Después de todo, éste es un país libre). Ciertamente, el hombre tampoco era «estocolmense» en el sentido en que Estelle utilizaba la palabra para designar ese tipo de unidad familiar que, desde luego, no es en modo alguno censurable (y de haberlo sido, ¡tampoco habría pasado nada, por supuesto!). Aquel hombre era un estocolmense normal y corriente, que en ese momento gritó aterrorizado desde el interior de aquella cabeza de conejo:

—¡Diles que no me disparen, Anna-Lena!

Todos guardaron silencio, pero nadie más que Roger. Se quedó mirando a Anna-Lena, mientras ella lloraba mirando al conejo, y movía los dedos nerviosamente a lo largo de las caderas al tiempo que evitaba la mirada de sorpresa de Roger. Era incapaz de recordar cuándo fue la última vez que sorprendió a su marido, no es eso lo que se espera en quienes llevan casados tanto tiempo. La idea es que uno tenga una sola cosa en la vida, una sola persona, con la que contar hasta el punto de que uno la dé por supuesta. Ahora, en ese preciso instante, para Roger todo quedó destrozado, y Anna-Lena lo sabía. Y susurró desesperada:

—No le hagas daño. Es Lennart.

—Pero ¿tú *conoces* a esta persona? —farfulló Roger.

Anna-Lena asintió desesperada.

—Sí, Roger, pero no es lo que tú crees.

—¿Él es... es... —comenzó Roger con esfuerzo, antes de poder pronunciar por fin aquellas palabras imposibles—: ... otro posible comprador?

Anna-Lena no era capaz de responder, con lo que Roger se giró y se abalanzó sobre la puerta del baño abierta con tal violencia que tanto Julia como Ro (Zara acertó a quitarse de en medio de un salto) se vieron obligadas a sujetarlo con todas sus fuerzas para que no se abalanzara al cuello del conejo.

—¿Por qué llora mi mujer, ah? ¿Quién eres? ¿Un comprador? ¡Contéstame! —vociferó Roger.

No recibió una respuesta inmediata, y aquello también le dolió a Anna-Lena. Roger siempre había sido un hombre importante y respetado en el trabajo, incluso los jefes lo escuchaban allí. La jubilación no fue algo a lo que Roger llegó, sino algo que le sobrevino. Los primeros meses pasaba con el coche por delante de la oficina, en ocasiones, varias veces al día, sólo porque, en el fondo, esperaba que se notara que no lograban arreglárselas sin él. Pero sí que se las arreglaban. No fue nada difícil sustituirlo, a él lo mandaron a casa, pero la empresa siguió existiendo. Y esa realización se convirtió en una pesada carga para Roger, lo ralentizó.

—¡¡Contéstame!! —le exigió a gritos al conejo, pero éste estaba concentrado tratando de quitarse la cabeza de conejo, que, al parecer, se le había atascado. Las perlas de sudor fruto del estrés rodaban de un cabello a otro hasta caer sobre su espalda desnuda, como en un repugnante juego de *pinball*, y se le habían ladeado los calzoncillos.

El sujeto se quedó mudo a un lado del grupo, y Zara pensó que ya era hora de más *feedback*, así que le dio al sujeto un codazo.

—¿Y tú no piensas hacer nada?

—¿Como qué? —preguntó el sujeto.

—¡Tomar el mando! ¿Qué clase de asaltante eres tú? —preguntó Zara.

—No soy ningún asaltante, yo robo bancos —la corrigió el sujeto.

—Y te salió muy bien la jugada, ¿no?

—Deja de meterte conmigo, por favor.

—Ay, dispara al conejo de una vez para que podamos poner un poco de orden. Para hacerte respetar un poco. Basta con que le dispares a la pierna.

—¡¡Noo, no dispares!! —gritó el conejo.

—Dejen de darme órdenes —rogó el sujeto.

—Puede ser un policía —sugirió Zara.

—Aun así, no quiero…

—Pues dame la pistola.

—¡No!

Zara se volvió sin empacho al conejo:

—¿Tú quién eres? ¿Eres poli o qué? Responde antes de que disparemos.

—¡Aquí soy *yo* quien dispara! Bueno, ¡la verdad es que no!
—protestó el sujeto.

Zara le dio una palmadita despectiva en el brazo.

—Mmm… Claro que sí, claro que sí.

El sujeto dio un zapatazo de frustración en el suelo.

—¡Nadie me hace caso! ¡Son los peores rehenes de la historia!

—Por favor, no dispares, se me ha atascado la cabeza
—suplicaba Lennart desde el interior de la cabeza de conejo, y
continuó—: Anna-Lena puede explicarlo todo, estamos… yo
estoy… con ella.

Y de repente a Roger le faltaba el aire. Se volvió a Anna-Lena
otra vez, tan despacio como ella no podía recordar que lo hubiera
hecho desde aquella vez a principios de los noventa cuando Roger
descubrió que ella había usado la cinta de VHS equivocada para
grabar un episodio de una telenovela, borrando así sin querer un
documental importantísimo sobre antílopes. Roger no halló palabras para su traición, ni entonces ni ahora. Ellos siempre fueron
de esas personas que se expresan con sencillez. Puede que Anna-
Lena llegara a creer que la situación mejoraría cuando tuvieran
hijos, pero ocurrió lo contrario. Ser padres da lugar a una serie
de años en los que los sentimientos de los niños consumen todo el
oxígeno familiar; puede resultar tan emocionalmente intenso que
algunos adultos pasan años y años sin alcanzar a hablarle a nadie
de sus propios sentimientos. Y si uno se ve privado de la posibilidad durante el tiempo suficiente, puede terminar olvidando cómo
se hace.

El amor de Roger por Anna-Lena se notaba de otras formas.
En las pequeñas cosas, como por ejemplo en el hecho de que
revisara a diario los tornillos y las bisagras de la puerta de espejo del baño, para que siempre pudiera abrirse y cerrarse sin el

menor contratiempo. A la hora del día a la que Anna-Lena abría ese botiquín, Anna-Lena no estaba preparada para contratiempos, Roger lo sabía perfectamente. Anna-Lena había empezado a interesarse por la decoración algo tarde en la vida, pero había leído en un libro que, para cada nuevo objetivo, todo decorador necesitaba un «ancla». Algo incorruptible y definitivo que lo mantuviera todo unido, a partir de lo cual toda la decoración restante surja ampliándose en más y más círculos. Para Anna-Lena, esa ancla era el espejo del botiquín. Roger lo sabía puesto que conocía el valor de los objetos inamovibles, como por ejemplo, una pared maestra. No la podemos adaptar, hemos de adaptarnos a ella. Así que, cuando iban a mudarse, el botiquín era lo último que Roger desmontaba del apartamento antiguo y lo primero que montaba en el apartamento nuevo. Así era como la quería Roger. Pero allí estaba ella ahora, llena de sorpresas, y reconoció:

—Éste es Lennart, y él y yo…, en fin, somos… somos un… ¡No queríamos que te enteraras de nada, cariño!

Silencio. Engaño.

—Así que ustedes dos… tú y… han… ¿a mis espaldas? —trataba de responder Roger.

—No es lo que crees —insistió Anna-Lena.

—No, no, en absoluto —aseguró el conejo.

—De ninguna manera —remató Anna-Lena.

—O bueno… a lo mejor sí es lo que crees un poco. Depende de qué es lo que estés pensando —convino el conejo.

—¡Cállate, Lennart! —dijo Anna-Lena.

—Bueno, pues cuéntale la verdad —le pidió el conejo.

Anna-Lena respiró por la nariz y cerró los ojos.

—Lennart sólo es un… Nos conocimos por internet. No era mi intención… simplemente, ocurrió, Roger.

Los brazos de Roger se movían sin vida y sin rumbo a su alrededor. Al final, se volvió al sujeto, señaló al conejo y susurró:

—¿Cuánto quieres por pegarle un tiro?

—A ver, ¿pueden dejar de pedirme que le dispare a la gente? —se lamentó el sujeto.

—Podemos conseguir que parezca un accidente —le prometió Roger.

Anna-Lena dio unos pasos desesperados hacia Roger y trató de rozarle las yemas de los dedos.

—Por favor, mi querido Roger, cálmate...

Roger no tenía la menor intención de calmarse. Señaló al conejo con la mano y dijo:

—¡Vas a morir! ¿Me oíste? Vas a morir.

Presa del pánico, Anna-Lena dijo entonces lo único que se le ocurrió que podría atraer su atención:

—¡Espera, Roger! Si alguien muere aquí dentro, el apartamento se convertirá en una escena de crimen, y entonces puede que suba el precio por metro cuadrado. ¡A la gente le encantan las escenas de crimen!

Roger se detuvo con los puños vibrando, pero respiró hondo y logró serenarse un poco. El precio por metro cuadrado era, pese a todo, el precio por metro cuadrado. Primero se le hundieron los hombros, y luego el resto del cuerpo, tanto por fuera como por dentro. Bajó la mirada al suelo y susurró:

—¿Cuánto tiempo llevan en esto? Tú y ese... conejo asqueroso.

—Un año —respondió Anna-Lena.

—¿¡Un año!?

—Sí, pero por favor, Roger, lo hice por ti.

A Roger le temblaba la cara de desesperación y de desconcierto, movía los labios, pero los sentimientos seguían atrapados dentro. El hombre con la cabeza de conejo vio entonces la oportunidad de explicar cómo había sucedido todo en realidad, lo cual hizo con un tono de voz posible sólo para un hombre de mediana edad con el dialecto estocolmense más marcado del mundo:

—A ver, Rog. Puedo llamarte Rog, ¿verdad? ¡No vayas a sentirte mal por esto! Es normal que las mujeres recurran a mí, ¿sabes?, porque estoy dispuesto a hacer cosas que sus maridos quizá no estén dispuestos a hacer.

A Roger se le arrugó la cara.

—¿Qué cosas son ésas? ¿Qué clase de relación mantienen us tedes dos?

—Una relación de negocios, ¡que yo soy un profesional! —lo corrigió el conejo.

—¿Profesional? ¿¿¿Le has pagado para acostarte con él, Anna-Lena???

Los ojos de Anna-Lena se abrieron el doble de lo normal.

—¿Pero estás loco? —le susurró.

El conejo se acercó un poco a Roger para aclarar el malentendido.

—No, no, no soy ese tipo de profesional. No me acuesto con la gente. O, bueno, al menos no profesionalmente. Soy arruinador de visitas a apartamentos en venta, todo un profesional en ello, aquí está mi tarjeta. —El conejo sacó una tarjeta de visita del calcetín. En ella se leía: «Lennart Sin Límites S.L.». El « S.L.», de Sociedad Limitada, indicando la seriedad del negocio.

Anna-Lena se mordió los labios por dentro y repitió:

—Sí, Lennart me ha estado ayudado. ¡A los dos!

—¿Qué demonios…? —intervino Roger.

El conejo asintió orgulloso.

—Sí señor, Rog. Unas veces soy un vecino alcohólico, en otras alquilo el apartamento de arriba del que se vende, y pongo una peli porno a todo lo que da. Pero este es el paquete más caro. —Se

señaló a sí mismo, desde los calcetines deportivos hacia los calzoncillos y el torso desnudo, hasta llegar a la cabeza de conejo, que no
lograba quitarse. Luego se presentó—: Éste es «El conejo cagón»
pack, ¿comprendes? El paquete Premium. Si alguien lo contrata,
me cuelo antes que nadie en el baño del apartamento. Cuando los
demás posibles compradores abren la puerta, ven a un hombre
adulto, semidesnudo cagando con una cabeza de conejo. La gente
no logra reponerse del todo de una visión así. Un suelo rayado o
un empapelado horrendo se pueden reparar y olvidar una vez que
uno se muda, ¿verdad? Pero ¿un conejo cagando? —El conejo se
golpeó con los nudillos las sienes de la cabeza—: ¡Es algo que deja
huella! Y en un sitio así no quiere vivir nadie, ¿verdad?

Lo cual comprendieron todos los presentes después de observar
al conejo.

Anna-Lena extendió la mano hacia el brazo de Roger, él lo
apartó como si se hubiera quemado. Ella dijo sollozando:

—Por favor, Roger, ¿recuerdas aquella vez que fuimos a ver un
apartamento en un edificio de fin de siglo recién renovado el año
pasado? ¿Recuerdas que apareció un vecino borracho que empezó
a arrojar espaguetis y salsa de tomate sobre todos los demás posibles
compradores?

Roger resopló, tan ofendido que le brillaban los labios.

—¡Pues claro que lo recuerdo! ¡Pagamos trescientas veinticinco
mil coronas por debajo del valor de mercado!

El conejo asintió satisfecho.

—No es por alardear, pero el vecino borracho lanzador de espaguetis es uno de mis personajes más queridos.

Roger miraba a Anna-Lena atónito.

—¿Quieres decir que…? Pero… entonces… ¿toda mi negociación con aquel agente inmobiliario? ¿Toda mi capacidad táctica?

Anna-Lena no era capaz de mirarlo a los ojos.

—Te pones tan triste cuando pierdes una oferta… Yo quería que… quería que ganaras.

No dijo toda la verdad: que había cambiado, que tenía ganas de tener un hogar, que quería acabar cuanto antes, que le gustaría ir al cine alguna vez y ver algo inventado en lugar de ir a casa a ver un documental más en la tele. Que no quería ser un tiburón. No dijo nada porque temía que fuera una decepción demasiado insoportable para Roger.

—¿Cuántas veces? —susurró Roger hundido.

—Tres —mintió Anna-Lena.

—¡No, seis! Me sé las direcciones de memoria… —la corrigió el conejo.

—¡Cállate, Lennart! —sollozó Anna-Lena.

Lennart asintió obediente y empezó a tironear otra vez de la cabeza de conejo. Así estuvo un buen rato hasta que, lleno de felicidad, gritó:

—¡Creo que se ha aflojado un poco!

Roger miraba entre tanto al suelo, con los dedos de los pies bien doblados en los zapatos, porque Roger era de los que tenían los sentimientos en los pies. Empezó a caminar describiendo un amplio semicírculo hacia el balcón, se dio sin querer con los dedos de los pies en un listón suelto del suelo y maldijo bajito, muy bajito, tanto al maldito listón como al maldito conejo.

—Maldito… maldito… maldito… —murmuraba Roger como buscando el peor insulto posible. Al final, dio con él—: ¡Maldito estocolmense! —Los dedos de los pies le dolían tanto como el corazón, así que cerró los puños y levantó la vista, cruzó corriendo todo el apartamento, tan rápido que nadie logró detenerlo, y golpeó al conejo. Con todo su amor, a toda potencia, un solo puñetazo.

El conejo cayó por el umbral de vuelta al baño. Por suerte, las partes blandas de la cabeza de conejo absorbieron el impacto del puño de Roger, y las partes blandas del cuerpo de Lennart (no en vano, pues tenía la densidad de un bollo relleno) absorbieron el resto. Cuando abrió los ojos y vio el techo, Julia se inclinó sobre él.

—¿Estás vivo? —preguntó la joven.

—La cabeza se ha vuelto a atascar —respondió él.

—¿Estás herido?

—No lo creo.

—Bien. Pues quítate de en medio, tengo que orinar.

El conejo se disculpó con un lamento y salió a rastras del baño. Al mismo tiempo le entregó a Julia una tarjeta de visita, asintió mirándole la barriga con tanto ímpetu que las orejas de conejo le cayeron sobre los ojos, y atinó a decir:

—También trabajo fiestas infantiles. Para la gente a la que no le gustan sus hijos.

Julia entró y cerró la puerta. Pero conservó la tarjeta de visita. Todos los padres normales habrían hecho lo mismo.

Anna-Lena miró a Roger, pero él se negaba a devolverle la mirada. Le sangraba la nariz. Después de diagnosticarle agotamiento laboral, el médico le había dicho a Anna-Lena que el sangrado era una reacción al estrés.

—Estás sangrando, te traeré un papel —le susurró, pero Roger se limpió en la manga de la camisa.

—¡Sólo estoy un poco cansado, carajo!

Se dirigió resuelto al vestíbulo, más que nada, porque quería cambiar de habitación, lo cual lo llevó a maldecir su distribución abierta. Anna-Lena quería ir tras él, pero comprendió que necesitaba espacio, así que se dio media vuelta y entró en el vestidor, porque no había otro lugar que quedara más lejos de él. Allí se sentó en un taburete y se vino abajo. No notó que soplaba un aire frío de alguna parte, como si hubieran abierto una ventana. Como si ello fuera posible dentro de un vestidor.

En el apartamento seguía el sujeto, rodeado de estocolmenses, en el sentido literal y figurado. Después de todo, «Estocolmo» más que un lugar es una expresión, para hombres como Roger y para la mayoría de nosotros, es sólo una palabra simbólica que describe a todas las personas irritantes que entorpecen nuestra felicidad. Esas personas que creen que son mejores que nosotros. Los directores de banco que nos niegan un préstamo, los psicólogos que hacen preguntas cuando queremos somníferos, los tipos que se quedan con el apartamento que queríamos reformar y los conejos que te roban a tu mujer. Son todos aquellos que no nos ven, que no nos comprenden, que no se preocupan de nosotros. Todo el mundo tiene estocolmenses en su vida, incluso los estocolmenses tienen sus propios estocolmenses, para ellos son «los que viven en Nueva York» o «los políticos de Bruselas» o cualquier otro idiota de cualquier otro lugar donde la gente se crea mejor aún de lo que se creen los estocolmenses.

Todos los que se encontraban en el apartamento aquel día tenían sus complejos, demonios y ansiedades: Roger estaba herido, Anna-Lena añoraba su hogar, Lennart no lograba quitarse la cabeza de conejo, Julia estaba cansada, Ro estaba preocupada, Zara sufría dolor y Estelle... Bueno, en realidad nadie sabía aún qué tenía Estelle. Quizá ni siquiera ella misma. A veces «Estocolmo» funciona incluso como un cumplido: el sueño de un lugar más grande donde podemos convertirnos en otra persona. Algo que añoramos, pero a lo que no nos atrevemos del todo. Cada uno de los allí presentes luchaba con su propia historia.

—Perdón —dijo de pronto el sujeto en medio de aquel silencio.

En ese momento pareció que nadie lo había oído, pero en realidad, todos lo oyeron perfectamente. Gracias a lo delgadas que eran las paredes y a la dichosa distribución abierta, se oyó incluso dentro del vestidor, en el vestíbulo y a través de la puerta del baño. Tal vez no tuvieran ninguna otra cosa en común, pero todos sabían cómo se siente cometer un error.

—Perdón —repitió el sujeto, ahora con voz más débil. Y aunque ninguno de ellos respondió, así fue como empezó todo: la verdad de cómo el sujeto logró huir del apartamento. El sujeto necesitaba pronunciar aquella palabra, y todas las personas que la oyeron necesitaban poder perdonar a alguien.

Y es que «Estocolmo» también puede ser un síndrome.

37

INTERROGATORIO DE TESTIGOS (CONTINUACIÓN)

Jack: Bueno, bueno. Y ahora, ¿podemos centrarnos en mis preguntas?

Roger: Ese maldito conejo. Los tipos como él son los que manipulan el mercado. Los bancos y los agentes inmobiliarios y los malditos conejos. Lo manipulan todo. Todo es una farsa.

Jack: O sea que ahora está hablando de Lennart, ¿no? Lo tengo en la lista de testigos, pero no llevaba la cabeza de conejo cuando salió del apartamento. ¿Qué quiere decir con que todo es una farsa?

Roger: Todo. El mundo entero es una farsa. Todos eran falsos donde yo trabajaba.

Jack: Me refería a la visita al apartamento.

Roger: ¡Ja! Yo me enfermé en el trabajo, pero eso a ti no te importa nada, ¿verdad? Las personas no son más que piezas reemplazables en esta maldita sociedad consumista, ¿no es así?

Jack: No, no quería decir eso en absoluto.

Roger: Me tocó un médico imbécil que dijo que yo estaba «quemado». Y no, no lo estaba. Sólo un poco cansado. Pero todo el mundo de repente sacó las cosas de quicio y el jefe quiso hablar conmigo sobre el «ambiente laboral». Yo quería trabajar, ¿entiendes? ¡Soy un hombre! Pero el último año se dedicaron a inventar tareas para mí, a asignarme proyectos que ni siquiera existían. Ya no les era útil. Sólo les daba pena. Pensaban que no me daba cuenta, pero claro que sí, ¡si soy un hombre! ¿Lo entiendes?

Jack: Totalmente.

Roger: Un hombre quiere que lo miren a los ojos y le digan la verdad cuando ya no lo necesitan. Pero fingieron. Y ahora Anna-Lena hace lo mismo. Resulta que nunca fui bueno negociando, sino que el maldito conejo estaba haciendo todo el trabajo.

Jack: Entiendo.

Roger: Te garantizo que no lo entiendes, mocoso.

Jack: O sea, que entiendo que se sienta dolido.

Roger: ¿Sabes qué pasó con la empresa cuando me fui?

Jack: No.

Roger: Nada. No pasó absolutamente nada. Todo siguió como de costumbre.

Jack: Lo siento.

Roger: Lo dudo.

Jack: ¿Podría hablarme un poco más del espacio que hay entre las paredes? Señálelo en los planos otra vez. ¿De qué superficie estamos hablando? ¿Suficiente como para que pueda entrar de pie un hombre adulto?

Roger: Ahí. Un metro, por lo menos. Cuando reformaron el apartamento original para convertirlo en dos independientes, seguramente construyeron una pared extra en lugar de hacer más gruesa que ya había.

Jack: ¿Por qué?

Roger: Porque eran idiotas.

Jack: ¿Así que dejaron un espacio ahí entre las dos?

Roger: Sí.

Jack: Entonces me está diciendo que el sujeto quizá haya desaparecido en la pared, ¿aunque no cupiera del todo?

Roger: No es cosa de broma.

Jack: Espere aquí.

Roger: ¿Adónde vas ahora?

Jack: Tengo que hablar con mi colega.

38

Roger estuvo un buen rato en el vestíbulo, con los dedos de una mano apretando fuertemente la base de la nariz para detener el sangrado y la otra mano en el picaporte de la puerta, listo para dejar el apartamento. El sujeto llegó al vestíbulo y lo vio, pero no fue capaz de impedírselo, sino que dijo:

—Vete, Roger, vete si quieres. Te entiendo.

Roger dudó. Tiró un poco del picaporte, pero no abrió la puerta. Le dio a un listón del suelo una patada tal que se soltó.

—¡No me digas lo que tengo que hacer!

—Está bien —dijo el sujeto, incapaz de puntualizar que en eso consistía ser asaltante.

No encontraron mucho más sobre lo que conversar, pero el sujeto rebuscó en los bolsillos y encontró un paquete de bolas de algodón, y se lo dio, al tiempo que le explicaba en voz baja:

—Una de mis hijas también sangra a veces por la nariz, así que siempre llevo…

Roger aceptó escéptico el regalo. Se metió una bola en cada agujero de la nariz. Aún seguía agarrándose convulsamente al picaporte, pero no consiguió convencer a sus pies de que dejaran el apartamento. Y es que los pies no sabían adónde ir en este mundo sin Anna-Lena.

En el vestíbulo había un banco, y ahí se sentó el sujeto, en un extremo. Poco después, Roger se sentó en el otro. Su nariz por fin dejó de sangrar. Se limpió con la camisa, tanto la nariz como los ojos. Pasaron un buen rato sin pronunciar palabra, hasta que el sujeto acertó a decir:

—Siento mucho haberlos metido en esta historia. No quería lastimar a nadie. Es que necesitaba seis mil quinientas coronas para pagar el alquiler, por eso fui a robar el banco. Pensaba devolver el dinero en cuanto me fuera posible. ¡Con intereses!

Roger no respondió. Levantó una mano y dio unos toquecitos en la pared que tenía a su espalda. Con cuidado, casi con delicadeza, como si tuviera miedo de derribarla. Toc, toc, toc. No era un hombre sentimentalmente equipado para decir abiertamente que Anna-Lena era su pared maestra, y en lugar de eso, dijo:

—¿Interés fijo o variable?

—¿Qué? —dijo el sujeto.

—Has dicho que devolverías el dinero con intereses. ¿Fijo o variable?

— No había pensado en ello.

—Pues hay una gran diferencia —le informó Roger.

Como si el sujeto no tuviera ya bastante de qué preocuparse.

Mientras tanto, Julia salió del baño. Miró instintivamente con expresión acusadora a Ro, que se encontraba en el salón.

—¿Dónde está Anna-Lena?

Ro la miró con cara de incomprensión, la misma que puso cuando supo que había una forma correcta y otra incorrecta de colocar la vajilla en el lavavajillas.

—Se metió en el vestidor, creo.

—¿Sola?

—Sí, ¿por…?

—¿Y no fuiste tras ella para ver cómo estaba? El viejo inepto emocional que tiene por marido le acaba de gritar, a pesar de que ella *todo* lo hace por él, ¿y ni siquiera vas a ver cómo se encuentra? Ella podría estar a punto de divorciarse, ¿y tú la dejas sola? ¿Cómo puedes ser tan insensible?

Ro dobló la lengua detrás de los dientes.

—A ver... a ver si te he entendido. ¿Estamos hablando de Anna-Lena o estamos hablando de ti? O sea, ¿he hecho algo que te ha irritado, y ahora finges que estás molesta por lo de Anna-Lena para que yo entienda que...?

—¡La verdad es que veces no te enteras de *nada*! —replicó Julia enfadada, y se dirigió al vestidor.

—¡Pero es que a veces no estás enfadada por lo que dices que estás enfadada! Y sólo quería saber si soy una insensible porque soy una insensible o... —Ro trató de hacer que volviera, pero Julia respondió con un lenguaje corporal que, por lo general, sólo reservaba para comunicarse con hombres enfadados que conducen coches alemanes. Ro volvió a la sala de estar, tomó una lima del frutero y empezó a comer de puro nerviosismo, sin quitarle la piel. Pero Zara estaba junto a la ventana, y Ro le tenía un poco de miedo, como toda persona inteligente, así que en lugar de quedarse allí se dirigió al vestíbulo.

En él se encontraban el sujeto y Roger, cada uno en un extremo del banco. A lo largo de toda su vida matrimonial, Ro había oído cientos de veces que tenía que «comprender los límites de la gente», pero todavía no lo había conseguido del todo, así que se arrepiñó en el centro del banco. Puede que «arrepiñar» sea una palabra inventada, pero así es como lo llama el padre de Ro. Él también padece de la misma percepción errónea de los límites de los demás. Y el padre de Ro le enseñó todo lo que sabe, tanto lo bueno como lo malo.

El sujeto la miró de reojo algo incómodo desde un extremo;

Roger la miró irritado desde el otro. Los dos tan arrumbados que habían quedado con una nalga fuera del banco.

—¿Un poco de lima? —les ofreció Ro con tono alegre. Ellos negaron con la cabeza. Ro miró a Roger como disculpándose y añadió—: Siento que mi mujer haya dicho que eres un viejo inepto emocional.

—¿Qué ha dicho?

—Ah, ¿no lo oíste? Entonces olvídalo.

—¿Qué significa eso? ¿Qué demonios es eso de ser «un inepto emocional»?

—Nada, no te lo tomes como algo personal. En general nadie entiende los insultos de Julia, los suelta con maldad y uno capta que son insultos, pero ya está. Es un talento. Y estoy segura de que Anna-Lena y tú no están al borde del divorcio.

Roger abrió los ojos de par en par, hasta que se le veían más grandes que las orejas:

—¿Quién ha hablado de «divorcio»?

Ro empezó a toser cáscara de lima. En algún punto del interior de esa parte de su cerebro que se encarga de la lógica y la racionalidad saltaron miles de impulsos nerviosos minúsculos que le aullaban que «dejara de hablar inmediatamente». Aun así, Ro se oyó a sí misma decir:

—Nadie, ¡nadie ha dicho nada de divorcio! Mira, estoy segura de que las cosas se arreglarán. Pero si no se arreglaran, la verdad es que es muy romántico cuando las parejas mayores se separan. A mí siempre me pone de buen humor, porque es precioso que los jubilados sigan pensando que aún tendrán tiempo de conocer a alguien y enamorarse.

Roger se cruzó de brazos. Apenas abrió la boca para decir:

—Vaya, gracias, tú sí que sabes dar ánimos. Eres como un libro de autoayuda, pero al revés.

Los impulsos nerviosos del cerebro de Ro lograron finalmente dominar su lengua, así que la joven asintió, tragó saliva y se disculpó:

—Lo siento. Hablo demasiado. Julia siempre me lo dice. Dice que soy tan positiva que puedo hacer que la gente se deprima. Que siempre veo el vaso medio lleno, y que eso es suficiente para ahogarse, y...

—No entiendo de dónde lo habrá sacado —resopló Roger.

Ro respondió abatida:

—O bueno, solía decírmelo. Que yo era demasiado positiva. Desde que se quedó embarazada nos hemos vuelto tan formales, porque todos los padres son muy serios, y nosotras tratamos de encajar. A veces tengo la sensación de que no estoy lista para tanta responsabilidad, siento como que incluso el teléfono me exige demasiado cuando me pide que actualice las aplicaciones y me dan ganas de gritar: «¡Me estás asfixiandoooo!». Y no puedes gritarle eso a un niño. Y a los niños hay que actualizarlos continuamente, porque son capaces de acabar matándose simplemente cruzando la calle o comiéndose un cacahuete. Sólo hoy he perdido el teléfono tres veces, así que no sé si estoy lista para tener a mi cargo a una persona.

El sujeto le preguntó compasivo:

—¿Cómo de embarazada está Julia?

A Ro se le iluminó la cara.

—¡Mucho! ¡Puede ocurrir cualquier día de estos!

A Roger se le movieron las cejas espasmódicamente. Luego dijo, casi con el mismo tono compasivo:

—Vaya. Pues si *no quieres* comprar este apartamento, te recomiendo que no te arriesgues a que tenga el bebé aquí. En ese caso, adquirirá para ella un valor sentimental. Y eso elevaría muchísimo el precio.

Ro habría debido enfadarse, tal vez, pero lo cierto es que se puso más bien triste.

—Lo tendré en cuenta.

El sujeto suspiró en su extremo del banco y dijo con resignación:

—A lo mejor he hecho algo bueno hoy después de todo, ¿no? Porque el que haya habido rehenes en el apartamento bajará sin duda el precio del metro cuadrado.

Roger resopló irritado.

—Al contrario. Esa maldita agente inmobiliaria escribirá en el próximo anuncio «¡EL DE LA TELE!», y será peor aún.

—Perdón —murmuró el sujeto.

Ro se apoyó en la pared. Seguía masticando bocados de lima con todo y cáscara. El sujeto la miraba fascinado.

—Nunca había visto a nadie comer lima de ese modo, toda entera. ¿Está buena?

—No tanto —reconoció Ro.

— Es buena contra el escorbuto. Antes se la daban a los marineros —les informó Roger.

—¿Tú has sido marinero? —preguntó Ro.

—Qué va. Pero veo mucho la tele —respondió Roger.

Ro asintió pensativa, quizá esperando que alguien le preguntase algo a ella, y viendo que no, dijo:

—Si he de ser sincera, yo no quiero comprar este apartamento. No hasta que mi padre le eche un vistazo y me diga que le parece bien. Siempre ve lo que compro y me da el visto bueno antes de que tome ninguna decisión. Y es que mi padre sabe de todo.

—¿Y cuándo va a venir? —preguntó Roger suspicaz, y sacó un lápiz y un cuaderno de Ikea y empezó a garabatear las cifras de varios cálculos hipotéticos de precios del metro cuadrado. Había escrito listas de los distintos factores de riesgo que podían elevar el precio: nacimiento, asesinato (si sale en la tele), estocolmenses.

En otra lista figuraba aquello que debería reducirlo: humedad, moho, necesidad de reforma.

—No va a venir —dijo Ro, y continuó, con más aire que palabras—: Está enfermo. Tiene demencia senil. Está en una residencia. Detesto esa palabra «en una residencia», en lugar de vivir allí. Y no le habría gustado la residencia, porque allí todo siempre está estropeado, los grifos gotean y la ventilación hace ruido y los pestillos de las ventanas están sueltos y nadie sabe arreglar nada. Mi padre sabía arreglarlo todo. Tenía una respuesta para todo. No me atrevía ni a comprar un cartón de huevos con una fecha de caducidad próxima sin llamarlo y preguntarle si no había peligro.

—Vaya, cuánto lo siento —dijo el sujeto.

—Gracias —dijo Ro—, pero no pasa nada. Los huevos duran mucho más de lo que uno cree, según mi padre.

Roger escribió «demencia senil» en su cuaderno, se apenó al ver que no se alegraba. Ya no importaba quiénes fueran los otros compradores del apartamento, porque Roger tenía a Anna-Lena. Así que volvió a guardarse en el bolsillo el cuaderno y el bolígrafo. Murmuró:

—Es verdad. Son los políticos, que manipulan el mercado para que nos comamos los huevos más rápido.

Lo había visto en un documental que pusieron en la tele inmediatamente después del documental sobre tiburones. A Roger no le interesaban los huevos, pero algunas noches se quedaba despierto hasta tarde después de que Anna-Lena se hubiera dormido, porque no quería retirar el hombro y despertarla.

Ro se frotaba las yemas de los dedos. Es de esas personas que tienen ahí los sentimientos. Y dijo:

—A mi padre tampoco le habrían gustado los radiadores de

la residencia. Porque son de los modernos, de los que ajustan la temperatura interior según la temperatura exterior, y no te dejan regularla.

—¡Uf! —resopló Roger, porque él, desde luego, era de los hombres que pensaban que un hombre debería poder regular él mismo la temperatura de su casa.

Ro sonrió sin entusiasmo.

—Pero no se imaginan lo que mi padre quiere a Julia. Estaba muy orgulloso de que me casara con ella, porque siempre decía que tenía la cabeza bien puesta —continuó Ro, antes de soltar de pronto—: Yo voy a ser una madre horrible.

—Para nada —dijo el sujeto para consolarla.

Pero Ro insistió:

—Sí, en serio. No sé nada de niños. Una vez cuidé al hijo de mi prima y se empeñó en que no quería comerse no sé qué y se puso a lloriquear diciendo que le «dolía» todo el rato. Así que le dije que le dolía porque estaban creciéndole las alas, porque los niños que no se comen la comida se convierten en mariposas.

—Qué lindo —dijo el sujeto sonriendo.

—Pero luego resultó que tenía un ataque de apendicitis —continuó Ro.

—¡Uy! —dijo el sujeto sin sonreír.

—Ya te digo, ¡no sé nada! Mi padre se va a morir y voy a ser madre. Quería ser como él, pero no he tenido tiempo de preguntarle cómo se hace. Y es que para ser madre hay que saber muchísimo, hay que saberlo todo desde el principio. Y Julia quiere que tome «decisiones» todo el rato, pero la verdad es que ni siquiera sé… Ni siquiera soy capaz de tomar la decisión de comprar huevos. No lo voy a conseguir. Julia dice que veo fallos en todos los apartamentos a propósito, sólo porque tengo miedo de… no sé. Miedo de algo.

—»—«—

Roger estaba hundido, apoyado en la pared, y escarbaba la uña del pulgar con el lápiz de Ikea. Y es que él entendía a la perfección los miedos de Ro: comprar un apartamento, encontrarle un solo fallo y reconocer que el fallo eras tú. A Roger no le había costado ningún trabajo reconocerlo en los últimos años, sólo que no era capaz de reconocerlo en voz alta, porque estaba enfadadísimo. Cualquier hombre puede enfadarse por lo que le roba la vejez, la capacidad de cumplir una función, por ejemplo; o al menos, la capacidad de engañar a la persona a la que uno quiere para que crea que sigue cumpliendo una función. Anna-Lena lo había descubierto, ahora lo había comprobado. Ella sabía que él no tenía nada que ofrecerle. Su matrimonio se había convertido en un estado de admiración fingida y cabezas de conejo escondidas en el baño. Un apartamento más o uno menos no haría ninguna diferencia. Así que Roger siguió trasteándose la uña con el lápiz de Ikea hasta que se le rompió la punta. Luego soltó una tosecilla y le ofreció a Ro el mejor regalo que era capaz de imaginar.

—Deberías comprar este apartamento para tu mujer. Es un apartamento estupendo. Apenas necesita reformas mínimas, no tiene humedades ni moho, la cocina y el baño están en excelentes condiciones y la comunidad de vecinos tiene las cuentas en orden. En el suelo hay unos cuantos listones sueltos, pero eso tiene fácil arreglo —dijo.

—Yo no sé arreglar listones —susurró Ro.

Roger guardó silencio un buen, buen rato hasta que, sin mirarla, dijo dos de las palabras más difíciles que un hombre mayor puede decirle a una mujer joven:

—Lo conseguirás.

39

Jim va a buscar un café a la cocina de la comisaría, pero nunca llega a tomárselo, porque aparece Jack que vuelve del interrogatorio con Roger y le suelta:

—Tenemos que volver al apartamento. ¡Ya sé dónde se ha escondido! ¡En la pared!

Jim no entiende ni muchísimo menos lo que significa aquello, pero obedece. Abandonan la comisaría, se meten en el coche y vuelven a la escena del crimen con muchas esperanzas de que todo encaje en cuanto entren por la puerta, de que se les haya pasado por alto algo evidente que les ofrecerá todas las respuestas mucho antes de que lleguen los estocolmenses y traten de llevarse todo el mérito.

En parte tienen razón, claro. Se les ha pasado por alto algo evidente.

En el vestíbulo hace guardia un joven policía, cuya función es impedir que los periodistas y otros curiosos entren a husmear. Jack y Jim lo conocen, naturalmente, aquella ciudad es demasiado pequeña, y si a veces bromean sobre algunos de los policías más jóvenes diciendo que «no son la luz más brillante del arbolito», en el caso de este policía ni siquiera está en el arbolito. En efecto, apenas se da cuenta de que Jim y Jack acaban de pasar por delante de él, y los dos agentes se miran con descontento.

—Si estuviera en mis manos, no lo pondría a él a vigilar la escena de un crimen —murmuró Jack disgustado.

—Yo no lo dejaría ni vigilar mi cerveza mientras voy al baño —respondió Jim no menos disgustado, sin dejar claro del todo cuál de las dos situaciones le parecía más grave. Pero es la víspera de Nochevieja, y la falta de personal no les permite el lujo de elegir a sus colegas.

Se dividen para hacer la búsqueda. Jack comienza dando toques en las paredes con los nudillos y luego con la linterna; Jim trata de dar la impresión de que también tiene un buen plan y buenas ideas, y levanta el sofá para ver si hay alguien escondido debajo. Ahí se acaban los planes y las ideas de Jim. En la mesa del sofá hay unas cajas de pizza, y Jim levanta un poco la tapa de una de ellas para ver si queda algo. Al verlo, Jack abre las aletas de la nariz hasta el doble de lo normal.

—Pero papá, por Dios, ¿pensabas comértela si hubiera quedado algo? ¡Llevan ahí todo el día!

El padre cierra la tapa ofendido.

—La pizza aguanta.

—Para una mosca que vive en un basurero, quizá —replica Jack, y vuelve a sus toquecitos, toctoc, toctoc, toctoc arriba y abajo en todas las paredes. Primero, esperanzado, luego cada vez más desesperado, va pasando la palma de la mano por el empapelado, igual que hacemos los primeros instantes después de haber perdido una llave en un lago. Su fachada de seguridad va resquebrajándose palmo a palmo hasta que, finalmente, le aflora la resignación que ha estado conteniendo el día entero.

—No, carajo. Estaba equivocado. No hay manera de que esté aquí.

Está delante de la pared detrás de la cual debería encontrarse el espacio al que se refería Roger. Pero no hay forma de entrar ahí.

Si el sujeto está ahí, alguien tiene que haber retirado una porción de pared y luego haberla sellado con él dentro, y la pared está demasiado lisa y bien pintada. Además, es imposible que hayan tenido tiempo de dejarla así. Jack suelta una serie de improperios combinando términos sexuales y animales de granja. Le cruje la espalda cuando se apoya en la pared. Jim ve cómo el sentimiento de fracaso se apodera del semblante de su hijo, la distancia entre las orejas y los hombros se reduce, así que, con la empatía absoluta de un padre, trata de animarlo diciéndole:

—¿Y el vestidor?

—Demasiado pequeño —responde Jack cortante.

—Sólo en los planos. Según Estelle, en realidad es un *walk-in-closet*...

—¿Cómo?

Eso dijo. ¿No lo dejé escrito en las notas del interrogatorio?

—Pero ¿por qué no has dicho nada? —le suelta Jack, que ya va camino del vestidor.

—No sabía que fuera importante —dice Jim, tratando de defenderse.

Cuando Jack mete la cabeza en el vestidor y busca un interruptor, se da en la frente con una percha, exactamente en el mismo sitio donde ya tiene el chichón. Le duele tanto que le da un puñetazo a la percha con todas sus fuerzas. Así que ahora también le duele el puño. Pero Jim tenía razón, el espacio es más grande de lo que parece en el plano.

40

Llamaron a la puerta del vestidor.

Toc, toc, toc.

—¡Adelante! —respondió Anna-Lena esperanzada, pero se vino abajo al ver que no era Roger.

—¿Puedo pasar? —preguntó Julia dulcemente.

—¿Para qué? —dijo Anna-Lena apartando la cara, pues consideraba que el llanto era una actividad más privada incluso que ir al baño.

Julia se encogió de hombros.

—Estoy cansada de todo el mundo. Y tú también pareces cansada. Así que quizá tengamos algo en común.

Anna-Lena tuvo que reconocer para sus adentros que hacía mucho que no tenía nada en común con nadie salvo con Roger, y que sonaba bastante bien. Así que asintió despacio desde el taburete, medio enterrada bajo una densa hilera de perchas con trajes de caballero pasados de moda.

—Perdona que esté llorando. Sé que soy yo la que hizo mal las cosas —susurró.

Julia buscó un lugar donde sentarse, decidió sacar una escalera baja que había en el fondo del vestidor y se sentó en el primer peldaño. Luego dijo:

—Cuando me quedé embarazada, lo primero que me dijo mi madre fue: «Ahora tendrás que aprender a llorar en el armario, Jul, porque los hijos se asustan si uno llora delante de ellos».

Anna-Lena se secó las lágrimas y asomó la cabeza bajo los trajes:

—¿Y eso fue *lo primero* que te dijo tu madre?

—Fui una niña difícil, así que tenía un humor muy particular —sonrió Julia.

Anna-Lena sonrió también. Señaló amable la barriga de Julia.

—¿Te encuentras bien? Quiero decir, tú y... el peque.

—Oh, sí, gracias. Hago pis treinta y cinco veces al día, y detesto los calcetines y empiezo a creer que los terroristas que amenazan con poner bombas en el transporte público en realidad son mujeres embarazadas que odian cómo todo el mundo apesta en los autobuses. Porque la gente apesta de verdad. ¿Te imaginas que el otro día iba a mi lado un tipo comiendo salame? ¡Salame! Pero sí, gracias, el peque y yo estamos bien.

—La verdad es que es terrible que te tomen como rehén estando embarazada —dijo Anna-Lena comprensiva.

—Bah. Seguro que tú lo sufres igual. Lo que ocurre es que yo tengo más peso que cargar.

—¿Te da mucho miedo el sujeto?

Julia meneó la cabeza despacio.

—No, la verdad es que no. Ni siquiera creo que la pistola sea de verdad, si te soy muy sincera.

—Yo tampoco —aseguró Anna-Lena, pese a que en realidad no tenía ni idea.

—La policía llegará en cualquier momento, hay que tener paciencia —prometió Julia.

—Eso espero —respondió Anna-Lena.

—La verdad es que parece que Asaltante tenga más miedo que nosotros.

—Sí, seguramente tienes razón.

—Y tú, ¿cómo estás?

—Yo... Pues no lo sé. Le he hecho mucho daño a Roger.

—Pero algo me dice que a lo largo de los años tú le has aguantado bastante para decir que están empatados.

—Tú no conoces a Roger. Es más sensible de lo que cree la gente. Pero es un hombre de principios.

—Un hombre sensible y de principios, sí, me suena —aseguró Julia, y pensó que era una buena descripción de todos los tipos que habían empezado una guerra en la historia de la humanidad.

—En una ocasión, un joven de barba negra le pidió a Roger si podía aparcar en su plaza de aparcamiento en un garaje, y Roger esperó veinte minutos antes de retirar el coche. ¡Por principio!

—Encantador —dijo Julia.

—Tú no lo conoces —aseguró Anna-Lena, con la mirada vacía.

—Con todos mis respetos, Anna-Lena, si Roger fuera tan sensible como dices, sería él quien estaría llorando ahora mismo en el vestidor.

—Es sensible… hacia dentro. Lo que no entiendo es cómo… cuando vio a Lennart, creyó directamente que entre nosotros había habido… *un asunto*. ¿Cómo ha podido pensar así de mí?

Julia buscaba una postura cómoda en la escalera, en la medida de lo posible, y vio su imagen reflejada en el metal. No era muy halagadora que digamos.

—Si Roger cree que le has sido infiel es él quien tiene un problema, no tú.

Anna-Lena se apretaba fuertemente los muslos con las manos para impedir que le temblaran. Dejó de parpadear.

—Tú no conoces a Roger.

—Conozco a bastantes hombres como él.

La barbilla de Anna-Lena se movió de lado a lado.

—Esperó veinte minutos antes de retirar el coche, por principio. Porque aquella mañana habíamos visto las noticias de la tele y salía un hombre, un político, que decía que deberíamos dejar de ayudar a los inmigrantes. Que vienen aquí y se creen que hay que dárselo todo gratis, y así no puede funcionar una sociedad. No paraba de maldecir y de asegurar que eran todos iguales. Y Roger votó al partido de ese hombre, ¿sabes? Roger tiene unas ideas muy concretas sobre la economía y los impuestos a la gasolina y cosas así. No le gusta que los estocolmenses vengan y decidan cómo tienen que vivir todos los que no viven en Estocolmo. Y puede ponerse sentimental. Así que a veces se expresa de un modo un poco grosero, eso es verdad, pero es un hombre de principios. Nadie puede decir que no los tenga. Y precisamente aquel día, después de haber oído a aquel político decir esas cosas, fuimos a un centro comercial. Era justo antes de Navidad, así que el aparcamiento estaba abarrotado de coches cuando nosotros nos íbamos. Unas filas larguísimas. Y aquel joven de barba negra nos vio cuando nos dirigíamos al coche, y entonces bajó la ventanilla y nos preguntó si nos marchábamos y, en ese caso, si él podría ocupar el aparcamiento de Roger.

A aquellas alturas, Julia se estaba preparando para levantarse y salir del vestidor.

—¿Sabes qué, Anna-Lena? Creo que no quiero oír el final de esta historia...

Anna-Lena asintió muy comprensiva, porque no era la primera vez que oía a alguien decir aquello de una de sus historias, pero a esas alturas estaba tan acostumbrada a pensar en voz alta que terminó de todos modos.

—Había tantos coches en fila que a aquel hombre le llevó veinte minutos llegar a la parte del garaje donde teníamos el coche aparcado. Roger se negó a mover el coche antes de que llegara. El hombre llevaba dos niños en el asiento trasero. Yo no me había fijado, pero Roger sí. Cuando nos fuimos de allí, le dije a Roger que estaba orgullosa de él; él respondió que aquello no significaba que hubiera cambiado de opinión sobre la economía, los impuestos a la gasolina ni los estocolmenses. Pero luego dijo que comprendía que, en los ojos de aquel hombre, Roger tenía exactamente el mismo aspecto que el político que había salido en televisión: los dos tenían la misma edad y el mismo color de pelo y hablaban el mismo dialecto y todo. Y Roger no quería que el hombre barbudo pensara que eran todos iguales.

Anna-Lena se secó la nariz con la manga de la chaqueta de uno de los trajes. Habría querido que fuera el de Roger.

Hay que mencionar que Julia, durante toda esta anécdota, ha estado queriendo levantarse del peldaño de la escalera, una maniobra que le ha llevado su tiempo, y el mismo tiempo le llevó volver a sentarse en él. Sólo entonces abrió la boca y, al principio, sólo emitió una tosecilla ahogada, pero luego se echó a reír.

—Eso es lo más bonito y, al mismo tiempo, lo más ridículo que he oído en la vida, Anna-Lena.

Anna-Lena se avergonzó un poco y se le movió arriba y abajo la punta de la nariz.

—Discutimos mucho de política, Roger y yo... Pensamos muy diferente, pero podemos... Creo que dos personas pueden llegar a un acuerdo, aunque no estén de acuerdo, ¿entiendes? Y sé que la gente a veces piensa que Roger es imbécil, pero no siempre es imbécil como la gente cree que lo es.

Julia le confesó:

—Ro y yo también votamos a partidos distintos.

Pensaba añadir que, en política, Ro era una *hippy* irredenta, y de esas cosas no se da cuenta una hasta que no lleva un par de meses de relación, pero guardó silencio. Porque uno puede querer al otro sea como sea cada uno.

Anna-Lena se limpió la cara entera con la manga de la chaqueta.

—¡Jamás debería haber actuado a espaldas de Roger! Él era

muy bueno en su trabajo, deberían haberlo hecho jefe, pero nunca le dieron la oportunidad. Y ahora... cuando pierde, se pone tan triste... Quiero que se sienta como un ganador. Así que llamé al tal «Lennart Sin Límites», y al principio me dije que sólo sería una vez, pero... cada vez que lo haces resulta más fácil. Una se convence... en fin, tú eres joven, claro, para ti es difícil de comprender, pero... mentir resulta cada vez más fácil. Me dije que lo hacía por Roger, pero, en realidad lo hacía por mí. He decorado tantos apartamentos para dejarlos como tienen que quedar para que alguien llegue y diga: «¡Oh, aquí quiero vivir yo!». Y me gustaría ser esa persona alguna vez. Vivir otra vez en algún sitio. Roger y yo llevamos mucho tiempo sin vivir oficialmente en un lugar. Nos hemos limitado a... pasar de un lugar a otro.

—¿Cuánto llevan juntos?

—Desde que cumplí diecinueve años.

Julia se piensa la pregunta un buen rato antes de formularla:

—¿Y eso cómo lo has hecho?

Anna-Lena responde sin pensarlo:

—Queriéndose hasta que ya no puedes vivir sin él y viceversa. Ni siquiera dejando de querer al otro un rato puedes... vivir sin él.

Julia guarda silencio unos minutos. Su madre vivía sola, pero los padres de Ro llevaban cuarenta años casados. Por mucho que Julia quisiera a Ro, aquello la aterrorizaba a veces. Cuarenta años. ¿Cómo se puede querer a alguien tanto tiempo? Señalando brevemente las paredes del vestidor, le sonrió a Anna-Lena:

—Mi mujer me saca de quicio. Quiere fabricar vino y curar queso aquí dentro.

Anna-Lena asomó la cara, marcada de maquillaje por las lágrimas, por entre dos pantalones de traje con el mismo estampado, y respondió como si estuviera desvelando un secreto muy vergonzoso:

—A mí Roger también me saca de quicio a veces. Utiliza el secador de pelo para…, bueno ya ves por dónde voy…, para secarse debajo de la toalla. El secador de pelo no es para usarlo ahí… Cuando lo veo me dan ganas de chillar.

Julia sintió un escalofrío.

—¡Ay! Ro hace exactamente lo mismo. Es tan repugnante que me dan ganas de vomitar.

Anna-Lena se mordió el labio.

—Debo reconocer que nunca lo había pensado. Que ustedes también pueden tener ese tipo de problemas. Siempre he pensado que sería más fácil convivir con… una mujer.

Julia se echó a reír.

—No nos enamoramos de un sexo, Anna-Lena. Nos enamoramos de un idiota…

Entonces Anna-Lena también se echó a reír, mucho más alto de lo que solía. Luego se miraron, Anna-Lena le doblaba la edad a Julia, pero en ese momento, lo tenían todo en común. Las dos estaban casadas con unos idiotas que no distinguían entre el pelo de un sitio y el de otro. Anna-Lena miró la barriga de Julia sonriendo.

—¿Para cuándo estás?

—Estoy lista ¡ya! ¿Me oyes, pequeño *alien*? —respondió Julia dirigiéndose a medias a Anna-Lena y a medias a su pequeño *alien*.

Anna-Lena no parecía entender bien la referencia, pero cerró los ojos y dijo:

—Nosotros tenemos un hijo y una hija. Tienen tu edad. Pero ellos no quieren tener hijos. Roger lo lleva muy mal. Es posible que no lo notes cuando lo conoces así, cuando no lo conoces realmente, pero sería un abuelo maravilloso si le dieran la oportunidad.

—Bueno, pero hay tiempo de sobra para eso, ¿no? —preguntó Julia, más que nada porque si los hijos de Anna-Lena tenían su edad, no quería sentirse tan mayor como para ser una madre mayor.

Anna-Lena meneó la cabeza con gesto melancólico.

—No, ya se han decidido. Y están en su derecho, las cosas... son así hoy en día. Mi hija dice que la Tierra está sobrepoblada y siente ansiedad por el clima. No sé por qué no basta con la ansiedad normal y corriente. ¿Necesita la gente otros tipos de ansiedad?

—¿Y por eso no quiere tener hijos?

—Sí. Eso dice. O a lo mejor la he malinterpretado. Seguro que sí. Pero puede que sea bueno para el medioambiente que haya menos personas, no sé. Lo que querría es que Roger volviera a sentirse importante.

Julia no parecía entender su forma de razonar.

—¿Crees que los nietos lo harían sentirse importante?

Anna-Lena sonrió.

—¿Tú has llevado alguna vez de la mano a un niño de tres años después de recogerlo del preescolar?

—No.

— Jamás eres más importante que en ese momento.

Se quedaron allí sentadas sin tener más que decir. Las dos tiritaban en la corriente por cuyo origen ninguna se había preguntado.

———

Estelle se movía silenciosamente en el vestíbulo, su anciano cuerpo ahora tan ligero que, si no hablara tanto, habría podido convertirse en una excelente cazadora. Con mirada dulce, observó sucesivamente a Asaltante a Ro y a Roger, que estaban sentados en el banco. Al ver que ninguno advertía su presencia, carraspeó un poco disculpándose y preguntó:

—¿Puedo preguntar si alguien tiene hambre? Hay comida en el congelador, podría preparar algo. O bueno, seguro que hay comida. En la cocina. La gente suele tener comida en la cocina.

Estelle no conocía una forma mejor de hacer ver a la gente que se preocupaba por ella que preguntándole si tenía hambre. El sujeto parecía triste, aunque agradecido.

—Algo de comer estaría bien, gracias, pero no quiero molestar.

En cambio, Ro asintió exaltada por la sencilla razón de que tenía tanta hambre que era capaz de comerse la lima con todo y piel:

—Podríamos pedir unas pizzas, ¿no?

Se entusiasmó tanto con la mera idea que le dio un codazo a Roger sin pensar, quien pareció despertar de sus profundas reflexiones y la miró.

—¿Qué?

—¡Pizza! —repitió Ro.

—¿Pizza? ¿Ahora? —resopló Roger mirando su reloj.

El sujeto, que de pronto cayó en la cuenta del detalle, suspiró angustiado:

—No. En primer lugar, no tengo dinero ni para pagar la pizza. Ni siquiera soy capaz de tomar rehenes sin matarlos de hambre...

Roger cruzó los brazos y miró al sujeto. Y, por primera vez, no lo miró juzgándolo, sino más bien con curiosidad.

—¿Se puede saber cuál es tu plan? ¿Cómo has pensado salir de aquí?

El sujeto parpadeó con fuerza y reconoció sin rodeos:

—No lo sé. No llegué tan lejos en mis planes. Sólo intentaba... Necesitaba dinero para el alquiler, porque me estoy divorciando y el abogado me dijo que si no pagaba el alquiler me quitarían a mis hijas. A mis niñas. En fin, es una larga historia, no voy a darles la lata con... Perdón, pero es mejor que me rinda. ¡Acabo de comprenderlo!

—Si te rindes ahora y sales a la calle puede que te mate la policía —respondió Ro, no muy alentadora.

—¡Pero qué cosas dices! —replicó Estelle.

—Lo más probable es que sea cierto, consideran que estás armado y que eres peligroso, y a ésos les disparan en cuanto los ven —le informó Roger.

El pasamontañas se humedeció por los bordes de los ojos.

—Ni siquiera es una pistola de verdad.

—No, no parece de verdad —aseguró Roger, basándose en su increíble y absoluta falta de experiencia en la materia.

El sujeto susurró:

—Soy imbécil. Un fracaso. No tengo ningún plan. Si quieren dispararme, que me disparen. De todos modos, no soy capaz de hacer nada bien.

El sujeto se levantó raudo y, con una súbita determinación, empezó a caminar en dirección a la puerta.

Fue Ro quien se interpuso en su camino entonces. En parte porque el sujeto había hablado de sus hijas, claro, pero también porque, precisamente en aquella etapa de su vida, se sentía identificada con el sentimiento de hacerlo todo mal continuamente. Así que exclamó:

—¿Hola? ¿Vas a rendirte sin más después de todo esto? Por lo menos podríamos pedir unas pizzas, ¿no? Cuando hay rehenes en las películas la policía siempre les manda pizza. ¡Y gratis!

Estelle cruzó las manos sobre la barriga y confesó:

—Yo no tengo nada en contra de la pizza. ¿Tú crees que podrían traernos ensalada también?

Sin levantar la vista, Roger gruñó:

—¿Gratis? ¿Estás segura?

—Tan segura como que me llamo Ro —aseguró Ro—. En las películas a los rehenes les dan pizza *siempre*. ¡Sólo tenemos que pensar cómo contactar a la policía para poder hacer el pedido!

Roger se quedó con la vista clavada en el suelo un buen, buen rato. Luego miró de reojo hacia la puerta cerrada del vestidor, al fondo del apartamento, tratando de sentir a través de ella la presencia de su mujer. Los párpados se le movían con tics irregulares. Luego pareció decidirse por actuar, puesto que, según su experiencia, pensar las cosas demasiado nunca le venía nada bien, así que se dio una palmada en las rodillas con gesto resuelto y se levantó. Tomó la iniciativa. Sintió un agradable calor por todo el cuerpo al hacerlo.

—¡Muy bien! ¡Me encargaré yo de la pizza!

Se dirigió al balcón. Estelle se dirigió enseguida a la cocina discretamente para sacar unos platos. Ro se fue derecha al vestidor para preguntarle a Julia qué pizza quería. El sujeto se quedó solo en el vestíbulo con la pistola en la mano. Y murmuró para sus adentros:

—Los peores rehenes de la historia. Son *los peores rehenes* de la historia.

42

Jack y Jim ponen el vestidor patas arriba, pero no hallan ni rastro del sujeto. El baúl que hay al fondo está vacío, sólo contiene unas cuantas botellas de vino más o menos vacías. ¿Qué clase de alcohólico esconde las botellas de vino en el vestidor? Retiran toda la ropa, vestidos y trajes de caballero que parecen anteriores a la llegada de la televisión de color. En general, no encuentran nada. Jim empieza a sudar tanto mientras buscan que no se da cuenta de que allí dentro hay una corriente fría. Es Jack el que se detiene y olisquea el aire nervioso, como un sabueso en un festival de música.

—Aquí huele a tabaco —asegura, y se da un masaje en el chichón de la frente.

—Quizá uno de los compradores se fumó un cigarrillo a escondidas. Es comprensible, dadas las circunstancias —responde Jim.

—Ya, pero en ese caso debería oler *más*. No olía en ningún otro lugar del apartamento, así que es como si alguien hubiera… abierto una ventana y aireado el vestidor…

—¿Y cómo va a ser eso?

Jack no responde, sino que se pone a recorrer el espacio concienzudamente en busca de esa corriente de aire de cuya existencia dudaba al principio. De pronto retira una escalera metálica que está caída en el suelo, aparta una pila de ropa, sube por la escalera y empieza a golpear el techo con la palma de la mano hasta que algo cede.

—¡Aquí parece que hay un viejo conducto de ventilación!

Jim no ha respondido aún, cuando Jack ya ha metido la cabeza por la trampilla. Jim aprovecha para agitar las botellas de vino que ha encontrado en el baúl y toma un trago de una que no está vacía del todo. Porque el vino también aguanta.

Jack le dice a voces desde lo alto de la escalera:

—Por encima del techo falso hay un pasaje estrecho, creo que la corriente viene del desván.

—¿Un pasaje? ¿Y es posible arrastrarse por él y salir a alguna parte? —pregunta Jim.

—A saber, es muy estrecho, pero alguien pequeño quizá podría… Espera…

—¿Ves algo?

—Estoy tratando de iluminar con la linterna hasta el final para ver adónde lleva, hay algo aquí en medio, es… esponjoso…

—¿Esponjoso? —repite Jim preocupado, y piensa en todos los animales que a Jack no le agradaría encontrar muertos en el pasaje de la ventilación. En la mayoría de los casos, a Jack ni siquiera le gustan los animales vivos.

Jack maldice, saca lo que ha encontrado y se lo arroja a Jim. Es una cabeza de conejo.

43

Roger miró a los policías asomado a la barandilla del balcón, tomó impulso y gritó:

—¡Exigimos provisiones!

—¿Una ambulancia? ¿Hay alguien herido? —respondió también a gritos uno de los policías. Se llamaba Jim, no oía muy bien y no tenía demasiada experiencia en tomas de rehenes. O más bien ninguna experiencia, si hemos de ser sinceros.

—¡No! ¡Estamos hambrientos! —gritó Roger.

—¿Harapientos? —gritó el policía.

A su lado había otro policía más joven. Trató de conseguir que el de más edad guardara silencio, para poder oír lo que decía Roger, pero el mayor no le hacía caso, naturalmente.

—¡¡No!! ¡¡Pizza!! —gritó Roger, pero como llevaba algodón en la nariz, se oyó más bien «Pisa».

—¿Melissa? ¿Hay entre ustedes una Melissa que está herida? —gritaba el policía mayor.

—¡¡No me estás escuchando!!

—¿Qué?

—¡¡¡Cállate, papá!!! ¡Para que pueda oír lo que dice! —gritó entonces el policía más joven al mayor, pero Roger ya había vuelto a entrar en el apartamento preso de la mayor frustración. No había soltado tantos improperios desde la vez que los activistas hicieron que cambiaran el nombre de sus caramelos favoritos porque consideraban que el nombre antiguo era ofensivo para quién sabe quién. Así que volvió adentro agitando el cuaderno y el lápiz de Ikea.

—Será mejor que hagamos una lista y la arrojemos a la calle —sugirió—. ¿De qué la quieren? ¡Dime tú primero! —dijo con tono exigente señalando al sujeto.

—¿Yo? Pues, a mí me da igual. Cualquiera —respondió el sujeto con tono lastimero.

—¡Pero eres lento o qué! ¡Decídete de una vez, o nadie te respetará nunca! —le soltó Zara desde el sofá (donde se había sentado no sin antes ir al baño a buscar una toalla que poner entre ella y el cojín, claro está; porque Dios sabe qué individuos de clase media se habrían sentado allí antes que ella, seguramente con tatuajes y a saber qué más).

—No soy capaz de decidirme —logró responder el sujeto, las cuales eran, probablemente, las palabras más sinceras que había pronunciado en todo el día. Porque de niños queremos ser adultos y decidirlo todo nosotros mismos, pero cuando somos adultos comprendemos que ésa es la peor parte. Que debemos tener opiniones todo el tiempo, determinar por qué partido votar y qué empapelado nos gusta y cuáles son nuestras preferencias sexuales y qué yogur refleja mejor nuestra personalidad. Hay que elegirlo todo y hay que dejarse elegir por los demás, a cada momento, todo el tiempo. Eso era lo peor del divorcio, pensó el sujeto, que uno pensaba que había terminado con aquello, pero ahora resultaba que había que elegirlo todo otra vez. Ya teníamos el empapelado y la vajilla, los muebles del balcón eran casi nuevos y los niños iban a aprender a nadar. Teníamos una vida juntos, ¿acaso no era suficiente? El sujeto había alcanzado un punto en la vida en el que por fin… se sentía completo. En ese punto, uno no está listo para que lo lancen al bosque y tenga que averiguar otra vez quién es. El sujeto trataba de ordenar todos aquellos pensamientos, pero no le había dado tiempo aún cuando Zara lo interrumpió otra vez.

—¡Tienes que exigir tus condiciones!

Roger se mostró de acuerdo:

—La verdad es que ella tiene razón. De lo contrario, los policías se pondrán nerviosos y entonces empezarán a disparar. He visto un documental sobre el tema. Si has tomado rehenes, tienes que decir qué es lo que quieres, para que ellos puedan empezar a negociar.

El sujeto respondió quejoso y sincero:

—Yo lo que quiero es ir a casa con mis niñas.

Roger sopesó aquello durante un buen rato. Luego dijo:

—Te pediré una *capricciosa*, ésa le gusta a todo el mundo. ¡Seguimos! ¿Qué pizza quieres tú?

Miraba a Zara, que parecía conmocionada.

—¿Yo? Yo no como pizza.

Cuando Zara salía a comer en un restaurante, siempre pedía mariscos, y se enfatizaba que debían servírselos con el caparazón intacto, porque así se aseguraba de que en la cocina nadie había tocado el contenido al prepararlo. Si no tenían mariscos, pedía huevos cocidos. Detestaba las bayas, pero le agradaban el plátano y el coco. En su representación del infierno, el diablo siempre servía las comidas en forma de bufé y, en la fila, a ella le tocaba detrás de alguien que estaba resfriado.

—¡Todos comeremos pizza! ¡Es gratis! —puntualizó Roger entonces, sorbiéndose los mocos, por desgracia, en ese mismo momento.

Zara arrugó la nariz, y a la nariz siguió el resto de la cara.

—La gente come pizza con las manos. Con las mismas manos con las que hacen las reformas.

Pero Roger no se rindió, claro está, sino que revisó sucesivamente el bolso, los zapatos y el reloj de pulsera de Zara y empezó a garabatear unas instrucciones en el cuaderno.

—Pondré que quieres la más cara, ¿te parece bien? Puede que tengan una con trufa, oro laminado y alguna cría de tortuga en vías de extinción. Una ridícula marinara pedante. ¡Siguiente!

Estelle parecía estresada por tener que decidirse tan rápido, así que se descolgó diciendo:

—Yo quiero lo mismo que Zara.

Roger la miró con los ojos entornados. Escribió «*capricciosa*» en el cuaderno.

Luego le tocó el turno a Ro, que puso una cara que sólo una madre y un fabricante de desfibriladores podrían apreciar.

—¡Yo quiero una pizza de kebab con salsa de ajo! Con salsa extra. Y kebab extra. Preferiblemente, un poco tostada. ¡Espera, voy a ver qué quiere Jul!

Ro fue a tocar a la puerta del vestidor.

—¿Qué quieres? —gritó Julia.

—¡Vamos a pedir unas pizzas! —respondió Ro contentísima.

—¡Yo quiero una hawaiana sin piña y sin jamón, que los sustituyan por plátano y cacahuetes, y di que no puede estar demasiado hecha!

Ro dio un suspiro tan hondo que le crujió la espalda. Se acercó un poco más a la puerta.

—Cariño, ¿crees que puedes elegir una pizza del menú por una vez? ¿Una buena pizza normal y corriente? ¿Tengo que andar siempre llamando y dando instrucciones, como si tratara de ayudar a una persona ciega a aterrizar un avión?

—¡Y queso extra, si el queso es bueno! ¡Pregunta si el queso es bueno!

—¿Por qué no puedes elegir algo de lo que haya en el menú, como una persona normal?

En aquel momento no quedó del todo claro si Julia no había oído lo que le decía Ro, o si sencillamente le daba igual, pero en todo caso, respondió, aún a gritos, desde el interior del vestidor:

—¡Y aceitunas! ¡Pero que no sean verdes!

—Pero ésa no es una hawaiana —protestó Ro en voz baja y como hablando sola.

—¡Pues claro que sí!

Roger hacía lo que podía para ir anotando. Luego se abrió la puerta del vestidor y Julia miró fuera y, con repentina amabilidad, dijo:

—Anna-Lena dice que pedirá lo mismo que tú, Roger.

Roger asintió, mirando despacio el cuaderno. Tuvo que ir a la cocina para que nadie lo viera cambiar de página, porque en la primera no podía seguir escribiendo una vez que se había mojado. Al volver a la sala de estar, el conejo levantó la mano discretamente.

—Yo quiero una... —se oyó desde el interior de la cabeza.

—¡*Capricciosa*! —lo interrumpió Roger, parpadeó para disimular las lágrimas y le lanzó al conejo una mirada con la que le decía que no era la ocasión adecuada para ser vegetariano ni ninguna otra tontería por el estilo, así que el conejo asintió y se limitó a murmurar:

—Puedo apartar el jamón, sin problemas, no pasa nada.

Luego Roger miró a su alrededor en busca de algo lo bastante pesado para poder arrojarlo con la nota, hasta que descubrió un objeto redondo que parecía tener la densidad adecuada. Y así fue como los policías oyeron que alguien gritaba desde el balcón, y cuando Jack levantó la vista, se le estrelló una lima en la frente.

Desde esa distancia, se le forma menudo chichón.

44

Jack sólo consigue meter la mitad de su cuerpo en el pasaje que hay sobre el techo del vestidor. Luego, Jim tiene que subirse a la escalera y tirar con todas sus fuerzas de los pies de Jack para poder sacarlo de allí, como si su hijo fuera una rata que se hubiera deslizado al interior de una botella de refresco y, después de haberse bebido el contenido, hubiera engordado demasiado para poder salir. Cuando consigue sacar a Jack, caen los dos al suelo. Jim aterriza con un estruendo, Jack con un golpe sordo. Quedan desparramados en el suelo del vestidor, enrollados en prendas de señora del siglo pasado y con la cabeza de conejo rodando por allí y poniendo en fuga las pelusas de polvo. Jack se lanza a una nueva exhibición de su vocabulario agrícola, antes de levantarse con esfuerzo y declarar:

—Pues sí, lo que hay ahí arriba es un viejo conducto de ventilación, pero está sellado en el otro extremo. Puede que el humo del tabaco sí pueda filtrarse, pero una persona no pasa por ahí. Ni pensarlo.

Jim pone cara triste, más que nada porque Jack está tristísimo. El padre se queda un rato en el vestidor mientras el hijo sale en tromba, para que le dé tiempo de darse una vuelta por la sala de estar y desahogarse soltando unos improperios. Cuando Jim sale por fin encuentra a Jack pensativo delante de la chimenea.

—¿Crees que el sujeto ha podido huir por ahí? —pregunta Jim.

—¿Crees que el sujeto es Papá Noel? —responde Jack con

una mordacidad tan innecesaria que se arrepiente enseguida. Pero resulta que en el suelo de la chimenea hay cenizas, aún algo calientes, alguien ha quemado ahí algo hace muy poco. Al remover con la linterna, Jack pesca los restos de un pasamontañas. Lo sostiene a la luz, mira hacia la sangre que hay en el suelo, trata de componer el rompecabezas que constituyen las pistas.

Mientras tanto, Jim recorre el apartamento sin un objetivo claro a la vista, llega a la cocina y abre el refrigerador (lo cual desvela que, después de todo, quizá sí tuviera un objetivo). Dentro hay pizza sobrante en un plato de porcelana, cuidadosamente cubierta con papel de plástico. ¿Quién haría algo así en plena toma de rehenes? Jim cierra el refrigerador y vuelve al salón. Jack sigue delante de la chimenea, con el pasamontañas a medio quemar en la mano y los hombros hundidos con actitud resignada.

—No, papá, que no entiendo cómo salió del apartamento. He intentado examinarlo desde todos los ángulos posibles e imposibles, pero sigo sin entender cómo carajo…

Jack parece tan apenado de pronto que su padre trata de animarlo enseguida haciéndole preguntas.

—¿Pero y la sangre? ¿Cómo puede haber perdido el sujeto tanta sangre y aun así…? —comienza Jim, pero lo interrumpe una voz inesperada desde el vestíbulo. Es el agente que está vigilando el perímetro.

—Eh, esa sangre no es del sujeto —asegura tranquilamente, y empieza a hurgarse entre los dientes.

—¿Qué? —pregunta Jack.

—¡Fanguie ye bentida! —dice el agente, con casi toda la mano en la boca, como si la sangre no fuera tan importante como el suvenir del almuerzo que, al parecer, se le ha quedado atorado allí dentro. La mano vuelve al exterior con un trozo de anacardo. La boca ríe feliz.

—¿Perdona? —dice Jim, cuya paciencia se ha visto drásticamente reducida.

Aquel agente tan alegre señala la sangre seca del suelo.

—Lo que acabo de decir: sangre de mentira. Mira cómo se ha secado. La sangre de verdad no queda así —dice con el trozo de anacardo en la mano, como si no supiera si tirarlo o si enmarcarlo como recuerdo de su gran logro personal.

—¿Y tú cómo lo sabes? —quiere saber Jim.

—Soy más o menos mago en mi tiempo libre. O más bien: ¡soy más o menos *policía* en mi tiempo libre!

Esperaba que Jim y Jack se rieran del chiste, pero esa expectativa se revela como un pronóstico demasiado optimista, de modo que tose un tanto desorientado y añade:

—Hago unos *shows*, y ese tipo de cosas. En residencias de ancianos y eso. A veces hago un poco de teatro y finjo que me corto, y entonces uso sangre de mentira. Soy bastante bueno, la verdad. Si llevas encima una baraja puedo...

Jack, que no parece haber llevado «encima una baraja» en la vida, señala la sangre.

—¿Y estás totalmente seguro de que no es sangre de verdad?

El agente asiente con convicción absoluta.

Jack y Jim se miran pensativos. Luego encienden las linternas, a pesar de que la luz del techo está encendida, y empiezan a recorrer el apartamento palmo a palmo. Por aquí, por allá. Lo examinan todo, aun así, no encuentran nada. En la mesa, al lado de las cajas de pizza, hay un frutero con limas. Todos los vasos están pulcramente colocados sobre sus posavasos. En el suelo hay una marca que señala el lugar donde los policías encontraron la pistola del sujeto. Justo al lado de la marca hay una mesita con una lamparita.

—¿Papá? El teléfono que le enviamos al sujeto, ¿dónde lo encontramos al entrar? —pregunta Jack de pronto.

—Estaba en esa mesita —dice Jim.

—Eso lo explica todo —suspira Jack.

—¿El qué?

—Lo hemos planteado mal desde el principio.

_____

45

INTERROGATORIO DE TESTIGOS

Fecha: 30 de diciembre
Nombre del testigo: «Jul» y «Ro»

Jack: Como son testigos de un delito muy grave, debo insistir en poder hablar con ustedes por separado, no con las dos a la vez.

Jul: ¿Por qué?

Jack. Porque sí.

Jul: Perdona, ¿no se habrá apoderado de tu cuerpo un demonio que habla como mi madre? ¿Cómo que «porque sí»?

Jack: Son testigos en una investigación criminal. Hay reglas que cumplir.

Jul: ¿Alguna de *nosotras dos* es sospechosa de haber cometido algún delito, entonces?

Jack: No.

Jul: Pues, responderemos al interrogatorio juntas. ¿Sabes por qué?

Jack: No.

Jul: ¡Porque sí!

Jack: Dios, en la vida he visto a un grupo de testigos más difíciles que éstos.

Jul: ¿Perdona?

Jack: No he dicho nada.

Jul: Claro que sí, te he oído murmurar algo.

Jack: No era nada. Usted gana, pueden hacerlo juntas.

Ro: Lo que pasa es que Jul tiene miedo de que diga alguna tontería si me quedo sola.

Jul: Anda, cállate, cariño.

Ro: ¿Lo ves?

Jack: Pero por el amor a Dios, ¿ustedes dos no se callan nunca? ¡He dicho que está bien! ¡Que las interrogo a las dos a la vez! ¡Aunque las cosas no se hagan así!

Ro: ¿Pero por qué te enfadas?

Jack: ¡No estoy enfadado!

Ro: Okey.

Jul: Sí, lo que tú digas.

Jack: Necesitaría saber sus verdaderos nombres.

Ro: Son esos que tienes ahí.

Jack: Pero esos son apodos, ¿no?

Jul: Por favor, céntrate un poco en el interrogatorio. ¿Qué importan los apodos? Tengo que ir al baño.

Jack: Sí, sí, claro, porque lo de «¿Cómo te llamas?» es una pregunta complejísima.

Jul: Deja de murmurar y pregunta lo que tengas que preguntar.

Jack: Claro. Yo sólo soy el policía, así que lo lógico es que sea *usted* quien decida cómo proceder aquí.

Jul: ¿Cómo?

Jack: Nada. Sólo tengo que verificar que las dos estuvieran todo el tiempo en el apartamento como rehenes. ¿Es así?

Ro: Bueno, «rehenes», no lo sé. Eso suena un poco fuerte.

Jul: Ro, por favor, céntrate. ¿Qué éramos, si no rehenes? ¿Es que lo de amenazarnos a punta de pistola fue sin querer?

Ro: Bueno, yo creo que fuimos más bien el daño colateral de una serie de malas decisiones.

Jul: Porque alguien tropezó y se metió en un pasamontañas por accidente, ¿no?

Jack: ¿Podrían centrarse en mi pregunta, por favor?

Jul: ¿En cuál?

Jack: ¿Estuvieron todo el tiempo en el apartamento?

Ro: Jul pasó un buen rato en el cuarto de hobbies.

Jul: ¡Que no es un cuarto de hobbies!

Ro: Bueno, pues en el vestidor. ¡Deja de fijarte tanto en los detalles!

Jul: Tú sabes perfectamente lo que es.

Jack: ¿Así que estuvo en el clóset? ¿Cuánto tiempo? Quiero decir, ¿cuánto tiempo pasó hasta que salió del clóset?

Jul: ¡¿Perdona?!

Jack: Oh, bueno, no. No quise decir que «salió del clóset», más allá de que físicamente estabas dentro de... bueno, dentro de un clóset.

Jul: Estuvimos en el apartamento todo el tiempo.

Ro: ¿Y ahora por qué te has enfadado?

Jul: ¡Serán las hormonas! ¿Verdad, Ro? ¿No es eso lo que querías decir?

Ro: No, la verdad es que no. O por lo menos no he llegado decirlo y entonces no cuenta.

Jack: Miren, entiendo que han tenido un día duro, pero lo único que intento es averiguar dónde se encontraba cada uno en distintos momentos. Por ejemplo, cuando les llevaron la pizza.

Ro: ¿Y eso por qué es importante?

Jack: Porque es la última vez que sabemos con certeza que el sujeto se encontraba en el apartamento.

Ro: Yo estaba sentada en la *chaise longue* mientras comíamos.

Jack: ¿Y eso qué es?

Jul: Es parecido a un sofá, como un diván, más o menos.

Ro: No, no, ¿cuántas veces voy a tener que decirte que no es como un diván? ¿Sabes cómo se sabe que una *chaise longue* no es un diván? ¡¡Porque si no sería un diván!!

Jul: Dios, dame paciencia, ¿vamos a tener ahora la misma discusión que cuando no sabía lo que era una coqueta? ¿Tú sabes qué es una coqueta?

Jack: ¿Yo…? Una presumida, ¿no…?

Jul: Ahí lo tienes. Te lo dije.

Ro: ¡¡No, no es eso!!

Jul: Se ve que es también un mueble de tocador con espejo.

Jack: No lo sabía.

Jul: Ninguna persona normal lo sabe.

Ro: ¿En serio? ¿Se criaron en una cueva, o qué? La coqueta es una especie de predecesora de la cómoda. Eso sí sabrás lo que es, supongo.

Jack: La co … ¿qué?

Jul: ¿Cómo es posible que sepas lo que es una cómoda y llames vestidor a un *walk-in-closet*?

Ro: ¡Porque *walk-in-closet* es una palabra inventada por algún bloguero que promociona jugos y que lleva tres años sin hacer caca sólida, pero una cómoda es un mueble de verdad!

Jul: ¿Ves lo que tengo que aguantar? Estuvo tres meses obsesionada con las cómodas, porque pensaba hacerse ebanista. Justo antes de decidir que quería ser instructora de yoga y justo después de decidir que quería dedicarse a los fondos de alto riesgo.

Ro: ¿Por qué tienes que exagerar tanto siempre? No pensaba dedicarme a los fondos de alto riesgo.

Jul: ¿A qué querías dedicarte entonces?

Ro: Quería ser corredora de bolsa.

Jul: ¿Y cuál es la diferencia?

Ro: Pues es que eso no me dio tiempo de aprenderlo. Fue cuando empezó a interesarme lo de curar queso.

Jack: Yo querría retomar mi pregunta.

Ro: Pareces estresado. No es saludable morderse la lengua así.

Jack: Estaría menos estresado si respondieran a la pregunta.

Jul: Estábamos sentadas en el sofá comiendo pizza. Ésa es la respuesta a tu pregunta.

Jack: ¡Gracias! ¿Y quiénes estaban en el apartamento entonces?

Jul: Nosotras dos, Estelle, Zara, Lennart, Anna Lena y Roger. Además de Asaltante.

Jack: ¿Y la agente inmobiliaria?

Jul: Claro.

Jack: ¿Dónde estaba ella?

Jul: ¿En ese preciso momento?

Jack: Sí.

Jul: ¿Es que soy tu GPS o qué?

Jack: Sólo quiero verificar que todos estaban sentados a la mesa comiendo pizza.

Jul: Pues supongo que sí.

Jack: ¿Supones?

Jul: A ver, ¿cuál es el problema? Estoy embarazada y había gente con armas de fuego, yo tenía muchas cosas en la cabeza, no soy ninguna maestra de preescolar que se dedique a contar mochilas en el autobús.

Ro: ¿Esto son caramelos?

Jack: Es una goma de borrar.

Jul: ¡Deja de comértelo todo!

Ro: ¡Era una pregunta!

Jul: ¿Sabes que abre el refrigerador en todos los apartamentos en venta que vamos a ver? ¿Te parece normal?

Jack: La verdad es que me da igual.

Ro: Pero es que ellos *quieren* que miremos en el refrigerador. Es una parte de lo que los agentes inmobiliarios llaman «home-styling», lo sabe todo el mundo. Una vez encontré unos tacos en el refri. Siguen siendo de los tres mejores que he comido.

Jul: Espera un momento, ¿te los *comiste*?

Ro: Es lo que quieren que hagas.

Jul: ¿Te comiste la comida que había en el refrigerador de unos desconocidos? ¿Estás bromeando?

Ro: ¿Qué tiene eso de malo? Era pollo. Bueno, creo. Todo sabe a pollo después de un tiempo en el refrigerador. Menos el sapo. ¿Te he contado aquella vez que comí sapo?

Jul: ¿Qué? ¡No! Para ya, que voy a vomitar, en serio.

Ro: ¿No quieres que te lo cuente? ¡Pero si eres tú la que siempre dice que quieres que lo sepamos todo la una de la otra!

Jul: Bueno, pues he cambiado de idea. Ahora creo que debemos saber lo justo la una de la otra.

Ro: ¿A ti te parece raro comerse los tacos de un apartamento en venta?

Jack: Les agradecería que no me involucraran en esto.

Jul: Le parece asqueroso.

Ro: ¡Pues él no ha dicho nada! ¿Tú sabes lo que es asqueroso? Jul esconde el chocolate. ¿Qué adulto hace eso?

Jul: Sí, escondo el chocolate «caro», porque estoy casada con un agujero negro.

Ro: Miente. Una vez descubrí que había comprado chocolate sin azúcar. ¡Sin azúcar! Y luego lo escondió también, como si yo fuera una sociópata incapaz de contenerme y no comer chocolate sin azúcar.

Jul: Y al final te lo comiste.

Ro: Para darte una lección, sí. No porque me gustara.

Jul: ¡Oye! ¡Ya puedes preguntarme lo que quieras!

Jack: Guau. Qué suerte la mía.

Jul: ¿Quieres preguntar o no?

Jack: Está bien. Cuando el sujeto los dejó ir, y se marcharon del apartamento, ¿recuerda quiénes salieron y bajaron las escaleras con ustedes?

Jul: Todos los rehenes, por supuesto.

Jack: ¿Podrías enumerarlos, por favor, tal como recuerda que fueron bajando?

Jul: Sí. Éramos Ro y yo, Estelle, Lennart, Zara, Anna-Lena y Roger.

Jack: ¿Y la agente inmobiliaria?

Jul: Sí. Y la agente inmobiliaria.

Jack: Porque ella iba con ustedes, ¿no?

Jul: ¿Nos queda mucho o qué?

Ro: Yo tengo hambre.

46

Todas las profesiones tienen tecnicismos que ninguna persona ajena comprende del todo, herramientas, recursos y términos complicados. El oficio de policía seguramente tenga más que la mayoría, su lenguaje cambia continuamente, los policías de más edad lo van perdiendo al mismo ritmo que los jóvenes lo van inventando. Así que Jim no sabía cómo se llamaba el telefonillo. Sí, estaba al corriente de que tenía algo especial y que uno podía llamar incluso cuando apenas había cobertura, y que Jack estaba encantado con la idea de que tuvieran uno en la comisaría. Jack era capaz de estar encantado por los malditos teléfonos más de lo que Jim consideraba razonable, pero el caso es que fue ese teléfono el que le enviaron al sujeto al final de la toma de rehenes, así que después de todo resultó que era bastante útil. De hecho, fue Jim quien ideó cómo debían proceder, de lo cual no se sentía poco orgulloso. A ese teléfono llamó el mediador inmediatamente después de que el sujeto soltara a los rehenes para convencerlo de que saliera voluntariamente. Y entonces fue cuando oyeron el disparo.

Lógicamente, Jack le ha explicado con detalle a Jim la técnica que emplea ese teléfono, así que, lógicamente, Jim sigue aludiendo a él como «ese telefonillo especial que tiene maldita cobertura cuando no hay maldita cobertura». Cuando iban a hacérselo llegar al sujeto, Jack le dijo a Jim que procurase que el volumen estuviera activado al máximo. De modo que, lógicamente, no lo estaba.

Jack echa un vistazo por el apartamento.

—Papá, ¿te aseguraste de que el volumen del teléfono estuviera activado cuando se lo enviamos?

—Sí, sí, claro —responde Jim.

—O sea que no, ¿verdad?

—Puede que se me olvidara, sí.

Presa de la mayor frustración, Jack se masajea la cara entera con las palmas de las manos.

—O sea que puede que estuviera en modo vibración, ¿no?

—Sí puede ser, sí.

Jack tantea la mesita donde se encontraba el teléfono cuando irrumpieron en el apartamento. Se sostiene apenas sobre tres patas inestables: un reto para la gravedad. Observa el suelo allí donde encontraron la pistola. Sigue con la mirada algo invisible y se dirige a la cortina verde. La bala está incrustada en la pared.

—El sujeto no se disparó a sí mismo —constata Jack en voz baja.

Ni siquiera se encontraba en el apartamento cuando se produjo el disparo, comprende al fin.

—No lo entiendo —replica Jim a su espalda, pero no enfadado, como harían ciertos padres, sino orgulloso, como sólo unos pocos padres son capaces de hacer. A Jim le gusta oír cómo su hijo le explica aquello que se encuentra fuera de su comprensión, pero en la voz de Jack no resuena la menor satisfacción:

—El teléfono estaba encima de esa mesa tan inestable, papá. La pistola debía de encontrarse al lado. Cuando nosotros llamamos después de liberados todos los rehenes, el teléfono empezó a vibrar, la mesa se tambaleó y la pistola cayó al suelo y se disparó. Pensamos que el sujeto se había disparado, pero él ni siquiera estaba aquí. Ya se había marchado. La sangre… la sangre de mentira o lo que quiera que sea… debieron de verterla aquí antes.

Jim se queda mirando a su hijo un buen rato. Se rasca la barba.

—¿Sabes una cosa? Por un lado, éste parece el delito más inteligente del mundo…

Jack asiente, se rasca el enorme chichón que aún tiene en la frente, concluye el razonamiento de su padre:

—… pero, por otro lado, parece ejecutado por un idiota integral. Uno de los dos tiene razón.

Jack se hunde en el sofá; Jim se deja caer a su lado como si le hubieran dado un empujón. Jack echa mano del maletín, saca sus apuntes de todos los interrogatorios de testigos, los esparce a su alrededor sin explicar qué está pensando. Lo lee todo una vez más. Cuando deja a un lado la última página, se muerde metódicamente la lengua, cada vez más adentro, porque ahí es donde se concentra el estrés a Jack.

—Soy un *idiota* —dice.

—¿Por qué? —pregunta Jim.

—Mierda… ¡Soy un idiota! Papá, ¿cuántas personas había en el apartamento?

—¿Te refieres a cuántos posibles compradores?

—No, quiero decir en total, ¿cuántas personas había en el apartamento *en total*?

Jim empieza a divagar, con la esperanza de que así parezca que ha entendido algo:

—A ver… Siete posibles compradores. O… bueno, en realidad las únicas dos eran Ro y Jul, y Roger y Anna-Lena, y Estelle, a quien no le interesaba comprar el apartamento…

—Eso son cinco —asiente Jack impaciente.

—Cinco, sí, eso es. Y luego tenemos a Zara, que no sabemos muy bien qué hacía allí. Y luego está Lennart, que estaba allí porque lo había contratado Anna-Lena. Así que entonces tenemos… uno, dos, tres, cuatro, cin…

—¡Siete personas en total! —asiente Jack.

—Además del sujeto —añade Jim.

—Exacto. Y además de… la agente inmobiliaria.

Y la agente inmobiliaria, ¡sí, ¡ocho, nueve! — dice Jim, súbitamente animado ante su capacidad matemática.

—¿Estás seguro, papá? —suspira Jack.

Se queda mirando a su padre un buen rato, y espera a que comprenda por sí mismo, pero no consigue ninguna reacción. Nada de nada. Sólo dos ojos que lo miran fijamente como aquel día de hace muchos años, en que, después de ver juntos una película, al final Jack tuvo que explicarle a su padre: «Pero papá, por favor, el calvo estaba *muerto*. ¡Por eso el único que podía verlo era el niño!». Y entonces su padre exclamó: «Entonces, ¿era un fantasma? Pero eso es imposible, ¡si lo podíamos ver!».

Entonces ella se rió, la mujer de Jim, la madre de Jack, vaya si se rió. Vaya si la echan de menos. Gracias a ella aún son indulgentes el uno con el otro, aunque ella ya no está.

Jim envejeció pronto cuando ella murió, se volvió menos hombre, incapaz de recuperar realmente todo el aire que había perdido. Aquella noche, en el hospital, la vida le parecía un agujero en el hielo, cuando se le soltó la mano con la que se agarraba al borde y se deslizó en la oscuridad que llevaba dentro, le susurró a Jack, preso de la ira:

—He intentado hablar con Dios, de verdad que he intentado hablar con Dios, pero ¿qué clase de Dios deja que una sacerdote de su Iglesia enferme de ese modo? Ella no ha hecho otra cosa que el bien para los demás, así que, dime, ¡¿qué clase de Dios envía una enfermedad así a una mujer como ella?!

Jack no pudo responder entonces, y sigue sin poder ahora. Se quedó en silencio en la sala de espera y abrazó a su padre hasta que resultó imposible dilucidar de quién eran las lágrimas que le corrían por el cuello. A la mañana siguiente se levantaron enfadados con el sol por haber salido. No podían perdonarle al mundo que siguiera viviendo sin ella.

Pero cuando llegó el momento, Jack se levantó, adulto y erguido, cruzó una serie de puertas y se detuvo delante del cuarto de ella. Era un joven orgulloso, de firmes convicciones, ni siquiera era creyente, y su madre nunca le exigió nada al respecto. Era de esa clase de sacerdotes a los que todo el mundo reñía: los religiosos, porque no era lo bastante religiosa; y todos los demás, porque sí lo era. Había estado en el mar acompañando a marineros, en el desierto acompañando a soldados, en la cárcel acompañando a delincuentes y en hospitales, con pecadores y ateos. Era capaz de tomarse un trago y de intercambiar chistes indecentes con cualquiera. Si alguien le preguntaba qué creía que pensaría Dios, siempre respondía:

—Seguramente no estemos de acuerdo en todo, pero creo que sabe que hago todo lo que puedo. Y creo que sabe que trabajo para Él, pero sirvo a las personas.

Si alguien le pedía que resumiera su visión del mundo, citaba a Martín Lutero: «Aunque supiera que el mundo se hundirá mañana, plantaría un árbol hoy». Su hijo la amaba, pero nunca logró conseguir que creyera en Dios, porque la religión quizá pueda inculcarse, pero la *fe* no se puede enseñar. Aquella noche, totalmente solo al final del pasillo mal iluminado del hospital en el que ella misma había sostenido la mano de tantos moribundos, Jack se arrodilló y rogó a Dios que no le arrebatara a su madre.

Dios se la llevó, pese a todo, y entonces Jack se acercó a su cama, le apretó la mano entre las suyas con todas sus fuerzas, como esperando que se despertara y lo maldijera. Luego le susurró inconsolable:

—No te preocupes, mamá, yo me encargaré de papá.

Luego llamó a su hermana. Ella le hizo un sinfín de promesas, como siempre. Necesitaba dinero para el vuelo, sólo eso. Por supuesto. Jack le envió el dinero, pero ella no acudió al entierro. Lógicamente, Jim nunca la ha llamado «adicta» ni «toxicómana», un padre no hace eso. Él siempre dice que su hija está «enferma», porque así le resulta más fácil. Pero Jack se refiere a ella como lo que es: una drogadicta. Es siete años mayor que él. Con esa diferencia de edad, un hermano pequeño no tiene una hermana mayor, tiene un ídolo. Cuando ella se mudó de casa, él no pudo ir con ella; cuando ella se buscaba a sí misma, él no pudo ayudar; cuando ella se hundió, él no pudo salvarla.

Desde entonces sólo han estado Jack y Jim. Le envían dinero cada vez que llama, cada vez que finge que volverá a casa, que sólo necesita dinero para el billete de avión una última vez. Y quizá un poco más, para alguna que otra deuda menor. Nada del otro mundo, ahora se va a encargar de arreglarlo todo, sólo necesita… Ellos, por supuesto, saben que no deberían. Uno siempre lo sabe. Los adictos abusan de las drogas, pero sus familiares abusan de la esperanza. Se aferran a ella. Cada vez que llaman de un número desconocido, su padre espera que sea ella, mientras que su hermano se asusta porque está convencido de que en esta ocasión será alguien que llama para contarles que su hermana ha muerto. Dentro de los dos resuenan las mismas preguntas: ¿Qué clase de policías son ellos, que no pueden ni encargarse de su propia hija y hermana? ¿Qué clase de familia no es capaz de ayudarla a ayudarse a sí misma? ¿Qué clase de Dios hace que una sacerdote de su Iglesia enferme, y qué clase de hija no acude al entierro de su madre?

Una noche, cuando los dos hermanos aún vivían en casa, cuando todos eran aún razonablemente felices, Jack le preguntó a su madre cómo soportaba estar con personas moribundas, pasar con ellas sus últimas horas, sin poder salvarlas. Su madre le besó la cabeza y le dijo:

—¿Cómo se come uno un elefante, cariño?

Él respondió como hace un niño que ha oído la misma broma un millón veces:

—Poco a poco, mamá.

Ella se rió igual que siempre, por millonésima vez, como hacen los padres. Luego le apretó bien la mano entre las suyas y dijo:

—No podemos cambiar el mundo, por lo general no podemos ni cambiar a las personas. Nada más que poco a poco. Así que, cuando podemos, prestamos nuestra ayuda, cariño. Salvamos a los que podemos. Hacemos lo que está en nuestra mano. Luego tratamos de hallar el modo de convencernos de que debe de ser... suficiente, para poder vivir con nuestros fracasos sin ahogarnos.

Jack no podía ayudar a su hermana. No pudo salvar al hombre del puente. Los que saltan... han saltado. Los demás tenemos que levantarnos de la cama al día siguiente, los sacerdotes salen de casa para hacer su trabajo, al igual que los policías. Ahora Jack está mirando la sangre de mentira que hay en el suelo, el orificio de bala de la pared, la delicada mesa donde estaba el teléfono y la mesa de centro, más grande, donde habían dejado las cajas de pizza.

Mira a Jim, su padre se encoge de hombros y sonríe vagamente.

—Me rindo. Aquí el genio eres tú, hijo. ¿Qué has descubierto?

Jack señala las cajas de pizza vacías. Se aparta el pelo del chichón de la frente. Va diciendo los nombres otra vez.

—Roger, Anna-Lena, Ro, Jul, Estelle, Zara, Lennart, el sujeto, la agente inmobiliaria. Son nueve personas.

—Nueve personas, sí.

—Pero cuando me tiraron la lima a la cabeza, en la nota que la
acompañaba sólo pedía ocho pizzas.

Jim considera sus palabras con tanto ahínco que se le ensan-
chan las aletas de la nariz.

—Puede que al sujeto no le gustara la pizza.

—Podría ser.

—Pero tú no crees, ¿verdad?

—No.

—¿Por qué no?

Jack se levanta, guarda todas las declaraciones en el maletín. Se
muerde la lengua.

—¿La agente inmobiliaria sigue en la comisaría?

—Sí, debería.

—¡Pues llama y asegúrate de que no la dejen salir!

Jim frunce tanto el ceño que uno podría perder *clips* entre sus
pliegues.

—Pero… hijo, ¿y eso por qué? ¿Qué es lo que…?

En ese momento, Jack interrumpe a su padre:

—No creo que hubiera nueve personas en el apartamento.
Creo que eran ocho. ¡Hay una persona que hemos dado por supuesto que estaba allí! Maldita sea, papá, ¿es que no lo ves? El
sujeto no se escondió, y tampoco logró huir. Simplemente, ¡salió a
la calle tan tranquila delante de nuestras narices!

47

La asaltante estaba sola en el vestíbulo. Oía las voces de las personas que había tomado como rehenes, pero habrían podido encontrarse en otra huso horario. Ahora había años luz entre ella y todos los demás, entre ella y la persona que era esta mañana. No estaba sola en el apartamento, pero nadie en el mundo compartía con ella las consecuencias de sus actos, y ésa es la soledad más grande del mundo: cuando nadie te sigue allí donde vas. Dentro de poco, cuando salieran de allí, los demás serían víctimas en cuanto pusieran el pie en la acera. Ella sería la delincuente. Si la policía no la mataba en el acto, iría a la cárcel... a saber cuánto tiempo... ¿años? Envejecería en una celda. Jamás vería cómo sus hijas aprendían a nadar.

Las niñas. Ay, las niñas. El mono y la rana que crecerían y se verían obligadas a aprender a mentir bien. Esperaba que su padre al menos fuera lo bastante sensato para enseñarles a hacerlo adecuadamente. Para que supieran mentir y decir que su madre estaba muerta en lugar de contarles la verdad. Se quitó el pasamontañas muy despacio. Ya no cumplía ninguna función, lo sabía perfectamente, creer lo contrario habría sido una ilusión pueril. Jamás podría escapar de la policía. El pelo le cayó sobre el cuello, húmedo y enredado. Sopesó la pistola en la mano, la apretaba cada vez con más fuerza, muy poco a poco de modo que apenas se notaba. Sólo unas arrugas cada vez más profundas en la piel, y los nudillos, cada vez más exangües, revelaban el movimiento, hasta que, de pronto, el dedo índice tanteó el gatillo. Pensó para sus adentros: «Si fuera de verdad, ¿me hubiera pegado un tiro?».

No alcanzó a desarrollar la idea. Unos dedos rodearon de pronto los suyos. No le arrancaron la pistola de la mano, sólo la bajaron. Allí estaba Zara, mirándola, sin compasión ni preocupación, pero sin apartar la mano de la pistola.

Zara llevaba todo el tiempo, desde el principio del secuestro, tratando de no pensar en nada en particular. Lo cierto es que siempre hacía cuanto podía por no pensar en absoluto: cuando uno sufre tanto dolor como ella lleva diez años sufriendo, resulta decisivo para la supervivencia aprender a no pensar. Sin embargo, algo se deslizó por el interior del escudo cuando vio a Asaltante sentada allí sola con la pistola. Un breve recuerdo de las horas pasadas en la consulta con el cuadro de una mujer en un puente, la psicóloga, que, mirando a Zara, dijo:

—¿Sabes qué, Zara? Una de las cosas más raras de la ansiedad es que tratamos de curar el caos con más caos. La persona que se pone ella sola en una situación catastrófica rara vez retrocede, es mucho más frecuente que continuemos adelante a más velocidad aún. Hemos creado unas vidas en las que podemos ver cómo otros se estrellan contra un muro, pero en nuestro caso, esperamos poder atravesarlo. Cuanto más nos acercamos, más seguros nos sentimos de que unas soluciones cada vez más inverosímiles nos salvarán milagrosamente, mientras que todos los que nos ven desde fuera aguardan el desastre.

Zara miró a su alrededor, en las paredes de la consulta no se veían títulos académicos; por alguna razón, precisamente las personas que tienen los títulos más valiosos los guardan en un cajón.

Así que, sin ironía, preguntó:

—¿Has aprendido teorías sobre por qué las personas funcionan así?

—Cientos de ellas —dijo la psicóloga sonriendo.

—¿En cuál crees tú?

—Creo en la que dice que, si uno persiste el tiempo suficiente, puede resultar imposible advertir la diferencia entre caer y volar.

Zara combatía siempre todos los pensamientos, pero aquél logró romper la barrera. Así que ahora, en el vestíbulo del apartamento, puso la mano en la pistola y dijo lo más amable que una mujer de su posición podía decirle a una asaltante, en la situación en que ella se encontraba. Cuatro palabras.

—No hagas ninguna tontería.

Asaltante la miró con los ojos brillantes y un vacío en el pecho. Pero no hizo ninguna tontería. Incluso le sonrió débilmente. Fue un instante inesperado para las dos. Zara se dio media vuelta y se alejó rápidamente, casi asustada, hacia el balcón. Sacó unos audífonos del bolso, se los puso y cerró los ojos.

Poco después, comió pizza por primera vez en su vida. Esto, también, de forma inesperada. Le tocó una *capricciosa*. Le resultó repugnante.

———

Jack se baja raudo del coche de policía mientras éste aún está en marcha. Entra en la comisaría como un torbellino en dirección a la sala de interrogatorios donde se encuentra la agente inmobiliaria y va a tal velocidad que, antes de abrir la puerta, se da con ella en el chichón. Jim lo sigue, resoplando, trata de calmar a su hijo, pero ya es imposible.

—¡Hola! ¿Todo bien en…? —comienza la agente inmobiliaria, pero Jack responde a voz en grito.

—¡¡Ya sé quién eres!!

—No entiendo qué… —responde vacilante la agente inmobiliaria.

—Cálmate, Jack, por favor —resopla Jim desde el umbral.

—¡¡Eres tú!! —grita Jack, sin el menor plan de calma.

—¿Yo?

Jack tiene un brillo triunfal en los ojos mientras se inclina sobre la mesa agitando los puños cerrados en el aire y dice:

—Debería haberlo comprendido desde el principio. Nunca hubo ningún agente inmobiliario en el apartamento. ¡*Tú* eres la asaltante!

Por supuesto, era absurdo que Jack no comprendiera desde el principio quién era el sujeto, porque ahora, con algo de perspectiva, le era obvio. Quizá fue culpa de su madre. Ella los mantenía enteros a su padre y a él, pero a veces también lo distraía, y hoy se le había colado en los pensamientos todo el santo día. Tan revoltosa viva como muerta, esa mujer; puede que haya habido un sacerdote más difícil que ella, pero seguro que no ha habido dos. Se metía en discusiones con todo el mundo en vida, sobre todo, quizá, con su hijo, y eso siguió siendo cierto después del entierro. Porque no discutimos más airadamente con quienes son totalmente distintos de nosotros, sino con quienes no lo son.

La madre de Jack se iba de viaje a veces, cuando ocurrían catástrofes y las organizaciones humanitarias buscaban voluntarios. Esos viajes siempre iban acompañados de duras críticas tanto de dentro como de fuera de la iglesia: o se pasaba, o se quedaba corta en su vocación religiosa. O no debería ayudar en absoluto, o debería estar haciéndolo en otro lugar. Pero nada le resulta más fácil a la gente que nunca hace nada que criticar a aquellos que realmente se esfuerzan en marcar una diferencia. En una ocasión, se encontraba en el otro extremo del mundo y se vio atrapada en un tumulto; trató de ayudar a salir de allí a una mujer que sangraba y, en medio del caos, a ella también la hirieron en el brazo con un cuchillo. La llevaron al hospital y logró que le dejaran un teléfono para llamar a casa. Jim se sentó a esperar delante de las noticias. La escuchó pacientemente, feliz y aliviado como siempre al comprobar que se encontraba bien, pero cuando Jack comprendió lo que había ocurrido y logró hacerse con el teléfono se puso a gritarle de tal modo que empezó a oírse un eco en el altavoz:

—¿Por qué tuviste que ir allí? ¿Por qué tienes que arriesgar tu vida? *¡¿Por qué no piensas nunca en tu familia?!*

La mujer entendió perfectamente que su hijo gritaba de miedo y preocupación, así que respondió como solía:

—Los barcos que se quedan en el puerto están seguros, cariño, pero no los han construido para eso.

Jack dijo algo de lo que se arrepintió enseguida:

—¿Tú crees que Dios va a protegerte de un cuchillo sólo porque eres sacerdote?

Su madre estaba en un hospital en la otra punta del mundo, pero sintió a la perfección el miedo infinito que embargaba a su hijo, de modo que las lágrimas se llevaron a medias sus palabras cuando le respondió entre susurros:

—Dios no protege a la gente del cuchillo, cariño. Por eso nos dio a nuestros semejantes, para que pudiéramos protegernos mutuamente.

Era imposible argumentar con aquella mujer tan cabezota. Jack detestaba a veces lo mucho que la admiraba. Jim, por su parte, la quería tanto que se le cortaba la respiración. Pero, después de aquello, ella dejó de viajar tanto, y nunca tan lejos. Luego enfermó, ellos dos la perdieron y el mundo perdió un poco más de protección.

Así que cuando empezó la historia de los rehenes, cuando Jack y Jim se encontraban la víspera de Nochevieja en la calle, delante del apartamento, y los jefes acababan de decirles que esperasen a los estocolmenses, los dos pensaron mucho en ella y en lo que ella habría hecho si hubiera estado allí en esos momentos. Cuando la lima cayó volando y aterrizó en la frente de Jack, y comprobaron que la nota que venía con ella contenía un pedido de pizzas, los dos comprendieron que no se les presentaría una ocasión mejor para contactar al sujeto. Así que Jack llamó al mediador. Y él, pese a ser estocolmense, reconoció que tenían razón.

—Sí, claro, llevarles las pizzas puede dar pie a la comunicación, sin duda. Pero ¿y la bomba del rellano de la escalera? —preguntó.

—¡No es una bomba! —respondió Jack con total seguridad.

—¿Lo juras?

—Por lo que tú quieras, y mi madre me enseñó todo un repertorio de juramentos, que lo sepas. Este sujeto no es peligroso. Sólo está asustado.

—¿Y tú cómo lo sabes?

—Porque si fuera peligroso, si supiera lo que se trae entre manos, no habría pedido pizza para todos los rehenes arrojándonos *una lima*. Deja que entre y hable con él, sé que puedo… —Jack se detuvo. Pensaba decir «salvarlos a todos», pero tragó saliva y dijo—: solucionarlo. Puedo solucionarlo, ya verás.

—¿Han hablado con todos los vecinos? —preguntó el mediador.

—No hay nadie en el edificio —aseguró Jack.

El mediador seguía atrapado en medio del tráfico de la autopista, a demasiados kilómetros de allí. Ni siquiera los coches de la policía podían abrirse paso, así que al final accedió a seguir el plan de Jack. Pero le exigió a Jack que introdujera un teléfono de algún modo en el apartamento, para poder llamar él mismo al sujeto y negociar la liberación de los rehenes. Y llevarse los honores cuando todo esté resuelto, pensó Jack disgustado.

—Yo tengo un buen teléfono —dijo Jack, porque así era, ese telefonillo que Jim llamaba «el maldito teléfono especial» que tiene «maldita cobertura» cuando no hay «maldita cobertura».

—Llamaré cuando se hayan comido la pizza, resulta más fácil negociar cuando la gente ya ha comido —dijo el mediador, como si eso fuera lo que uno aprende hoy en día en los cursos de negociación.

—¿Y qué hacemos si no abre la puerta cuando lleguemos? —preguntó Jack.

—Dejen las pizzas y el teléfono en el rellano.

—¿Y cómo sabremos que se ha llevado el teléfono? —preguntó Jack.

—¿Por qué no iba a llevárselo?

—¿A ti te parece que las decisiones que él ha tomado hasta el momento son racionales y lógicas? Igual se estresa y cree que el teléfono es una especie de trampa.

Y fue entonces cuando a Jim se le ocurrió una idea. De lo cual se sorprendió él mismo.

—¡Podemos meterlo en una de las cajas de pizza! —sugirió.

Jack se quedó perplejo mirando a su padre un buen rato. Luego asintió y dijo al teléfono:

—Vamos a meter el teléfono en una de las cajas de pizza.

—Sí, sí, muy buena idea —reconoció el mediador.

—Se le ha ocurrido a mi padre —respondió Jack con orgullo.

Jim volvió la cara, para que su hijo no viera cómo se ruborizaba. Buscó en Google qué pizzerías había por la zona, llamó a una e hizo su pedido poco convencional: ocho pizzas y un uniforme de repartidor. No obstante, Jim cometió el error de contarles que era policía, y el propietario del negocio, que era perfectamente capaz de leer las noticias locales en las redes sociales, fue lo bastante listo como para cobrar la mitad de precio por las pizzas, pero el doble por el uniforme de repartidor. Jim le preguntó furioso al propietario de la pizzería si no sería por casualidad un personaje de un cuento de Navidad inglés de mediados del siglo XIX. El propietario de la pizzería le preguntó a su vez con total tranquilidad si el policía estaba familiarizado con los conceptos de «oferta y demanda». Cuando las pizzas y la ropa llegaron por fin, Jack quiso hacerse cargo, pero Jim se negaba a soltarlas.

—¿Qué haces? ¡Voy a entrar yo! —dijo Jack resuelto.

Jim meneó la cabeza.

—No. Sigo pensando que puede haber una bomba en la escalera. Así que entraré yo.

—¿Y por qué vas a entrar *tú*, si crees que hay una bomba? Tendré que ser *yo* quien… —comenzó Jack, pero su padre no cedía.

—Tú estás seguro de que no hay bomba, ¿verdad, hijo?

—¡Sí!

—Pues ya está. Entonces no importa que vaya yo.

—¿Cuántos años tienes, once?

—¿Y tú, cuántos tienes?

Jack buscaba desesperadamente otros argumentos.

—No puedo dejar que tú…

Jim ya se estaba cambiando de ropa, en plena calle, pese a que estaban a varios grados bajo cero. Apartaron la vista y dejaron de mirarse a la cara.

—Tu madre no me perdonaría que te dejara ir —dijo Jim mirando al suelo.

—¿Y tú crees que a mí me perdonaría que te dejara ir a ti? Tú eras su marido —dijo Jack mirando hacia la calle.

Jim levantó la vista al cielo.

—Pero ella era tu madre.

A veces tampoco se podía razonar con él, era un viejo testarudo.

50

La comisaría de policía. La sala de interrogatorios. La sangre ha abandonado la cara de la agente inmobiliaria. La mujer tartamudea aterrada.

—¿La... la... asaltante? ¿Yo... yo... yoooo? ¿Có... có... cómo iba yo... yo... yo iba a...?

Jack se pasea por la sala, mueve los brazos como si condujera una orquesta sinfónica invisible, increíblemente satisfecho consigo mismo.

—¿Cómo es que no lo vi desde el principio? Si tú *no sabes* nada. Todo lo que has dicho del apartamento son disparates. ¡Ningún agente inmobiliario es *tan malo* en su trabajo!

La agente inmobiliaria pone cara de estar muy a punto de echarse a llorar.

—¡Hago lo que puedo! ¿Sabes lo difícil que es ser agente inmobiliario en plena recesión?

Jack le clava la mirada.

—¡Pero si es que no eres agente inmobiliaria! ¿A que no? ¡Porque eres la asaltante!

La agente inmobiliaria mira desesperada a Jim, que está en el umbral, en busca de algún tipo de apoyo. Pero Jim se limita a devolverle la mirada con tristeza. Mientras Jack golpea la mesa con los puños y mira furioso a la agente inmobiliaria.

—Debería haberlo visto desde el principio. Los demás testigos ni siquiera te mencionaron en sus declaraciones. Porque no estabas allí. ¡Admítelo! Permitimos que nos distrajeras cuando nos pediste los fuegos artificiales, y luego te fugaste ante nuestros propios ojos. ¡Dime la verdad!

———

51

¿Quieres que te diga la verdad? Nunca es tan complicada como creemos. Es lo que esperamos, sí, porque si podemos preverla, nos sentimos más listos. Ésta es una historia sobre un puente, y sobre idiotas, y una toma de unos rehenes y la visita a un apartamento en venta. Pero también una historia de amor. Varias, de hecho.

La última vez que Zara vio a su psicóloga antes de la toma, llegó pronto a la consulta. Ella nunca llegaba tarde, pero era inusual que entrara antes de la hora establecida.

—¿Ha ocurrido algo? —preguntó Nadia.

—¿Qué quieres decir? —respondió Zara desafiante.

—No sueles llegar tan temprano. ¿Algo va mal?

—¿No es tu trabajo detectar eso, precisamente?

Nadia soltó un suspiro.

—Era una pregunta de cortesía.

—¿Eso es col verde?

Nadia miró el contenedor de plástico que tenía en la mesa del despacho. Asintió.

—Es mi hora del almuerzo.

Otros pacientes se lo habrían tomado quizá como una indirecta. Pero no Zara, naturalmente.

—O sea que eres vegana —dijo sin tono de interrogación.

La psicóloga soltó una tosecilla, como cuando te sientes humi-
llado por ser tan predecible.

—¿Y por qué tenía que ser vegana? Quiero decir que sí, *soy
vegana*, pero se puede comer col verde sin serlo.

Zara arrugó la nariz.

—Pero eso es lo que has pedido para llevar de un restaurante.
Podrías haber elegido otro plato, pero elegiste col verde.

—¿Y eso sólo lo hacen los veganos?

—No puedo sino suponer que lo que reduce tu criterio económico es la falta de vitaminas.

Entonces Nadia sonrió.

—¿Me miras por encima del hombro porque soy vegana o
porque pago por la comida vegana?

—No tengo ningún problema en mirarte por encima del
hombro por varias razones al mismo tiempo.

Nadia se tragó el último bocado de col verde y de amor propio,
tapó el contenedor y preguntó:

—¿Cómo te has encontrado desde la última vez que nos vimos,
Zara?

En lugar de responder, Zara sacó del bolso un frasco de gel
antiséptico, se colocó de espaldas a la mesa, se puso a observar la
estantería y constató:

—Para ser psicóloga tienes muchos libros que no tratan de
psicología.

—¿Y de qué tratan los otros libros, según tú?

—Identidad. Por eso eres vegana.

—Se puede ser vegano por otras razones.

—¿Como cuáles?

—Es bueno para el medioambiente.

—Puede. Pero creo que las personas como tú son veganas

porque así se sienten bien. Seguro que por eso tienes tan mala postura: falta de calcio.

Nadia se irguió discretamente en el sillón. Trató de que no pareciera que estaba estirando la espalda.

—Zara, tú pagas por el tiempo que pasas aquí. Para alguien que critica las decisiones económicas de los demás, te veo muy dispuesta a malgastar mucho dinero para que hablemos... de mí. ¿Quieres que comentemos el porqué?

Zara pareció considerar aquellas palabras, sin apartar la vista de la estantería.

—La próxima vez, quizá.

—Me alegro.

—¿De qué?

—De que haya una próxima vez.

Entonces Zara se volvió, miró a Nadia para comprobar si era una broma. No lo consiguió y volvió a su silla. Volvió a desinfectarse las manos con gel, miró por la ventana que había detrás de Nadia y contó el número de ventanas que había en el edificio de enfrente. Luego constató:

—No me has recomendado que empiece a tomar antidepresivos. Es lo que habría hecho la mayoría de los psicólogos.

—¿Has visto a muchos psicólogos?

—No.

—O sea que es una apreciación personal.

Zara miró el cuadro de la pared.

—Comprendo que no quieras recomendarme somníferos, porque temes que me suicide. Pero, en ese caso, ¿no deberías recomendarme antidepresivos?

Nadia dobló dos servilletas de papel que no había utilizado, las guardó en el cajón de la mesa. Asintió.

—Tienes razón. No te he propuesto ninguna medicación. Porque los antidepresivos están pensados para relajar los picos de subida y bajada de tus sentimientos; si se utilizan bien, no se experimenta la misma tristeza, pero tampoco la misma alegría que antes. —Puso en el aire la palma de la mano en posición horizontal—. Te quedas... plano. Así que podría pensarse que los pacientes que toman los antidepresivos no echan de menos esos picos, ¿verdad? Pero al contrario. La mayoría de los que quieren dejar la medicación aseguran que quieren volver a ser capaces de llorar. Se ponen a ver una película triste con un ser querido, y les gustaría... poder sentir lo mismo que ellos.

—A mí no me gusta el cine —la informa Zara.

Nadia se echa a reír.

—No, por supuesto que no. Pero creo que lo que necesitas no es experimentar menos sentimientos, Zara. Creo que necesitas experimentar más. No creo que estés deprimida, creo que estás sola.

—Eso parece un análisis poco profesional.

—Puede.

—Imagínate que salgo de aquí y me suicido.

—No lo creo.

—¿Por qué?

—Acabas de decir que habrá una próxima vez.

Zara clavó la vista en la barbilla de Nadia.

—¿Y tú confías en mí?

—Sí.

—¿Por qué?

—Porque me he dado cuenta de que no quieres intimar con la gente. Hace que te sientas débil. Pero no creo que tengas miedo de resultar herida, sino que tienes miedo de herir a los demás. Eres más empática y tienes más sentido ético de lo que quieres reconocer.

Zara se sintió profundamente ofendida, ofendidísima por aquellas palabras, pero le costaba comprender si se debía al hecho de que Nadia la hubiera llamado débil o a que hubiera dicho que tenía sentido ético.

—Puede que piense que no vale la pena dedicar tiempo a hablar con personas de las que al final me voy a cansar de todos modos.

—¿Y cómo vas a saberlo si no lo intentas?

—Pues, estoy aquí, ¿no? ¡Y no me llevó demasiado tiempo cansarme de ti!

—Trata de tomarte en serio la pregunta —le rogó Nadia, aunque era inútil. Zara cambió de tema, como de costumbre.

—Entonces, ¿por qué eres vegana?

Nadia suspiró agotada.

—¿De verdad tenemos que volver a hablar de eso? A ver, soy vegana porque me preocupa la crisis del clima. Si todos fuéramos veganos, podríamos...

Zara la interrumpió burlona:

—¿Impedir que se derritieran los polos?

Nadia puso en práctica esa paciencia que los veganos desarrollan celebrando la Navidad con los parientes mayores.

—No, no exactamente. Pero es una parte de una solución más amplia. Y el que los polos se derritan es...

—Pero, dime, ¿de verdad necesitamos a los pingüinos? —preguntó Zara con total sinceridad.

—Iba a decir que los polos son el síntoma, no el problema. Como tus problemas de sueño.

Zara contaba ventanas.

—Hay unas ranas que están en vías de extinción que, según los científicos, si desaparecieran, nos ahogaríamos de insectos. Pero... ¿los pingüinos? ¿A quién le afectaría que desaparecieran los pingüinos, salvo a los fabricantes de abrigos de plumas?

Ahí Nadia perdió el hilo, y esa sería seguramente la intención de Zara.

—Pero no... ¿qué? ¿Crees que las plumas de las prendas de abrigo son de pingüino? ¡Son plumas de *ganso*!

—Ah, entonces, ¿los gansos no son tan importantes como los pingüinos? Eso no suena muy vegano de tu parte.

—¡Yo no he dicho eso!

—Es lo que parecía.

—Esto se ha convertido en una costumbre tuya, ¿lo sabías?

—¿El qué?

—Cambiar de tema en cuanto estás a punto de hablar de un sentimiento verdadero.

Zara pareció sopesar aquella afirmación. Luego dijo:

—¿Y los osos?

—¿Perdona?

—Si un oso te atacara, ¿serías capaz de matarlo?

—¿Por qué iba a atacarme un oso?

—Pues, por ejemplo, si alguien te secuestra y te droga y te despiertas en una jaula con un oso y tienes que luchar a vida o muerte.

—Estás empezando a desconcertarme. Y quiero puntualizar que tengo una amplia formación en psicología, así que mi tolerancia para ello es bastante alta.

—No seas tan sensible. Responde a la pregunta: ¿Podrías matar al oso entonces, si no tuvieras que comértelo? O sea, imagina que te enfrentas a él no con un tenedor, sino con un cuchillo.

Nadia soltó un lamento:

—Ya lo has hecho otra vez.

—¿El qué?

Nadia miró el reloj. Zara se dio cuenta. Y contó todas las ventanas dos veces. Nadia se dio cuenta. Estuvieron sin mirarse unos instantes, hasta que Nadia dijo:

—Permíteme que te pregunte: ¿Crees que ridiculizas el movimiento ecologista porque se opone al de tu oficio, el mercado financiero?

Zara atacó más rauda de lo que ella misma esperaba. A veces no sabemos cuánto nos importa algo hasta que nos ponen a prueba:

—¡El movimiento ecologista no necesita ayuda para parecer ridículo! Y yo no defiendo el mercado financiero, lo que defiendo es el sistema económico.

—¿Y cuál es la diferencia?

—El uno es el síntoma. El otro es el problema.

Nadia asintió, como si comprendiera lo que significaba aquello.

—Pero somos nosotros, las personas, quienes hemos construido el sistema económico, ¿no? Es un constructo, ¿verdad?

Sorprendentemente, no había en la respuesta de Zara ni rastro de desprecio, casi se detectaba, más bien, compasión.

—Ése es el problema. Lo construimos demasiado fuerte. Nos olvidamos de lo ambiciosos que somos los humanos. ¿Tú eres dueña de un apartamento?

—Sí.

—¿Tiene hipoteca?

—Todo el mundo la tiene, supongo.

—No. Además, un préstamo hipotecario era algo que se suponía que podrías devolver. Pero ahora que casi todas las familias de ingresos medios tienen una hipoteca por cantidades que no podrán ahorrar en toda su vida, lo que les ha concedido el banco ya no se llama *préstamo hipotecario*. Se llama *financiación*. Y entonces las viviendas dejan de ser viviendas. Son inversiones.

—No entiendo qué significa eso exactamente.

—Significa que los pobres son cada vez más pobres, los ricos son cada vez más ricos y la verdadera frontera de clase discurre entre quienes tienen crédito y quienes no lo tienen. Porque, por mucho que gane la gente, a final de mes no concilian el sueño pensando en el dinero. Todos miran las cosas que tiene el vecino y se preguntan: «¿Cómo se lo pueden permitir?», porque todos viven por encima de sus posibilidades. Así que ni siquiera los que son ricos de verdad se sienten ricos de verdad porque lo único que, al final, pueden comprar es una versión más cara de algo que ya tienen. Con un crédito.

Nadia parecía un gato que hubiera visto a una persona patinar por primera vez.

—Una vez oí decir a un hombre que trabajaba en un casino que nadie se arruina cuando pierde dinero, sino cuando tratas de recuperar el dinero perdido. ¿Es eso más o menos lo que quieres decir? ¿Que por eso se hunden la bolsa y el mercado inmobiliario?

Zara se encogió de hombros.

—Claro. Si eso te consuela.

En ese momento, sin ser consciente de ello, la psicóloga hizo una pregunta que dejó al paciente sin aire en los pulmones:

—Entonces, ¿qué es lo que te produce más cargo de conciencia? ¿Haber *denegado* un préstamo a algunos clientes o haber concedido un préstamo *demasiado grande* a otros?

Zara parecía impasible, pero apretó tan fuerte los brazos del sillón que, cuando los soltó, no había rastro de circulación sanguínea en las palmas de las manos. Lo disimuló frotándoselas, evitó el contacto visual contando ventanas otra vez. Luego resopló resuelta.

—¿Sabes qué? Si los defensores de los animales lo fueran de verdad, no animarían a comer cerdos felices.

Nadia puso cara de desesperación.

—No entiendo qué tiene que ver eso con mi pregunta.

Zara se encogió de hombros.

—Todo ese debate del cultivo ecológico y la publicidad de gallinas libres y cerdos felices... ¿No es menos ético por nuestra parte comer cerdos felices? Será mejor que consuma carne de un cerdo que ha llevado una vida terrible que la de un cerdo *carpe diem* con familia y amigos, ¿no? Los ganaderos dicen que la carne de los cerdos felices está más rica, así que me figuro que han esperado justo el momento en que el cerdo se ha enamorado o ha tenido crías, el momento en el que es más feliz que nunca, y entonces le pegan un tiro en la cabeza y lo envasan al vacío. ¿A ti eso te parece ético?

La psicóloga suspiró.

—Entiendo que no quieres hablar de tus clientes y sus préstamos.

Zara se clavó bien fuerte las uñas de los pulgares en las palmas de las manos.

—¿Te has fijado en que los veganos siempre hablan de salvar el planeta, como si el planeta los necesitara? El planeta sobrevivirá durante miles de años, incluso sin gente. Sólo nos matamos a nosotros mismos.

Como de costumbre, no era una respuesta muy útil. Nadia miró el reloj y se arrepintió de inmediato, porque Zara se percató de ello y se levantó en el acto, como siempre. Zara no quería que la invitaran a irse, y la gente así aprende a controlar el reloj de los demás, la segunda vez que lo miran, se levantan. Nadia se sentía avergonzada y le soltó:

—Aún nos queda algo de tiempo... si quieres... Después de ti no tengo más pacientes.

—Pues, tengo cosas que hacer —respondió Zara.

Nadia se armó de valor y le preguntó abiertamente:

—¿Podrías contarme algo personal sobre ti? Una cosa nada más.

—¿Perdona?

Nadia se levantó, ladeó la cabeza para tratar de captar la mirada de Zara.

—En todo el tiempo que hemos pasado juntas me he dado cuenta de que no me has contado nada personal. Cualquier cosa. ¿Cuál es tu color favorito? ¿Te gusta el arte? ¿Te has enamorado alguna vez?

Zara enarcó las cejas hasta la raíz del pelo.

—¿Tú crees que dormiría mejor si estuviera enamorada?

Nadia soltó una carcajada.

—No. Era sólo un ejemplo. Es que sé poquísimo acerca de ti.

Aquel fue el más extraño de todos los momentos extraños que habían surgido entre las dos.

Zara permaneció varios minutos detrás de la silla. Luego respiró hondo y le contó a Nadia algo que no le había contado a ninguna otra persona:

—Me gusta la música. Pongo música… muy alto, en cuanto llego a casa. Me ayuda a ordenar los pensamientos.

—¿Sólo cuando estás en casa?

—No puedo subir tanto el volumen en la oficina. Y sólo funciona si la pongo a un volumen altísimo.

Zara se dio una palmada en la frente cuando dijo aquellas palabras. Como si de verdad quisiera explicar qué era lo que no funcionaba.

—¿Qué clase de música?

—*Death Metal*.

—Guau.

—¿Es una opinión profesional?

Nadia soltó una risita avergonzada y nada profesional, una que ciertamente no enseñan en la Facultad de Psicología.

—No, es que no me lo esperaba para nada. ¿Por qué *Death Metal* precisamente?

—Es tan ruidoso que silencia la cabeza.

A Zara se le marcaban blancos los nudillos de tanto apretar el asa del bolso. Nadia se percató, así que sacó un bloc de un cajón del escritorio, anotó algo y se lo dio a Zara.

—¿Es una receta de somníferos? —preguntó Zara.

Nadia meneó la cabeza.

—Es el nombre de un modelo muy bueno de audífonos. Aquí abajo, en esta misma calle, hay una tienda de electrónica. Cómpratelos, así podrás escuchar tu música allí donde te encuentres, en cuanto algo te agobie. Quizá te ayude a salir más, a ver gente, quizá incluso a… enamorarte…

La psicóloga se arrepintió enseguida de haber dicho esto último. Zara no respondió. Se guardó la nota en el bolso, se quedó mirando la carta que había en el fondo y lo cerró enseguida.

Cuando salía, Nadia le gritó preocupada:

—No tienes que enamorarte, Zara, ¡no era eso lo que quería decir! Sólo quería decir que puede ser positivo probar algo nuevo. Sólo creo que deberías concederte… concederte la oportunidad de… ¡cansarte de alguien!

Zara estaba en el ascensor. Cuando se cerraron las puertas, pensó en los préstamos de la gente. Los que concedemos y los que denegamos. Luego pulsó el botón de parada de emergencia.

52

Mientras sucedía la toma de rehenes, afuera en la calle Jack trataba de pensar en alguna forma de comunicarse con el sujeto en lugar de dejar que Jim entrara con las pizzas. Pensaba y pensaba y pensaba sin parar, porque los jóvenes pueden estar totalmente seguros de casi todo prácticamente siempre, pero incluso para Jack sería más fácil estar del todo seguro de que la bomba no era una bomba si no tuviera que enviar a su padre a poner a prueba la teoría.

—Espera, papá, tengo… —empezó, llamó por teléfono al mediador y le dijo—: Antes de que nos presentemos allí con las pizzas quiero intentar hacerme una idea general de lo que ocurre. Puedo subir al edificio de enfrente, quizá pueda ver el rellano de la escalera desde allí.

El mediador no parecía muy convencido.

—¿Qué puede importar eso?

—Quizá nada —reconoció Jack—, pero quizá desde allí vea por la ventana si hay o no hay una bomba, y antes de enviar allí a mi colega, quiero saber que al menos lo he intentado todo.

El mediador tapó el teléfono con la mano, intercambió unas frases con otra persona, uno de esos jefes cabrones, quizá. Luego volvió al teléfono y dijo:

—Está bien, está bien, adelante.

No le dijo a Jack que le había causado admiración el hecho

de que llamara «colega» a su padre, cuando la situación era tan
crítica, pero lo cierto es que así fue.

De modo que Jack entró en el edificio de enfrente. El mediador
seguía al teléfono, después de un piso y medio, preguntó:

—¿Qué... qué estás haciendo?

—Subo las escaleras —respondió Jack.

—¿No hay ascensor?

—No me gustan los ascensores.

Del mediador surgió un sonido como si se estuviera golpeando
la frente con el teléfono.

—O sea que estás dispuesto a entrar en un edificio donde hay
una bomba y un sujeto armado, pero te dan miedo los ascensores, ¿no?

Jack le respondió con un bufido:

—¡No me dan miedo los ascensores! ¡Me dan miedo las serplen-
tes y el cáncer, pero *no me gustan* los ascensores!

Entonces sonó como si el mediador hubiera soltado una risita.

—¿No puedes pedir refuerzos?

—El personal que tenemos disponible está aquí, al completo. Están controlando el cordón policial y la evacuación de los edificios
circundantes. He solicitado refuerzos, pero ambos están esperando
a sus esposas.

—¿Y eso qué quiere decir?

—Que han bebido. Sus mujeres los traerán en coche.

—¿Que han bebido? ¿A estas horas? ¿La *víspera* de Nochevieja?
—preguntó el mediador.

—Yo no sé cómo será en Estocolmo, pero aquí nos tomamos
todo lo de Nochevieja en serio —respondió Jack.

El mediador se echó a reír.

—Los estocolmenses no se toman en serio nada que sea importante, ya lo sabes.

Jack sonrió. Dudó durante varios peldaños antes de hacer la pregunta que llevaba todo el tiempo queriendo hacer.

—¿Te has visto envuelto alguna vez en una situación con toma de rehenes?

El mediador dudó también.

—Sí, claro que sí.

—¿Y cómo terminó?

—Soltó a los rehenes y salió después de cuatro horas de negociaciones.

Jack asintió muy serio y se detuvo en el penúltimo piso. Echó un vistazo por la ventana del rellano con unos pequeños prismáticos. Vio los cables que había en el suelo de la escalera, colgando de una caja de cartón en la que alguien había escrito unas palabras con rotulador. No se atrevía a jurar qué decía exactamente, pero se parecía muchísimo a la palabra NA-VI-DAD.

—No es una bomba —dijo al teléfono.

—¿Qué crees que es?

—Parecen luces navideñas para el balcón.

—Pues, muy bien.

Jack continuó escaleras arriba hasta el último piso. Si el sujeto no había bajado las persianas, tal vez podría ver el interior del apartamento.

—¿Cómo conseguiste que saliera? —preguntó por teléfono al mediador.

—¿Quién?

—El secuestrador. Aquella vez.

—Uf. Pues, lo normal, una combinación de todo lo que te enseñan. No usar negaciones, evitar los «no podemos» y los «no queremos». Tratar de encontrar algún punto en común. Averiguar sus motivos.

—¿De verdad que fue así como lograste que saliera?

—No, claro que no. Le gasté una broma.

—¿En serio?

—Sí, en serio. Llevábamos cuatro horas hablando y, de repente, se quedó callado. Eso es precisamente lo primero que aprendemos...

—¿Qué hay que mantenerlo entretenido? ¿No dejar que se haga el silencio?

—Sí, exacto. Yo ya no sabía qué hacer, así que me arriesgué y le pregunté si quería oír un chiste divertido. Estuvo callado durante un minuto más o menos, hasta que dijo: «Bueno, ¿y...? ¿Lo vas a contar o no?». Así que le conté el de los dos irlandeses que van en un barco, ¿lo conoces?

—No —dijo Jack.

—Pues, dos hermanos irlandeses están pescando en el mar. Estalla una tormenta y pierden los dos remos. Van a la deriva en la oscuridad, los zarandea el oleaje, están convencidos de que les ha llegado la hora. Cuando de pronto, uno de los dos ve algo que brilla en el agua, y logra pescar una botella. La descorchan y ¡*plop!* Aparece un genio, que les concede un deseo, el que ellos quieran. Así que los dos hermanos miran a su alrededor y se ven en plena tormenta, sin remos, a varios kilómetros de tierra firme, y el primer hermano pensaba en su deseo cuando el segundo suelta alegremente: «¡Quiero que todo el mar sea Guinness!». El genio se lo queda mirando como si fuera idiota, pero dice que, de acuerdo, claro, aquí vamos. Y ¡*plop!*, el mar entero se convierte en Guinness. El genio desaparece. El primer hermano se queda atónito mirando al otro y le dice enfadado: «¡Jodido imbécil! Sólo teníamos un deseo, ¡y vas y pides que todo el mar se convierta en Guinness! ¿No te das cuenta de lo que has hecho?». El segundo hermano menea la cabeza, avergonzado. El primer hermano se encoge de hombros con gesto resignado y dice...

El mediador hizo aquí una pausa de efecto, pero no alcanzó a rematar el chiste, porque Jack lo interrumpió y dijo:

—«¡Ahora tenemos que mear en el barco!».

El mediador resopló ofendido tan fuerte que tembló el teléfono.

—O sea, ¿que sí lo conocías?

—A mi madre le gustaban los chistes. ¿De verdad que con ése conseguiste que el secuestrador se rindiera?

Se hizo el silencio en la llamada, algo más de la cuenta, quizá.

—A lo mejor temía que le contara otro.

El mediador sonó como si quisiera reír después de decir aquello, pero no acertó a hacerlo. Jack se percató. Había llegado a la última planta, miró por la ventana al balcón del edificio de enfrente. Se detuvo, sorprendido.

—¡Qué dem…! ¡Qué cosa más rara!

—¿Qué?

—Puedo ver el balcón del apartamento donde se encuentran los rehenes. Hay una mujer.

—¿Una mujer?

—Sí. Con unos audífonos puestos.

—¿Con unos audífonos?

—Sí.

—¿Qué clase de audífonos?

—¿Cuántas clases hay? ¿Y qué importancia tiene?

El mediador soltó un suspiro.

—Bueno. Era una pregunta tonta. Pues, ¿qué edad tiene?

—Cincuenta y tantos. Algo mayor, quizá.

—¿Más de cincuenta o más de cincuenta y tantos?

—¡Por el amor…! ¡Yo qué sé! Es una señora. Una señora normal y corriente.

—Bueno, bueno…, tranquilo. ¿Parece estar asustada?

—Parece estar... aburrida. No parece estar en peligro, desde luego.

—Pues qué raro, siendo una toma de rehenes.

—Exacto. Y en las escaleras no hay ninguna bomba, eso seguro. Y el banco que trató de robar era un banco sin dinero en efectivo. Ya lo dije yo desde el principio: no estamos ante un profesional.

El mediador sopesó aquellas palabras un instante o dos.

—Pues sí. Creo que tienes razón.

Trató de parecer seguro, pero Jack oyó resonar la duda en su voz. Los dos hombres compartieron un profundo silencio antes de que Jack le pidiera:

—A ver, dime la verdad. ¿Qué fue lo que pasó realmente en el secuestro de rehenes en el que participaste?

El mediador suspiró.

—El hombre soltó a los rehenes. Pero se disparó antes de que pudiéramos entrar.

Aquellas palabras las llevaría Jack a flor de piel todo el resto del día.

Había empezado a bajar las escaleras otra vez cuando el mediador carraspeó un poco al teléfono.

—Oye, Jack, ¿puedo hacerte una pregunta yo *a ti*? ¿Por qué rechazaste el puesto en Estocolmo?

Jack evaluó la idea de mentir, pero no logró encontrar la energía necesaria.

—¿Cómo lo sabes?

—Estuve hablando con una de las jefas antes de salir. Le pregunté quién estaba en la comisaría local. Me dijo que hablara con Jack, porque era buenísimo. Dijo que te había ofrecido un puesto varias veces, pero que sigues rechazándolo.

—Yo ya tengo un puesto.

—No como el que te ofrece ella.

Jack resopló un tanto a la defensiva.

—Bah, los estocolmenses siempre piensan que todo el mundo gira alrededor de su dichosa ciudad.

El mediador se echó a reír.

—Oye, que yo me crié en un pueblo en el que había que hacer un trayecto de cuarenta minutos en coche para comprar leche. Allí pensábamos que tu ciudad era una metrópoli. Para nosotros el estocolmense eras tú.

Jack se rió también.

—Sí, supongo que siempre hay otro que piensa que el estocolmense eres tú.

—Pero, entonces, ¿cuál es el problema? ¿Tienes miedo de no saber hacer el trabajo si lo aceptas?

Jack se frotó las palmas de las manos en los pantalones.

—¿Y tú quién eres, mi psicólogo?

—Pues parece que te iría bien ir al psicólogo, sí.

—¿Podríamos centrarnos en este caso que tenemos entre manos?

El mediador dudó e inhaló profundamente antes de preguntar:

—¿Sabe tu padre que te han ofrecido otro puesto?

Jack estaba a punto de responder, pero el mediador nunca llegó a saber qué, porque precisamente en ese momento, Jack miró por la ventana del rellano y vio que su padre ya no estaba esperándolo en la calle, tal como él le había indicado.

—¡¿Pero qué demonios?! —dijo a gritos. Acto seguido, colgó el teléfono y echó a correr.

53

Zara acababa de salir al balcón cuando la vio Jack. Fue justo después de haberle dicho a la asaltante en el pasillo que no hiciera ninguna tontería, y en ese momento necesitaba aire fresco, más que nunca. Si sólo se veía la espalda de Zara mientras se dirigía a la puerta del balcón, podía creerse que estaba impaciente; era preciso verle la cara para comprender que estaba sensible. Se había sorprendido a sí misma allí dentro, había perdido el control, había sentido cosas. En los demás, eso habría ocasionado seguramente sólo una ligera incomodidad, como cuando descubres que has empezado a tener el mismo gusto musical que tus padres, o cuando das un mordisco a algo que crees que es chocolate, pero que resulta ser paté de hígado. Pero en Zara provocó un estado de pánico. ¿Estaría a punto de enfermar de empatía?

Se embadurnó bien las manos en desinfectante, contó las ventanas del edificio de enfrente una y otra vez, tratando de respirar hondo todo el tiempo. Llevaba demasiado tiempo en aquel apartamento, aquellas personas habían reducido su distancia y no estaba acostumbrada a ello. Se pegó bien a la fachada del balcón, para que nadie pudiera verla detrás de la barandilla desde la calle. Se ajustó bien los audífonos, subió el volumen, hasta que el estruendo y el ruido de la música se impusieron al estruendo y al ruido de su cabeza. Hasta que el bajo empezó a retumbar más fuerte que su corazón.

Allí la encontró quizá, durante un frágil segundo. La tregua consigo misma.

Vio que el invierno se iba acomodando en la ciudad. Le gustaba el silencio de aquella estación del año. En cambio, nunca había apreciado su autosuficiencia: cuando llegaba la nieve, el otoño ya había hecho todo el trabajo, se había encargado de las hojas y había eliminado concienzudamente el verano de la memoria de los hombres. Lo único que tiene que hacer el invierno es irrumpir con un par de grados bajo cero y llevarse todos los elogios, como un hombre que se pasa veinte minutos delante del grill, pero que nunca en la vida ha preparado una cena completa.

Zara no oyó que abrían la puerta del balcón, pero notó una oreja peluda en el pelo cuando Lennart se le acercó y se colocó a su lado. Le dio unos golpecitos discretos en el audífono.

—¿Sí? —respondió ella cortante.

—¿Tú fumas? —preguntó Lennart, porque, aunque aún no había logrado quitarse la cabeza de conejo, en el hocico había un agujerito para respirar, y estaba casi seguro de que por ahí podría dar una calada.

—¡Por supuesto que no! —dijo Zara, y volvió a ponerse el audífono el oído.

Lennart se sorprendió, aunque no podía apreciarse a través de la constante indiferencia de la cabeza de conejo. Zara puso cara de ser alguien que fumaba, no porque le gustaba, sino para al menos así enrarecer el aire para los demás. El conejo volvió a dar unos toquecitos en el audífono, ella se lo quitó extremadamente reacia.

—¿Y entonces qué haces en el balcón? —preguntó el conejo.

Zara lo miró despacio, comenzando por los calcetines deportivos, pasando por las piernas al aire y los calzoncillos con la goma floja, hasta el torso desnudo, donde el vello del pecho había empezado a encanecer.

—¿De verdad te sientes en situación de cuestionar las elecciones de vida de otras personas? —preguntó, pero no sonó tan irritada como quería, para irritación suya.

Él se rascó los enormes ojos sin vida de conejo y respondió:

—Yo tampoco fumo, en realidad. Sólo en fiestas. ¡Y en tomas de rehenes!

Él se rió, ella no. Él guardó silencio. Ella volvió a colocarse el audífono en el oído, pero él volvió a reclamarla enseguida.

—¿Puedo quedarme aquí contigo un rato? Me da un poco de miedo que Roger vuelva a pegarme si me quedo dentro.

Zara no respondió, se colocó de nuevo el audífono; el conejo volvió a reclamar su atención enseguida.

—¿Tú estás aquí de safari o qué?

Ella le clavó la mirada con sorpresa.

—¿Qué quieres decir con eso?

—Es sólo una observación. Siempre hay alguien como tú en las visitas a los apartamentos en venta. Alguien que no quiere comprar, pero que siente curiosidad. Que va de safari. Que hace la prueba de cómo es llevar cierto estilo de vida. En mi trabajo se aprende a reconocer a esa gente.

Zara le lanzó una mirada envenenada, pero permaneció muda. Es desagradable que te descubran, uno se ciñe más el abrigo alrededor del cuerpo cuando sucede, sobre todo si está acostumbrado a ser el que descubre a los demás. Su instinto le pedía responder con alguna maldad, crear mayor distancia entre los dos, pero para su sorpresa, le preguntó:

—¿No tienes frío?

Él dijo que no con la cabeza y ella tuvo que apartarse para que no le diera con la oreja. Luego Lennart se dio unas palmaditas en aquella cara peluda que llevaba puesta y se rió:

—Para nada. No en vano dicen que el setenta por ciento del calor corporal desaparece por la cabeza, así que, como esto se me ha quedado encajado, ¡supongo que ahora mismo sólo pierdo el treinta por ciento!

Los hombres que van por ahí en calzoncillos ajustados con los termómetros a bajo cero no suelen presumir de algo así, observó Zara para sus adentros. Volvió a ponerse los audífonos, con la esperanza de que eso bastara para librarse de él, pero antes de que él volviera a reclamar su atención, ya había adivinado que estaba a punto de empezar una frase con la palabra «yo».

—Yo soy actor, en realidad. Lo de estropear visitas a apartamentos en venta sólo es un extra.

—Qué interesante —dijo Zara con un tono que sólo los niños y los teleoperadores comerciales de telefonía podrían interpretar como una invitación a seguir hablando.

—Son tiempos difíciles para el sector cultural —aseguró el conejo.

Zara se dio por vencida y se quitó los audífonos. Resopló.

—Entonces, ¿ésa es tu excusa para explotar el hecho de que también son malos tiempos para los vendedores de apartamentos? ¿Cómo es que ustedes, los del «sector cultural», nunca piensan que el capitalismo es bueno, salvo cuando los que ganan con él son ustedes?

Lo dejó caer así, sin saber muy bien por qué. Entre las orejas del conejo Zara aún veía el puente a lo lejos. Las orejas se balanceaban como pensativas al viento de diciembre.

—Perdona, pero tú no me pareces una persona que se compadece de los vendedores de apartamentos —dijo.

Zara resopló más enfadada aún.

—A mí me dan igual los vendedores y los compradores. En cambio, no me da igual que no entiendas que tu «trabajo extra» manipula el sistema económico.

La cabeza de conejo sonreía burlona e inmóvil mientras Lennart pensaba en su interior, en un esfuerzo de máxima concentración. Al cabo de unos instantes, dijo las palabras más necias que podían surgir de una boca, ya fuera de conejo o de persona:

—¿Qué tengo que ver *yo* con el sistema económico?

Zara se masajeó las manos. Contó las ventanas.

—La idea es que el mercado se regule solo, pero tú y las personas como tú alteran el equilibrio entre la oferta y la demanda —dijo más resignada que enfadada.

Lógicamente, el conejo se apresuró a argumentar lo más predecible del mundo:

—Eso no es verdad. Si no lo hago yo, lo hará otra persona. No estoy incumpliendo la ley. La compra de un apartamento es la mayor inversión que hace la gente, por eso todos quieren comprar al mejor precio posible, yo me limito a ofrecer un servicio que...

—Pero las viviendas no deberían ser inversiones —respondió Zara con tono sombrío.

—¿Y qué deberían ser, entonces?

—Hogares.

—¿Eres comunista o qué? —se carcajeó el conejo.

Zara sintió deseos de darle en el hocico. Bien fuerte. Sin embargo, lo señaló entre las orejas y dijo:

—Hace diez años, cuando estalló la crisis, un hombre se arrojó desde ese puente por culpa de un mercado inmobiliario que se hundió al otro lado del mundo. A los inocentes los despidieron y a los culpables los premiaron con una bonificación. ¿Sabes por qué?

—Bueno, creo que estás exagerando un po...

—Porque la gente como tú dejó de preocuparse por el equilibrio del sistema.

Lennart resopló algo despectivo en el interior de la cabeza de conejo, puesto que aún no había entendido del todo con quién se le había ocurrido ponerse a discutir.

—Oye, tranquilízate, que la crisis fue culpa de los bancos, yo no dicto...

—¿Las reglas? ¿Es eso lo que pensabas decir? ¿Tú no dictas las reglas, pero sigues el juego? —lo interrumpió Zara cansada, puesto que preferiría beber nitroglicerina y saltar en un trampolín antes de tener que escuchar por enésima vez cómo un hombre le daba lecciones de responsabilidad económica.

—¡Sí! O bueno, ¡no! Pero...

Zara había pasado buena parte de su vida en salones de conferencia con usuarios de camisas con gemelos para poder adivinar el resto del monólogo de aquel tipo, así que decidió ahorrar su propio tiempo y la saliva de él:

—Deja que adivine adónde quieres llegar: no te importa el vendedor del apartamento, ni te importan Roger y Anna-Lena, sólo importas tú. Pero ahora te defenderás diciendo que no es posible hacer trampas en el mercado inmobiliario, porque el *mercado* no existe realmente, es un *constructo*. Sólo son cifras en una pantalla de computadora. Así que *tú* no tienes ninguna responsabilidad, ¿verdad que no?

—No... —comenzó Lennart, pero no había pronunciado ni un suspiro más cuando Zara reanudó el discurso:

—Y luego me soltarás alguna teoría de psicología barata de que el dinero tampoco tiene ningún valor porque es también un constructo. Y luego me darás, claro, una clase de historia, porque un gran sabio como tú querrá darle a esta pobre ignorante una clase de teoría económica y de cómo se creó la bolsa. Puede que incluso quieras contarme la historia de Hanói cuando, en 1902, la ciudad intentó combatir una invasión de ratas ofreciendo a los habitantes una recompensa por cada rata que mataran y cuya cola entregaran a la policía. ¿Y a qué condujo aquello? ¡A que la gente empezó a criar ratas! ¿Sabes cuántos hombres me han contado esa historia para explicarme que la gente corriente es egoísta y nada fiable? ¿Sabes a cuántos hombres como tú conocen al día todas las mujeres de la tierra, hombres que creen que todos los pensamientos que se vienen a ese cerebro diminuto que tienen es un regalo que ofrecernos?

Hay que decir en defensa de Lennart que, a aquellas alturas, ya había dado tres pasos hacia la barandilla. Pero Zara estaba ya embalada, por así decirlo, así que Lennart sólo atinó a decir «Yo...», cuando ella lo interrumpió:

—¿Tú qué? ¿Tú qué, ah? Que tú no eres el avaricioso, ¿no?, son los *demás*. ¿Es eso lo que ibas a decir?

El conejo meneó las orejas.

—No, no. Lo siento. No sabía que un hombre se hubiera arrojado desde el puente. ¿Tú lo cono...?

A Zara le latían las mejillas, el cuello le brillaba color rojo sangre debajo de los audífonos. Ya no hablaba con Lennart. Ni ella misma sabía con precisión a quién se dirigía, pero daba la impresión de que llevaba diez años esperando poder gritarle a alguien. A quienquiera que fuera. A sí misma, sobre todo. Así que dijo con un rugido:

—¡La gente como *tú* y como *yo* somos el problema! ¿Es que no lo ves? Siempre nos defendemos diciendo que prestamos un servicio. Que sólo somos una parte del mercado. Que todo es culpa de la gente. Que son avariciosos, que no deberían habernos confiado su dinero. Y luego *nosotros* tenemos la osadía de preguntarnos por qué cae la bolsa y por qué las ratas invaden la ciudad...

Tenía la mirada inundada de rabia, y le surgían unas nubecillas de la nariz. El conejo no respondió; aquellos ojos impertérritos sólo lo miraban mientras ella trataba de recuperar el control de su propio pulso. Luego se oyó un sonido entrecortado del interior de la cabeza. Al principio, Zara creyó que el maldito había sufrido un derrame, pero luego comprendió que así era como sonaba cuando Lennart se reía de verdad, desde lo más hondo. El conejo abrió los brazos.

—Yo ya ni sé de qué estás hablando exactamente, para serte sincero. Pero me rindo, ¡tú ganas, tú ganas!

Zara lo miró con los ojos entornados, tanto de miedo como de rabia. Era más fácil hablar con el conejo que con las demás personas, porque no tenía que mirar a Lennart a los ojos. No estaba preparada para las consecuencias de ello. Dobló y estiró los dedos de las manos sobre los muslos, los dobló y los estiró una y otra vez. Luego dijo, en un tono más bajo:

—¿Que yo gano, dices? ¿Y ganan Anna-Lena y Roger? Él trata de hacerse rico y ella trata de hacerlo feliz, y lo único que están haciendo es posponer un divorcio inevitable. Pero a ti eso te encanta, porque entonces tendrán que comprar *dos* apartamentos.

En ese momento, algo ocurrió. Lennart levantó la voz por primera vez.

—¡No! Hasta aquí hemos llegado, Porque… ¡porque yo no creo en eso!

—¿Y entonces en qué crees tú? —gritó Zara a su vez. Y fuera lo que fuera que la hubiera llevado a ese instante, se le quebró la voz al final. Cerró fuertemente los ojos, cerró los puños sobre los audífonos. Ella llevaba diez años esperando que alguien le hiciera esa pregunta. Así que casi se cae de espaldas cuando él respondió:

—En el amor.

Lennart soltó aquella palabra con total despreocupación, como si no fuera algo grande. Zara no estaba preparada para ello, y ése es el tipo de cosas que nos enfurecen. La voz de Lennart se volvió algo más sorda dentro de la cabeza de conejo, y dolida:

—Me hablas como si fuera a alegrarme de que la gente se separe. Al contrario. Y nadie que haya asistido a dos mil visitas de apartamentos en venta ignora que en el mundo hay mucho más amor que desamor.

Ni siquiera Zara tenía respuesta para un razonamiento así. Además, ese idiota con cabeza de conejo seguía sin tener frío aún, al parecer, lo cual la irritó más si cabe. Deja de hablar del amor y ten un poco de frío, por el amor a Dios, como un idiota corriente, pensó, y se preparó para responder algo demoledor. Pero lo único que se oyó decir fue:

— ¿Y en qué te basas para decir eso?

Las orejas de conejo temblaron.

—En todos los apartamentos que no están en venta.

Zara se deslizó los dedos por el cuello con gesto vacilante. No era una respuesta tan absurda, lo cual la sacó de quicio, naturalmente. ¿Por qué Lennart no podía tener la decencia de ser un idiota completo? Un idiota que además es un romántico es algo casi insoportable, y ese «casi» puede llevar a la locura a una mujer con audífonos.

De modo que siguió en silencio, mirando al puente. Luego suspiró resignada y sacó del bolso dos cigarrillos. Encajó uno en la nariz del conejo, y se puso el otro entre los labios. El conejo fue lo bastante listo como para no reclamarle el hecho de que justo antes ella no fumaba. Y ella lo apreció. Cuando le acercó el encendedor, le quemó un poco el hocico, y él tuvo que sacudirse con las palmas de las manos para apagarlo. Zara apreció aquel gesto también.

Fumaban sin prisa. Luego, con gravedad, pero sin acusación, Lennart dijo mirando hacia los tejados:

—Piensa de mí lo que quieras, pero Anna-Lena es uno de los pocos clientes que tengo a los que… apoyo. No quiere que su marido sea rico, quiere que se sienta necesitado. Todos dan por hecho que es sumisa y que está oprimida, y que siempre ha estado relegada y se ha sacrificado por la carrera profesional de su marido, pero ¿tú sabes en qué trabajaba ella?

—No —confesó Zara.

—Era la analista sénior de una gran empresa industrial estadounidense. Yo al principio no me lo creía, porque, la verdad, es más despistada que un molinillo al viento… Pero no encontrarás otra más inteligente ni con más estudios en este apartamento, de eso puedes estar segura. Cuando sus hijos eran pequeños, la carrera de Roger empezó a ir bien, pero la de ella iba mejor aún, así que Roger rechazó un ascenso para estar más tiempo en casa con los niños de modo que ella pudiera emprender todos los viajes de trabajo que le surgían. Sólo serían unos años, pero entonces las cosas empezaron a ir mejor aún, mientras que él se había estancado, y cuanto mayor era la diferencia de salario entre los dos, más difícil resultaba cambiar la situación. Cuando los niños crecieron y Anna-Lena había cumplido todos sus sueños, se dirigió a Roger y le dijo: «Ahora te toca a ti». Pero entonces ya no le ofrecieron ascensos. Era demasiado viejo. Y no tienen forma de abordar ese tema, porque nunca han practicado la comunicación verbal. Así que ahora ella trata de compensarlo mudándose de aquí para allá y haciendo reformas para… tener un proyecto común. Roger no tiene ya hijos de los que ocuparse, así que se siente inútil. Y lo único que quiere Anna-Lena es estar en casa. Y podrás decir lo que quieras de mí, pero nunca que no los apoyo a los dos.

Zara encendió otro cigarrillo, más que nada para poder mantener los ojos ocupados mirando las ascuas.

—¿Y todo eso te lo contó Anna-Lena?

—Te sorprenderían las cosas que me cuenta la gente.

—No, la verdad es que no —susurró Zara.

Quería contarle a Lennart que ella necesita distancia. Que no puede dejar de masajearse las manos. Que siempre cuenta los objetos que hay en la habitación, porque eso la tranquiliza. Que le gustan las hojas de cálculo y las previsiones porque le gusta en el orden. Pero también querría decirle que el sistema económico al que había consagrado toda su vida laboral constituía el verdadero problema del mundo actual, porque habíamos construido el sistema de modo que fuera demasiado fuerte. Nos olvidamos de lo avariciosos que somos pero, sobre todo, nos olvidamos de lo débiles que somos. Y ahora ese sistema nos está aplastando.

Todo eso habría querido decir Zara, pero a aquellas alturas de la vida se había acostumbrado a que la gente no entendiera o no quisiera entender. Así que guardó silencio. Con el íntimo deseo de haber estado en silencio todo el tiempo.

Se fumaron un cigarrillo más. Zara se encontraba en su compañía menos a disgusto de lo que esperaba, y este día le había ofrecido más experiencias nuevas de las que se sentía dispuesta a absorber, de modo que, cuando las orejas de conejo se volvieron otra vez hacia ella, se llevó enseguida los dedos a los audífonos. Se percató de que él buscaba otra pregunta que hacerle, para mantener viva la conversación. Eso era lo que más detestaba Zara de los hombres. Porque al final, sólo se les ocurrían dos preguntas: «¿En qué trabajas?» y «¿Estás casada?».

+>-<+

Pero el dichoso Lennart tomó impulso y le preguntó: «¿Qué estás escuchando?».

Maldita sea, pensó Zara. Ya podrías tener frío y no interesarte por mí. Abrió la boca, era muchísimo lo que habría querido decir, pero al final sólo dijo:

—Asaltante no tardará en rendirse. La policía irrumpirá aquí en cualquier momento. Deberías ir a ponerte unos pantalones.

El conejo asintió decepcionado. La dejó allí con los audífonos en la mano y la música a todo volumen, mientras ella contaba las ventanas una y otra vez. Puede que no sea una historia de amor que dé para escribir poesía, pero ahí mismo se habían dejado fuera de combate el uno al otro.

54

Estelle dio unos toquecitos discretos en la puerta del vestidor. Abrió Julia.

—Sólo quería decirles que las pizzas están en camino, pero tú, que comes por dos, debes de estar muerta de hambre, pobre, ¿no? ¿Quieres picar algo mientras tanto? Hay comida en el congelador. Quiero decir que la gente casi siempre tiene comida en el congelador —dijo Estelle.

—No, gracias, es muy amable de tu parte, pero estoy bien —sonrió Julia. Le gustó que Estelle le hiciera esa pregunta; debería hacerlo más gente, preguntar si los demás tienen hambre, y no cómo se encuentran.

—Bueno, pues, entonces no molesto —dijo Estelle, y empezó a cerrar la puerta.

—¿Quieres entrar? —preguntó Julia, francamente, como quien pregunta con la esperanza de que la respuesta sea no.

—¡Claro! —gorjeó Estelle entrando y cerrando la puerta tras de sí. Se abrió paso por delante de la escalera y se sentó en el último asiento que había en el vestidor: un baúl, escondido al fondo. Una vez acomodada, apoyó las manos cruzadas en las rodillas, sonrió dulcemente y dijo:

—Bueno, pues qué a gusto se está aquí después de todo, ¿no? Yo llevo años sin comer pizza. Reconozco, por supuesto, que esto del robo y la toma de rehenes no ha sido muy agradable para ninguno de nosotros, pero confieso sentirme aliviada de que Asaltante sea una mujer. ¡Está bien que las mujeres mostremos de lo que somos capaces!

Julia se puso el pulgar en un punto diminuto situado justo entre los ojos, presionó con fuerza y se controló lo suficiente para responder:

—Bueno, a ver. Nos ha amenazado con una pistola, pero, aun así ... ¡*girl power*!

—¡Yo no creo que la pistola sea de verdad! —se apresuró a señalar Anna-Lena.

Julia cerró los ojos para que no vieran en ellos su desesperación. Estelle sonrió y preguntó llena de curiosidad:

—Pero bueno, no he venido a interrumpirlas, claro, como la vieja atolondrada que soy. ¿De qué estaban hablando?

—Del matrimonio —sollozó Anna-Lena.

—¡Oh! —exclamó Estelle, como si acabara de ver aparecer su tema favorito en un concurso de televisión.

Julia se ablandó un poco ante su entusiasmo, y le preguntó:

—Tu marido se llama Knut, ¿no? ¿Cuánto tiempo llevan casados?

Estelle contó en silencio hasta que se le acabaron los números.

—Knut y yo llevamos casados desde siempre. Así son las cosas cuando uno llega a viejo. Deja de existir el tiempo anterior a que él apareciera.

A Julia le gustó mucho esa respuesta.

—¿Cómo se superan tantos años de matrimonio? —preguntó.

—Luchando —respondió Estelle muy sincera.

A Julia aquello no le gustó tanto.

—No parece muy romántico.

Estelle sonrió con astucia.

—Los dos tienen que escucharse todo el tiempo. Pero no *todo* el tiempo. Si se escuchan *todo* el tiempo existe el riesgo de no poder perdonarse después.

Julia se rascó las cejas con tristeza.

—A Ro y a mí antes se nos daba bien reconciliarnos. Se nos daba tan bien reconciliarnos que no importaba que también se nos diera bien enfadarnos. A veces me enfadaba con ella a propósito porque como se nos daba tan bien... lo otro... Pero ahora, eh, no sé. Ahora ya no estoy tan segura de lo nuestro.

Estelle empezó a dar vueltas a su anillo de casada y se humedeció los labios pensativa.

—Al poco de enamorarnos Knut y yo llegamos a un acuerdo sobre cómo discutir, porque Knut siempre decía que tarde o temprano se acaba el enamoramiento, y entonces la gente empieza a discutir quiera o no. Así que cerramos un trato como el de la Convención de Ginebra, donde se pusieron de acuerdo en unas reglas para las guerras. Knut y yo nos prometimos que, por más enfadados que estuviéramos, nunca nos diríamos nada para herir al otro a propósito. No podíamos discutir para ganar. Porque entonces, tarde o temprano, uno de los dos ganaría. Y ningún matrimonio sobrevive a eso.

—¿Y funcionó? —preguntó Julia.

—No lo sé —reconoció Estelle.

—¿No?

—Nunca dejamos de estar como recién enamorados.

Resultaba del todo imposible no apreciarla por aquello. Estelle miró a su alrededor unos instantes, como si tratara de recordar algo, luego se levantó y abrió el baúl.

—Pero ¿qué haces? —preguntó Julia.

—Nada, echando un vistazo —respondió Estelle con tono de disculpa.

Anna-Lena se lo tomó muy mal, porque pensaba que existían unas reglas no escritas sobre cuánto podía uno husmear cuando visitaba un apartamento en venta.

—¡Eso no está bien! Sólo podemos mirar los cajones que estén abiertos. Salvo que sean los de la cocina. Los de la cocina sí se pueden abrir, pero sólo unos segundos, para ver lo grandes que son, no puedes ponerte a contar cubiertos o a juzgar a la gente por su estilo de vida ni cosas así. Existen... ¡reglas! Se puede abrir el lavavajillas, ¡pero no la lavadora!

—Se ve que tú has estado en muuuuchas visitas a apartamentos en venta... —le dijo Julia.

—Lo sé —respondió Anna-Lena con un suspiro.

—¡Aquí hay vino! —exclamó Estelle alegremente, sacando dos botellas del baúl.

—¿Vino? —repitió Anna-Lena, súbitamente animada, porque, al parecer, si era para encontrar vino, no estaba mal rebuscar en los cajones.

—¿Quieren un poco? —les ofreció Estelle.

—Yo estoy embarazada —le recordó Julia.

—¿Y las embarazadas no pueden beber vino?

—No se puede beber nada de alcohol.

—Pero... ¿y vino?

Estelle abrió los ojos de par en par derrochando buena intención. Después de todo, el vino sólo son uvas. Y a los niños les gustan las uvas.

—Vino tampoco —aseguró Julia con tono paciente, y pensó en cómo respondió Ro a la matrona en el centro de salud, cuando la mujer les hizo la pregunta protocolaria de si bebían mucho alcohol: «¡A todas horas! ¡Si ahora bebo por tres!». La matrona no comprendió que Ro estaba bromeando, y el ambiente se puso tenso. Al recordarlo ahora, Julia se echó a reír. Esto ocurre a menudo cuando una está casada con una idiota.

—¿He hecho algo mal? —preguntó Estelle angustiada, y tomó un trago directamente de la botella, antes de pasárselo a Anna-

Lena, que, sin dudar, dio dos largos tragos, lo cual podía interpretarse como algo totalmente impropio de Anna-Lena. Era un día muy raro para todos ellos.

—No, no, estaba pensando en algo que hizo mi mujer —dijo Julia con una sonrisa, tratando, con poquísimo éxito, de aguantarse la risa.

—¡La mujer de Julia es una idiota! ¡Igual que Roger! —le explicó Anna-Lena solícita a Estelle, y tomó otro trago, esta vez mayor que su cavidad bucal, que tuvo como consecuencia un ataque de tos con escozor de nariz. Julia se inclinó y le dio a Anna-Lena unos golpecitos en la espalda. Estelle le quitó la botella con cuidado, y la aligeró un poco. Luego dijo en voz baja:

—Knut no es ningún idiota. Realmente no lo es. Pero está tardando muchísimo en aparcar el coche. Me gustaría que estuviera aquí para... bueno, es que no estaba preparada para estar yo sola en una toma de rehenes.

Julia sonrió.

—No estás sola, nos tienes a nosotras. Y Asaltante no parece querer hacerle daño a nadie, estoy segura de que todo va a salir bien. Pero... ¿puedo preguntarte una cosa?

—Por supuesto, cariño.

—Dime... ¿tú *sabías* que había vino en el baúl? Si no, ¿por qué empezaste a rebuscar ahí precisamente?

Estelle se ruborizó. Al cabo de unos instantes, confesó:

—En casa suelo esconder el vino en el vestidor. A Knut le parecía una tontería. Quiero decir que *le parece* una tontería. Pero conocemos a los demás igual que a nosotros mismos, y pensé que a quien viva aquí puede preocuparle que el puñado de desconocidos que venga a ver el apartamento encuentre las botellas de vino y piense «pues, esta persona es alcohólica», y el mejor sitio para esconder el vino en esos casos es el vestidor.

Anna-Lena tomó dos tragos más, soltó un hipido e intervino:

—Los alcohólicos no tienen en casa botellas sin abrir, las tienen vacías.

Estelle le sonrió agradecida y respondió sin pensar:

—Muy amable por tu parte; Knut habría estado de acuerdo contigo.

A la anciana le brillaban los ojos, no sólo del vino. Julia arrugó tanto la frente al advertirlo que le cambió por completo el peinado. Se inclinó, le puso a Estelle la mano en el brazo y le preguntó en un susurro:

—Estelle... Knut no está aparcando el coche, ¿verdad?

Los finos labios de la mujer desaparecieron en una mueca de tristeza, así que las palabras apenas lograron salir por ellos cuando, finalmente, reconoció:

—No.

INTERROGATORIO DE TESTIGOS

Fecha: 30 de diciembre
Nombre del testigo: Lennart

Jack: A ver si lo he entendido bien: usted no estaba en la vivienda en calidad de comprador, sino porque Anna-Lena lo había contratado para que arruinara la visita.

Lennart: Exacto. Lennart Sin Límites, ése soy yo. ¿Te dejo mi tarjeta? También hago despedidas de soltero, si el que se casa te ha robado la novia.

Jack: Entonces, ¿ése es su trabajo? ¿Estropear las visitas de posibles compradores?

Lennart: No, soy actor. Pero en estos momentos escasean los papeles. Aunque actué en *El mercader en Venecia* en el teatro local.

Jack: De Venecia.

Lennart: No, no, aquí, en el teatro local de aquí.

Jack: Quiero decir que se titula *El mercader de Venecia*, no *en Venecia*. Da igual, ¿puede decirme algo del sujeto?

Lennart: Me parece que no. Ya he dicho todo lo que recuerdo.

Jack: Okey. Pues siento tener que pedirle que se quede aquí un poco más; quizá surjan más preguntas.

Lennart: ¡No hay problema!

Jack: Ah, por cierto, una última cosa: ¿usted qué sabe sobre los fuegos artificiales?

Lennart: ¿Cómo?

Jack: Los fuegos artificiales que pidió el sujeto.

Lennart: ¿Qué pasa con eso?

Jack: Pues que, cuando alguien toma rehenes, no es normal que exija fuegos artificiales a cambio de liberarlos. Lo normal es pedir dinero.

Lennart: Con todos mis respetos, lo *normal* sería no ir por ahí tomando rehenes, ¿no?

Jack: Puede ser, pero ¿no le parece una exigencia un tanto extraña, lo de pedir fuegos artificiales? Fue lo último que hizo el sujeto antes de soltarlos.

Lennart: Pues no sé. Es Año Nuevo. A todo el mundo le gustan los fuegos artificiales.

Jack: No a los que tienen perro.

Lennart: Ah.

Jack: ¿Qué se supone que significa eso?

Lennart: Nada, me ha sorprendido. Creía que a los policías les gustaban los perros.

Jack: ¡Yo no he dicho que no me gusten los perros!

Lennart: Lo normal sería decir que a los perros no les gustan los fuegos artificiales. Pero tú has dicho «los que tienen perro».

Jack: No me entusiasman los animales.

Lennart: Lo siento. Forma parte de mi profesión. Aprendes a interpretar.

Jack: ¿Cómo actor?

Lennart: No, de lo otro. Por cierto, ¿los demás siguen en la comisaría?

Jack: ¿Quiénes?

Lennart: Ya sabes, los que estaban en el apartamento.

Jack: ¿Tiene en mente a alguien en particular?

Lennart: Zara, por ejemplo.

Jack: ¿Por ejemplo?

Lennart: No pongas esa cara, como si te hubiera preguntado algo indecente. O sea, no pasa nada por preguntar, ¿no?

Jack: Sí, Zara sigue aquí, ¿por?

Lennart: Bah, por curiosidad. A veces uno siente curiosidad por la gente así, sin más, y hacía mucho que no conocía a nadie como ella, tan difícil de interpretar. Lo intenté, pero no lo conseguí. ¿Por qué te ríes?

Jack: No me río.

Lennart: ¡Pero si te estoy viendo!

Jack: Sí, disculpe, no era mi intención. Pensaba en una cosa que siempre dice mi padre.

Lennart: ¿Qué?

Jack: Dice que nos casamos con la persona a la que no entendemos. Y luego nos pasamos la vida intentando entenderla.

«La muerte, la muerte, la muerte», pensaba Estelle en el vestidor. Una vez, muchos años atrás, leyó que su escritor favorito tenía por costumbre iniciar así las conversaciones telefónicas. «La muerte, la muerte, la muerte». Así daba el tema por zanjado y podía conversar sobre otros asuntos. De lo contrario, a partir de cierta edad, ninguna llamada tendía a tratar sobre la vida, sino sólo sobre lo otro. Estelle lo entendía, a aquellas alturas. El mismo autor escribió una vez que «hay que vivir la vida para poder reconciliarse con la muerte», pero eso a Estelle le costaba más. Del tiempo en que les leía cuentos a sus hijos recordaba que Peter Pan decía: «¡Morir será una gran aventura!». Para quien se muere, tal vez, pero no para quien se queda. A ella sólo le esperan mil amaneceres donde la vida es una hermosa prisión. Le temblaron las mejillas, recordándole que ya era vieja, que ya tenía la piel tan fina que siempre se movía al empuje de un viento imperceptible para los demás. Ella no tenía nada en contra de la vejez, pero sí de la soledad. Cuando conoció a Knut no vivió una historia de amor, no se sintió como había leído que sería. La suya fue siempre más bien la historia de una niña que encuentra al compañero de juegos ideal. Cuando Knut la tocaba ella se sentía como si trepara a los árboles o saltara de un puente, así fue hasta el final. Lo que más echaba de menos era hacerlo reír tanto que escupiera el desayuno. Esas cosas eran cada vez más divertidas a medida que pasaban los años, sobre todo después de que le pusieron la dentadura postiza.

—Knut está muerto —dijo por primera vez en voz alta, y tragó saliva.

Julia bajó la vista al suelo callada e indecisa. Anna-Lena estuvo unos segundos pensando algo que decir, pero al final se inclinó hacia Estelle y le dio en el hombro con la botella de vino. Estelle la aceptó y se tomó dos buenos tragos, antes de devolvérsela y continuar como para sus adentros:

—El caso es que a Knut se le daba muy bien aparcar. Era capaz de aparcar en línea en los sitios más minúsculos. Así que a veces, cuando más me duele su ausencia, cuando veo algo muy gracioso y pienso «con esto se habría reído tanto que el desayuno hubiera cubierto toda la pared», entonces me imagino que está aparcando y ya está. No era un hombre perfecto, ninguno lo es, ya se sabe, pero cada vez que íbamos a algún sitio y estaba lloviendo, me dejaba en la misma puerta, para que yo pudiera esperar a cubierto mientras él… aparcaba el coche.

El silencio se impuso entre las tres mujeres, fue exprimiéndolas lentamente de vocabulario hasta que ninguna supo qué decir. «La muerte, la muerte, la muerte», pensó Estelle.

Las últimas noches que Knut pasó en el hospital, ella le preguntó:

—¿Tienes miedo?

Y él le dijo:

—Claro. —Luego le pasó los dedos por el pelo y añadió—: Pero también estará bien disfrutar de paz y tranquilidad. Diles que escriban eso en la lápida. —Y Estelle se echó a reír mucho. Cuando él la dejó, lloró tanto que se le cortaba la respiración. Su cuerpo nunca volvió a ser el mismo, se dobló y nunca volvió a desdoblarse del todo.

—Él era mi eco. Todo lo que hago ahora es más silencioso —les dijo a las dos mujeres.

Anna-Lena se quedó en silencio un buen rato antes de abrir la boca, porque, a pesar de que empezaba a estar ebria, era consciente de que no parecer avariciosa en estos momentos sería señal de tacto y buena educación. Fueron unos segundos inútiles los que invirtió en ello, pues, una vez verbalizado el pensamiento, ni la buena voluntad ni una manada de caballos salvajes habrían podido ocultar cuáles eran sus esperanzas.

—Entonces... si no era verdad que tu marido estaba aparcando el coche..., puedo preguntarte si es verdad que has venido a ver el apartamento para tu hija, o era...

—No, no, mi hija vive en una casa adosada con su marido y sus hijos —respondió Estelle algo avergonzada.

Justo a las afueras de Estocolmo, además; pero eso no lo dijo en voz alta, porque pensaba que aquella conversación no tenía por qué complicarse más aún.

—O sea que has venido... sólo a mirar, ¿no? —preguntó Anna-Lena.

—¡A ver, Anna-Lena, que ella no supone ninguna competencia para ti y para Roger en la compra del apartamento! ¡No seas tan insensible! —la atajó Julia.

Anna-Lena miró el fondo de la botella y susurró:

—Sólo preguntaba.

Estelle les dio las gracias con una palmadita en el brazo, primero a la una, luego a la otra, y susurró:

—No discutan por mí, queridas. Soy demasiado vieja para merecer tal cosa.

Julia asintió enojada, y mantuvo la mano en la barriga. Anna-Lena hizo más o menos lo mismo con la botella de vino.

—¿Cuántos años tienen tus nietos? —le preguntó.

—Son adolescentes —dijo Estelle.

—Lo siento —respondió Anna-Lena compasiva.

Estelle sonrió apenas. Quienes han vivido con adolescentes saben que ellos sólo existen para sí mismos, y sus padres están ocupados al máximo con todos los horrores de la vida. Allí no había sitio para Estelle, lo único que hacía era estorbar. Todos querían que respondiera al teléfono cuando la llamaban el día de su cumpleaños, pero los demás días del año daban por hecho que el tiempo se detenía para ella. Era un adorno agradable que sacaban en Navidad y en la fiesta del solsticio de verano. La voz de Estelle buscaba vacilante cómo contar bien el relato, pues no estaba acostumbrada a que se le presentara la oportunidad.

—No... no he venido a comprar el apartamento. Es sólo que no tengo nada que hacer. A veces vengo a estas visitas sólo por curiosidad, para escuchar a la gente, para enterarme de con qué sueñan. La gente tiene los sueños más grandes cuando busca dónde vivir. Knut murió lentamente, ¿saben? Estuvo muchos años ingresado en una clínica, yo no podía empezar a vivir como si él no estuviera vivo, pero, en realidad... no vivía. No de verdad. Así que yo estuve viviendo en pausa, por así decir. Todos los días tomaba el autobús para ir a la clínica y me quedaba con él. Leía libros. Al principio, en voz alta; al final, en silencio. Así son las cosas. Pero entonces tenía algo que hacer. Todo ser humano necesita tener algo que hacer.

Anna-Lena pensó que sí, que así era, que todos necesitan un proyecto.

—La vida pasa tan rápido... Por lo menos la vida laboral —pensó en voz alta y se la vio algo turbada al comprobar que Julia la había oído.

—¿En qué trabajabas? —le preguntó la joven.

Anna-Lena llenó los pulmones de aire, dudosa y orgullosa a un tiempo.

—Era analista en una empresa industrial. O bueno, en realidad, era analista sénior, pero intentaba no serlo.

—¿Analista sénior? —repitió Julia, que se avergonzó enseguida de su tono.

Anna-Lena advirtió la sorpresa en su mirada, pero ya estaba acostumbrada y no se molestó. En condiciones normales, habría cambiado de tema sin más, pero ahora tal vez pudo el vino, porque, pensando en voz alta, dijo abiertamente:

—Sí, analista sénior. Aunque yo no aspiraba a serlo. A ser jefa. Fue el director general de la empresa quien dijo que, precisamente por eso, quería que fuera yo. Dijo que no hay que dirigir diciéndole a todo el mundo lo que tiene que hacer, hay que dirigir dejando que hagan lo que saben hacer. Así que yo traté de ser más maestra que jefa. Sé que no es eso lo que la gente piensa de mí, pero no soy mala maestra. Cuando me jubilé, dos de mis empleados me contaron que no se habían dado cuenta de que yo fui su jefa durante años hasta que escucharon mi discurso de despedida. Algunos se lo habrían tomado como una ofensa, pero para mí fue... bonito. Si puedes hacer algo por otra persona de modo que crea que fue capaz de hacerlo sola, es que has llevado a cabo un buen trabajo.

Julia sonrió.

—Eres una caja de sorpresas, Anna-Lena.

Anna-Lena se lo tomó como el elogio más bonito de toda su vida. Pero la tristeza y la vergüenza volvieron a empañarle los ojos enseguida, los cerró rauda y los abrió otra vez, lentamente.

—Todo el mundo cree que yo..., bueno, cuando la gente nos conoce, todos creen que yo he estado a la sombra de Roger. Pero no ha sido así. Roger debería haber tenido la oportunidad de ser jefe. Pero mi trabajo… me iba tan bien… Cada vez me iba mejor, así que él rechazó los ascensos que le ofrecían para poder llevar y recoger a los niños y todo eso. Mientras yo viajaba y hacía carrera, y siempre pensaba que al año siguiente le tocaría el turno a él. Pero eso nunca sucedió.

Guardó silencio. Por una vez Julia no supo qué decir. Estelle no sabía dónde meter las manos, así que al final abrió el baúl y las metió otra vez allí dentro. Salieron con una caja de cerillas y un paquete de tabaco.

—¡Anda! —exclamó la mar de contenta.

—Pero ¿quién vivirá aquí? —preguntó Julia.

—¿Alguien quiere? —las invitó Estelle.

—¡Yo no fumo! —se apresuró a declarar Anna-Lena.

— Ni yo. Lo he dejado. Bueno, a veces sí fumo. ¿Tú fumas? —le preguntó a Julia, pero añadió enseguida—: Bueno, no, claro, no estando embarazada. En mis tiempos sí fumaban las embarazadas. O bueno, procurábamos fumar menos, claro, pero tú no fumas nada de nada, ¿verdad?

—No, nada de nada —dijo Julia con tono paciente.

—La juventud de hoy día. Son tan conscientes de cómo afecta todo a sus hijos… Una vez oí a un pediatra en televisión que decía que desde hacía una generación los padres acudían a él y le decían: «Nuestro hijo se hace pis en la cama, ¿qué le pasa?». Ahora, una generación después, los padres van a la consulta y le dicen: «Nuestro hijo se hace pis en la cama, ¿qué hemos hecho mal?». Se culpan de todo.

Julia apoyó la cabeza en la pared del vestidor.

—Seguro que nosotros cometemos los mismos errores que ustedes, sólo que en distintas versiones.

Estelle jugueteaba con el paquete de tabaco entre las manos.

—Yo solía fumar en el balcón, porque a Knut no le gustaba el olor cuando fumaba dentro, y a mí me gustaban las vistas. Se veía hasta el puente. En fin, igual que desde este apartamento. A mí me gustaba muchísimo... Pero... bueno, quizá recuerdan que un hombre se mató saltando desde allí hace diez años, ¿verdad? La noticia apareció en todos los periódicos. Y yo... Miré a qué hora lo había hecho y comprendí que fue poco después de que yo hubiera estado fumando en el balcón. Knut me llamó para que viera algo que estaban dando en la tele, entré y dejé el cigarrillo quemándose en el cenicero, y mientras tanto aquel hombre se subió a la barandilla y saltó. Dejé de fumar en el balcón después de eso.

—Ay, Estelle, no fue culpa tuya que alguien saltara de un puente —dijo Julia tratando de consolarla.

—Ni del puente —observó Anna-Lena.

—¿Qué?

—Que no es culpa del puente que alguien se le suba y salte. Yo lo recuerdo muy bien, se los aseguro, porque Roger se enfadó mucho.

—¿Conocía al hombre que saltó? —preguntó Estelle.

—No, no. Pero sabía mucho sobre el puente. Roger era ingeniero, ¿saben?, construía puentes. No ése en concreto, pero si te importan mucho los puentes, como a Roger, al final te importan todos los puentes. Y en la tele hablaban de aquel hombre como si el puente tuviera la culpa. A Roger lo entristeció muchísimo. Los puentes existen para acercar a las personas, decía.

Julia pensó que aquello era algo curioso y, al mismo tiempo, un poco romántico. Quizá por eso o quizá sólo porque se sentía extenuada y hambrienta, de pronto empezó a contarles:

—Mi prometida y yo estuvimos en Australia hace unos años porque ella quería hacer *bungee jumping*.

—¿Tu prometida? ¿Te refieres a Ro? —preguntó Estelle.

—No, mi prometida anterior.

Era una larga historia. Todas las historias lo acaban siendo, si las contamos desde el principio. Esta historia, por ejemplo, habría sido mucho más breve si sólo hubiera tratado de las tres mujeres en un vestidor. Pero resulta que también trata de dos policías, y uno de ellos está ahora subiendo las escaleras.

Lo que ocurrió en la calle fue que, antes de entrar en el edificio de enfrente, Jack le dijo a su padre que esperase allí. Que no se le ocurriera irse a ninguna parte. Sobre todo, que no entrara en el edificio donde estaban los rehenes. Tu quédate aquí, le dijo a su padre.

Pero el padre no hizo tal cosa, naturalmente.

Reunió las pizzas y subió con ellas al apartamento y, cuando volvió a bajar, ya había hablado con la asaltante.

Entre tanto, dentro del vestidor, Julia ya se había arrepentido de haber mencionado a su exprometida, así que añadió:

—Cuando conocí a Ro, yo estaba prometida, pero es una larga historia. Ni caso.

—Tenemos tiempo para largas historias —aseguró Estelle, porque había encontrado otra botella de vino en el baúl.

—¿Tu novia quería saltar desde un puente? —repitió Zara indignada.

—Sí. Se llama *bungee jumping*. Saltas con una cuerda elástica atada al tobillo.

—Parece una locura.

Julia se frotaba las sienes con las yemas de los dedos.

—A mí también me lo parecía. Pero ella quería hacer cosas todo el tiempo. Quería *experimentarlo* todo. Y en ese viaje precisamente comprendí que no podía vivir con ella, porque yo no tengo fuerzas para experimentar a todas horas. Empecé a echar de menos lo cotidiano, todo lo aburrido, y ella no quería aburrirse nunca. Así que yo volví de Australia una semana antes que ella, con el pretexto de que tenía que trabajar. Y entonces fue cuando besé a Ro por primera vez.

Julia soltó una risita al decirlo. En parte por vergüenza, pero quizá también porque era la primera vez en muchísimo tiempo que recordaba cómo se enamoraron. Es fácil olvidarlo cuando uno se encuentra en medio de las cosas de la vida que vienen después, cuando vas a tener un hijo con alguien resulta de pronto imposible recordar que hubo un tiempo en que quisiste a otra persona.

—¿Y cómo se conocieron Ro y tú? —preguntó Estelle con unas gotas de vino en las comisuras de los labios.

—La primera vez que nos vimos fue cuando entró en mi tienda. Yo soy florista, ella quería comprar unos tulipanes. Fue varios meses antes del viaje a Australia. Entonces no pensé mucho en ella. Era... guapa, claro, eso lo puede ver cualquiera...

Estelle asintió con vehemencia:

—¡Sí, fue lo primero que pensé yo! De verdad que es guapísima. ¡Y muy exótica!

Julia soltó un suspiro.

—¿Exótica? ¿Sólo porque lleva un color de pelo distinto al tuyo o al mío?

Estelle parecía apenada:

—¿Acaso ya no se pueden decir esas cosas?

Julia no sabía exactamente por dónde empezar a explicarle que su mujer no era un pedazo de fruta, así que lanzó otro suspiro y continuó:

—En fin, el caso es que era guapa. Muy guapa. Incluso más guapa que ahora. No porque... bueno, no vayan a decírselo, por favor, ¡que sigue siendo guapísima! Pero, bueno, el caso es que yo quería... ya saben... con ella... Pero estaba comprometida. Pero ella siguió viniendo a comprar tulipanes. En ocasiones, varias veces por semana. Y me hacía reír, así, a carcajadas, abiertamente, y una no conoce gente así todos los días. Se me ocurrió contárselo a mi madre, y ella me dijo: «Con la gente que sólo es guapa no se puede vivir mucho tiempo, Jul. Pero con la que es graciosa... ¡ah!, ésa dura una eternidad».

—Muy lista, tu madre —dijo Estelle.

—Sí.

—¿Está jubilada?

—Sí.

—¿En qué trabajaba?

—Limpiaba oficinas.

—Y tu padre, ¿qué hacía?

—Pegaba a las mujeres.

Estelle se quedó paralizada, Anna-Lena, muy seria. Julia las miró a las dos y pensó en su madre, en que lo más bonito de todo fue que ella siempre miró a la vida a los ojos, y que con independencia de lo que la vida le echara encima, ella siempre se negó a dejar de ser una romántica. Pocos tienen el corazón que hace falta para eso.

—Mi pobre niña —susurró Estelle.

—Qué cabrón —murmuró Anna-Lena.

Julia sacudió los hombros, como hacen los niños que se vuelven adultos demasiado rápido, para sacudirse los sentimientos.

—Mi madre y yo lo abandonamos. Y él no vino a buscarnos. Yo ni siquiera lo odié, porque mi madre no me lo permitió. Después de todo lo que le había hecho, ni siquiera me dejó que lo odiara. Siempre quise que conociera a otro hombre, alguien que fuera bueno y que la hiciera reír, pero me decía que conmigo tenía suficiente. Pero encones... el día que le hablé de Ro... ese día mi madre vio en mí algo que me ayudó a ver algo en ella. Puede que suene raro... no sé cómo explicarlo. Algo que ella había vivido en una ocasión, y que había abandonado la esperanza de conseguir, ¿entienden lo que quiero decir? Y pensé... ¿es así como se siente uno? ¿Así es eso de lo que hablan todos? ¿Ese sentimiento auténtico?

Anna-Lena se secó el vino de la barbilla.

—¿Y qué pasó entonces?

Julia parpadeó, primero rápido, luego despacio.

—Mi prometida seguía en Australia. Y un día Ro entró en la tienda. Esa mañana yo había estado hablando por teléfono con mi madre, y ella se echó a reír cuando le dije que no sabía lo que sentía Ro, si es que sentía algo. Mi madre me respondió: «Mira, Jul, a nadie le gustan los tulipanes hasta ese punto». Yo intenté rebatir sus argumentos, pero mi madre me dijo que, prácticamente, ya estaba siendo infiel, porque pensaba en Ro todo el tiempo. Dijo que Ro era «mi floristería». Y me eché a llorar. Y allí estaba yo, en la floristería, cuando de pronto entró Ro, y entonces empecé a reírme de algo que dijo, tanto así que le escupí sin querer en la cara. Ella también reía. Y entonces se armó de valor, porque yo era incapaz, y me preguntó si quería ir a tomar algo con ella. Dije que sí, pero cuando llegamos al bar estaba tan nerviosa que me emborraché muchísimo. Salí a fumar, discutí con un guarda, me prohibió volver a entrar. Así que señalé a Ro por el cristal de la ventana, y le dije que era mi novia. El guarda entró y le avisó, y entonces ella salió y se convirtió en mi novia. Llamé a mi prometida y rompí el compromiso. Seguro que se lo ha pasado genial todo el tiempo desde entonces. Y yo… caray… a mí me encanta aburrirme con Ro, ¿les parece raro? Me encanta discutir con ella de sofás y de mascotas. Ella lo es todo en mi vida todos los días. Es… mi mundo entero.

—A mí me gusta eso de todos los días —confesó Anna-Lena.

—Tu madre tenía razón, los que te hacen reír duran toda la vida —repitió Estelle, y pensó en un escritor británico que dijo que no hay nada en el mundo tan irresistiblemente contagioso como el buen humor. Luego pensó en una escritora estadounidense que escribió que la soledad es como el hambre, no notamos lo hambrientos que estamos hasta que no empezamos a comer.

Julia recordó el día en que le contó a su madre que estaba embarazada, y cómo ella miró primero la barriga de Julia, luego la barriga de Ro, y luego preguntó:

—¿Y cómo decidieron quién de las dos iba a... quedarse preñada?

Julia se enfadó, naturalmente, y respondió irónica:

—Lo echamos a piedra, papel, tijera, mamá.

Su madre miró muy seria, primero a Julia, luego a Ro, y preguntó:

—¿Y quién ganó?

Julia se echó a reír. Aún se reía al recordarlo. Luego les dijo a las mujeres del vestidor:

—Ro va a ser una madre maravillosa. Hace reír a cualquier niño, igual que mi madre. El sentido del humor de las dos no ha evolucionado nada desde que tenían nueve años.

—Tú también serás una madre maravillosa —auguró Estelle.

Las ojeras de Julia se movieron suavemente cuando parpadeó.

—No sé... Todo se me hace tan grande, y todos los padres parecen tan... *graciosos* todo el tiempo. Bromean y hacen chistes y todos dicen que hay que jugar con los hijos, y a mí no me gusta jugar, ni siquiera me gustaba cuando era niña. Así que temo que el niño se sienta defraudado. Todos decían que las cosas cambiarían cuando me quedara embarazada, pero ni siquiera me gustan todos los niños... Creía que eso cambiaría, pero ahora quedamos con los amigos que tienen hijos y sigo pensando que son irritantes y que tienen un pésimo sentido del humor.

Fue Anna-Lena quien tomó entonces la palabra, breve y concisa.

—No tienen que gustarte todos los niños. Sólo uno. Y los niños no necesitan tener los mejores padres del mundo, sólo necesitan a los suyos. Si he de ser del todo sincera contigo, lo que necesitan casi siempre es un chófer, nada más.

—Gracias —susurró Julia con total sinceridad—, pero es que tengo miedo de que mi hijo no sea feliz. De que herede toda mi ansiedad y mi inseguridad.

Estelle le acarició el pelo. Despacio, quizá tanto por sí misma como por Julia.

—Tu hijo va a estar muy bien, ya lo verás. Y «bien» incluye un sinnúmero de particularidades.

—Qué alentador —dijo Julia sonriendo.

Estelle siguió acariciándole el pelo.

—¿Piensas hacer todo lo que puedas, Julia? ¿Piensas proteger a esa criatura con tu vida? ¿Piensas cantarle y leerle cuentos y prometerle que mañana se sentirá mucho mejor?

—Sí.

—¿Lo educarás para que no se convierta en uno de esos idiotas que no se quitan la mochila cuando usan el transporte público?

—Haré lo que pueda —prometió Julia.

Estelle pensó en otro escritor, uno que, hace casi un siglo, escribió que tus hijos no son tuyos, son hijos e hijas del deseo de la misma vida.

—Pues entonces te irá bien. No hace falta que te encante ser madre, no todo el tiempo.

Anna-Lena intervino:

—A mí no me gustaba la caca, te lo aseguro. Al principio no estaba tan mal, pero cuando el niño tiene un año, son como labradores. Un labrador adulto, claro, no un cachorro, sino como...

—Bueno, ¿ya, no? —atajó Julia para que lo dejara.

—A cierta edad la consistencia cambia, se vuelve como pegamento, se te mete debajo de las uñas, y te rascas la cara camino del trabajo y...

—¡Gracias, gracias, suficiente por hoy! —aseguró Julia, pero Anna-Lena no acertó a parar.

—Lo peor es cuando empiezan a llevar amigos a casa, y de pronto tienes a un perfecto desconocido de cinco años sentado en tu inodoro que te llama a gritos para que lo limpies. Y la caca de tus hijos no está tan mal, pero la de los demás...

—¡Entendido, *gracias*! —insistió Julia.

Anna-Lena apretó los labios. Estelle soltó una risita.

—Serás una buena madre. Y eres una buena esposa —añadió, pese a que Julia ni siquiera había expresado en voz alta ese temor. Tenía las palmas de las manos apoyadas en la barriga, y clavó la mirada en las uñas.

—¿Tú crees? A veces siento que no paro de quejarme de Ro. A pesar de que la quiero.

Estelle sonrió.

—Ella lo sabe. Créeme. ¿Sigue haciéndote reír?

—Sí. Muchísimo.

—Pues entonces lo sabe.

—No te lo imaginas, ¡guau!, me hace reír a todas horas. La primera vez que Ro y yo íbamos a... bueno, ya saben... —Julia sonrió, pero se puso seria al ver que no encontraba una expresión que, con seguridad, no horrorizara a ninguna de las dos mujeres.

—¿A qué? —preguntó Anna-Lena sin entender nada.

Estelle le dio un codazo en el costado, le guiñó un ojo.

—Ya sabes. La primera vez que iban «a ir a Estocolmo».

—¡Aaaah! —exclamó Anna-Lena sonrojándose de pies a cabeza.

Pero Julia no parecía estar escuchándolas del todo. Tenía la mirada perdida, había un chiste en algún lugar recóndito de su memoria, uno que Ro había contado en el taxi aquella primera vez, y que Julia había pensado contarles ahora. Pero de pronto se quedó como recordando...

—Es... es muy tonto, se me había olvidado por completo. Yo había puesto la lavadora y tenía las sábanas blancas tendidas a secar en la puerta del dormitorio. Y cuando Ro abrió la puerta y le dieron en la cara se sobresaltó. Trató de fingir que no importaba, pero yo noté que se apartaba, así que le pregunté qué pasaba, y al principio no quería decírmelo. Porque no quería ponerse tan seria tan pronto en la relación... Temía que rompiera con ella antes de haber empezado siquiera. Pero al final insistí, porque se me da muy bien insistir, y al final nos pasamos toda la noche hablando, y Ro me contó la historia de cuando su familia se mudó a Suecia. Cruzaron las montañas en pleno invierno, y los niños tenían que llevar cada uno una sábana blanca porque, si oían el ruido de los helicópteros, tenían que cubrirse con la sábana y tumbarse en la nieve para que no los vieran. Y los padres corrían cada uno en una dirección para que, si los hombres de los helicópteros empezaban a disparar, lo hicieran contra objetivos en movimiento, no contra... Yo ni siquiera sabía cómo iba a...

Se quebró igual que la capa de hielo de un charco, primero sólo unas arrugas como hilillos alrededor de los ojos, luego el resto, todo a la vez. El cuello de la camiseta se le oscureció por el sudor. Pensaba en todo lo que le contó Ro aquella noche, en las crueldades impensables que algunas personas son capaces de hacer contra otras, la terrible locura enferma de la guerra. Luego pensó en cómo Ro, después de todo aquello, consiguió crecer y convertirse en alguien capaz de hacer reír a los demás. Porque, mientras cruzaban las montañas, sus padres le habían enseñado que el sentido del humor es la última línea de defensa del alma; mientras seamos capaces de reír estamos vivos, así que los juegos de palabras y las bromas sobre pedos eran su rebelión contra la desesperanza. Todo eso se lo contó Ro aquella primera noche, y después de eso, Julia compartió con ella toda la cotidianidad del mundo.

Algo así puede ayudarte a aprender a convivir con pájaros.

—Una aventura iniciada en una floristería... —asintió Estelle en voz baja—. Me gusta. —Guardó silencio unos minutos. Luego soltó de pronto—: ¡Yo también tuve una aventura una vez! Knut nunca lo supo.

—Pero ¡por Dios! —resopló Anna-Lena, con la sensación de que la cosa empezaba a degenerar.

—Pues, sí, y no hace tanto de eso. —dijo Estelle con una sonrisita.

—¿Y quién era? —preguntó Julia.

—Un vecino del edificio. Leía mucho, igual que yo. Knut no leía jamás. Decía que los escritores eran como los músicos, que nunca llegaban al meollo de las cosas. Pero aquel hombre, nuestro vecino, siempre llevaba un libro bajo el brazo cuando coincidíamos en el ascensor. Y yo también. Un día me dio el suyo y me dijo: «Ya lo he terminado, te lo recomiendo». Y empezamos a intercambiarnos lecturas. Leía unos libros fantásticos. Era como..., me temo que no tengo palabras para describirlo, pero era como ir de viaje con alguien. A cualquier sitio. Al espacio. Y así fue durante mucho tiempo. Empecé a doblar las esquinas de los libros allí donde había una frase que me había gustado particularmente, y él empezó a anotar breves comentarios en los márgenes. Tan sólo alguna que otra palabra. «Hermoso». «Tan cierto». Ahí radica la fuerza de la literatura, ¿me entienden?, que puede ser como pequeños mensajes de amor entre quienes sólo pueden declarar sus sentimientos señalando los de los demás. Un verano abrí un libro y cayó un puñado de arena, y así supe que le había gustado tanto que no había podido dejarlo. De vez en cuando recibía un libro con el papel con pequeñas burbujas entonces sabía que había llorado mientras leía. Un día se lo dije, en el ascensor, y respondió que yo era la única que sabía eso de él.

—¿Y entonces fue cuando...? —preguntó Julia insinuante con una sonrisa pecaminosa.

—No, no, ¡oh, no! —respondió Estelle entre grititos, con cara de ir a terminar la frase diciendo que quizá *le habría gustado* que hubiera ocurrido, pero que no ocurrió—. Nosotros nunca. Nunca surgió. Yo nunca...

—¿Por qué no? —preguntó Julia.

Estelle sonrió, orgullosa y añorante a la vez. Para eso es preciso tener cierta edad, cierta vida vivida.

—Porque una baila con el hombre con el que fue a la fiesta. Y yo fui con Knut.

—Entonces... ¿qué pasó? —preguntó Anna-Lena.

Estelle no se puso nerviosa, apenas le quedaban grandes secretos que contar. Después de éste, quizá ninguno.

—Un día, en el ascensor, me dio un libro. Y dentro estaba la llave de su casa. Me dijo que no tenía parientes que vivieran cerca, y que le gustaría que algún vecino de la misma planta tuviera una llave extra, «por si ocurriera algo». Y yo no dije nada, y no hice nada, pero tuve la sensación de que él... tal vez quería... Que ocurriera algo.

Sonrió. Julia también.

—Así que en todo ese tiempo no hicieron…

—No, no, no. Nos intercambiamos libros. Hasta que murió unos años después. Algo del corazón. Sus hermanos pusieron el apartamento en venta sin retirar los muebles. Así que fui, haciéndome pasar por una posible compradora. Fui recorriéndolo todo, su hogar, toqué la encimera y las perchas… Al final me encontré delante de su librero. Es una cosa extraordinaria, conocer tan bien a alguien por los libros que leía. Nos gustaban las mismas voces, del mismo modo. Así que me concedí unos minutos allí mismo para pensar en lo que habríamos sido el uno para el otro, si todo hubiera sido distinto, si nos hubiéramos encontrado en otro punto de la vida.

—¿Y después? —preguntó Julia con un susurro.

Estelle sonrió. Rebelde. Feliz.

—Después me fui a casa. Pero me quedé con la llave de su apartamento. Nunca se lo conté a Knut. Era mi aventura.

Se hizo el silencio unos instantes en el vestidor. Finalmente, Anna-Lena reunió el valor para decir:

—Yo nunca he tenido una aventura. Pero una vez cambié de peluquero, y luego tardé años en atreverme a pasar por delante del antiguo.

No era una anécdota muy potente, pero también quería aportar lo suyo. Nunca le sobró tiempo para tener una aventura, ¿cómo rayos tienen tiempo los demás? Qué estrés, pensaba Anna-Lena, y un hombre más para una encargarse. Ella se había dedicado a trabajar y a volver corriendo a casa, día tras día, siempre con el mismo cargo de conciencia por no llegar a todo en ninguno de los dos sitios. Y así es fácil comprender a otros que también se sienten insuficientes. Y seguramente por eso fue Anna-Lena la primera de todas las personas que había en el apartamento que, en ese preciso instante, dijo en voz alta:

—Creo que deberíamos ayudar a Asaltante.

Julia levantó la vista. Sus miradas se cruzaron empañadas de un sentimiento de respeto totalmente nuevo.

—¡Sí, yo también! Ahora mismo lo estaba pensando. Ni siquiera creo que tuviera planeado nada de esto —aseguró Julia.

—Aunque no tengo ni idea de cómo ayudarla —confesó Anna-Lena.

—No, los policías habrán rodeado todo el edificio, así que me temo que no tiene adónde huir —confesó Julia con un suspiro.

Estelle seguía bebiendo vino. Giraba en la mano el paquete de tabaco, porque por supuesto que no se puede fumar en presencia de una embarazada, en absoluto, por lo menos no antes de estar tan borracho que, sin cargo de conciencia, puedas decir que estabas demasiado ebrio para advertir que había una embarazada cerca.

—Podría disfrazarse, ¿quizá? —dijo de pronto, extendiendo esa «a» final innecesariamente.

Julia meneó la cabeza sin comprender.

—¿Cómo? ¿Quién dices que podría disfrazarse?

—Asaltante —dijo Estelle, antes de tomar otro trago.

—¿De qué?

Estelle se encogió de hombros.

—De agente inmobiliaria.

—¿De agente inmobiliaria?

Estelle asintió.

—¿Tú has visto a algún agente inmobiliario en el apartamento desde que llegó Asaltante?

—No... No, ahora que lo dices...

Estelle volvió a beber. Asintió de nuevo.

—Y sin embargo yo estoy bastante segura de que todos los policías que hay ahí abajo dan por hecho que en una visita de compradores de un apartamento en venta hay un agente inmobiliario. Así que si...

Julia la miraba atónita. Se echó a reír.

—¡Si Asaltante finge que se ha rendido y nos ha soltado, luego puede hacerse pasar por agente inmobiliaria y salir sin más con nosotros! Estelle, ¡eres un genio!

—Gracias —dijo Estelle guiñando un ojo para mirar bien en el interior de la botella y calcular cuánto le quedaba antes de poder fumar.

Julia se levantó con esfuerzo pero rauda del peldaño de la escalera para llamar a Ro y explicarle enseguida el nuevo plan, pero precisamente cuando iba a abrir el vestidor llamaron a la puerta. No muy fuerte, pero lo suficiente como para que las tres mujeres se sobresaltaran como si les hubieran arrojado cachorros y petardos en el vestidor. Julia entreabrió la puerta. Al otro lado estaba el conejo mirándola avergonzado, en la medida en que era posible apreciar tal cosa.

—Perdón. No quiero molestar, pero me han ordenado que me ponga un par de pantalones.

—¿Tus pantalones están aquí? —preguntó Julia.

El conejo se rascó el cuello.

—No, los tenía en el baño, antes de que empezara la visita. Pero al lavarme las manos, les salpicó agua. Y al ver la vela aromática en el borde del lavamanos, pensé que podía secarlos con la llama. Y entonces, sin querer... bueno, sin querer prendí fuego al pantalón. Entonces tuve que echar agua por *toda* la prenda para apagar el fuego. Y entonces se quedó chorreando.

Y luego empezó la visita y los oí fuera, desde el cuarto de baño, y luego oí gritar a Asaltante, y ya no había tiempo de…, bueno, resumiendo, el pantalón aún está mojado. Así que pensaba…

La cabeza de conejo se balanceó un poco en dirección a los trajes que había en las perchas, con la esperanza de poder tomar prestado alguno de ellos. Las orejas de conejo golpearon sin querer la frente de Julia. Ella se retiró un poco, y el conejo lo interpretó como una invitación a entrar.

—Sí, claro, tú entra, faltaría más… —gruñó Julia.

El conejo miró a su alrededor con interés.

—¡Qué acogedor! —dijo.

Anna-Lena se perdió detrás de los trajes y se secó los ojos. Estelle encendió un cigarrillo, porque pensaba que en realidad ya daba exactamente igual. Cuando Anna-Lena le lanzó una mirada de reprobación, Estelle se defendió diciendo:

—¡Ay, por favor! ¡Ya se irá por el conducto de la ventilación!

La cabeza de conejo se ladeó ligeramente, antes de preguntar:

—¿Qué conducto?

Estelle soltó una tosecilla, a saber si por el humo o por la pregunta:

—Bueno… parece que aquí hay un conducto de ventilación. Es sólo una suposición. ¡Sale aire del techo, por eso!

—¿A qué te refieres? —preguntó Julia.

Estelle volvió a toser. Luego dejó de toser. Pero alguien seguía tosiendo… arriba, en el techo.

Todos se miraron atónitos, el conejo y las tres mujeres, un curioso conjunto de individuos reunidos en el vestidor de un apartamento que habían ido a visitar para decidir si lo compraban, visita que se había visto interrumpida por una asaltante. Seguro que a la gente de esta ciudad le han pasado cosas más raras, pero no mucho más raras. Estelle acertó a pensar que si Knut hubiera abierto la puerta del vestidor en aquellos momentos se habría reído de buena gana, y habría desayuno salpicado por doquier y a ella le habría encantado. La tos procedente del techo no cesaba, y sonaba como cuando uno trata de aguantarse y sólo lo empeora. Como la tos en el cine.

Julia llevó la escalera hasta el fondo del vestidor, Estelle se apartó del baúl, Anna-Lena ayudó al conejo a levantarse. Y éste empujó con las palmas de las manos hasta que el techo cedió. Era una trampilla, y tras ella había un espacio estrecho y minúsculo.

Allí estaba la agente inmobiliaria.

59

En la comisaría, Jack ya casi ha perdido la voz de ira a estas alturas.

—¡Di la verdad! ¿Por qué nos pediste los fuegos artificiales? ¿Dónde está *la verdadera* agente inmobiliaria? ¿Hay siquiera una verdadera agente inmobiliaria?

La agente inmobiliaria, aún con la americana arrugada como el hocico de un bulldog, tras horas escondida en aquel espacio minúsculo encima del vestidor, intenta una y otra vez explicar y explicar… Pero si hay algo que la actualidad e internet nos han enseñado es precisamente que no debemos esperar salir vencedores de una discusión sólo porque la razón esté de nuestro lado. La agente inmobiliaria no puede demostrar que ella no es una asaltante, porque la única forma de hacerlo es desvelar dónde se encuentra el sujeto en estos momentos, y lo cierto es que la agente inmobiliaria no tiene la menor idea. Jack, por su parte, se niega a creer que la agente inmobiliaria sea agente inmobiliaria, porque eso implicaría que él ha pasado por alto algo del todo evidente, lo que implicaría a su vez que no es tan listo, algo para lo que, sencillamente, no está preparado.

Jim, que ha guardado silencio casi todo el interrogatorio, si es que se puede llamar «interrogatorio», cuando lo único que ha ocurrido es que Jack no ha parado de gritar, le pone despacio la mano en el hombro a su hijo y dice:

—¿No deberíamos tomarnos un descanso, hijo?

Jack le clava la mirada:

—Te han engañado, papá, ¿no lo entiendes? ¡Has ido a llevarles las pizzas y te has dejado *engañar*!

Jim se viene abajo, herido, tomado por idiota.

—¿No podríamos tomarnos un respiro, sólo unos minutos? Un café… un vaso de agua…

—¡No hasta que haya averiguado qué demonios ha ocurrido de verdad! —vocifera Jack.

Pero no lo va a conseguir.

60

Lo que pasó en realidad fue que, en el momento en que Jack colgó después de hablar con el mediador y bajó corriendo del edificio de enfrente, Jim salía del edificio en el que se encontraban los rehenes. Naturalmente, Jack se puso furioso al ver que Jim había entrado en el edificio pese a que él le había ordenado que se quedara en la calle, pero Jim trató de calmarlo.

—Tranquilo, hijo. Tranquilo. En el rellano no había ninguna bomba. Eran unas luces navideñas para el balcón.

—¡¡Eso ya lo sé yo!! ¿¡Pero por qué has entrado en el edificio antes de que bajara yo!?

—Porque sabía que no me habrías permitido entrar si esperaba tanto. Hablé con el sujeto.

—¡Pues claro que no te iba a permitir que…! Espera… ¿qué has dicho?

—He dicho que hablé con el sujeto.

Acto seguido, Jim le contó exactamente lo que había pasado. O bueno, tan exacto como pudo. Porque conviene señalar que entre los talentos de Jim no se encuentra el de saber contar bien una historia. Su mujer siempre le decía que es de los que cuentan el chiste empezando por el final, y luego se paran, se lamentan y dicen: «No, espera, antes pasaba otra cosa, cariño, ¿qué era lo que pasaba antes de la parte graciosa?», y luego intentaba empezar otra vez desde el principio, para volver a equivocarse por completo una vez más. Nunca recuerda el final de las películas, así que puede verlas mil veces, y sigue sorprendiéndose cuando se descubre quién es el asesino. Tampoco es un hacha en juegos de mesa ni en concursos televisivos. Había uno que les gustaba mucho a su mujer y a su hijo, en el que los famosos van en tren y, gracias a una serie de pistas, tienen que adivinar adónde se dirigen. Y la mujer de Jim solía imitarlo cuando, desde el sofá, iba sugiriendo con el mismo entusiasmo cualquier cosa, desde ciudades españolas hasta minúsculos pueblos pesqueros noruegos pasando por repúblicas africanas, en la misma respuesta. «¡¡Lo acerté!!», gritaba siempre al final, y Jack le respondía:

—No aciertas nada si respondes con *todas las posibilidades*. —Y ella… se limitaba a reír. Ah, cómo echaba de menos Jim oírla reír… De él o con él, eso era secundario, con tal de oír su risa.

Así que Jim aprovechó la oportunidad y entró en el edificio mientras Jack no lo veía, porque sabía que eso era lo que habría hecho ella. Se sintió como un perfecto idiota cuando llegó al piso de la caja y se dio cuenta de que las luces navideñas eran sólo luces navideñas. Pero ella se habría reído, así que Jim continuó subiendo.

En el último piso había dos apartamentos. En el de la izquierda estaban los rehenes, en el de la derecha vivía la pareja joven que era incapaz de ponerse de acuerdo ni sobre el cilantro ni sobre los exprimidores de jugo, y a quienes Jim tuvo que llamar no hace mucho (y sobre cuyo divorcio conocía ahora muchos más detalles de los que una persona cualquiera debería conocer). Por si acaso, miró por la ranura del correo, pero todo estaba a oscuras allí dentro. Las cartas que había en la alfombra de la entrada revelaban que la casa llevaba tiempo vacía. Y sólo después de comprobar aquello llamó Jim a la puerta del apartamento donde se encontraban el sujeto y los rehenes.

Nadie iba a abrir, tardaban mucho, pese a que él llamaba y llamaba sin parar. Hasta que comprendió que el timbre no funcionaba y decidió dar unos golpecitos en la puerta. También tuvo que llamar varias veces, pero al final se abrió la puerta unos centímetros y un hombre con traje de chaqueta y pasamontañas asomó la cabeza. Miró primero las pizzas, luego a Jim.

—No tengo efectivo —dijo el hombre del pasamontañas.

—No importa —dijo Jim, y le entregó las pizzas.

El hombre del pasamontañas lo miró con suspicacia.

—¿Eres poli?

—No.

—Sí, eres poli.

Jim notó que el hombre cambió de acento varias veces, como si no consiguiera elegir uno. Tampoco era posible adivinar gran cosa de su aspecto, ni siquiera si era alto o bajo, puesto que no llegó a abrir la puerta del todo.

—¿Por qué crees que soy poli? —preguntó Jim con tono inocente.

—Porque los repartidores de pizza no regalan las pizzas.

Llegados a ese punto, Jim no vio ningún interés en negarlo, así que dijo:

—Tienes razón. Soy policía, pero he venido solo y desarmado. ¿Hay algún herido ahí dentro?

—No. O al menos, no más heridos de lo que estaban cuando llegaron —dijo el sujeto.

Jim asintió con amabilidad.

—Mis colegas aguardan en la calle y están empezando a ponerse nerviosos, ¿sabes? Porque como no has puesto ninguna condición…

El hombre del pasamontañas parpadeó asombrado.

—¡Pero si he pedido pizza!

—Me refiero a… condiciones para soltar a los rehenes. Lo único que queremos es que nadie salga herido.

El hombre del pasamontañas, ya con las cajas de pizza en la mano, le mostró un dedo en alto (el dedo amable, no el dedo desagradable), y dijo:

—¡Dame un minuto!

Cerró la puerta y volvió al interior del apartamento. Transcurrió un minuto, luego otro, pero justo cuando Jim empezaba a plantearse llamar de nuevo a la puerta, ésta se abrió un par de centímetros. El hombre del pasamontañas se asomó y dijo.

—Fuegos artificiales.

—No te sigo —dijo Jim.

—Quiero fuegos artificiales, que se vean desde el balcón. Luego soltaré a los rehenes.

—¿Hablas en serio?

—Y nada de esas porquerías baratas, ¡no intentes engañarme! ¡Fuegos artificiales de verdad! ¡De muchos colores, y de esos que figuran una lluvia de luces y todo lo demás!

—¿Y luego soltarás a los rehenes?

—Luego los soltaré.

—¿Ésa es tu única condición?

—Sí.

Así que Jim bajó las escaleras, se encaminó hacia Jack, que estaba en la calle, y le contó toda esta historia.

Sin embargo, conviene insistir una vez más en que a Jim no se le da superbién contar historias. A decir verdad, es un verdadero inútil. Así que puede que no recordara todo este asunto tal como fue.

61

Roger tenía razón cuando, al ver los planos del apartamento, afirmó que la última planta del edificio fue seguramente en su momento una sola vivienda muy grande. Más adelante, cuando construyeron el ascensor, sencillamente lo dividieron en dos y lo vendieron como dos apartamentos independientes, lo cual provocó ciertas soluciones muy creativas; entre otras, el doble muro de la sala de estar, pero sobre todo el conducto de ventilación que discurría olvidado por encima del vestidor. Dicho conducto siguió olvidado año tras año, hasta que, al igual que las personas que, con la edad, creemos superfluas, halló de pronto una forma de que lo tuvieran en cuenta. Y es que en invierno el aire frío entra en el viejo edificio desde el desván, el aislamiento no es bueno allí arriba y el aire encuentra cómo entrar, de modo que en el vestidor se nota la corriente. Pero para notarlo es preciso encontrarse al fondo, sobre el baúl lleno de vino. Buen sitio para fumar a escondidas, por supuesto, si uno tiene esa inclinación, pero, por lo demás, el conducto de ventilación llevaba muchos años sin utilizarse. Hasta que una agente inmobiliaria pensó que tenía el tamaño perfecto para que una agente inmobiliaria bastante menuda pudiera colarse y esconderse allí, y así evitar que le disparase una asaltante armada.

La trampilla era muy estrecha y tenía el espacio justo para entrar, es decir, era lo bastante estrecha para que Lennart se quedara atascado y, al tratar de sacar el cuerpo, se le salió *por fin* la cabeza de conejo. Cayó hacia atrás desde la trampilla sobre la escalera y se dio un buen golpe contra el suelo. La agente inmobiliaria se asomó horrorizada, vio la cabeza de conejo, miró por el hueco para comprobar si se había matado y, claro está, ella también perdió el equilibrio, cayó desde el techo y aterrizó encima de él. A Anna-Lena se le quedó el pie atrapado debajo de los dos, y también terminó perdiendo el equilibrio. La escalera se tambaleó y cayó de modo que golpeó la puerta de la trampilla y la cerró de golpe. Y allí arriba quedó la cabeza de conejo vacía.

Roger, Ro y la asaltante oyeron el ruido desde el interior del apartamento y acudieron preocupados para ver qué pasaba. Todos los que se encontraban dentro del vestidor querían salir de allí, todos los que estaban fuera trataban de averiguar de qué partes de los cuerpos de las que asomaban debían tirar. De hecho, aquello se parecía mucho al reto de desenredar los cables de las luces navideñas para el balcón después de la Navidad en la que, después de discutir con tu mujer sobre burdeles, lo metiste todo en una caja de cualquier manera pensando: «Ya desenredaré esta mierda la Navidad que viene».

Finalmente, cuando ya todos estaban en pie, se quedaron mirando con espanto unánime los calzoncillos de Lennart, porque no habría sido fácil evitar mirarlos. El propio Lennart no entendía nada, hasta que Anna-Lena gimió:

—¡¡Pero si estás sangrando!!

Libre ya de la cabeza de conejo, Lennart se inclinó bastante para poder verse por encima del ombligo y, en efecto, observó que goteaba sangre de los calzoncillos.

—¡Oh, no! —exclamó, y rebuscó con la mano por dentro de los calzoncillos, sacó una bolsita que goteaba y que tenía el aspecto de ese amasijo que uno espera que sus hijos no vean desde el coche en la carretera. Se apresuró hacia el baño, con la mala suerte de que tropezó con el borde de la alfombra del salón y cayó de cabeza, y la bolsa de sangre se le escapó volando de las manos y su contenido se derramó por todo el suelo.

—¿Qué dem...? —comenzó Roger atónito.

Lennart respondió enseguida:

—¡No se preocupen! ¡Es sangre de mentira! Tenía una bolsa en los calzoncillos porque a veces se necesita un impulso extra en el *pack* del «conejo cagón» para espantar a la gente de verdad.

—¡¡Eso no lo había encargado yo!! —se apresuró a señalar Anna-Lena.

—No, es optativo —confirmó Lennart, logrando ponerse en pie por fin.

—Ve a ponerte unos pantalones —le dijo Julia.

—Sí, por favor —rogó Anna-Lena.

Lennart obedeció y entró en el vestidor. Justo cuando volvía a salir, entró Zara, que venía del balcón. Fue la primera vez que lo vio vestido y sin la cabeza de conejo. Había mejorado, reconoció para sus adentros. No lo odiaba.

El resto de los presentes observaban la sangre que había en la alfombra y en el suelo, sin tener muy claro qué debían hacer a partir de ahora.

—El color es bonito, de todos modos —dijo Ro.

—¡Un toque moderno! —asintió Estelle, porque recientemente había oído por la radio que el asesinato se había puesto de moda.

Entre tanto, Roger sentía cada vez más fuerte la necesidad de información, así que se dirigió a la agente inmobiliaria para solicitarla:

—¿Dónde demonios te habías metido?

La agente inmobiliaria se alisó ofendida las arrugas de la chaqueta, que le quedaba algo grande.

—Pues es que cuando empezó la visita yo estaba en el vestidor.

—¿Por qué? —preguntó Roger.

—Estaba nerviosa. Siempre me pasa antes de una visita con muchos posibles compradores. Así que suelo encerrarme en el baño unos minutos y darme a mí misma una charla. Ya sabes: «¡Lo vas a hacer fenomenal! ¡Eres una agente inmobiliaria fuerte, independiente, y este apartamento lo vas a vender *tú* y sólo *tú*!». Pero el baño estaba ocupado, así que entré en el vestidor. Y entonces oí...

Hizo un gesto educado pero temeroso hacia la mujer que había en el centro de la sala con un pasamontañas en una mano y una pistola en la otra. Pero Estelle intervino enseguida muy solícita y aseguró:

—Sí, es Asaltante, ¡pero no es peligrosa! Nos ha tomado un poco como rehenes, pero nos ha tratado de maravilla. ¡Y nos van a traer unas pizzas!

La asaltante miró a la agente inmobiliaria con un gesto de disculpa y dijo:

—Perdón. Y no te preocupes, la pistola no es de verdad.

La agente inmobiliaria sonrió aliviada y continuó:

—Pues eso, que yo estaba en el vestidor, y entonces oí que alguien gritaba: «¡¡Dios mío, nos asaltan!!», y en ese momento reaccioné instintivamente, por así decir.

—¿Qué quieres decir con *instintivamente*? —siguió indagando Roger.

La agente inmobiliaria se sacudió unas motas de polvo de la chaqueta.

—Pues lo cierto es que tengo varias visitas importantes la semana que viene. La agencia inmobiliaria «Todo bien en casa» tiene una responsabilidad con sus clientes. De modo que yo no puedo morir. Así razoné en ese momento. Habría sido una irresponsabilidad. Y entonces descubrí la trampilla del techo, y subí y me escondí allí arriba.

—¿Has estado allí todo el tiempo? —preguntó Roger.

La agente inmobiliaria asintió con tal vehemencia que le crujió la espalda:

—Esperaba poder salir por el otro lado, pero no pude. —Luego pareció recordar algo muy importante y, de pronto, dio una palmada y gritó—: Pero bueno, ¿qué hago aquí hablando sin parar? Lo primero es lo primero: «¿Todo bien en casa?». Qué bien que haya venido tanta gente a ver este apartamento, ¿alguno quiere hacer una oferta directamente?

Los allí reunidos no parecían impresionados con la pregunta. Así que la agente inmobiliaria extendió los brazos invitándolos alegremente:

—¿Quieren echar otro vistazo? ¡Sin problemas! ¡Que hoy no tengo más visitas!

Roger bajó las cejas.

—¿Y cómo es que tienes una visita de venta la víspera de Nochevieja? No lo había visto nunca. Y mira que he asistido a varias, te lo aseguro.

La agente inmobiliaria parecía todo lo animada que puede estar una agente inmobiliaria a la que acaban de sacar de un lugar minúsculo.

—Así lo quería el vendedor, y a mí no me importaba, en la Agencia Inmobiliaria TODO BIEN EN CASA, ¡*todos* los días son días laborables!

Todos respondieron con una mirada de hartazgo colectivo. Aparte de Estelle, que se despabiló y dijo:

—Qué frío hace aquí, ¿no?

—Sí, ¿verdad? ¡Más frío que el presupuesto de Roger! —exclamó Ro para aliviar la tensión, lo cual lamentó enseguida, porque Roger no parecía muy aliviado.

Julia, que a aquellas alturas tenía dolorido casi todo el cuerpo y la paciencia agotada por completo, se abrió camino entre ellos a codazos y fue a cerrar la puerta del balcón. Luego se dirigió a la chimenea y empezó a poner leña.

—Podemos encenderla mientras esperamos las pizzas.

La asaltante seguía en medio de la sala de estar con la pistola en la mano, y total, para nada. Observó al grupo de rehenes, que ya se había incrementado por uno, lo cual no haría sino incrementar proporcionalmente la pena de cárcel, se figuraba la asaltante. De pronto, soltó un suspiro:

—No tienen que esperar las pizzas. Se pueden ir ya. Me rindo y dejaré que la policía haga... bueno, lo que tenga que hacer. Salgan ustedes primero, yo esperaré aquí, así nadie resultará herido. La verdad, nunca entró en mis planes tomar rehenes... Sólo necesitaba un poco de dinero para el alquiler, para que el abogado de mi exmarido no me quitara a mis hijas. Ha sido... lo siento... Soy una idiota, no merecían pasar por esto... perdón.

Las lágrimas rodaban por sus mejillas, ya ni siquiera hacía amago de contenerlas. Tal vez se vieron afectados por lo pequeña que les pareció en aquel momento. O quizá es que todos y cada uno recapacitó en ese instante sobre qué les había pasado hoy y qué había significado para ellos. De repente, empezaron todos a protestar al mismo tiempo:

—No, no puedes... —comenzó Estelle.

—¡Si no le has hecho daño a nadie! —continuó Anna-Lena.

—Tiene que haber alguna forma de solucionar esto —aseguró Julia.

—Quizá encontremos una vía de escape, ¿no? —sugirió Lennart.

—Bueno, pero por lo menos habrá que recabar algo de información antes de que nos sueltes —dijo Roger.

—Si ni siquiera hemos empezado con la puja —señaló la agente inmobiliaria.

—Por lo menos podríamos esperar que llegaran las pizzas, ¿no? —apuntó Ro.

—Sí, sí, al menos que podamos comer. Después de todo, ha sido bastante agradable que nos hayamos conocido, ¿no les parece? ¡Y además ha sido gracias a ti! —observó Estelle.

—Estoy segura de que la policía no te disparará. O por lo menos, no mucho —dijo Anna-Lena para consolarla.

—¿Y si salimos contigo? ¡Si salimos todos a la vez no van a disparar! —insistió Julia.

—Tiene que haber una vía de escape, si uno puede colarse sin que lo vean en un apartamento en venta, también será posible salir igual —les recordó Lennart.

—¡Sentémonos a idear un plan! —los animó Roger.

—¡Y a iniciar una puja! —intervino esperanzada la agente inmobiliaria.

—¡Y a comer pizza! —añadió Ro.

La asaltante se los quedó mirando a todos un buen rato. Luego susurró agradecida:

—Los peores rehenes de la historia.

—Ayúdame a poner la mesa —le rogó Estelle tirándole del brazo.

La asaltante no se resistió, acompañó a Estelle a la cocina y volvió con vasos y platos. Julia siguió con la leña para encender la chimenea. Zara se debatió unos instantes con su propia personalidad, pero luego le dio a Julia su encendedor, sin que ella se lo hubiera pedido.

Roger estaba junto a la chimenea, sin saber muy bien cómo ser importante, así que le dijo a Julia:

—¿Sabes hacerlo?

Julia le lanzó una mirada asesina y pensaba decirle que su ma-

dre le había enseñado a hacer fuego, y pensaba decírselo de tal
manera que a Roger le quedara la duda de si sus palabras signi-
ficaban que ella y su madre habían prendido fuego al padre de
Julia o no. Pero aquel había sido un día muy largo, todos habían
contado sus vidas a los demás, y así la gente no puede caerte
igual de mal, así que, en lugar de soltarle aquello, Julia le dijo
algo de una generosidad infinita.

—No, ¿me enseñas?

Roger asintió despacio, se puso en cuclillas, removió los
maderos.

—Podríamos… Supongo que podríamos… A menos que tú…
Bueno, podemos hacerlo juntos —atinó a decir.

Ella tragó saliva y asintió.

—Por mí, encantada.

—Gracias —dijo él en voz baja.

Entonces él le mostró cómo solía encender la chimenea.

—¿Y es normal que salga tanto humo? —preguntó Julia.

—Algo le pasa a esta leña —protestó Roger.

—¿En serio?

—¡Te digo que algo le pasa a la dichosa leña!

—¿Has abierto el regulador del tiro?

—¡Pues claro que he abierto el maldito regulador!

Julia abrió el regulador. Roger gruñó en voz baja, ella empezó
a reír. Él se unió. Reían sin mirarse, pero el humo les picaba en
los ojos y las lágrimas les corrían por las mejillas. Julia lo miró de
reojo.

—Tu mujer es un encanto —dijo.

—La tuya también —respondió él.

Los dos removían las ascuas, cada uno con un leño.

—Si a Anna-Lena y a ti les interesa el apartamento…
—comenzó Julia, pero él la interrumpió.

—No, no, es un buen apartamento para una familia con niños. Deberían comprarlo Ro y tú.

—No creo que a Ro le guste, le ve fallos por todas partes —dijo Julia con un suspiro.

Roger removió las ascuas cada vez con más energía.

—Lo que le pasa es que tiene miedo de no estar a la altura para ti y para el bebé. Tienes que decirle que eso son tonterías. Está preocupada porque no es capaz de arreglar los listones, así que tendrás que decirle que nadie sabe arreglar los listones hasta que no los arregla por primera vez. ¡Esas cosas se aprenden!

Julia se quedó reflexionando. Con la vista clavada en la chimenea. Igual que Roger. Cada uno con su tronco, unas ascuas, mucho humo.

—¿Puedo decirte una cosa personal, Roger? —susurró Julia al cabo de unos instantes.

—Mmm...

—No tienes que demostrarle nada más a Anna-Lena. No tienes que demostrarle nada más a nadie. Ya estás bien como eres.

Siguieron removiendo las ascuas. Les entró una cantidad bárbara de humo en los ojos a los dos. No dijeron nada más.

Sonaron unos golpes en la puerta. Porque el policía que había fuera por fin había caído en la cuenta de que el timbre no funcionaba.

62

—Ya abro yo —se ofreció la asaltante.

—¡No! ¿Y si es la policía? —exclamó Ro.

—Serán las pizzas —supuso la asaltante.

—¿Estás loca? ¡La policía jamás mandaría a un repartidor a un lugar donde hay rehenes! ¡Vas armada y eres peligrosa! —dijo Ro.

—No soy peligrosa —dijo la asaltante algo herida.

No lo quise decir así —se disculpó Ro.

Roger se levantó del rincón de la chimenea, que ya echaba bastante menos humo, y señaló a Asaltante con un tronco, como si fuera la mano.

—Ro tiene razón. Si abres la puerta, puede que te dispare la policía. ¡Es mejor que vaya yo!

Julia se mostró de acuerdo, si bien tan rápido que Roger no se sintió del todo a gusto.

—¡Sí! ¡Que vaya Roger! ¿Quién sabe? Puede que al final se nos ocurra una forma de ayudarte a huir, y entonces la policía nunca sabrá que eres una mujer. ¡Todos darán por hecho que eres un hombre!

—¿Por qué? —preguntó Roger.

—Porque por lo general las mujeres no son tan idiotas —intervino entonces Zara, siempre tan atenta.

Asaltante suspiró sin saber qué hacer. Pero Anna-Lena dio un paso minúsculo hacia el centro de la sala y susurró:

—No abras la puerta, Roger, por favor. ¿Y si disparan…?

A Roger le entró humo en los ojos, a pesar de que ya no quedaba ni rastro. No pronunció una palabra. Así que Lennart dio un paso al frente y dijo:

—¡Ay, dejen que abra yo! Dame el pasamontañas y me haré pasar por el asaltante. Después de todo, soy actor. Hasta actué en *El mercader en Venecia* aquí, en el teatro local.

—¿No se llama *El mercader* de *Venecia*? —preguntó Anna-Lena.

—¿Ah, sí? —preguntó Lennart.

—¡Oh, esa obra me encanta! ¡Tiene tantas citas maravillosas! ¡Aquella sobre una luz! —exclamó Estelle entusiasmada, pero por más que lo intentaba no lograba recordarla.

—¡Pero por Dios! ¿Por qué no dejan de hablar y *se concentran* un poco? —rugió Julia en ese momento, porque acababan de llamar a la puerta por segunda vez.

Lennart asintió, alargó la mano hacia Asaltante.

—Dame el pasamontañas y la pistola.

—¡No, dámelos a mí, iré yo! —exclamó Roger, una vez recuperada la necesidad de afirmarse.

Los dos hombres se miraron sacando pecho, en la medida de lo posible. A Roger seguramente le habría gustado volver a atizar a Lennart, y más ahora que no tenía la cabeza de conejo. Pero, seguramente, Lennart advirtió cuánto sufría Roger, así que antes de que éste acertara a cerrar los puños, le dijo:

—No te enfades con tu mujer, Roger. Enfádate conmigo.

Roger tenía cara de verdadero enfado, pero aquello le hizo mella en algún sitio, una grieta mínima se abrió en la rabia, y por ella empezó a salir el aire muy lentamente.

—Yo… —comenzó, evitando mirar a Anna-Lena.

—Deja que lo haga yo —rogó Lennart.

—Por favor, cariño —susurró Anna-Lena.

Roger levantó la vista, sólo hasta la barbilla de su mujer, vio que le estaba temblando. Y entonces retrocedió. Habría podido ser un momento precioso, la verdad, si Roger hubiera podido contenerse de mascullar:

—Para que conste, espero que te disparen en la pierna, Lennart.

Por lo menos no lo dijo con mala intención.

Precisamente en ese momento Estelle logró recordar toda la cita de la obra, y soltó de pronto:

—«Esa luz que percibimos brilla en mi aposento. ¡Qué lejos alcanza una llama tan diminuta! ¡Así brilla la bondad en la noche del mundo!».

Había otra cita que también recordaba, «el abatimiento aniquila la razón», pero no la dijo en voz alta, porque no quería estropear el ambiente. La asaltante miró a aquella mujer mayor tan menuda.

—Perdona, acabo de caer en la cuenta de que tú estabas esperando a tu marido. Se llamaba Knut, ¿verdad? Había ido a aparcar el coche cuando yo… ¡estará preocupadísimo! —dijo, destrozada por el cargo de conciencia.

Estelle le dio a Asaltante una palmadita en el brazo.

—No, no te preocupes por eso. Knut ya ha muerto.

Asaltante se puso blanca como el papel.

—¿Mientras estabas aquí? ¿Ha *muerto* mientras estabas tú aquí…? ¡Oh, Dios mío…!

Estelle meneó la cabeza.

—No, no, si ya lleva muerto un tiempo. No todo gira a tu alrededor en este mundo, querida.

—Yo… —balbució Asaltante.

Estelle le dio una palmadita.

—He dicho que estaba aparcando el coche porque a veces me

encuentro muy sola. Y me siento mejor fingiendo que va a venir. Sobre todo en esta época, en Año Nuevo. A él le gustaba muchísimo, siempre nos parábamos ante la ventana de la cocina mirando los fuegos artificiales. Sí, y, bueno... nos quedábamos un buen rato en el balcón, claro, pero yo no era capaz de estar ahí después de lo que ocurrió en el puente hace diez años. Es una larga historia. En todo caso, Knut y yo solíamos ver los fuegos artificiales desde la ventana de la cocina, y... a veces echamos de menos cosas muy raras. Es casi lo que más echo de menos. A Knut le encantaban los fuegos artificiales, así que supongo que en Año Nuevo me siento más sola que de costumbre. Soy una viejita muy tonta.

Los demás la habían escuchado en silencio mientras ella les contaba aquella historia. Y habría podido ser un momento muy bonito, de no ser porque Zara carraspeó desde el otro extremo de la sala.

—Todo el mundo cree que el día de Navidad es el día del año en que más gente se suicida, pero es un mito. Hay mucha más gente que se suicida en Año Nuevo.

Eso estropeó el ambiente. Desde luego.

Lennart miró a Roger, Roger miró a la asaltante, la asaltante los miró a todos. Luego asintió resuelta. Cuando la puerta del apartamento se abrió por fin, fuera aguardaba Jim, el policía. Minutos después bajó a la calle y le contó a su hijo que había hablado con el sujeto.

63

Jack sale pisoteando de la sala de interrogatorios, extenuado de rabia. La agente inmobiliaria se ha quedado sentada dentro, aterrorizada, mira al policía joven mientras éste empieza a recorrer el pasillo de un lado a otro. Luego se dirige esperanzada al policía mayor, que sigue allí dentro y parece apenado. Jim no sabe dónde meter las manos, ni ninguna otra parte de sí mismo, por cierto, así que le ofrece el vaso de agua, que no para de temblar pese a que la mujer lo sujeta con las dos manos.

Tiene que creerme, juro que no soy asaltante... — asegura.

Jim mira de reojo hacia el pasillo, donde su hijo va y viene dando puñetazos en la pared. Luego Jim se dirige a la agente inmobiliaria, duda un instante, la mira otra vez, se contiene, pero al final le pone la mano en el hombro y confiesa:

—Lo sé.

Ella parece sorprendida. Él, avergonzado.

Cuando el policía mayor, que, por cierto, nunca se ha sentido más viejo que en estos momentos, alza la mano, empieza a hacer girar la alianza que lleva en el dedo anular. Una vieja costumbre, un flaco consuelo. Siempre ha pensado que lo más difícil de la muerte es la gramática. Aún hoy sigue equivocándose en los tiempos verbales. Jack casi nunca lo corrige, seguramente porque a los hijos les cuesta hacer esas cosas. Alguna que otra vez, de tarde en tarde, Jack menciona el anillo y dice: «Papá, ¿no es hora ya de que te lo quites?». Su padre asiente siempre, como si se le hubiera olvidado hacerlo, tira un poco del anillo, como si estuviera más justo de lo que le está, y murmura: «Sí, sí, me lo voy a quitar». Pero nunca lo hace.

Lo más difícil de la muerte es la gramática, los tiempos verbales, que ella no va a enfadarse cuando vea que él ha comprado un sofá nuevo sin preguntarle. No *va a*. No va a venir a casa. Eso era antes. Se enfadó muchísimo el día que Jim y Jack compraron un sofá nuevo sin pedirle opinión de antemano, ¡oh, sí! Viajaba por medio mundo de catástrofe en catástrofe, pero cuando llegaba a casa, todo debía estar como siempre porque, de lo contrario, se molestaba. Claro que aquélla no era más que una de sus muchas peculiaridades y costumbres raras: ponía cebolla tostada en los cereales del desayuno y bañaba las palomitas en salsa *bearnaise*, y si se te ocurría bostezar estando al lado de ella, te metía el dedo índice en la boca, sólo para comprobar si le daría tiempo de sacarlo antes de que volvieras a cerrarla. A veces metía cereales en los zapatos de Jim, o pedacitos de huevo duro y de anchoas en los bolsillos de Jack: parece que ver las caras que ponían la divertía cada vez más. Y ésas son las cosas que se echan de menos. Que hiciera esto y aquello. Ella *era*, ella *está*... Era la mujer de Jim. La madre de Jack está muerta.

La gramática. Eso es lo peor de todo, piensa Jim. Así que él quiere sobre todo que su hijo salga airoso de aquello, que lo resuelva todo, que los salve a todos. Pero, al parecer, no está funcionando.

Jim sale al pasillo. Mira a Jack. Están solos, nadie podrá oír su conversación. Su hijo se vuelve hacia él, desesperado.

—Papá, *tiene que haber sido* la agente inmobiliaria la que lo hizo, *tiene que haber sido* ella... —acierta a decir, pero sus palabras se van debilitando a medida que se esfuerza por pronunciarlas.

Jim menea la cabeza con una lentitud insoportable.

—No. No es ella. La asaltante no estaba en el apartamento cuando tú entraste, hijo, en eso tienes razón. Pero tampoco salió con los rehenes.

Jack recorre nerviosamente el pasillo con la mirada. Cierra los puños, como buscando algo que golpear.

—¿Y tú cómo lo sabes, papá? ¡¡¿Tú cómo lo sabes?!! —le grita, como si le gritara al mar.

Jim parpadea como tratando de contener la marea.

—Porque no te he dicho la verdad, hijo.

Y entonces se lo cuenta todo.

64

Todos los testigos de la toma de rehenes quedan libres a la vez. En cierto modo esta historia termina para ellos tan rápido como empezó. Recogen sus cosas y les indican amablemente que salgan a la escalerita que hay en la parte trasera de la comisaría. Cuando la puerta se cierra tras ellos, todos se miran sorprendidos: la agente inmobiliaria, Zara, Lennart, Anna-Lena, Roger, Ro, Julia y Estelle.

—¿Qué les han dicho los policías? —se apresura a preguntar Roger a los demás.

—Nos hicieron un montón de preguntas, pero Jul y yo nos hicimos las tontas —declara Ro satisfecha.

—Bien hecho —las felicita Zara.

—O sea, ¿ninguno de los policías les ha dicho *nada* de particular al soltarlos? —insiste Roger.

Todos niegan con la cabeza. El policía joven, Jack, acababa de ir de sala en sala sin decirles nada, sólo que ya podían marcharse, y que lamentaba que les hubiera llevado tanto tiempo. Les insistió, eso sí, en que no salieran por la entrada principal de la comisaría, porque allí estaban esperando todos los periodistas.

Así que ya está reunido el grupito en la parte trasera. Todos se miran de reojo algo nerviosos. Finalmente, es Anna-Lena la que formula la pregunta en la que están pensando todos:

—¿Estará... estará bien ella? Cuando salimos del apartamento vi que había un policía en el rellano, el mayor, ya saben; y pensé: «¿Cómo se las arreglará ahora para pasar al otro apartamento?».

—¡Exacto! Cuando los policías me contaron que la pistola era de verdad y que habían oído disparos en el interior pensé... ¡ay! —dijo la agente inmobiliaria, incapaz de terminar la frase siquiera.

—Entonces... ¿quién le ha ayudado, si no hemos sido nosotros? —pregunta Roger.

Nadie sabe la respuesta, pero Estelle mira la pantalla de su teléfono, lee un mensaje de texto y asiente despacio. Sonríe visiblemente aliviada.

—Dice que está bien.

Anna-Lena sonríe también.

—Mándale saludos de nuestra parte.

Estelle le dice que así lo hará.

Detrás de ellos acaba de salir de la comisaría una joven solitaria de unos veinte años. Trata de aparentar seguridad, pero su mirada lo recorre todo nerviosamente en busca de algún lugar adonde ir y de alguien de quien ir acompañada.

—¿Estás bien, cariño? —pregunta Estelle.

—¿Qué? ¿Por qué lo pregunta? —replica London.

Julia observa la chapa con el nombre que lleva en la blusa; no se la quitó cuando salió del trabajo camino del interrogatorio.

—¿Eres tú la cajera que estaba en el banco cuando lo robaron?

London asiente algo insegura.

—Pobrecilla, ¿te asustaste mucho? —pregunta Estelle.

London asiente, no por voluntad propia, sino como si el cuerpo respondiera por ella al comprobar que el cerebro no se atreve.

—No en ese momento. No cuando... ocurrió. Sino después. Cuando... ya saben, o sea, cuando pensé que a lo mejor la pistola era de verdad al final.

Todas las personas que están en las escaleras asienten. Ro hunde las manos en los bolsillos del vestido, por debajo del abrigo, señala con la cabeza hacia una pequeña cafetería que hay al otro lado de la calle, y pregunta:

—¿Quieres un café?

London querría mentir y responder «señora, que tengo planes y sitios a los que ir, que mañana es, o sea, Nochevieja», pero responde:

—No me gusta el café.

—Seguro que encontramos algo que te guste —le promete Ro.

Es una promesa muy bonita, así que London asiente despacio. Ro se convierte en la primera amiga que tiene desde hace mucho tiempo. O la primera, simplemente.

—¡Espérame! —dice Julia.

—¿Por qué? ¿Tienes miedo de que me *roben* si voy sola? —dice Ro con una sonrisita.

Julia no sonríe. Ro suelta una tosecilla y dice en voz baja:

—Bueno, está bien, es demasiado pronto para bromear sobre eso, ya lo sé, ya lo sé.

Cuando van cruzando la calle, London le susurra:

—La verdad es que no ha sido una broma muy graciosa.

—¿Y tú quién eres? ¿La policía de las bromas? —protesta Ro.

—¡Cariño! ¡Si te disparan, regalo tus pájaros! —le grita Julia mientras se alejan.

—¡Eso *sí* que es gracioso! —sonríe London, que hace mucho que no tiene a nadie con quién reírse. O simplemente, nunca lo ha tenido.

Unos días después, London recibe una carta escrita por una

asaltante que quiere pedirle perdón. Y para esta chica de veinte años ese gesto significa más de lo que podría reconocer nunca ante nadie. Bueno, hasta que se enamore. Pero ésa es otra historia.

En la escalera, Julia va abrazando a todos los que se dejan abrazar. Al llegar a Estelle, la joven y la señora mayor se quedan un buen rato mirándose a los ojos. Estelle le dice:

—Me gustaría regalarte un libro. Es de mi poeta favorita.

Julia sonríe.

—Pues la verdad es que yo estaba pensando que tú y yo podríamos vernos de vez en cuando. Podríamos intercambiarnos libros en el ascensor.

—¿Qué quieres decir? —pregunta Estelle.

Julia se dirige a la agente inmobiliaria.

—¿Te encargas del papeleo?

La agente inmobiliaria asiente dando saltos de alegría. Roger sonríe también, con repentino entusiasmo.

—Así que Ro y tú han comprado el apartamento a pesar de todo, ¿no? ¿Les han hecho un buen precio?

Julia niega con la cabeza.

—No, no compramos ése, compramos el otro.

Entonces Roger ríe de buena gana. Hacía mucho que no reía así. Anna-Lena se siente tan feliz que tiene que sentarse en la escalera, en pleno invierno.

65

Te digo la verdad, la verdad, la verdad.

Después de hablar con la asaltante, Jim volvió a bajar a la calle y le contó a Jack exactamente lo que había ocurrido en el edificio. Aunque eso no fue exactamente lo que ocurrió de verdad. De hecho, en absoluto. Lo cual se debía en cierto modo a lo mal que se le daba a Jim contar historias, pero también a lo bien que se le daba mentir.

Porque no fue Lennart quien abrió la puerta cuando él llegó con las pizzas. Fue la asaltante, la verdadera asaltante. Tanto Roger como Lennart insistieron en ponerse el pasamontañas, pero después de dudar un buen rato, ella dijo que no. Los miró y, con voz dulce y agradecida, pero firme y resuelta, dijo:

—Es evidente que no puedo ser un buen ejemplo para mis hijas y enseñarles que no cometan tonterías, pero quizá sí pueda enseñarles a asumir la responsabilidad de sus actos.

Así que cuando Jim llamó a la puerta, fue ella quien abrió. Sin pasamontañas. Le caía la melena sobre los hombros, del mismo color que el pelo de la hija de Jim. A veces, dos desconocidos sólo necesitan tener una sola cosa en común para simpatizar. Ella vio la alianza que él llevaba en el dedo, de plata vieja y desgastada y llena de marcas. Y él miró la que llevaba ella, fina y modesta, de oro sin piedras preciosas. Ninguno de los dos se las había quitado aún.

—¿Eres policía? —preguntó ella tan de sopetón que dejó a Jim desconcertado.

—¿Cómo sabías...?

—No creo que la policía enviara a un repartidor de verdad habiendo aquí una asaltante armada y peligrosa —sonrió, más con la cara que con la boca.

—No, no... bueno, sí... y sí, soy policía —asintió Jim, y le entregó las pizzas.

—Gracias —dijo ella, y las sujetó con una mano mientras la pistola le bailaba en la otra sin que Jim pudiera apartar la vista de ella.

—¿Cómo te encuentras? —preguntó Jim, lo cual tal vez no habría hecho de haber llevado ella el pasamontañas.

—He tenido días mejores —confesó ella.

—¿Hay alguien herido?

Ella meneó estupefacta la cabeza.

—No, yo jamás...

Jim la miró, consideró el temblor de los dedos y las marcas de los dientes en el labio inferior. Prestó atención al interior del apartamento, pero no oyó a nadie que llorase o que gritase, ni tampoco a nadie que estuviera asustado.

—Necesitaría que dejaras la pistola un momento —dijo.

La asaltante asintió con expresión de disculpa. Miró hacia la sala de estar, donde se encontraban todos, y preguntó:

—¿Puedo darles las pizzas primero? Es que tienen hambre. Ha sido un día muy largo para ellos... Yo...

Jim asintió. Ella se volvió, desapareció unos instantes, volvió sin las cajas de pizza y sin la pistola. Desde la sala de estar se oyó protestar a alguien: «Pero eso *no es* una hawaiana», y otra persona se reía diciendo: «¡Tú no sabes una mierda sobre las hawaianas». *Se reía.* Luego se oyó el rumor de una charla entre desconocidos que, poco a poco, han dejado de serlo. Puede que resulte difícil precisar qué es una toma de rehenes, pero desde luego aquello no lo era. Jim miró con curiosidad a la asaltante.

—¿Por qué no me cuentas cómo has llegado a verte en esta situación?

La asaltante, ya desarmada, respiró tan hondo y se llenó tanto de aire que dio la impresión de haber duplicado su tamaño, y luego se encogió y quedó más pequeña que nunca.

—No sé ni por dónde empezar.

Jim hizo entonces algo de una falta de profesionalidad extraordinaria. Alargó la mano y le secó la lágrima que le caía a la asaltante por la mejilla.

—Mi mujer contaba un chiste que le encantaba. ¿Cómo se come uno un elefante?

—No lo sé.

—Poco a poco.

Ella sonrió.

—A mis hijas les habría gustado. Tienen un sentido del humor particular.

Jim se metió las manos en los bolsillos y se sentó con gesto cansado en las escaleras, que estaban junto a la puerta. La asaltante dudó un instante, luego se sentó en el suelo con las piernas cruzadas. Jim sonrió también.

—Mi mujer también tenía un humor particular. Le gustaba reír y discutir. Cuanto más envejecía más le gustaba. Siempre me decía que yo era demasiado bueno. Qué comentario, viniendo de una sacerdote, ¿verdad?

La asaltante se rió. Asintió.

—¿Y con quién discutía?

—Con todos. Con la Iglesia, con los parroquianos, con los políticos, con los creyentes, con los no creyentes... Su misión era defender a los más débiles: a los sintecho, a los refugiados e incluso a los delincuentes. Porque, en la Biblia, Jesús dice, al parecer: «Estaba hambriento, y me disteis de comer. No tenía casa y me cobijasteis, estaba enfermo y me cuidasteis, estaba en la cárcel y vinisteis a visitarme». Y luego dice más o menos que aquello que hacemos por los más débiles, también lo hacemos por Él. Y ella se lo tomaba todo *tan al pie de la letra*... Por eso siempre se veía envuelta en alguna disputa.

—¿Ha fallecido?

—Sí.

—Lo siento.

Jim asintió despacio. Es muy raro, pensó, que, después de tanto tiempo, siga pareciéndole incomprensible que ella ya no esté. Que su corazón no se haya acostumbrado a que ninguna loca risueña le meterá riéndose el dedo en la boca cuando él bostece ni esparcirá harina en su almohada justo antes de que se acueste. Nadie que discuta con él. Que lo ame. No hay forma de acostumbrarse a esa dichosa gramática. Sonrió tristón y dijo:

—Ahora te toca a ti.

—¿El qué? —preguntó la asaltante.

—Cuéntame tu historia. Cómo has llegado hasta aquí.

—¿Cómo de larga la quieres?

—Tan larga como quieras. Poco a poco.

Bonitas palabras, pensó la asaltante. Y empezó a hablar.

—Mi marido me dejó. O tal vez pueda decirse que me echó de casa. Tuvo una aventura con mi jefa. Se enamoraron. Se mudaron juntos a nuestro apartamento, porque sólo estaba a nombre de mi marido. Todo fue tan rápido... Y no quería provocar una pelea ni tampoco... ningún caos. Por el bien de mis hijas.

Jim asintió despacio. Miró la alianza de la asaltante y empezó a dar vueltas a la suya, es lo que más trabajo cuesta quitarse.

—¿Niñas o niños? —preguntó Jim.

—Niñas.

—Yo tengo uno de cada.

—Yo… alguien tiene que… Yo no querría que…

—¿Dónde están ahora?

—Con su papá. Tendría que haber ido a recogerlas hoy, íbamos a celebrar juntas el Año Nuevo. Pero ahora…

Guardó silencio. Jim asintió pensativo.

—¿Para qué querías el dinero del banco?

La desesperación que se reflejaba la cara de la asaltante reveló el caos que imperaba en su corazón cuando confesó:

—Para pagar el alquiler. Necesitaba seis mil quinientas coronas.

Jim se agarró bien a la barandilla para no venirse abajo cuando notó que le flaqueaba el corazón. La compasión es un vértigo. Seis mil quinientas coronas porque, si no, creía que perdería a sus hijas. A sus *hijas*.

—Pero… hay una legislación y unas normas. Desde un punto de vista meramente jurídico, nadie puede quitarte a tus hijos sólo porque… —comenzó, pero se arrepintió enseguida y dijo—: Ahora, en cambio… Ahora has perpetrado un robo, y… —casi se le quebró la voz cuando susurró—: Pero, pobre muchacha, ¿en qué lío te has metido?

La mujer tuvo que obligar a la lengua a moverse, a los labios a abrirse. Los músculos más pequeños casi se rindieron por completo.

—Soy… soy idiota. Ya lo sé, ya lo sé. No quería discutir con mi marido, no quería exponer a las niñas a nada de eso, pensé que podría resolverlo todo yo sola. Pero lo único que he conseguido es provocar un desastre. Es culpa mía, todo es culpa mía. Estoy dispuesta a rendirme, soltaré a todos los rehenes, lo prometo, la pistola está ahí dentro, ni siquiera es una pistola de verdad…

Jim pensaba que vaya motivo para robar un banco: el miedo al conflicto. Trató de verla como a una delincuente, trató de verla sin ver en ella a su hija, y en ambos casos fracasó.

—Aunque sueltes a los rehenes y te rindas, irás a prisión. Aunque la pistola no sea de verdad —dijo Jim con pesadumbre, aunque llevaba el tiempo suficiente en la policía para saber que la pistola era de verdad. Sabía que no tendría la menor oportunidad, con independencia de lo bien que cualquiera con corazón comprendiera su situación. Está prohibido robar bancos, está prohibido ir por ahí con un arma de fuego, no podemos dejar ir a un delincuente así si lo capturamos. Así que Jim decidió que en aquel momento la única forma de conseguir que no le impusieran ninguna pena era no hacer tal cosa. No capturarla.

Echó un vistazo al rellano. En la puerta del apartamento en el que se encontraba la asaltante habían colgado un letrero que decía: «¡En venta! Agencia Inmobiliaria TODO BIEN EN CASA. ¿Todo bien en casa?». Jim se lo quedó mirando un buen rato, rebuscando en la memoria.

—Qué raro —dijo al fin.

—¿El qué? —preguntó la asaltante.

—Agencia Inmobiliaria TODO BIEN EN CASA. Es un nombre... ridículo.

—Puede ser —asintió la asaltante, que no había reflexionado mucho al respecto.

Jim se rascó la nariz.

—Puede que sea sólo una coincidencia, pero hace unos minutos estuve hablando con los propietarios del apartamento de enfrente. Se van a separar. Porque a uno le gusta el cilantro, y al otro también le gusta el cilantro, pero no tanto, y parece ser que esa razón basta cuando se es joven y se tiene internet.

La asaltante trató de dibujar una sonrisa.

—Ya nadie quiere aburrirse.

Pensaba que lo peor de todo, aquello con lo que más le costaba reconciliarse desde el punto de vista emocional, era que ella aún quería a su marido. Sentía algo así como una pequeña explosión en cada vena siempre que tomaba conciencia de ello. De que no podía dejar de quererlo, ni siquiera después de lo que había hecho, ni siquiera así podía dejar de preguntarse si lo ocurrido no había sido culpa suya. Quizá no era lo bastante divertida, y entonces no le puedes pedir a nadie que se quede contigo.

—¡No, claro! Para los jóvenes todo es estar siempre enamorados como el primer día, nada puede volverse cotidiano, tienen la misma capacidad de concentración que un gato jugando con una pelota brilli brilli—aseguró Jim, súbitamente exaltado, antes de continuar—: Así que van a separarse y a vender el apartamento. Uno de ellos no recordaba cómo se llamaba la inmobiliaria, sólo que tenía un nombre ridículo. Y, ¿sabes qué? La inmobiliaria «TODO BIEN EN CASA» tiene uno nombre ridículo.

Señaló el letrero de la puerta del apartamento en el que se encontraba la agente inmobiliaria. Y luego, el apartamento de enfrente. Aquella ciudad era demasiado pequeña para que hubiera muchas inmobiliarias con un nombre ridículo. Ni siquiera era lo bastante grande como para tener más de una sola peluquería que se llamara «La guillotina».

—Perdona, no entiendo lo que dices —confesó la asaltante.

Jim se rascaba la barba incipiente.

—Estaba pensando... ¿está ahí dentro contigo la agente inmobiliaria?

La asaltante asintió.

—Sí, los vuelve locos a todos. Hace un momento, cuando les llevé las pizzas, estaba obligando a Roger a ponerse al lado del balcón, ella se colocó en la otra punta del apartamento y le lanzó las llaves, sólo para que comprobara la distancia que se había conseguido gracias a la distribución abierta.

—¿Y qué pasó?

—Roger se agachó. Casi se rompe la ventana —dijo sonriendo la asaltante. Tenía una sonrisa amable, pensó Jim. Impropia de una persona que quiera hacerle daño a otra. Volvió a observar el cartel de la inmobiliaria.

—No sé... a lo mejor esto es... Pero si el apartamento de enfrente lo va a vender la misma agente inmobiliaria, puede que tenga también esas llaves, y entonces podría...

Jim no era capaz de pronunciar aquellas palabras.

—¿Qué quieres decir? —dijo la asaltante.

Jim se armó de valor, se puso de pie, carraspeó un poco.

—Quiero decir que si la agente inmobiliaria también vende el apartamento de enfrente, y también lleva encima esas llaves, quizá podrías esconderte ahí dentro. Cuando el resto de los policías lleguen al rellano, no irrumpirán por las puertas de todos los demás apartamentos para buscarte, al menos no de inmediato.

—¿Por qué?

Jim se encogió de hombros.

—No son tan buenos policías. Primero se concentrarán en liberar a los rehenes. Si les dices que cierren la puerta al salir, todos darán por hecho que la asaltante..., o sea, tú... sigues dentro. Dentro de *este* apartamento. Cuando hayamos abierto la puerta y comprobemos que no estás, no podremos forzar las puertas de las demás viviendas así, como Pedro por su casa. Los jefes nos armarían una buena. La burocracia, ya sabes. Primero tendremos que llevar a los rehenes a la comisaría e interrogarlos, pues todos son testigos. Y no sé... quizá mientras tanto encuentres una forma de salir sin ser vista. ¿Y sabes qué? Si alguien te encontrara en el otro apartamento, ¡puedes fingir que es tu casa! De todos modos, hemos dado por hecho que el sujeto es un hombre.

La asaltante seguía mirando sin comprender con los ojos como platos.

—¿Por qué? —repitió.

—Porque por lo general las mujeres no... no hacen estas cosas —dijo Jim, con todo el tacto posible.

Ella meneó la cabeza.

—No, quiero decir que *por qué* haces esto por mí. ¡Si eres policía! Se supone que no deberías... en fin, ¡que no deberías ayudarme!

Jim asintió algo avergonzado. Se alisó los pantalones con las palmas de las manos y luego se pasó las muñecas por la frente.

—A mi mujer le gustaba citar a un hombre que decía que... ay, ¿cómo era? Decía más o menos que aunque supiera que el mundo iba a irse al infierno mañana, plantaría un árbol hoy.

—Qué bonito —susurró la asaltante.

Jim asintió. Se pasó el dorso de la mano por los ojos.

—Yo no quiero... detenerte. Entiendo que has cometido un error, pero... puede pasarle a cualquiera.

—Gracias.

—Pero tienes que volver dentro enseguida y preguntarle a la agente inmobiliaria si tiene la llave del apartamento de enfrente. Porque dentro de unos instantes mi hijo perderá la paciencia e irrumpirá aquí y...

La asaltante parpadeó asombrada.

—¿Perdona? ¿Tu hijo?

—Sí, también es policía. Será el primero en entrar por esa puerta.

A la asaltante se le cerró la garganta, le flaqueó la voz.

—Se ve que es valiente.

—Es hijo de una mujer valiente. Ella también habría robado un banco por él, si no hubiera tenido más remedio. Yo ni siquiera creía en Dios cuando nos conocimos. Ella era guapa, yo no. Ella sabía bailar, yo apenas me mantenía derecho. Al principio de nuestra relación lo único que teníamos en común era, seguramente, la visión de nuestro trabajo. Que salvamos a quienes podemos salvar.

—Yo no sé si merezco que me salven —susurró la asaltante.

Jim asintió brevemente, la miró a los ojos, un hombre sincero y honrado que estaba a punto de hacer algo que iba contra los principios de la profesión que llevaba toda la vida ejerciendo.

—Búscame dentro de diez años y dime si estaba equivocado.

Se dio media vuelta para marcharse. Ella dudó, tragó saliva y, finalmente, lo llamó:

—¡Espera!

—¿Sí?

—¿Podría...? ¿Aún estoy a tiempo para pedir algo a cambio de que libere a los rehenes?

—¡Qué demonios...!

A Jim se le arrugó la frente, primero de sorpresa, luego casi de indignación. La asaltante vacilaba.

—Fuegos artificiales —acertó a articular por fin—. Hay una señora mayor ahí dentro que solía ver los fuegos artificiales con su marido. Él murió. La he tomado como rehén todo el día, y me gustaría regalarle unos fuegos artificiales.

Jim sonrió. Asintió.

Luego bajó las escaleras y le mintió a su hijo.

_____

66

La asaltante volvió a entrar en el apartamento. Había sangre en el suelo, pero el fuego crepitaba en la chimenea. Ro estaba sentada en el sofá comiendo pizza y haciendo reír a Julia. Roger y la agente inmobiliaria protestaban por los metros cuadrados que figuraban en los planos, no porque Roger tuviera ya intención de comprar el apartamento, pero «¡qué demonios, es importante que den la información correcta!». Zara y Lennart estaban junto a la ventana, Zara mordisqueaba un trozo de pizza y Lennart disfrutaba del disgusto dibujado en su rostro. No parecía que a ella le gustara Lennart, pero tampoco parecía que lo odiara. Él, sin embargo, parecía pensar que ella era maravillosa.

Anna-Lena estaba sola, con un plato en la mano y la pizza intacta y ya fría. Fue Julia, naturalmente, quien la vio y se levantó del sofá. Se acercó a ella y le preguntó:

—¿Estás bien, Anna-Lena?

Ella miró a Roger. No habían intercambiado una palabra desde que el conejo salió del baño.

—Sí —mintió.

Julia le agarró el brazo no para consolarla, sino para animarla.

—No sé qué crees que has hecho mal exactamente, pero el hecho de que hayas solicitado los servicios de Lennart en todas

esas ocasiones sólo para que Roger se sintiera como un ganador es
de lo más loco, raro y romántico que he oído en la vida.

Anna-Lena empujó un poco la pizza en el plato.

—Roger debería haber tenido la oportunidad de ser jefe. Yo
siempre pensaba que el año siguiente sería su turno. Pero los años
pasan más rápido de lo que uno cree, pasan todos a la vez. En ocasiones he pensado que, cuando dos personas pasan muchos años
viviendo juntas y tienen hijos, la vida es como trepar a un árbol.
Arriba y abajo, arriba y abajo... Uno trata de superarlo todo, de
hacerlo todo bien, trepamos sin parar y apenas tenemos tiempo de
vernos mientras tanto. Es algo que quizá no entendemos mientras
somos jóvenes, pero, cuando tienes hijos, todo cambia en la vida,
a veces sientes que ya no tienes tiempo ni de ver a la persona con la
que estás casado. En primera instancia, somos padres y compañeros de equipo, lo de ser matrimonio se vuelve secundario. Pero...
bueno, seguimos trepando y viéndonos de pasada. Siempre pensé
que tenía que ser así, que así eran las cosas, que así era la vida.
Sólo teníamos que terminar algunas cosas, me decía. Y lo importante, trataba de convencerme yo, era que los dos trepáramos en
el mismo árbol. Porque así, me decía... y suena muy pretencioso,
pero me decía que tarde o temprano iríamos a parar a la misma
rama. Y entonces podríamos quedarnos allí y contemplar las vistas cogidos de la mano. Eso es lo que yo pensaba que haríamos
cuando nos hiciéramos mayores. Pero el tiempo pasa más rápido
de lo que uno cree. A Roger nunca le tocó el turno.

Julia aún le agarraba el brazo no para animarla, sino para
consolarla.

—Mi madre siempre dice que nunca debo pedir perdón por
cómo soy, que nunca debo pedir perdón porque se me dé bien
algo.

Algo dudosa, Anna-Lena dio un mordisco a la pizza, y dijo con la boca llena:

—Muy sensata, tu madre.

Se quedaron en silencio.

Luego se oyó el estallido.

Una vez. Dos veces. Al cabo de unos instantes, se oyeron el repiqueteo y las explosiones, tantas y tan seguidas que nadie alcanzó a contarlas. Lennart era el que más cerca se encontraba de la ventana, y fue él quien gritó:

—¡Miren! ¡Fuegos artificiales!

Jim había enviado a comprarlos a un policía joven. Los estaba lanzando desde el puente. Lennart, Zara, Julia, Ro, Anna-Lena, Roger y la agente inmobiliaria salieron al balcón. Se quedaron allí mirando llenos de asombro. Y es que no eran unos simples petardos, desde luego, eran fuegos de los buenos, de varios colores, de los que caen como la lluvia y todo eso. Porque daba la casualidad de que a Jim también le gustaban los fuegos artificiales.

La asaltante y Estelle estaban viéndolos desde la ventana de la cocina, cogidas del brazo.

—A Knut le habría gustado —dijo Estelle.

—Espero que a ti también te gusten —logró articular la asaltante.

—Muchísimo, querida mía, me gustan muchísimo. ¡Gracias!

—Siento mucho todo lo que les he hecho —dijo sollozando la asaltante.

Estelle frunció los labios apenada.

—¿Tal vez podríamos explicárselo todo a la policía? ¿Decirles que ha sido un error?

—No, no lo creo.

—Pero entonces... ¿a lo mejor podrías huir? ¿Esconderte en algún sitio?

Estelle olía a vino. Le brillaban débilmente las pupilas. La asaltante iba a responder, pero comprendió que cuanto menos supiera Estelle, mejor. Así la anciana no tendría que mentir por ella en el interrogatorio policial. De modo que le dijo:

—No, no creo que sea posible.

Estelle le dio la mano. No había mucho más que pudiera hacer. Los fuegos artificiales eran preciosos, a Knut le habrían encantado.

Cuando terminaron, la asaltante fue a la sala de estar, todos los demás ya habían salido del balcón y habían entrado. La asaltante trató de indicarle discretamente a la agente inmobiliaria que quería hablar con ella aparte, pero, por desgracia, fue imposible, porque estaba muy ocupada discutiendo con Roger sobre qué precio debería pedirles a Julia y a Ro por el apartamento si decidían comprarlo.

—¡De acuerdo! ¡De acuerdoooo! —se rindió por fin la agente inmobiliaria—. Puedo bajar un poco el precio, pero sólo porque tengo que poner en venta el otro apartamento dentro de dos semanas, y no quiero que compita con éste.

Roger, Julia y Ro ladearon las cabezas y se dieron un coscorrón.

— ¿Qué...? ¿Qué otro apartamento? —preguntó Roger.

La agente inmobiliaria resopló irritada consigo misma por haberse ido de la lengua.

—El apartamento de enfrente, el que queda al otro lado del ascensor. Ni siquiera lo he puesto en venta aún en la página web, porque si vendes dos apartamentos en el mismo edificio a la misma vez significa que pagarán menos por los dos, eso lo sabe todo agente inmobiliario. El otro apartamento es igual que este, sólo que el vestidor es más pequeño, pero, por alguna razón, la cobertura de celular es allí mucho mejor, que es hoy en día ridículamente importante para todo el mundo. La pareja que vive ahí se va a separar, tuvieron una discusión tremenda en mi oficina, han dejado el apartamento sin muebles y lo único que queda es un exprimidor. Y comprendo muy bien que ninguno de los dos lo quisiera, porque tiene un color *espantoso*...

La agente inmobiliaria siguió hablando un buen rato, pero ya nadie la escuchaba. Roger y Julia se miraron, miraron luego a la asaltante, luego a la agente inmobiliaria.

—A ver, espera un momento, ¿quieres decir que vas a vender el apartamento de enfrente también? ¿El que está al otro lado del ascensor? ¿Y... y que ahí no vive nadie ahora mismo? —preguntó Julia para verificar la información.

La agente inmobiliaria dejó de parlotear y empezó a asentir. Julia miró a la asaltante y, lógicamente, las dos pensaron lo mismo, una posible solución a todo esto.

—¿Tienes las llaves de ese apartamento? —preguntó Julia con una sonrisa esperanzada, convencida de que aquel sería un final perfecto para la historia.

Por desgracia, la agente inmobiliaria la miró como si aquella fuera una pregunta absurda.

—¿Por qué iba a tenerla? No lo voy a vender hasta dentro de dos semanas, ¿crees que voy por ahí con las llaves de la gente por pura diversión? Qué clase de agente inmobiliaria te has creído que soy, ¿ah?

Roger suspiró. Julia suspiró más hondo aún. La asaltante no respiraba en absoluto; simplemente, cayó en el pozo de la desesperación.

—¡Yo tuve una aventura una vez! —dijo Estelle alegremente desde el otro extremo del apartamento, porque había encontrado otra botella de vino en la cocina.

—Ahora no, Estelle, por favor —dijo Julia intentando callarla, pero la mujer insistió. Estaba un tanto borracha, de eso no cabe duda; con el que había bebido en el vestidor, llevaba ya mucho vino para una mujer mayor.

—¡Yo tuve una *aventura* una vez! —repitió con la mirada fija en la de la asaltante, que enseguida se puso muy nerviosa por los detalles que pudieran seguir a semejante comienzo. Meciendo en el aire la botella de vino, Estelle continuó—: Le encantaban los libros. Y a mí también, pero a mi marido no. A Knut lo que le gustaba era la música. Y la música está bien, sí, pero no es *lo mismo*, ¿a que no?

La asaltante negó educadamente con la cabeza.

—No. A mí también me gustan los libros.

—Sí, ¡se te nota! Comprendes que la gente necesita también cuentos de hadas, ¡no sólo narrativa! Tú me has caído bien desde el primer momento, que lo sepas. Te has buscado un lío, con lo de la pistola y todo eso, pero ¿quién no se ha buscado un lío alguna vez? Todas las personas interesantes han cometido alguna tontería en algún momento. Yo, por ejemplo, tuve una aventura a espaldas de Knut, con un hombre al que le gustaban los libros tanto como a mí. Y ahora, cada vez que leo algo, me acuerdo de los dos, porque aquel hombre me dio una llave, y yo nunca le conté a Knut que siempre la conservé.

—Por favor, Estelle, tenemos que… —dijo Julia en otro intento, pero Estelle no hacía caso. Pasó la mano por la estantería del apartamento. Una de las últimas veces que se encontró con el vecino en el ascensor, él le dio un volumen muy grueso que había escrito un hombre. Y había subrayado una frase que aparecía hacia la mitad del libro: «Dormimos hasta que nos enamoramos». Estelle le dio a su vez otro libro, escrito por una mujer, o sea, que no había necesitado cientos de páginas para expresarse. De hecho, ya al principio del libro, Estelle había subrayado: «El amor es que yo quiera que tú existas».

Sus dedos empezaron a deslizarse por los libros de la estantería, como si estuviera soñando, no como si buscara alguno en particular. Un libro cayó del centro de una fila, no como si lo hubiera hecho a propósito, sino como si los dedos se hubieran detenido en el lomo sin querer. El libro cayó al suelo, abierto por la mitad. La llave que salió de él rebotó suavemente en las páginas y cayó sobre el parqué con un tintineo.

Estelle quedó sin resuello, con el pecho henchido de embriaguez. Quizá le resonó la voz algo vacilante, pero tenía la mirada clara como el cristal al decir:

—Cuando Knut enfermó, pusimos el apartamento a nombre de nuestra hija. Pensé que tal vez quisiera mudarse aquí con los niños, pero fue una idea muy tonta, claro. Ellos no querían vivir aquí. Tienen su vida, su hogar… Así que desde entonces aquí sólo he vivido yo y… como ven… esto es demasiado grande para mí. No es un apartamento para una persona sola. Así que al final mi hija dijo que deberíamos venderlo y comprar para mí algo más pequeño, algo que fuera más fácil de mantener, dijo. Así que llamé a varios agentes inmobiliarios y claro, todos dijeron que no era normal invitar a un grupo de posibles compradores tan cerca del Año Nuevo, pero… yo pensé que estaría bien tener algo de compañía en esta época. Así que me fui de casa antes de que llegara la agente inmobiliaria, y volví cuando empezó la visita de los compradores y me hice pasar por una compradora más, porque no quería venderlo sin saber a quién. Esto no es simplemente un apartamento, es mi hogar, y no quiero que lo compre alguien que sólo lo quiera conservar un tiempo para ganar algo de dinero. Quiero que aquí viva alguien a quien le encante vivir aquí, como a mí. Quizá sea difícil de comprender cuando se es joven.

Eso no era verdad. No había en esos momentos en el apartamento una sola persona que no lo comprendiera enteramente. Pero la agente inmobiliaria carraspeó un poco antes de intervenir.

—Es decir, que cuando tu hija me contrató... ¿no era la primera agente inmobiliaria a la que llamó?

—¡Ah, no! Llamó a *todas* las agencias inmobiliarias antes de tener que llamarte a ti, pero ¡fíjate qué bien ha resultado! —sonrió Estelle.

La agente inmobiliaria se sacudió un poco el polvo de la chaqueta y del amor propio.

—Así que esta es la llave de... —comenzó la asaltante, mirando la llave aún sin creérselo del todo.

Estelle asintió.

—Mi aventura. Vivía en el apartamento de enfrente, al otro lado del ascensor. Y ahí murió. Cuando lo iban a vender entré y, delante de la estantería, pensé en lo que habría sucedido si lo hubiera conocido a él antes que a Knut. Darse un paseo por la imaginación es algo que una se puede permitir cuando ya tiene edad suficiente. Compró el apartamento una pareja joven. No cambiaron la cerradura.

Julia soltó una tosecilla, estaba un tanto sorprendida.

—¿Cómo...? Perdona, Estelle, ¿pero tú cómo lo sabes?

Estelle sonrió avergonzada.

—De vez en cuando he... Nunca he abierto la puerta, por supuesto, no soy una delincuente, pero... a veces he ido a comprobar si la llave aún funciona. Y sí. Por cierto, que no me sorprende oír que vayan a separarse, porque los oía discutir con frecuencia cuando me metía a fumar en el vestidor. Ahí se oye todo. Y una ha oído de todo. Hasta los estocolmenses quedarían impresionados, se los aseguro.

La asaltante devolvió el libro a su sitio en la estantería. Apretó fuertemente la llave en la mano. Dirigiéndose a todos los presentes, dijo:

—No sé qué decir.

—Pues no digas nada. Escóndete en el otro apartamento hasta que haya pasado todo. Luego te vas a casa con tus hijas.

La llave rodaba en la palma de la mano de la asaltante cuando ésta abrió el puño, no podía dejar de juguetear con ella.

—No tengo casa a la que ir. No puedo pagar el alquiler. Y tampoco puedo pedirles que mientan por mí cuando hablen con la policía, preguntarán quién soy y si saben dónde me he escondido, ¡y no quiero que mientan por mí!

—Pues claro que mentiremos por ti —aseguró Ro.

—No te preocupes por nosotros —dijo Julia.

—Lo cierto es que no tenemos por qué mentir —dijo Roger. Bastará con que nos hagamos los tontos, todos y cada uno de nosotros.

—Bueno, en ese caso no hay problema, porque *eso* no les resultará muy difícil —dijo Zara. Y por una vez, no tenía intención de ofender, aunque lo pareciera.

Anna-Lena asintió pensativa mirando a la asaltante.

—Roger tiene razón. Sólo tenemos que hacernos los tontos. Podemos decir que nunca te quitaste el pasamontañas, y no podremos darles una descripción.

La asaltante trató de protestar, pero ellos no la dejaron. Y entonces se oyeron los golpecitos en la puerta, Roger se dirigió al vestíbulo, miró por la mirilla y vio a Jim esperando fuera. Y fue entonces cuando Roger cayó en la cuenta de cuál era el verdadero problema.

—Mierda. La policía está en el rellano, ¿cómo vas a pasar al

otro apartamento sin que te vean? ¡En eso no habíamos pensado!
—exclamó Roger.

—¿Quizá podamos distraerlo? —propuso Julia.

—Yo puedo rociarle lima en los ojos —intervino Ro.

—A lo mejor basta con que nos pongamos a charlar con él
—dijo Estelle esperanzada.

—¡O tal vez podríamos salir en tromba todos a la vez, así se
quedará desconcertado! —pensó Anna-Lena en voz alta.

—¡Desnudos! La gente siempre se queda desconcertada cuando te ve desnudo —señaló Lennart, en calidad de experto.

Zara estaba a su lado, y seguramente él esperaba que ella dijera
que era un idiota redomado, pero lo que dijo fue:

—Quizá podríamos sobornarlo. Al policía, digo. A la mayoría
de los hombres se los puede comprar.

Lógicamente, Lennart observó que habría podido decir «a la
mayoría de las personas», no tenía que decir «hombres», pero pensó que, pese a todo, era un gesto muy bonito por su parte esforzar-
se por ser parte del grupo.

La asaltante estuvo un buen rato delante de ellos con la llave en la
mano, a punto de contarles la verdad sobre Jim, pero se reprimió
y dijo pensativa:

—No. Si les cuento cómo pienso escaparme, los obligo a mentir a la policía en los interrogatorios. Pero si salen ahora mismo y
bajan las escaleras, pueden decir la verdad: que cuando cerraron la
puerta, yo seguía aquí dentro. Y no saben adónde fui.

Todos tenían cara de querer protestar (todos salvo Zara), pero
asintieron al fin (incluida Zara). Estelle cubrió con plástico la
pizza que había sobrado y la guardó en el refrigerador. Escribió
su número de teléfono en un papel y se lo metió a la asaltante en

el bolsillo, al tiempo que le susurraba: «Mándame un mensaje de texto cuando estés a salvo, si no, me quedaré preocupada». La asaltante le prometió que lo haría. Luego, todos los rehenes salieron del apartamento. Roger iba el último, cerró la puerta cuidadosamente al salir, para que se cerrara el pestillo. Finalmente, bajaron las escaleras, salieron a la calle, se acomodaron en los coches policiales que los aguardaban y que los llevaron a la comisaría para ser interrogados.

Jim estuvo sólo unos minutos en el rellano, mientras esperaba a que Jack subiera por las escaleras.

—¿Está el sujeto ahí dentro, papá? ¿Estás totalmente *seguro*? —preguntó Jack.

—Al cien por cien —dijo Jim.

—¡Bien! El mediador lo llamará por teléfono enseguida y tratará de conseguir que salga voluntariamente. De lo contrario, derribaremos la puerta.

Jim asintió. Jack miró a su alrededor, se agachó junto al ascensor y recogió una nota del suelo.

—¿Qué es esto?

—Parece un dibujo —dijo Jim.

Jack se lo guardó en el bolsillo. Miró el reloj. El mediador ya estaba haciendo la llamada.

Estaba en una de las cajas de pizza. La que lo encontró fue Ro. Tenía bastante hambre, así que se limitó a pensar lo raro que era que hubiera un teléfono en la pizza, pero lo dejó en una mesita y decidió ponerse a comer antes de dedicarle más tiempo al asunto. Para cuando terminó de comer, se había olvidado del teléfono, simplemente. Pasaban tantas cosas todo el tiempo, fuegos artificiales y demás... Tal vez haya que conocer a Ro para comprender esa dispersión suya. O quizá baste con saber que, después de haberse comido la pizza, fue abriendo todas las cajas para comerse los bordes que los demás habían dejado. Entonces Roger se dirigió a ella y le dijo que no tenía que preocuparse por nada, que ahora estaba segura de que sería una buena madre, porque sólo los progenitores se comen los bordes de las pizzas de ese modo. Para Ro significó tanto oír aquello que rompió a llorar.

Así que el teléfono seguía en la mesita de tres patas que había junto al sofá, inestable como una araña sobre un cubito de hielo. Una vez que hubieron salido todos los rehenes, la asaltante dejó la pistola junto al teléfono, aunque antes la limpió, naturalmente, porque Roger había visto un documental sobre cómo la policía detecta las huellas en las escenas del crimen. Además, arrojó el pasamontañas al fuego, porque Roger dijo que, de lo contrario, los policías podrían encontrar algún cabello y rastrear el ADN y todo tipo de cosas.

Acto seguido, la asaltante salió por la puerta. Jim estaba solo en el rellano. Se miraron brevísimamente. Ella, agradecida. Él, estresado. Ella le mostró la llave. Él respiró aliviado.

—Date prisa —le dijo.

—Sólo quería decirte... que no le he dicho a nadie que vas a hacer esto por mí. No quiero que ninguno de ellos tenga que mentir por mí en los interrogatorios —aseguró.

—Bien —respondió él.

Parpadeando, ella trató en vano de eliminar las lágrimas de los ojos, porque sabía que, pese a todo, estaba obligando a una persona a que mintiera por ella, quizá más de lo que hubiera mentido nunca. Pero Jim no le permitió que se disculpara, la dirigió al otro lado del rellano, por delante del ascensor, y le susurró:

—¡Suerte!

Ella entró en el apartamento de enfrente y cerró la puerta con llave. Jim se quedó solo un rato en el rellano, tuvo tiempo de pensar en su mujer, con la esperanza de que estuviera orgullosa de él. O al menos, de que no estuviera muy enfadada. Jack llegó corriendo escaleras arriba. Luego el mediador hizo la llamada. Y la pistola cayó al suelo.

67

En la comisaría, Jim le ha contado a Jack la verdad, toda la verdad. Jack quiere estar enfadado, desearía de verdad tener tiempo para ello, pero, como es un buen hijo, decide dedicarse a idear un plan. Después de dejar ir a los testigos por la puerta trasera, se dirige a la entrada principal.

- —No tienes por qué hacerlo tú, hijo, puedo ir yo —asegura Jim desesperado. Se contiene y no le dice «perdona que te mintiera, pero en el fondo sabes que hice lo correcto».

Jack menea resuelto la cabeza.

—No, papá, tú quédate aquí.

Se contiene y no le dice «que ya has causado bastantes problemas». Luego se dirige a la escalera de la fachada delantera del edificio, saluda a los periodistas y les cuenta todo aquello que necesitan oír. Que Jack era el responsable de aquella actuación policial y que han perdido al sujeto. Que nadie sabe dónde se encuentra ahora.

Algunos periodistas le gritan enseguida preguntas acusadoras sobre la «incompetencia de la policía», otros se limitan a sonreír y a ir anotando, dispuestos a sacrificarlo dentro de unas horas en sus columnas y sus blogs. La vergüenza y el fracaso son de Jack, exclusivamente, él los soporta en solitario, para que nadie más cargue con la culpa. Dentro, en la comisaría, su padre está sentado, cubriéndose la cara con las manos.

→→-←-←

Los investigadores de Estocolmo llegarán mañana temprano, el
día de Nochevieja. Leerán las declaraciones de los testigos, ha-
blarán con Jack y con Jim, revisarán todas las pruebas. Luego, los
estocolmenses, más engreídos que un pavo en un corral, resopla-
rán diciendo que ellos no tienen tiempo ni recursos para seguir
adelante. Nadie resultó herido durante el secuestro, nada se robó
durante el robo, así que en realidad no hay víctimas. Los estocolmenses deben priorizar los recursos y utilizarlos donde de verdad
se necesitan. Además, es Nochevieja, ¿y quién quiere celebrarlo
en una ciudad tan pequeña?

Tendrán prisa en volver a casa, y Jack y Jim los verán partir. Para
entonces, los periodistas habrán desaparecido, camino de la siguiente historia que contar. Siempre hay algún famoso a punto de
divorciarse.

—Eres un buen policía, hijo —le dirá Jim mirando al suelo.
Querrá añadir: «pero eres aún mejor persona», pero no será capaz.

—Tú no siempre eres muy buen policía, papá —dirá Jack
sonriendo a las nubes. Y querrá añadir: «pero todo lo demás lo
he aprendido de ti», aunque no llegará a expresarlo en voz alta.

Se irán a casa. Verán la tele. Se tomarán una cerveza.

Con eso basta.

68

En la escalera de la parte trasera de la comisaría, Estelle los va abrazando a todos uno por uno. (Excepto a Zara, naturalmente, que la bloquea con el bolso y se aparta de un salto cuando lo intenta).

—Debo decir que, como rehén, he tenido la mejor compañía en el mundo —sonríe Estelle. Luego se pone muy seria y se dirige a la agente inmobiliaria—: Perdóname, de veras que siento mucho haber cambiado de idea y no haberte dejado vender el apartamento, pero es que es... mi hogar.

La agente inmobiliaria se encoge de hombros.

—A mí me parece bien, la verdad. La gente siempre piensa que los agentes inmobiliarios sólo queremos vender y vender, pero hay algo... no sé cómo expresarlo...

Es Lennart quien viene a completar las palabras que le faltan:

—La idea de los apartamentos que no están en venta tiene algo de romántica.

La agente inmobiliaria asiente. Estelle respira hondo llena de felicidad. Julia y Ro serán sus vecinas. Vivirán en el apartamento de enfrente, en el mismo rellano. Julia y ella se intercambiarán libros en el ascensor. El primero que le dará a Julia será el de su poeta favorito. Ha doblado la esquina de una página, ha subrayado algunos versos, los más bonitos que conoce.

«*Ojalá que no te pase nada.*
No, pero ¿qué digo?

Ojalá que te pase todo,
y que todo sea maravilloso».

Julia, a su vez, le dará a Estelle un tipo de libro totalmente distinto. Una guía de Estocolmo.

Ro perderá a su padre, irá a verlo todas las semanas, sigue en la tierra, aunque pertenezca ya al Cielo. La madre de Ro soportará la pérdida solamente porque otro hombre le mostrará que la vida sigue, Julia lo traerá al mundo agarrándose tan fuerte a los dedos de Ro que las enfermeras tendrán que administrar analgésicos a las dos mamás, a la una, antes del parto; a la otra, después.

Ro dormirá al lado del pequeño, muy quieta, sobre sábanas blancas y sin temor alguno. Porque habría escalado montañas por él, habría hecho cualquier cosa. Habría robado un banco, de ser preciso. Julia y ella serán buenas madres. O al menos, aceptables.

Julia seguirá escondiéndole a Ro las golosinas, pero Ro podrá conservar sus pájaros. El mono y la rana terminarán por quererlas muchísimo, las visitarán a diario, y ni siquiera a cambio de las grandes sumas de dinero con que tratará de sobornarlas Julia, dejarán abierta la portezuela de la jaula. Julia y Ro discutirán y harán las paces; sólo se trata de ser mejor en lo segundo que en lo primero. Así que se las oirá reñir, pero aún más se las oirá reír y hacer las paces, hasta el punto de que retumben las paredes y Estelle se sonroje cuando esté escondida en el vestidor. El amor de Julia y Ro seguirá como en los días de la floristería.

Ante la puerta de la comisaría, Zara baja rauda las escaleras en dirección a la calle, temerosa de que alguien trate de darle un abrazo si se queda. Lennart corre tras ella.

—¿Compartimos un taxi? —le pregunta, como si eso no fuera una anarquía total.

Zara no parece haber compartido un taxi en la vida; ni ninguna otra cosa, desde hace mucho tiempo. Pero después de dudar un rato, murmura:

—Pues tendrás que sentarte delante. Y no iremos con ningún taxista que lleve porquerías colgadas en el retrovisor. Esos tipos son un error de la evolución.

Anna-Lena sigue sentada en la escalera. Roger se sienta a su lado trabajosamente, y tan cerca que casi se rozan. Anna-Lena extiende los dedos de la mano, junto a la mano de él. Quiere pedirle perdón. Él también. Resulta que es una palabra más complicada de lo que la gente cree, cuando uno lleva trepando a los árboles el tiempo suficiente.

Ella mira al cielo, ya ha oscurecido, diciembre es implacable. Pero ella sabe que Ikea sigue abierto. Una luz ahí fuera, en alguna parte.

—Podemos ir a mirar la encimera que querías —le susurra a Roger.

Ella se viene abajo al ver que él niega con la cabeza. Roger se queda en silencio un buen rato. Sigue cambiando de idea.

—Pues yo pensaba que podríamos hacer otra cosa —dice en un susurro.

—¿A qué te refieres?

—Ir al cine. Quizá. Si tú quieres.

Es una suerte que Anna-Lena esté sentada, porque de lo contrario habría tenido que sentarse.

Ven una historia inventada. Porque la gente también necesita los cuentos. En la oscuridad de la sala, se dan la mano. Anna-Lena se siente en casa, Roger siente que está bien tal como es.

++ +<

Estelle se apresura a volver a su apartamento. Por el camino llama a su hija y le dice que no se preocupe, ni por los rehenes ni por el hecho de que su madre viva sola en ese apartamento tan grande. Porque ya no es así. Cierto que tendrá que dejar de fumar, porque la joven que ahora le alquila una habitación no se lo permite, ni siquiera en el vestidor.

Para ser exactos, la joven alquila el apartamento entero de la hija de Estelle, y luego Estelle le alquila a la joven una habitación por el mismo precio: seis mil quinientas coronas. En el refrigerador hay un dibujo arrugado de un mono y una rana y un alce. Estelle lo robó de la sala de interrogatorios mientras Jim iba por café. Cada dos semanas, el mono y la rana desayunan con su madre en la cocina de Estelle. Durante varios años, las cuatro verán juntas los fuegos artificiales de Año Nuevo desde la ventana. Luego llegará finalmente una noche que será la última noche de Estelle sin Knut, y la última noche de todos los demás con Estelle.

Cuando la entierran, Ro propone que manden escribir en la lápida: «Aquí descansa Estelle. ¡Cómo le gustaba el vino!». Julia le da una patada en la espinilla, pero flojito. Las dos llevan a su hijo de la mano mientras se alejan de allí. Julia conserva los libros de la mujer toda su vida. Y las botellas de vino también. Cuando el mono y la rana llegan a la adolescencia, empiezan a fumar en el vestidor.

En algún lugar de algún cielo, Estelle escucha música con un hombre y habla de literatura con otro. Es algo que Estelle puede darse el lujo de hacer.

Ah, y, por cierto: en el trastero del sótano de un edificio de apartamentos a un trecho de allí, donde dormía asustada y sola la madre de unas niñas pequeñas que un día se convirtió en asaltante de bancos, sigue habiendo una caja llena de mantas al día siguiente de la toma de rehenes. En otro lugar muy distinto no pueden robar un banco después de Año Nuevo, pues quien había escondido la pistola debajo de las mantas lo revuelve todo entre maldiciones porque no la encuentra. Porque, ¿qué clase de cabrón amoral le roba a otra persona su *pistola*?

Idiotas.

El alféizar de las ventanas de la oficina está cargado de nieve. La psicóloga habla por teléfono con su padre.

—Nadia querida, mi pajarillo —le dice en el idioma de su país natal, porque la palabra «pájaro» es más bonita en ese idioma.

—Sí, papá, yo también te quiero —asegura Nadia con tono paciente. Su padre no solía hablarle así, pero con los años hasta los programadores informáticos se vuelven poetas. Nadia le asegura una y otra vez que conducirá con cuidado cuando vaya a su casa al día siguiente, pero él preferiría ir a buscarla de todos modos. Los padres son padres y las hijas son hijas, y ni siquiera los psicólogos pueden hacerse a la idea.

Nadia cuelga el teléfono. Llaman a la puerta. Suena como si no quisieran tocarla y estuvieran dando con el paraguas. Al otro lado está Zara. Lleva una carta en la mano.

—¡Hola! Perdona, creía que... ¿Teníamos cita ahora? —pregunta Nadia, buscando primero la agenda y luego el celular, para ver qué hora es.

—No, es sólo que... —responde Zara en voz baja. El leve temblor de las varillas del paraguas la delata. Nadia se da cuenta.

—Pasa, pasa —le dice preocupada.

Zara tiene agrietado el contorno de los ojos, la piel extenuada por todo lo que ha tenido que reprimir, y está, finalmente, al borde del colapso. Observa unos minutos el cuadro de la mujer del puente antes de preguntarle a Nadia:

—¿A ti te gusta tu trabajo?

—Sí —contesta Nadia llena de preocupación.

—¿Eres feliz?

Nadia querría tocarla, pero se contiene.

—Sí, Zara, soy feliz. No todo el tiempo, he aprendido que no hay que ser feliz todo el tiempo, pero soy... bastante feliz. ¿Has venido a hacerme esa pregunta?

Zara se queda con la mirada perdida.

—Una vez me preguntaste por qué me gusta mi trabajo, y dije que por que se me da bien. Ahora resulta que de pronto he tenido mucho tiempo para pensar últimamente, y me parece que me gustaba el trabajo porque creía en él.

—¿Qué quieres decir con eso? —pregunta la psicóloga con tono rutinario, aunque de forma totalmente espontánea querría decirle lo contenta que está de que Zara haya venido. Que ha pensado mucho en ella. Que tenía miedo de lo que pudiera ocurrírsele hacer.

Zara alarga la mano, la acerca al lienzo todo lo que puede sin llegar a rozar a la mujer.

—Creo en el lugar que ocupan las entidades bancarias en la sociedad. Creo en el orden. Nunca he tenido nada en contra de que los clientes y los medios y los políticos nos detesten, es nuestra misión. El banco ha de ser el peso del sistema, hacer que sea lento, burocrático, difícil de mover. Para que el mundo no gire demasiado rápido. La gente necesita la burocracia, así les da tiempo de pensar antes de cometer cualquier tontería.

Zara guarda silencio. La psicóloga se sienta en su sillón sin hacer ruido.

—Perdona que ande con especulaciones, Zara, pero me parece que... que algo ha cambiado. En tu persona.

Zara la mira directamente a los ojos por primera vez.

—El mercado inmobiliario se hundirá otra vez. Seguramente no será mañana, pero sucederá. Lo sabemos. Aun así, prestamos dinero. Cuando la gente lo pierde todo, decimos que era su responsabilidad, que son las reglas del juego, que fue culpa suya por ser tan avariciosos. Pero no es verdad. La mayoría no son avariciosos, sólo son... como dijiste cuando hablamos del cuadro: simplemente buscan algo a lo que aferrarse. Algo por lo que luchar. Quieren un sitio donde vivir, donde educar a sus hijos, donde vivir sus vidas.

—¿Ha ocurrido algo desde la última vez que nos vimos? —pregunta la psicóloga.

Zara sonríe atormentada. Porque, ¿cómo responder a esa pregunta? Así que al final responde a una pregunta que nadie ha formulado.

—Todo es más fácil, Nadia. Los bancos han perdido peso. Hace cien años, casi todos los que trabajaban en un banco podían comprender cómo éste ganaba dinero. Ahora sólo hay, como mucho, tres personas que de verdad comprenden cómo funcionan la cosa.

—¿Y cuestionas tu puesto en el banco por eso, porque ya no comprendes cómo funciona? —se aventura a especular la psicóloga.

Zara mueve la cabeza de un lado a otro con la barbilla temblorosa.

—No. He dejado el trabajo. Porque me di cuenta de que era una de esas tres personas.

—¿Y qué vas a hacer ahora?

—No lo sé.

La psicóloga tiene, por fin, algo esencial que decirle. Algo que no ha aprendido en la facultad, pero que ella sabe que todo el mundo necesita oír de vez en cuando.

—No saber es un buen lugar en el que empezar.

Zara no dice nada más. Se pone crema en las manos, cuenta ventanas.

La mesa de escritorio es estrecha, las dos mujeres nunca se habrían sentido cómodas sentadas así, tan cerca la una de la otra, si no hubiera estado la mesa entre las dos. A veces no necesitamos distancia, sólo barreras. Los movimientos de Zara son cautos, los de Nadia, cuidadosos. Sólo al cabo de un buen rato vuelve a hablar la psicóloga.

—¿Recuerdas que una de las primeras veces que nos vimos me preguntaste si yo sabía explicar qué era la ansiedad? Creo que no te di una buena respuesta.

—¿Y ahora tienes una mejor? —pregunta Zara.

La psicóloga menea la cabeza. Zara no puede evitar una sonrisa. Luego dice Nadia, pero como Nadia, no con el lenguaje de su formación en psicología ni como ninguna otra persona:

—¿Sabes qué, Zara? He aprendido que hablar de la ansiedad es útil. Por desgracia, sigo creyendo que la gente recibirá más compasión de sus colegas y sus jefes en el trabajo si, cuando los ven decaídos, dicen «tengo resaca» en lugar de «tengo ansiedad». Pero creo que nos cruzamos por la calle con muchas personas que sienten lo mismo que tú y que yo, sólo que no saben qué es. Hombres y mujeres que se pasan meses y meses con dificultad para respirar, y que acuden a un médico tras otro porque creen que les fallan los pulmones. Sólo porque es terriblemente difícil reconocer que lo que no funciona es... otra cosa. Que es un dolor en el alma, pesos plomizos e invisibles en la sangre, una presión indescriptible en el pecho. El cerebro nos miente, dice que nos morimos. Pero a los pulmones no les pasa nada, Zara. Tú y yo no vamos a morir.

Las palabras flotan entre las dos, bailan invisibles ante sus ojos, hasta que las atrapa el silencio. No vamos a morir. No vamos a morir. Tú y yo no vamos a morir.

—¡Todavía! —observa Zara entonces, y la psicóloga suelta una carcajada.

—¿Sabes qué, Zara? A lo mejor podrías trabajar escribiendo los mensajes de las galletitas de la suerte —le dice sonriente.

—El único mensaje que alguien que come galletas debe encontrar es «por esto mismo es que has engordado…» —responde Zara. También ella se echa a reír, pero el temblor de la punta de la nariz la delata. Su mirada huye primero por la ventana, hasta que da un rodeo hacia las manos de Nadia, luego hacia el cuello, luego hacia la barbilla, sin llegar del todo a los ojos, pero casi. Sigue luego el silencio más largo que ha habido hasta ahora entre las dos. Zara cierra los ojos con fuerza, aprieta los labios, la piel de las ojeras se relaja por fin. El pánico se concentra en delicadas gotas de sudor y va descendiendo hacia el borde de la mesa.

Suelta el sobre muy despacio. La psicóloga lo alcanza dudosa. Zara quiere susurrarle que fue por esa carta por lo que vino la primera vez, cuando habían pasado exactamente diez años desde que aquel hombre se arrojó desde el puente. Que necesita que alguien le lea ahora en voz alta lo que él le escribió, y luego, cuando se le haya incendiado el pecho, que le impida saltar ella también.

Quiere susurrarlo todo, lo del puente y Nadia, y lo de que ella vio al chico que llegó corriendo y la salvó. Y que desde aquel momento ha dedicado todos los días de su vida a pensar en lo que diferencia a las personas. Pero lo único que consigue decir es:

—Nadia… tú, yo…

→>·<←

Nadia querría rodear con sus brazos a la mujer mayor que tiene enfrente, abrazarla fuerte, pero no se atreve. Así que, antes de que Zara abra los ojos, la psicóloga mete con cuidado el meñique por la solapa del sobre y lo abre. Y saca una nota escrita a mano diez años atrás. Sólo contiene cuatro palabras.

70

El puente está cubierto de hielo, brilla bajo unas últimas y valerosas estrellas mientras el alba se abre camino por el horizonte. La ciudad entera respira profundamente a su alrededor, aún durmiente. Todos están envueltos en edredones de plumas y sueños y piececillos que pertenecen a corazones sin los cuales los nuestros no pueden latir.

Zara se encuentra junto a la barandilla del puente. Se inclina, mira por el borde. Lo cierto es que, por un instante, casi parece que va a saltar. Pero si alguien la hubiera visto, si hubiera conocido su historia, todo lo que había ocurrido los últimos días... entonces le habría parecido lógico que no tuviera intención de hacer tal cosa. Nadie pasa por todo aquéllo sólo para terminar de ese modo. Ella no es de las que saltan.

¿Y después?

Después lo suelta.

La caída es más alta de lo que uno imagina, incluso después de haber visto la distancia desde arriba. Se tarda más tiempo del que uno cree en alcanzar la superficie. Un leve rasgueo, el viento que atrapa el papel, el aleteo y el crujir que se oye cuando la carta se diluye en el agua. Las yemas de los dedos que han sostenido el sobre diez mil veces desde que lo recogieron de la alfombra de la entrada abandonan su lucha y dejan que la carta vuele hacia su eternidad.

El hombre que se la envió hace diez años escribió en ella cuanto él creía que necesitaba saber. Fue lo último que aquel hombre le contó a alguien. Sólo contiene cuatro palabras, nada más. Las cuatro palabras más breves y grandes que una persona, que cualquier persona en el mundo, puede decirle a otra:

«No fue culpa tuya».

Cuando la carta alcanza el agua, Zara ya se ha alejado camino del otro extremo del puente. Allí hay un coche esperándola, dentro está Lennart. Sus miradas se cruzan cuando ella abre la puerta. Él deja que ponga la música a todo volumen. Zara piensa hacer todo lo posible, todo, por cansarse de él.

71

Dicen que la personalidad de un ser humano es la suma de sus experiencias. Pero eso no es verdad, no del todo, porque si nuestro pasado fuera todo lo que nos define, no nos aguantaríamos a nosotros mismos. Tenemos que poder convencernos de que somos más que los errores que cometimos ayer. Que también somos todas nuestras próximas decisiones, todos nuestros mañanas.

La niña siempre pensó que lo más extraño era el hecho de que no pudiera enfadarse con su madre. El cristal que rodeaba ese sentimiento era imposible de quebrar. Después del entierro, limpió, recogió las botellas de ginebra vacías de todos los escondites que no había sido capaz de decirle a su madre que ya conocía. Quizá sea el último recurso al que puede aferrarse una madre alcohólica: creer que seguramente los niños no lo saben. Que no lo ven. Como si fuera posible ocultar el caos. Ni siquiera se puede enterrar, pensaba la hija, es hereditario.

En una ocasión, la madre le susurró al oído balbuciendo: «La personalidad no es más que la suma de nuestras experiencias. Todo lo demás son tonterías. Así que no te preocupes, princesita mía, nadie te romperá el corazón, porque eres hija de padres divorciados. No te convertirás en una adulta romántica, porque los hijos de un divorcio no creen en el amor eterno». Se durmió en el sofá, apoyada en el brazo de su hija, y ella la cubrió con una manta y limpió la ginebra que se había derramado en el suelo.

«Te equivocas, mamá», le susurró en la oscuridad. Y tenía razón. Nadie que no sea un romántico roba un banco por sus hijos.

Porque aquella niña creció y tuvo sus hijas. Un mono, una rana. Trató de ser una buena madre, pese a que carecía de manual de instrucciones. Una buena esposa, una buena empleada, una buena persona. La aterrorizaba la idea de fracasar cada segundo de cada día, pero lo cierto era que creía que las cosas iban bien. Al menos, razonablemente bien. Se relajó, no estaba preparada, de modo que la infidelidad y el divorcio la pillaron desprevenida. La vida dio un vuelco. A la mayoría de nosotros nos ocurre alguna vez. Puede que a ti también.

Hace unas semanas, cuando iban camino a casa desde el colegio de las niñas, el alce, el mono y la rana bajaron del autobús como de costumbre y empezaron a cruzar el puente. A medio camino, las niñas se detuvieron, la madre no lo notó al principio y, cuando se volvió a mirar, estaban a diez metros. El mono y la rana habían comprado un candado, porque habían visto en internet que la gente los ponía en la barandilla de los puentes en otras ciudades. «Así se encadena el amor para siempre, ¡y nunca dejan de quererse!».

La madre quedó destrozada, porque creía que las niñas temían que dejara de quererlas después del divorcio; que a partir de ahora todo sería distinto, que ella·dejaría de pertenecerles. Les llevó diez minutos de llanto desesperado y de explicaciones incomprensibles, hasta que el mono y la rana, con las manos en las mejillas de su madre, le susurraron:

—No tenemos miedo de perderte, mamá, sólo queremos que sepas que tú nunca nos perderás a nosotras.

El candado se cerró en torno a la barandilla con un clic. El mono arrojó la llave, que se fue hundiendo en el agua, y las tres lloraban sin parar. «Para siempre», susurró la madre. «Para siempre», respondieron las niñas. Cuando se marcharon de allí, la menor de las hijas reconoció que la primera vez que vio en internet lo que hacía la gente con los candados pensó que era porque temían que alguien se llevara el puente. Luego pensó que tal vez fuera porque temían que alguien robara el candado. Su hermana mayor tuvo que explicarle lo que de verdad pretendían, pero logró hacerlo sin que la pequeña se sintiera como una boba. La madre pensó que algo habrían hecho bien el padre y ella, porque las niñas eran capaces de reconocer sus errores y de perdonar los de los demás.

Por la noche comieron pizza, el plato favorito de las niñas. Cuando se durmieron en unos colchones que había en el suelo del minúsculo apartamento que costaba seis mil quinientas coronas al mes, que la madre aún no sabía cómo pagaría el mes siguiente, se quedó sentada un rato a oscuras en la cocina. No faltaba mucho para Navidad, luego llegaría Año Nuevo. Y ella sabía las ganas que tenían las niñas de ver los fuegos artificiales. La destrozaba por dentro pensar en que las pequeñas aún confiaban en ella, ignorando todo aquello en lo que había fracasado. Cuando llegó el alba, preparó las mochilas. De la mochila de la hija mayor cayó un cuaderno. La madre iba a devolverlo a su lugar, pero había caído abierto por una página donde se leía: «La princesa que tenía dos reinos». La madre se irritó un poco al principio, porque siempre intentó que las niñas no quisieran ser princesas, deseaba que quisieran ser guerreras. Como querían a su madre, las pequeñas obedecían, o por lo menos fingían que obedecían y, en realidad, hacían lo contrario, puesto que el trabajo de los niños es hacer caso omiso a sus padres. A la hija mayor le habían pedido en el colegio que escribiera un cuento, así que escribió *La princesa que tenía dos reinos*. Trataba de una princesa que vivía en un palacio muy grande y muy bonito, y una noche descubrió que, debajo de su cama, había un agujero en el suelo, y al fondo del agujero había un mágico mundo secreto lleno de extraños seres fantásticos: dragones y trols y otras cosas que la niña debía de haber inventado ella sola. Cosas tan fantásticas que tal imaginación y tal huida de la realidad destrozaron a la madre, porque lo que ella se preguntaba era: «¿Cuán desesperante será tu realidad para que tengas que inventar tantos elementos de... evasión?». Todos los seres eran felices, vivían en paz, nadie sufría en su pequeño mundo. Pero la princesa del cuento no tardó en descubrir una terrible verdad: que el lugar mágico que ella había encontrado, donde vivían todos sus nuevos amigos, se encontraba en realidad entre dos palacios, situados en dos reinos distintos. En uno reinaba un rey, y en el otro, una reina. Y los dos peleaban en una guerra de lo más cruel. Enviaban sus ejércitos a combatir y se disparaban con unas armas terribles, pero los muros de los dos reinos eran demasiado altos y gruesos para ceder, y al final la niña comprendió que la guerra no destruiría a ninguno de los dos, sino que aniquilaría todo lo que existiera entre ellos. Y entonces fue cuando supo la verdad, que el rey y la reina eran sus padres. Ella era su princesa y la guerra era por ella, cada uno trataba de vencer al otro para recuperarla. Cuando la madre leyó las últimas palabras del cuento, las hijas acababan de empezar a moverse adormiladas en los colchones, y todo lo que tenía algún valor dentro de ella estalló. El cuento terminaba con que la princesa se despedía de sus nuevos amigos y se marchaba en soledad. Desaparecía en lo oscuro una noche para nunca más volver. Porque sabía que, si desaparecía, no quedaría nada por lo que pelear. Y así salvaría los dos reinos y el mundo que existía entre ellos.

Cuando las hijas se despertaron, la madre desayunó con ellas, trató de fingir que todo iba bien. Las dejó en el colegio. Recorrió todo el camino hasta el puente, se quedó allí un rato con el candado en la mano, apretándolo con todas sus fuerzas.

No peleó con su exmarido por su antiguo hogar, no discutió con su exjefa por su antiguo trabajo, no se opuso al abogado, no disparó ninguna arma, no causó ningún caos. Por el bien de las niñas. Hizo todo lo que se le ocurrió para que los fracasos de los mayores no las perjudicaran. Eso no explica por que intentara robar un banco. No lo justifica. Pero ¿sabes qué? A lo mejor a ti también se te ha ocurrido alguna que otra pésima idea. Y a lo mejor merecías una segunda oportunidad. A lo mejor no estás solo.

La víspera de Nochevieja, por la noche, salió de casa con una pistola. En la misma tarde, en estos momentos, vuelve allí. Unas horas después de aquella toma de rehenes de la que, en esta ciudad, se hablará durante años y años, la madre recoge a sus hijas y pregunta:

—¿Qué tal lo han pasado con papá?

—¡Muy bien, mamá! ¿Y cómo lo has pasado tú? —pregunta la pequeña.

La madre sonríe, reflexiona, se encoge de hombros:

—Bueno, ya sabes... No ha ocurrido nada especial. Todo ha ido como siempre.

Pero cuando van cruzando el puente, la madre rodea cariñosamente el hombro de su hija mayor y le susurra al oído:

—Tú eres mi princesa y mi guerrera, puedes ser las dos cosas a la vez, prométeme que nunca lo olvidarás. Sé que no siempre he sido buena madre, pero el divorcio entre tu padre y yo no es tu... no creas nunca ni por un momento que nada de esto es... tu...

La hija mayor asiente, parpadea para que no caigan las lágrimas. La pequeña les grita que se den prisa, las dos corren tras ella, la madre se limpia la cara y les pregunta si quieren cenar pizza, y la pequeña grita:

—¿¿¡¡Los osos hacen caca en el bosque, o qué!!??

Justo antes de dormirse esa noche, en el nuevo hogar de la madre, en casa de una viejita amable y apenas lo suficientemente loca llamada Estelle, la hija mayor le aprieta la mano a su madre y le susurra:

—Eres una buena madre, mamá. No te preocupes tanto. Todo está bien.

Ahí la encuentran al final: la paz en el mundo entre dos reinos. Todos los seres mágicos, prodigiosos e inventados duermen tranquilos y a buen recaudo. Monos, ranas, alces, viejitas, todos.

Llega el nuevo año, lo cual, por supuesto, nunca conlleva tanto como uno espera, salvo que uno sea vendedor de almanaques. Simplemente, un día se convierte en otro, ahora se convierte en entonces. El invierno se extiende sobre la ciudad como un pariente con más confianza en sí mismo de la debida, el edificio de enfrente del banco va cambiando de color al ritmo que cambia la temperatura. Lógicamente, no parece tener nada de particular, un edificio gris bajo una capa blanca momentánea en un lugar donde no parece que la gente haya elegido vivir, sino sencillamente tolerar encerrarse allí. Dentro de unos años, seguro que algún vecino del lugar señalará la escalera a algún altivo visitante de la gran ciudad y le dirá:

—Ahí hubo una vez una toma de rehenes.

El visitante resoplará y dirá con los ojos entornados:

—¿Ahí? Ajá, ¡seguro! —En una ciudad como ésta no pasan esas cosas, eso lo sabe cualquiera.

Pocos días después de Año Nuevo, una mujer sale del portal. Se ríe, va con sus dos hijas, y acaban de decir algo que las hace reír tanto a las tres que se les caen los mocos entre los copos de nieve. Van hasta los contenedores de basura, arrojan las cajas de pizza, y entonces la mujer levanta la vista y se detiene de pronto. Una de las niñas trepa a su espalda, la otra se queda a su lado dando saltitos.

Empieza a hacerse tarde, el cielo tiene el color negro de enero y la nieve entorpece la visibilidad, pero ella ve el coche de policía al otro lado de la calle. Dentro hay un policía mayor y otro joven. Ella se los queda mirando, las niñas no han percibido aún el pánico que la invade. Lo único que piensa la mujer es: «¡Delante de las niñas no, por favor!». Todo sucede en tan sólo unos instantes, pero a la mujer le da tiempo de vivir dos vidas enteras. Las de las niñas.

Entonces el coche de policía empieza a rodar despacio hacia ella.

Pasa de largo.

Sigue circulando, pone el intermitente, gira a la derecha, desaparece.

—Entiendo si quieres detenerla —dice Jim en voz baja, en el asiento del acompañante, temeroso de que su hijo haya cambiado de idea.

—No, sólo quería verla, para que sea cosa de los dos — dice el hijo mientras conduce.

—¿Qué cosa?

—Lo de dejarla ir.

Ya no hablan más de la mujer. Ni de la que está delante del portal ni de la que los dos añoran. Jim salvó a una asaltante y engañó a su hijo, y quizá Jack nunca se lo perdone del todo, pero, aun así, pueden seguir adelante juntos.

Circulan por la ciudad unos minutos, hasta que al final, sin mirar a su hijo, el padre dice:

—Sé que te han ofrecido trabajo en Estocolmo.

Jack se vuelve a mirarlo sorprendido.

—¿Y cómo demonios lo sabes?

—No soy tonto. Por lo menos no todo el rato. A veces me hago el tonto.

Jack sonríe avergonzado.

—Ya lo sé, papá.

—Deberías aceptarlo. El trabajo, digo.

Jack pone el intermitente, gira, se toma su tiempo para encontrar una respuesta.

—¿Aceptar un trabajo en Estocolmo? ¿Tú sabes cuánto cuesta vivir allí?

El padre golpetea tristón el anillo de casado sobre la parte superior de la guantera.

—No te quedes aquí por mí, hijo.

—No es por eso —miente Jack.

Porque sabe que, de haber estado allí, su madre le habría dicho: «¿Sabes qué, cariño? Hay peores razones para quedarse en un sitio».

—Nuestra guardia ha terminado —señala Jim.

—¿Quieres un café? —pregunta Jack.

—¿Ahora? Es bastante tarde —dice el padre con un bostezo.

—Paramos y nos tomamos uno —insiste Jack.

—¿Por qué?

—Estaba pensando que podríamos ir por mi coche a la comisaría y dar una vuelta.

—¿Adónde?

Jack consigue que la respuesta parezca una obviedad.

—A casa de mi hermana.

A Jim se le desvía entonces la mirada, la aparta de su hijo y la desliza hacia la carretera.

—¿Qué? ¿Ahora?

—Sí.

—¿Por qué ahora… precisamente?

—Su cumpleaños es dentro de poco. Tu cumpleaños es dentro de poco. Sólo faltan once meses para Navidad. ¿Qué demonios importa el porqué? Simplemente, se me ha ocurrido que tal vez quiere venirse a casa con nosotros.

Jim tiene que mirar fijamente por el parabrisas, seguir la línea blanca de la carretera, para controlar la voz.

—El viaje nos llevará por lo menos veinticuatro horas, ¿no?

—Papá, ¡por eso te he dicho que paramos a tomar café!

Y eso hacen. Conducen toda la noche y todo el día siguiente. Llaman a la puerta. Puede que la hermana se vaya con ellos, puede que no. Puede que ahora esté lista para encontrar un camino mejor por el que bajar a verlos, puede que ahora conozca la diferencia entre caer y volar, puede que no. Esas cosas no se pueden controlar, igual que no se puede controlar el amor. Porque quizá sea verdad lo de que hasta cierta edad los hijos te quieren de forma incondicional y totalmente irreflexiva por una sola razón: porque les perteneces. Tus padres y tus hermanos te podrán querer toda la vida; también por la misma razón.

¿Quieres que te diga la verdad? No la hay. Todo lo que hemos logrado averiguar acerca de los límites del universo es que no tiene límites, lo único que sabemos de Dios es que no sabemos nada. Así que lo único que aquella madre sacerdote exigía de su familia era una cosa muy sencilla: que hagamos todo lo que podamos. Plantamos un árbol hoy, aunque sepamos que mañana se hundirá el mundo.

Salvamos a los que podamos.

73

Llega la primavera. Al final, siempre nos encuentra. El viento barre el invierno, se oye el rumor de los árboles y los pájaros chillan, la naturaleza resuena de pronto de un modo ensordecedor, allí donde la nieve ha estado meses amortiguando todos los ecos.

Jack sale de un ascensor, confundido y desorientado. Lleva una carta en la mano. Aterrizó en el suelo de su vestíbulo una mañana, sin sello. Dentro hay una nota con esta dirección, el piso y el número de oficina. Debajo hay una foto del puente, y otro sobre, cerrado, con otro nombre escrito por fuera.

Zara vio a Jack en la comisaría, lo reconoció, a pesar del tiempo transcurrido. Porque ella ha vivido aquellos segundos una y otra vez desde entonces, y comprendió que él también los había vivido.

Jack encuentra la oficina, llama a la puerta. Han pasado más de diez años desde que un hombre saltó, casi exactamente el mismo tiempo desde que una joven no lo hizo. Ella abre la puerta sin saber quién es, pero a él se le derrite el corazón en cuanto la ve, porque no la ha olvidado. No la había vuelto a ver desde el día que ella se subió a la barandilla del puente, pero aún hoy la habría reconocido en la oscuridad.

—Yo... yo... —balbucea Jack.

—¿Hola...? ¿Buscas a alguien? —pregunta Nadia amablemente, aunque sin comprender nada.

Él tiene que agarrarse al marco de la puerta, los dedos de ella
rozan los de él. Aún no saben cómo son capaces de influir el uno
en el otro. Él le entrega el sobre grande, con su nombre escrito descuidadamente al frente. Dentro hay una foto del puente, y
la dirección de la oficina de ella. Debajo está el sobre pequeñito
con la leyenda «Para Nadia». Dentro hay una nota, en la que, con
una letra mucho más estilizada, Zara ha escrito ocho palabras bien
sencillas:

Tú te salvaste sola. Él estaba allí, simplemente.

Cuando Nadia pierde el equilibrio, sólo por un instante, Jack le
atrapa el brazo. Se miran vacilantes. Ella se aferra fuerte, fuerte,
muy fuerte a aquellas ocho palabras, pero apenas alcanza a pronunciar lo que quiere decir:

—Eras tú el que, en el puente, cuando yo... ¿eras tú?

Él asiente sin decir nada. Ella titubea en busca de las palabras
adecuadas.

—No sé qué... Dame unos minutos. Tengo que... serenarme.

Se dirige a su escritorio, se hunde en la silla. Lleva diez años
preguntándose quién era y ahora no tiene ni idea de qué decirle.
Ni de cómo empezar. Jack la sigue despacio al despacho, ve la
foto de la librería, la que Zara siempre ponía derecha. En ella se
ve a Nadia y un grupo de niños de campamento de verano en un
pueblo de casitas de madera, hará seis meses. Nadia y los niños
están riendo y se pellizcan unos a otros y todos llevan camisetas
iguales, con el nombre de la asociación benéfica que costeó las va-
caciones. Es una asociación que reúne dinero para poder trabajar

con niños como los que aparecen en la foto: todos han perdido a algún familiar que se suicidó. Es un alivio saber que no estás solo cuando te han dejado así. Uno no es capaz de cargar solo con esa culpa y esa vergüenza y ese silencio insoportable. No hay por qué cargar solo con ellos, y por eso va Nadia a ese campamento todos los veranos. Para escuchar mucho, hablar poco, pellizcarse y reír todo lo posible.

Ella aún no lo sabe, pero a la organización acaban de ingresarle un donativo. Ha sido una mujer con audífonos que ha dejado el trabajo, donado toda su fortuna y cruzado un puente. Así que la asociación podrá pagar esos campamentos por muchos años más.

Jack y Nadia están sentados a ambos lados del estrecho escritorio, se miran. Él la mira con una vaga sonrisa, al final ella le sonríe también, los dos aterrados y muertos de risa al mismo tiempo. Un día, dentro de diez años, tal vez le cuenten a alguien que eso fue lo que sintieron. La primera vez.

¿Quieres que te diga la verdad? ¿La verdad de todo esto? La verdad es que ésta es una historia sobre muchas cosas diferentes, pero trata, sobre todo, de idiotas. Porque nosotros también hacemos lo que podemos. Tratamos de ser adultos y querernos y comprender cómo demonios se conectan los cables USB. Buscamos algo a lo que aferrarnos, algo por lo que luchar y algo que esperar. Hacemos lo que podemos por enseñar a nadar a nuestros hijos. Todo eso lo tenemos en común y, pese a todo, la mayoría de nosotros siempre seremos desconocidos para los demás, nunca sabremos qué les hacemos a los demás, cómo afecta mi vida a la tuya.

Quizá nos hayamos cruzado hoy apresurados entre el gentío y ninguno de los dos se ha dado cuenta, las fibras de tu abrigo se enredaron con las del mío por un instante, y luego desaparecimos cada uno por su lado. No sé quién eres tú.

Pero cuando llegues a casa esta noche, cuando el día de hoy haya pasado y la noche se apodere de nosotros, concédete un buen suspiro de alivio. Porque hemos logrado superar el día de hoy también.

Y mañana será otro día.

Si necesitas que alguien te ayude

National Suicide Prevention Lifeline (en español):
llama al 1-888-628-9454.

Para obtener información y apoyo, con independencia de que seas tú o algún familiar o amigo quien la necesite, entra en: suicidepreventionlifeline.org/help yourself/en -espanol

Agradecimientos

J. Pocas personas han influido tanto en mi vida como tú. La persona más buena, más rara, más divertida, más desordenada y más complicada que he tenido por amiga en la vida. Pronto habrán pasado veinte años y aún sigo pensando en ti cada día. Me entristece muchísimo que no resistieras. Me odio a mí mismo por no haber podido salvarte.

Neda. Doce años juntos, diez de casados, dos hijos y un sinfín de discusiones por las toallas mojadas tiradas en el suelo y de sentimientos para los que aún tratamos de hallar palabras. No sé cómo has podido llevar dos carreras, la tuya y la mía, pero sin ti yo no estaría hoy aquí. Ya sé que te saco de quicio, pero estoy loco por ti. *Ducks fly together.*

El mono y la rana. Intento ser un buen padre. De verdad que lo intento. Pero cuando entraban en el coche y preguntaban: «¿A qué huele? ¿Estás comiendo dulces?», les mentí. Perdón.

Niklas Natt och Dag. No sé cuántos años llevamos compartiendo oficina. ¿Ocho? ¿Nueve? Puedo decir con total sinceridad que nunca he conocido a nadie que sea un genio, pero tú eres lo más parecido a ello. Tampoco he tenido un hermano.

Riad Haddouche, Junes Jaddid y Erik Edlund. No lo digo tan a menudo como debería, pero espero que lo sepan de todos modos.

Mamá y papá. Mi hermana y Paul. Houshang, Parham y Meri.

Vanja Vinter. Terca como nadie desde 2013 y la única persona que ha trabajado conmigo durante casi toda mi carrera. Editora, correctora, un par de ojos extra, un torbellino con patas y una gran amiga para todas mis historias. Gracias por dar siempre el cien por cien.

A Salomonsson Agency. Sobre todo, como es lógico, a mi agente, Tor Jonasson, que no siempre comprende qué demonios estoy haciendo, pero que siempre me defiende de todos modos. A Marie Gyllenhammar, que ha sido como un pariente extra cuando toda la maquinaria y todo el lío empiezan a girar demasiado rápido y sólo intento encontrarme a mí mismo. A Cecilia Imberg, que intervino como correctora extra y como policía lingüística al final de este proyecto. (En aquellos casos en los que no estábamos de acuerdo en cuanto a la gramática, tú tenías razón, naturalmente, pero a veces yo cometo errores porque quiero).

A la editorial Bokförlaget Forum. En particular, a John Häggblom, Maria Burlin, Adam Dahlin y Sara Lindegren.

A Alex Schulman, que, mientras yo trataba de escribir este libro, me recordaba cómo te afecta un texto cuando de verdad te deja fuera de combate. A Christoffer Carlsson, que leyó el manuscrito y lo corrigió y se moría de risa. Te debo una cerveza. Quizá dos. A Marcus Leifby, mi primera opción indiscutible cada vez que necesito tomarme un café y hablar de la segunda división de hockey y de documentales sobre la guerra de Vietnam durante seis horas un martes cualquiera.

A todas las editoriales extranjeras que han publicado mis libros, desde Escandinavia hasta Corea del Sur. En particular quiero dar las gracias a Peter Borland, Libby McGuire, Kevin Hanson, Ariele Fredman, Rita Silva y todos aquellos que han seguido creyendo en mí en Atria/Simon & Schuster en Estados Unidos y en Canadá, y a Judith Curr, que me ayudó a llegar allí. Se han convertido en mi segundo mercado nacional.

A todos aquellos que han traducido mis libros, en particular a Neil Smith. A mi diseñador de cubiertas, Nils Olsson. A mi librero favorito, Johan Zillén.

A los psicólogos y terapeutas que han trabajado conmigo los últimos años. Y en particular a Bengt, que me ayudó a trabajar mis ataques de pánico.

A ti. Que has leído este libro. Gracias por dedicarme tu tiempo.

Por último, los autores a los que cita Estelle en distintos momentos de la historia son, por orden de aparición: Astrid Lindgren (p. 282), J. M. Barrie (p. 282), Charles Dickens (p. 294), Joyce Carol Oates (p. 294), Yibrán Jalil Yibrán (p. 296), William Shakespeare (p. 323), Lev Tolstói (p. 347) y Bodil Malmsten (pp. 348 y 357). Si alguno está citado incorrectamente es culpa mía, o quizá del traductor, pero en absoluto de Estelle.